Oude botten

Van Preston & Child zijn verschenen:

Virus
Dodelijk tij
De verloren stad
IJsgrens
Oude botten

DE PENDERGAST THRILLERS:

1 De vloek van het oerwoud (Relic)
2 De onderwereld
3 De gruwelkamer
4 Kraaienvoer
5 Hellevuur
6 Dans des doods
7 Dodenboek
8 Het helse rad
9 Duel met de dood
10 Koortsdroom
11 Weerwraak
12 Twee graven
13 Wit vuur
14 Het blauwe labyrint
15 Scharlaken kust
16 De verborgen kamer
17 Stad van de eeuwige nacht
18 Dichtregels voor de doden

DE GIDEON CREW THRILLERS:

1 Gideons wraak
2 Gideons strijd
3 Het verdwenen eiland
4 Over de ijsgrens
5 De Egyptische sleutel

Preston & Child

Oude botten

UITGEVERIJ LUITINGH-SIJTHOFF

Oorspronkelijke titel: *Old Bones*
Vertaling: Marjolein van Velzen
Omslagontwerp: Studio Jan de Boer
Omslagbeeld: plainpicture/Ingrid Michel
Opmaak binnenwerk: Crius Group, Hulshout

ISBN 978 90 245 8882 4
ISBN e-book 978 90 245 8884 8
NUR 332

www.lsamsterdam.nl
www.boekenwereld.com

Uitgeverij Luitingh-Sijthoff vindt het belangrijk om op milieuvriendelijke en verantwoorde wijze met natuurlijke bronnen om te gaan. Bij de productie van dit boek is daarom gebruikgemaakt van papier waarvan het zeker is dat de productie niet tot bosvernietiging heeft geleid.

Voor Michael Pietsch

1

13 oktober

Het was die avond al vroeg donker geworden in de Lichtstad en om een uur 's nachts, toen de maan schuilging achter een dicht wolkendek, deed Parijs zijn naam niet langer eer aan. Zelfs hier, aan de oever van de Seine, was het duister en verlaten: voor de plaatselijke bevolking was het te laat op een doordeweekse avond en voor de toeristen en romantische stelletjes was het te koud. Maar één voetganger liep haastig over de kade, de kraag van zijn jas opgetrokken tegen de kou. Afgezien van een lange boot die als een onhoorbaar spook voorbijgleed met glazen wanden waarachter geen sterveling meer zat nu de dinercruise voorbij was, had hij de promenade voor zichzelf.

Promenade was misschien een groot woord voor het looppad met oude kinderkopjes dat vlak boven het waterpeil langs de rivier liep. Maar ook zo laat nog had je hiervandaan een schitterend uitzicht op het Île de la Cité aan de overkant van het water, met de donkere massa van het Louvre en de torens van de Notre-Dame die, deels onzichtbaar achter de Pont au Double, naar de dreigende hemel reikten.

De man zat op een smal bankje naast een houten steiger die was opgetrokken in verband met werkzaamheden aan de eeuwenoude brug. Achter hem rees een stenen muur zo'n zeven meter omhoog naar het straatniveau, waar af en toe auto's te horen waren op de Quai de Montebello, de verkeersader ten zuiden van de Seine. Om de paar honderd meter leidde een uitgesleten stenen trap vanaf deze avenue naar de kade. Hier en daar wierpen lampen hoog aan de steunmuur kleine, gele lichtkringen op de natte kinderkopjes. De lamp het dichtst bij de man op het bankje was verwijderd vanwege het werk aan de brug.

In de verte kwam een gendarme gehuld in een zeiljack aanlopen. Hij floot een deuntje van Joe Dassin en knikte met een glimlach naar de man op het bankje. Die knikte terug en stak een Gauloise op terwijl hij de politieman ongeïnteresseerd nakeek. De weergalmende klanken van 'Et si tu n'existais pas' verdwenen langzaam in de verte.

De man nam een lange trek van zijn sigaret, hield hem toen met een vermoeid, traag gebaar omhoog en bestudeerde de brandende punt. Hij was ergens achter in de dertig en had een fraai wollen pak aan. Tussen zijn modieuze Italiaanse schoenen stond een dikke leren reistas, iets versleten, van het soort dat een drukbezette jurist of een dure arts zou gebruiken. Naast hem stond een gloednieuwe kickscooter tegen het bankje aan. In niets onderscheidde de man zich van de massa's andere rijke Parijse zakenlieden, afgezien dan van zijn gelaatstrekken, vaag zichtbaar in het donker, die iets exotisch hadden, niet makkelijk te plaatsen. Aziatisch misschien, of wellicht kwam hij uit Kazachstan of Turkije.

Boven het zachte gonzen van de stad uit klonk nu het ratelen van een naderende fiets. De man keek op en zag boven aan de dichtstbijzijnde trap iemand verschijnen. De fietser droeg een zwarte nylon short en een donkere fietstrui en had een rugzak bij zich met reflecterende strepen die glansden in de koplichten van een voorbijrijdende auto. Hij zette zijn fiets tegen de reling, bond hem vast met een kettingslot en liep de trap af naar de man in het pak.

'*Ça va?*' vroeg hij terwijl hij zich op het bankje neerliet. Ondanks de kilte van de nacht was zijn fietsoutfit doordrenkt van het zweet.

'*Oui, pas mal,*' antwoordde de man in het pak met een licht schouderophalen, en hij nam nog een trek van zijn sigaret.

'Wat moet je met die step?' vervolgde de fietser in het Frans, terwijl hij zijn bemodderde rugzak van zijn schouders liet glijden.

'Voor mijn zoontje.'

'Ben jij dan getrouwd? Dat wist ik niet.'

'Wie zegt dat ik getrouwd ben?'

'Dat was inderdaad geen slimme vraag,' zei de fietser lachend.

De man in het pak gooide zijn sigaret de rivier in. 'Hoe ging het?'

'Het viel niet mee. Van jouw mannetje had ik de indruk gekregen dat het een afgelegen, verlaten park moest zijn. *Putain de merde*, het zat pal tussen Gare Montparnasse en de Catacombes in!'

De man in het pak haalde nogmaals zijn schouders op. 'Parijs. Het is niet anders.'

'Ja, maar zoiets zie je niet vaak.'

Zwijgend bleven ze een tijdje uitkijken over de rivier. Een omstrengeld paartje liep voorbij zonder een blik in hun richting.

Toen ze buiten gehoorsafstand waren, vervolgde de man in het pak: 'Maar er was verder niemand in de buurt, toch?'

'Nee. De locatie zelf zat mee, net tegen de muur van de Rue Froidevaux aan. Als het ook maar ietsjes verder weg was geweest, hadden ze me vanuit de flat aan de overkant kunnen zien.'

'Wat het moeilijk?'

'Niet echt, behalve dan dat het zo stil mogelijk moest. En dan die ellendige regen van gisteren. Moet je kijken!' Hij wees naar zijn hardloopschoenen, die nog smeriger waren dan de rugzak.

'Quel dommage.'

'Inderdaad zonde.'

De man in het pak keek links en rechts de kade af. Niemand in zicht, behalve de twee tortelduifjes die al bijna uit het zicht verdwenen waren. 'Laat eens kijken.'

De fietser pakte zijn rugzak en ritste hem open. Ook daarin zat modder, en iets wat opgerold zat in een stuk zeildoek, gevolgd door bubbelplastic en een zachte zeemleren lap. Er steeg een akelige geur op. De man in het pak haalde een zaklampje tevoorschijn en tuurde naar de inhoud van het pakket. Na een tijdje gromde hij goedkeurend.

'Mooi werk,' zei hij. 'Hoelang heb je erover gedaan om hier te komen?'

'Een minuut of tien, via achterafstraatjes.'

'Nou, we kunnen hier beter niet langer dan noodzakelijk blijven zitten.' De man leunde voorover en opende de leren tas tussen zijn voeten. De bovenkant zakte open en even blonk er iets in het indirecte licht.

'Wat is dat?' vroeg de fietser, terwijl hij in de tas tuurde. 'Ik neem geen creditcards of edelmetalen aan.'

'Niets. Je geld heb ik hier.' Hij klopte even op de borstzak van zijn pak.

De fietser wachtte terwijl zijn metgezel een hand in zijn binnenzak stak. Maar plotseling keek die, met zijn hand nog in zijn zak, geschrokken op.

'Wacht even!' fluisterde hij en hij leunde voorover naar de fietser. 'Er komt iemand aan.'

Intuïtief boog de fietser zich ook naar hem toe. De man in pak legde in een vertrouwelijk gebaar een hand op diens schouder, zodat hun gezichten niet te zien waren voor de voetganger. Alleen was er geen voetganger, want de kade lag er verlaten bij. Zijn andere hand kwam tevoorschijn uit de zak, met een Spyderco Matriarch 2: een tactisch mes met een dunne rand in de vorm van een omgekeerde s, dat maar één doel diende. Dankzij de Emerson wave-opener in de rug van het mes was het lemmet al open tegen de tijd dat hij het mes getrokken had.

Het wapen was niet veel meer dan een zwarte veeg op het moment dat het lemmet tussen de tweede en de derde rib gleed, steeds dieper naar binnen tot de grote bloedvaten boven het hart doorgesneden waren waarna hij het weer terugtrok. Snel veegde de man in het pak het lemmet schoon aan de broek van de fietser en borg het met een soepele beweging weer in zijn zak. De hele operatie had hooguit twee seconden gekost.

De fietser bleef roerloos zitten, verbijsterd en geschokt. Hoewel zijn borstholte al volstroomde met bloed, was de wond zelf zo klein dat er maar heel weinig door de scheur in zijn trui sijpelde. De ander stak intussen een hand in zijn duffeltas en haalde er een zware metalen ketting en een hangslot uit. Verder was de tas leeg, op een dikke zak van rubber en latex na. Hij stond op en keek om zich heen of er iemand in de buurt was. Toen greep hij de kickscooter, vouwde hem op, duwde hem tegen de borstkas van de fietser, sloeg diens willoze armen eromheen en wikkelde er de ketting omheen. De uiteinden trok hij strak aan en maakte ze vast met het hangslot. Na een laatste blik over de kade en het water hees hij de fietser overeind en sleepte hem naar het donker onder de brug, naar de waterrand. Hij duwde de benen van de man over de kade, opende zijn handen en liet het lichaam onhoorbaar de rivier in zakken.

Weer waren er tien seconden verstreken.

Licht hijgend keek de man hoe het lijk onder water verdween, verzwaard door de ketting en de scooter. Toen liep hij terug naar het bankje, bracht het omwikkelde voorwerp voorzichtig van de rugzak naar zijn duffeltas over en ritste beide dicht. Hij nam even de tijd om zijn das recht te trekken en zijn jasje glad te strijken. Toen begaf hij zich met energieke tred op pad over de kade, de trap op en de fiets voorbij.

Onderweg liet hij de rugzak in een vuilnisbak vallen.

Hij stak een nieuwe Gauloise op en greep zijn weekendtas steviger beet, waarna hij een taxi aanhield op de Place Saint-Michel.

2

Een uur later

Clive Benton minderde vaart, reed met zijn vintage Ford Falcon naar de rand van Wild Irish Road, nam de afslag en reed over een zandpad totdat de auto vanaf de grote weg niet meer te zien was. Hij stapte uit, zette de kap op en hees een kleine rugzak over zijn schouders. Hij pakte zijn telefoon, opende een wandel-app, bepaalde zijn positie, richtte zijn kompas en ging op pad, het bos in. De hoge sparren en dikke pijnbomen stonden hier redelijk ver uiteen, waardoor het terrein makkelijk begaanbaar was. Er heerste een bijzonder aangename temperatuur: geen spoor van kou en de oktoberlucht was nog zwaar van een lome warmte. In oostelijke richting zag hij tussen de bomen door de voetheuvels oprijzen naar de verre pieken van de Sierra Nevada, grijze rotspunten tegen het blauw. Binnenkort zouden die overdekt zijn met sneeuw.

Als historicus was Benton als geen ander vertrouwd met de geschiedenis van dit gebied. Dit was het middelpunt geweest van de goudkoorts in Californië, toen in de rivier naar goud was gezocht. Hij zag de littekens in de heuvels waar de hydraulische mijnen groeven en gaten hadden geslagen, de grond weggeblazen door enorme waterstralen die het grind door enorme sluisbakken spoelden op zoek naar goud. Maar die tijd lag ver in het verleden en de voetheuvels aan de westrand van de Sierra's, zo'n zeventig kilometer buiten Sacramento, waren zo goed als onbewoond. De paar verspreide mijndorpjes – met namen als Dutch Flat, Gold Run, Monte Vista, You Bet en Red Dog – waren tot grote armoede vervallen. Sommige waren volledig verdwenen, maar hier en daar hadden ondernemende lieden de hutjes van de goudzoekers en de uit hout opgetrokken goudzoekerspensions gerenoveerd tot toeristenhotels of vakantiehuisjes. En langzamerhand begon de regio een gestage stroom bezoekers aan te trekken: wandelaars en mensen op zoek naar een tweede woning. Al jarenlang was er een onroerendgoedhausse voorspeld en nu leek die dan eindelijk een feit te worden.

De villa's van de weinige goudzoekers die destijds inderdaad rijk geworden waren, vielen nog hier en daar te bespeuren in valleien en op hoogvlaktes, zij het inmiddels bouwvallig en met dichtgespijkerde ramen. Benton bleef even staan om zijn richting te bepalen. Hij was niet ver van een van die villa's verwijderd en wel een villa die een bijzondere betekenis voor hem had. Volgens zijn gps lag het huis bijna een kilometer ten oosten van zijn positie, aan de andere kant van een lage bergkam. Het Donner House heette het, want het was ooit eigendom geweest van de dochter van Jacob Donner, een nazaat van de beruchte Donner Party.

Voorzichtig sloop Benton verder door de schaduwrijke delen van het bos. Boven aangekomen minderde hij vaart. Tussen de bomen door zag hij oranje en gele vlekken en glinsterend metaal. Dat waren, wist hij, twee grote bulldozers die op een oude mijnweg stonden, klaar om Donner House te reduceren tot een hoop baksteen, stucwerk en versplinterde houten balken en zodoende plek te maken voor een nieuwe golfbaan en flatgebouwen langs Bear River.

Dichterbij gekomen zag hij de silhouetten van de bulldozers en de vrachtwagen waarop ze ter plekke gebracht waren. De wagen stond met draaiende motor te wachten en hij rook dieselwalm vermengd met sigarettenrook. Er klonk een dof geroezemoes van stemmen. Hij sloop in een ruime bocht om de mannen heen, de weg over naar een plek waar ze hem niet zien konden. Een eind verderop langs de bergkam zag hij het oude huis staan: een vroeg exemplaar van Spaanse neokoloniale stijl. Hij bereikte een laag muurtje aan de rand van het bos, de erfgrens van het terrein. Hij liet zich op zijn hurken zakken en nam het huis zorgvuldig in zich op. Het moest ooit een schitterend bouwwerk zijn geweest, met een lange, lage, witgeschilderde veranda langs een zijde en daarbovenop een Moors aandoende koepel en toren. Maar het rode pannendak was ingezakt, de ruiten waren uit de sponningen verdwenen en de kozijnen vormden nu gapende zwarte gaten. De uitgestrekte tuin en het arboretum waren volledig verwilderd tot een bijna ondoordringbaar oerwoud van onkruid, dode struiken en zeldzame bomen, verstikt door lianen. Het gebouw zelf was verwurgd door de klimop die over de muren groeide en tevoorschijn barstte vanuit de gaten in het dak. Een sprekend voorbeeld, dacht Benton, van de vergankelijkheid van de wereld: *sic transit gloria mundi*. Doodzonde dat dit alles morgen om deze tijd verdwenen zou zijn, platgewalst tot een stoffige hoop bouwpuin. Monumentenzorg had alles op alles gezet om het wrak te behouden, maar de talrijke erfgenamen die elkaar al vijftig jaar het eigendom betwistten, hadden maar één oplossing kunnen verzinnen: sloop en verkoop. De pleidooien van monumentenzorg hadden het afgelegd tegen de harde contanten van de projectontwikkelaars.

Hij keek om naar de bergkam. De arbeiders waren klaar met het uitladen van de bulldozers; de vrachtwagenchauffeur gaf gas en begon met een oprisping van zwarte dieselwolken weg te rijden. De slopers – vier, voor zover hij kon zien – en hun voertuigen stonden aan de kant van de weg zonder aanstalten te maken aan de slag te gaan. Het had er alle schijn van dat ze zich opmaakten voor een laatste inspectieronde door het huis.

Verdorie, hij mocht wel opschieten. Wat hij van plan was, kwam neer op inbraak, maar hij stelde zich gerust met de gedachte dat zijn voornemen een hoger doel diende. En was het eigenlijk wel inbraak als het huis op het punt stond gesloopt te worden?

Benton sprong de tuinmuur over en rende door de overwoekerde tuin naar de half ingestorte veranda. Toen de kust veilig leek, dook hij door een open deur naar binnen en belandde in een lege, koele hal. Het rook er naar stof en oud hout; al het antiek en de kunstvoorwerpen waren allang weggehaald, maar er stonden nog een paar waardeloze, kapotte meubelstukken. Snel doorzocht hij de begane grond: salon, keuken, binnenplaats, eetkamer, de vertrekken waar de bedienden hadden verbleven, bijkeukens en kasten, zonder iets te vinden. Dat baarde hem geen zorgen, want hij dacht niet dat datgene waarnaar hij op zoek was hier te vinden zou zijn.

Even later klom hij de afbrokkelende stenen trap op naar de eerste verdieping. Hij bleef staan om uit het raam te kijken en zag tot zijn ontzetting de vier slopers met grote stappen door de struiken heen op het huis af benen. Was hij nu maar eerder gekomen. Het was vijf uur en hij had aangenomen dat ze intussen al naar huis zouden zijn.

Ook de verdieping leverde niets interessants op. De oude kisten die er nog stonden, vielen uiteen in zijn handen, de kasten waren leeg en in een paar halfvergane ladekasten trof hij niets anders aan dan beddengoed en kleren waarin ratten zich genesteld hadden. Er hingen een paar ingekleurde etsen aan de muur; andere lagen in scherven op de grond, vol watervlekken en ezelsoren.

Hij wist dat onder de Moorse koepel een vliering lag, maar daar leek geen trap naartoe te leiden. Toen hij rondliep, hoorde hij plotseling beneden stemmen en rauw gelach.

Zouden ze de trap op komen? Ja, uiteraard. Waarschijnlijk hadden ze de opdracht gekregen een laatste maal het huis te controleren om te zien of er niets meer van waarde te vinden was en of er geen krakers zaten. En dat betekende dat ze overal zouden kijken.

Langzaam liep hij de gang door en bestudeerde de muren. Die oude haciënda's hadden vaak verborgen deuren. En inderdaad: een boekenkast in een nis, waar slechts een handvol aangevreten boeken in stonden. Door het gebrek aan gewicht was de naad langs de buitenkant des te zichtbaarder. Met zijn schouder duwde hij tegen de zijkant van de kast en zoals hij al gehoopt had, zwenkte die naar buiten zodat de daarachter gelegen trap zichtbaar werd. Hij glipte door de opening en draaide de boekenkast zorgvuldig weer op zijn plek, in de hoop en de verwachting dat de arbeiders niets zouden opmerken. Zij hadden toch zeker niet door dat er onder de koepel nog een zolderverdieping zat? Of wel?

Hij klom de wenteltrap op; een verbaasde muis schoot haastig en onder luid gepiep weg. Via de trap belandde hij bij een planken zoldering met een luik, dat hij openstootte. De roestige scharnieren maakten een knersend geluid en hij bleef even staan luisteren. Het gestamp van de mannen beneden klonk onverminderd voort en te horen aan hun bulderende stemmen hadden ze niets opgemerkt.

De vliering was klein en stond tot zijn verbazing nog vol meubels: kratten, kasten, kapotte spiegels, hutkoffers, een achthoekige pokertafel en meer bric-à-brac. Toen Benton zich omhoog had gehesen en begon rond te lopen, vloog een stel duiven dat in de toren boven op de koepel huisde, met ruisende vleugels weg. Hier stonden stukken van ten minste enige waarde; waarschijnlijk hadden de verhuizers deze ruimte over het hoofd gezien. Helaas betekende dat wel dat de zoektocht hem meer tijd zou kosten. En doordat die vloer zo kraakte, konden ze hem misschien horen rondlopen. Hij kon beter wachten tot de mannen weg waren.

Hij luisterde naar de stemmen op de eerste verdieping. Meer gestamp van zware schoenen en er kringelde sigarettenrook tussen de planken door omhoog. Het leek hem sterk dat ze de deur zouden vinden.

En toch gebeurde dat. Hij rechtte zijn rug en spitste zijn oren. Een van het stel slaakte een luide kreet; even later hoorde hij ze sleuren aan de boekenkast en toen klonk het geluid van de openkierende kast.

Met plotseling bonzend hart keek Benton om zich heen: waar kon hij zich verstoppen? Er stond een grote kast waarin hij kon wegduiken; maar nee, die zouden ze ongetwijfeld openen. Hij trok het deksel van een hutkoffer open, maar die zat vol troep. Nergens kon hij zich verschuilen, hij zat klem.

Nu klonken de schreeuwende stemmen door het trapgat. Ze kwamen nog niet de trap op; kennelijk stonden ze elkaar op te jutten om te zien wie er als eerste zou gaan.

Zij waren met z'n vieren, hij in z'n eentje. Vlak naast het luik zag hij een zware kist staan. *Ja, die kon hij gebruiken.* Hij greep de hoek van de kist en schoof hem over het luik heen; het maakte enorme herrie.

Nu werd het onder hem plotseling stil.

De kist was misschien nog niet zwaar genoeg. Hij duwde een tweede kist naar het luik toe en stapelde daar een stel zware meubelstukken bovenop. Beneden was het doodstil, de mannen hoorden alles wat hij deed. Toen Benton het luik zo goed mogelijk verzwaard had, ging hij zitten wachten.

'Hé!' riep een van de mannen naar boven. 'Wie is daar?'

Benton bleef met ingehouden adem zitten.

'Wie is daar, verdomme?' brulde de man nogmaals. 'Kom van die trap af!'

Stilte.

'We staan hier te wachten!'

Hij probeerde niet te ademen.

'Hé, klootzak, als je niet onmiddellijk hier komt, dan gaan wij naar boven en sleuren je daar weg!'

Een gedempte dreun en nog een, toen ze probeerden het luik open te stoten. Maar met zo'n honderd kilo spul erbovenop was daar geen beweging in te krijgen. Hij bleef zitten luisteren. Gaandeweg veranderde zijn angstige blik in een geamuseerde grijns toen hij de vergeefse pogingen hoorde om het luik open te beuken. Daarna begonnen ze weer te kloppen. 'Oké, maat, dan bellen we de politie!'

Je gaat je gang maar, dacht Benton. Het zou minstens een halfuur vergen voordat de politie ter plekke was. Misschien meer. Die tijd kon hij gebruiken om verder te zoeken.

Nu hoefde hij niet meer zachtjes te doen. Hij begon kasten open te rukken, smeet stapels oude kleren en beddengoed opzij en sleurde antiek speelgoed, stripboeken uit de jaren veertig, uiteenvallende bordspellen en oude schoolboeken van de planken. Ruw bladerde hij door een stapel aangevreten *National Geographics*, oude exemplaren van *Life* en *Stag* en *Saturday Evening Post* en *Boy's Own*, en samengebonden bundels oude kranten bijna tot aan de tijden van de goudkoorts. Al doende hoorde hij nog steeds het gebonk en de dreigementen vlak onder zich, totdat de stemmen uiteindelijk weer de trap af verdwenen. Vanuit het raam van het torentje zag hij de mannen de tuin in lopen; een van het stel probeerde kennelijk ontvangst te krijgen voor zijn mobiel.

Benton zocht verder; snel maar methodisch werkte hij van de ene hoek van het vlierinkje naar de andere. Het was ontmoedigend: een berg halfvergane rotzooi zonder ook maar een glimp van datgene waarnaar hij op zoek was. Misschien lag het hier dan toch niet.

Maar plotseling, helemaal onder in een oude zeemanskist onder een stapel quilts, vond hij een metalen doos. Nog voordat hij die had opengemaakt wist hij dat hij nu beet had. Het deksel zat op slot, maar met een roestige metalen roede zag hij kans het hangslot los te wrikken. Met trillende handen van opwinding tilde hij het deksel van de kist. Hij zag een bundeltje brieven, strak vastgebonden met touw, en daarnaast een oud dagboek, ingebonden in een smerige lap groen canvas. Hij viste het dagboek uit de kist, hield het met eerbiedige handen vast en sloeg het heel voorzichtig open.

Daar, op de eerste bladzijde, stond een korte tekst, geschreven in een keurig dameshandschrift.

De adem stokte hem in de keel. De schat waarnaar zovelen gezocht hadden, de heilige graal van de vroege Amerikaanse geschiedenis, bestond dus echt. Hij sidderde van verbazing en vreugde en besefte dat hij amper had durven geloven dat het dagboek echt bestond, of dat hij het geluk zou hebben het te vinden. Maar hier was het dan, nu stond hij ermee in zijn handen.

Met uiterste wilskracht overwon hij de neiging om te gaan lezen. Daarvoor had hij later alle tijd, nu moest hij maken dat hij wegkwam.

Hij stopte het dagboek weer in het kistje en borg dat in zijn rugzak. Hij liep naar het raam. Drie van de arbeiders stonden nog buiten; een van hen was op een kapot voetstuk geklommen waarop ooit een beeld had gestaan en praatte op luide toon in zijn telefoon. Die halvegare was echt de politie aan het bellen.

Benton schoof de kisten van het luik weg en bleef even zitten luisteren. Waar was de vierde? Lag die beneden op de loer? Maar hij hoorde niets en uiteindelijk trok hij het luik open. Niemand. De trap was verlaten. Zo onhoorbaar mogelijk sloop hij de trap af naar de boekenkastdeur, die openstond. Hij kroop om de hoek van de kast en keek links en rechts de gang af. Niemand.

Hij ging op weg naar de hal. Plotseling kwam de vierde arbeider om de hoek zetten; hij had hem staan opwachten.

'Nou heb ik je, hufter!' brulde de man, en met een enorme uithaal plantte hij zijn vuist in Bentons maag.

Overrompeld viel Benton op de vloer; hij kronkelde van pijn en hapte wanhopig naar adem.

'Hier is-tie!' schreeuwde de man triomfantelijk. 'Ik heb hem!'

Hij draaide zich weer om naar Benton, die probeerde overeind te krabbelen, en trapte hem keihard in de ribben. Benton werd razend van het geweld en van het onnodige plezier dat zijn tegenstander eraan beleefde. Hij greep de rugzak, die losgeschoten was toen hij op de grond viel, sprong overeind en haalde ermee uit. De ijzeren kist binnenin knalde tegen het hoofd van de sloper. Die wankelde achteruit en viel met een klap op de grond.

'Nou maak ik je af!' brulde de man, terwijl hij overeind kwam. Maar Benton was er al als een speer vandoor gegaan. Met de rugzak in zijn hand vloog hij de trap af, rende naar de achterkant van het huis, sprong door een open raam en ging op weg naar het struikgewas in de richting van Bear River. De sloper zat hem pal op de hielen en ook de andere drie hadden de achtervolging ingezet, maar Benton verkeerde in prima conditie en had een groot deel van zijn leven door de Sierra's gelopen. Algauw had hij het viertal achter zich gelaten. Hij scheurde tussen de bomen door, glibberde de oever af en plonsde de rivier in, over zandbanken en door geultjes. Bij de diepste geul aangekomen, hield hij de rugzak boven zijn hoofd en dook het water in. Hij zwom uit alle macht tot hij aan de overkant zand onder zijn voeten voelde. Hij klom tegen de oever op en draaide zich om naar de overkant van de rivier, waar de arbeiders dreigend stonden te brullen.

Hij stak zijn middelvinger naar hen op en liep op een drafje het bos in. Met een grote boog trok hij om het huis heen en stak stroomopwaarts nogmaals het water over. Daarvandaan navigeerde hij met behulp van de gps in zijn telefoon terug naar de auto. Tot zijn opluchting stond zijn glanzende oldtimer nog keurig verborgen. Hij legde de rugzak in de kofferbak, sloot die af en reed Wild Irish Road op. Bijna vijftien kilometer verderop kwamen hem twee politieauto's met zwaailichten tegemoet en hij barstte in luid lachen uit.

3

20 november

Nora Kelly stond op en rekte zich uit. Ze had urenlang in het zand op haar knieën gezeten met troffels, priemen en verfkwasten om de vierde en laatste ruimte van een prehistorische Pueblo-ruïne op te graven, en nu had ze overal kramp.

'Het is mooi geweest voor vandaag,' zei ze tegen haar veldassistent, Jason Salazar.

Die stond op van de vierkante meter die hij behoedzaam aan het blootleggen was en klopte het zand van zijn spijkerbroek. Daarna nam hij zijn cowboyhoed af en bette met een zakdoek zijn voorhoofd, waarna hij de hoed weer opzette. Het was al laat in het seizoen, maar koud was het beslist niet.

Nora pakte de veldfles van de spiegel van de terreinwagen van het Instituut en nam een grote slok water. De opgraving zelf was nog niets opzienbarends, maar het uitzicht was spectaculair. Die Pueblo-indianen van al die eeuwen geleden, peinsde ze, bouwden hun nederzettingen altijd op plekken met een schitterend panorama. De bescheiden ruïne stond boven op een heuveltje aan de voet van de Cerro Pedernal, de tafelberg die zo beroemd geworden was door de schilderijen van Georgia O'Keeffe. Die rees majestueus achter haar op, doorkliefd door diepe cañons, de hoger gelegen hellingen overgroeid met bomen. Voor haar daalde het landschap af naar een weidse vlakte, in het Spaans de Valle de la Piedra Lumbre geheten: de Vallei van de Glanzende Steen. In de verte lagen de rode, oranje en gele heuveltoppen van Ghost Range inderdaad te glanzen in de gouden namiddagzon alsof ze zelf licht gaven.

Toen ze naar de werktafel liep, zag ze in de verte een kurkentrekker van stofwolken naderen over de weg naar de oude uraniummijn die naar hun opgraving leidde.

Salazar kwam naast haar staan. 'Wie zou dat nou zijn, denk je?'

'Geen idee.'

Ze begonnen hun gereedschap op te ruimen en borgen alles op in het prefab-berghokje naast de opgraving. Na een tijd verscheen de auto; langzaam kwam hij de heuvel over. Ze bleven staan om te kijken naar het voertuig dat langzaam en voorzichtig over het hobbelige zandpad reed. Het was een of andere klassieker, zag Nora. Naast de pick-up van de expeditie hield hij halt; de bestuurder bleef even wachten tot de stofwolk neergedaald was. Toen ging het portier open en zagen ze een lange, ietwat slungelige man uitstappen. Hij had een mager gezicht met fraaie gelaatstrekken waar een pluk zwart haar overheen hing, en felblauwe ogen waarmee hij om zich heen tuurde. Hij droeg het afzichtelijkste overhemd dat Nora ooit gezien had, vol paarse en oranje paisleymotieven. Zo te zien was hij achter in de dertig, een paar jaar ouder dan zij.

'Verdwaald?' vroeg Nora.

Hij keek naar haar. 'Niet als u dr. Nora Kelly bent.'

'Inderdaad.'

'Sorry dat ik zomaar onaangekondigd kom aanzetten. Ik ben Clive Benton.' Hij haalde een rugzak uit de auto, liep op haar af, stak zijn hand uit en schudde kort de hare. 'Ik had u eigenlijk moeten bellen, maar...' Hij leek even te aarzelen. 'Tja, bij het Instituut zeiden ze dat u hier zat, en volgens mij heeft uw telefoon hier geen bereik, en ik was sowieso bang dat ik de hele situatie niet goed zou kunnen uitleggen over de telefoon, en...'

Vriendelijk onderbrak Nora de nerveuze woordenvloed. 'Kom zitten, dan krijgt u een kop warme chocolademelk.' Ze ging hem voor naar de tafel onder het schaduwzeil, waar een thermosfles stond met een stel plastic bekers.

Benton nam plaats op het puntje van een van de stoelen.

'Wat is dat voor auto?' vroeg Nora in een poging de man op zijn gemak te stellen.

'Een Ford Futura uit 1964,' zei hij met opklarend gezicht. 'Zelf gerestaureerd.'

'Geen ideale auto voor deze weg hier.'

'Nee,' zei hij. 'Maar wat ik u te zeggen heb, kan niet wachten.'

Nora ging tegenover hem aan tafel zitten. 'Steekt u dan maar van wal.'

Benton wierp een blik op Jason Salazar. 'Eh, mijn verhaal is van vertrouwelijke aard.'

'Jason is assistent-conservator aan het Instituut en ik sta garant voor zijn discretie,' zei Nora. 'Een groot deel van ons werk als archeologen is vertrouwelijk, dus u hoeft zich geen zorgen te maken.'

Benton knikte; zijn zwarte haar woei op in de bries. Hij leek nog steeds niet echt ontspannen, alsof hij niet goed wist hoe hij beginnen moest. Uiteindelijk reikte hij naar zijn rugzak op de grond, opende die en haalde er een plastic ziploczakje uit. Hij opende hem en haalde er een oud, in lappen gewikkeld boek uit, dat hij met een eerbiedig gebaar op de tafel tussen hen in legde.

'Het originele dagboek,' zei hij, 'van Tamzene Donner.'

Nora keek met een niet-begrijpende blik naar het boek. Die naam zei haar niets. 'Van wie?'

'Tamzene Donner.' Hij keek van haar naar Salazar. 'U weet wel, de vrouw van George Donner, de leider van de Donner Party? Die emigranten die vast kwamen te zitten in een sneeuwstorm in de Sierra's en noodgedwongen hun toevlucht namen tot kannibalisme?'

'O. Die Donners,' zei Nora. 'Dus ik neem aan dat dit dagboek van historisch belang is?' Ze vroeg zich af waar dit naartoe ging.

'Van onschatbaar belang.'

Daarop volgde een korte stilte.

'Misschien kan ik eerst beter wat achtergrondinformatie geven,' zei Benton. 'Ik werk als onafhankelijk historicus, met als specialisatie de negentiende-eeuwse trek van de pioniers naar het westen. En ik ben ook in de verte verwant aan een stel overlevenden van de Donner Party: de familie Breen. Maar dat is niet belangrijk. Ik doe al jaren onderzoek naar die tragedie. En een van de dingen waar de Donner-overlevenden het over eens waren, was dat Tamzene Donner een dagboek bijhield waarin ze alle details van de reis noteerde. Geschiedkundigen speculeren al sinds jaar en dag dat een van de overlevenden dat dagboek bewaard en meegenomen moet hebben, maar niemand heeft het ooit gevonden – tot nu toe.' Hij gebaarde tamelijk theatraal naar het beduimelde, afgekloven boek op tafel. 'Ga uw gang, maak het maar open.'

Heel voorzichtig stak Nora haar hand uit en sloeg het boek bij de titelpagina open.

‘Ziet u wat ze daar geschreven heeft? “Tamzene Donner, Mijn dagboek, 12 oktober 1846 tot...” Er staat geen einddatum bij, want ze is omgekomen van de honger en daarna...’ – hij zweeg even en schraapte zijn keel – ‘opgegeten door ene Keseberg.’

‘Was Keseberg er niet ook van beschuldigd dat hij haar had vermoord om haar te kunnen opeten?’ vroeg Salazar onverwachts.

Benton keek hem met enige verbazing aan. ‘Ja, dat klopt. U lijkt goed bekend met het verhaal.’

Salazar haalde even zijn schouders op. ‘Dat hebben we bij Geschiedenis gehad, op Goleta High. Ik vond het een intrigerend verhaal.’ Hij glimlachte even. ‘Wie vindt dat niet?’

Nora was het met hem eens. ‘Maar wat heb ik daarmee te maken?’

‘Eh, ik ben hier om u iets te vragen.’

‘Oké, ga uw gang.’

Benton zweeg even voordat hij antwoord gaf. ‘Ten eerste hebt u al een aantal archeologische opgravingen geleid in de Sierra Nevada. U kent deze bergen.’

‘Tot op zekere hoogte.’

‘U bent vooraanstaand veldarcheoloog en u hebt al ervaring met locaties waar kannibalisme is voorgekomen, waaronder Quivira: een stel rotswoningen die u had gevonden in Utah.’

‘Klopt.’

‘En u hebt de steun en financiering van het Instituut.’

Nora leunde achterover. ‘Ik krijg het gevoel dat ik op sollicitatiegesprek zit.’

‘De baan is voor u – als u hem wilt. U bent de perfecte onderzoeker voor wat ik van plan ben.’

‘Namelijk...?’ Al dat gedraai om de hete brij heen begon Nora op de zenuwen te werken.

‘Ik moet u vragen om uw erewoord dat alles wat ik ga zeggen althans voorlopig onder ons blijft.’

‘Is dat niet een beetje overdreven?’

‘Sorry,’ zei Benton haastig, met meteen weer die nerveuze blik. ‘Ik weet hoe dit moet klinken, maar als u eenmaal gehoord hebt wat ik ga zeggen, dan begrijpt u waarom ik dit even stil wil houden. Het is een lang en, ik moet u vast waarschuwen, een onprettig verhaal.’

Nora keek op haar horloge. Het was nog geen halfvijf. Ze hadden nog een halfuur zonlicht, en ze zaten daar heerlijk in de woestijn. Met een halve glimlach sloeg ze haar armen over elkaar. Tegen wil en dank was ze geboeid door Bentons gedrevenheid. 'Oké. Ik luister.'

Clive Benton haalde diep adem, legde zijn handen op zijn knieën en begon langzaam, op afgemeten toon, te vertellen. Het was duidelijk dat hij het verhaal uit zijn hoofd kende.

4

'De eerste keer dat ik over de Donner Party hoorde, was ik nog een kind, bij mijn ouders thuis in een voorstad van San Francisco,' begon Benton. 'Ik zei al dat mijn familie van moederskant via via afstamde van de familie Breen, die deel uitmaakte van de groep. Mijn moeder vertelde me het verhaal en het is me altijd bijgebleven. Daardoor ben ik geschiedenis gaan studeren en ben ik uiteindelijk gepromoveerd aan Stanford.

De Donner-catastrofe was een van de grootste rampen uit de geschiedenis van de migratie naar het westen. Een stel emigranten dat op weg ging om een stuk volstrekt onbekend terrein te gaan ontginnen, Californië, maar onderweg uiteindelijk gedwongen werd tot afgrijselijke barbaarsheid. Het was de Amerikaanse Droom in omgekeerde richting.

De twee hoofdpersonen in het drama waren George Donner en zijn vrouw Tamzene. George was een grote man met een honger naar land. Zijn leven lang wilde hij al méér land... voor zijn boerenbedrijf. Zijn vrouw was schooljuf. Klein en rank, met de verfijnde manieren van een echte lady. Maar onder die maniertjes school een vrouw met een ijzeren besef van goed en kwaad. Het echtpaar had drie dochters en George had ook twee dochters uit een eerder huwelijk.

In 1846 maakte Californië nog deel uit van Mexico. Maar er zat een oorlog aan te komen, en alom werd verwacht dat de Verenigde Staten binnen de kortste keren het territorium zouden innemen. Donner was voornemens om meteen mee te liften en een stuk van dat rijke nieuwe land in handen te krijgen. Hij was goed van de tongriem gesneden en zag kans zijn broer Jacob en diens familie voor zijn plannen te winnen.

Samen met een grote groep andere emigranten trokken George, Tamzene en hun vijf jonge dochters in het voorjaar van 1846 weg uit Independence, Missouri. Dit waren geen berooide pioniers: ze hadden geld. Dit was een karavaan van welgestelde en zelfs rijke pioniers, en wat ze meenamen was het beste van het beste. Tamzene wilde een school voor dames oprichten en had boeken, schrijfmateriaal, borden en krijt bij zich, evenals religieuze pamfletten en bijbels en zelfs olie- en waterverf. George had een kar volgeladen met rollen fluweel, zijde en satijn die hij tegen woekerwinsten aan de Californio's wilde verkopen. Sommigen hadden grote sommen geld bij zich. Zo had ene Jacob Wolfinger een kist met goudstukken bij zich, waarmee hij land wilde kopen, een huis bouwen en een bedrijf starten.

Maar afgezien van hun rijkdom was dit een redelijk normaal emigrantenkonvooi dat naar het westen trok. Geen haan zou er ooit nog naar gekraaid hebben als ze onderweg niet één fatale fout gemaakt hadden. In Wyoming besloten Donner en de anderen om een kortere route te nemen. Dat traject heette de Hastings Cutoff, en die route werd toentertijd enorm gepromoot door ene Lansford Hastings. Donner en nog zo'n negentig reisgenoten waren ervoor om die Cutoff te nemen. De rest van de karavaan stemde voor de reguliere route.

Dus werd de groep opgesplitst. De Donner Party trok in zuidwestelijke richting Utah in, via de nieuwe kortere route. Dat nieuwe pad voerde hen door een ruig gebergte, de Wasatch-bergen. Donner en de anderen kregen door dat er iets niet klopte toen die bergketen veel onbegaanbaarder bleek dan in Hastings' beschrijvingen. Maar het was te laat om om te keren. Toen ze eenmaal de bergen uit waren, moesten ze de Great Salt Lake-woestijn oversteken. Het was een zeer zware tocht en ze kregen een nijpend gebrek aan water. Sommige kinderen kregen platgeslagen kogels om op te zuigen om zo hun wanhopige dorst te lessen. Het voedsel begon op te raken. Er ging van alles mis. Er brak steeds meer ruzie uit, indianen stalen een stel ossen en schoten een paar andere vol pijlen. Ook enkele reizigers werden getroffen en raakten gewond door lukrake schoten van achter rotsblokken en bomen. Een man die niet meer kon lopen werd uit zijn huifkar gezet en voor dood langs het pad achtergelaten. En al die tijd hield Tamzene Donner die gebeurtenissen nauwgezet bij in haar dagboek.

Tijdens de oversteek van de Nevadawoestijn kwam Wolfingers kar vast te zitten. De rest van het konvooi trok verder, maar hij bleef achter om zijn wagen uit te graven. Korte tijd later boden twee pioniers, Reinhardt en Spitzer, aan om terug te keren om Wolfinger te helpen. Ze bleven een paar dagen weg en toen ze de karavaan later weer inhaalden, vertelden ze dat ze waren aangevallen door indianen en dat Wolfinger doodgeschoten was.

Tegen de tijd dat de emigranten eind oktober de voetheuvels van de Sierra's bereikten, lagen ze ver achter op hun schema en vergingen ze al van de honger. Maar de bergen waren nog sneeuwvrij en ze hoopten de oversteek snel te kunnen maken, voordat de echte winter inviel.

Bijna hadden ze het gehaald. Op nog geen dag gaans van het hoogste punt van de bergpas raakten ze begraven in een onverwachte sneeuwstorm. De karavaan trok op dat moment met grote tussenafstanden over het pad. Door de sneeuwstorm vroren ze letterlijk aan de grond vast, er was geen loskomen aan. Niet ver van Truckee Lake werden de negenenvijftig mensen in de achterhoede door de kou overrompeld, zodat ze daar hun tenten moesten opslaan. Nog eens tweeëntwintig pioniers, onder wie George en Tamzene en hun vijf dochtertjes, zaten een kilometer of tien verderop bij Alder Creek in een bergweide. Die twee kampementen zijn gevonden en door archeologen opgegraven.

Maar in historische documenten is sprake van een derde kamp, dat tegenwoordig gewoonlijk het "Verloren Kamp" wordt genoemd. Een klein groepje, helemaal achter aan het konvooi, bestaand uit Reinhardt en Spitzer, de familie Carville en een zekere Albert Parkin, die zijn gezin in de steek had gelaten om in Californië een nieuw bestaan op te bouwen. Niemand weet echt wat er gebeurd is, maar het lijkt aannemelijk dat dit groepje in de verwarring van de sneeuwstorm het spoor bijster is geraakt en voorbij de monding van Little Truckee River een doodlopende vallei in getrokken is. Uiteindelijk kwamen ze diep in de bergen vast te zitten in de sneeuw, kilometers van de rest van de groep verwijderd. Volgens sommigen lag het Verloren Kamp in een donkere vallei, waar de zon nooit scheen, omgeven door hoge, steile rotsen. Er zijn zoveel legendes ontstaan rond dat kamp dat de waarheid er moeilijk uit te destilleren valt.

Hoe dan ook, de gestrande reizigers zaten maandenlang vast in de sneeuw; de ene storm na de andere hoopte zo'n negen à tien meter sneeuw boven op hen. De primitieve hutjes die ze tegen de huifkarren aan hadden gebouwd, werden volledig bedolven. In die smerige krotten zaten ze als haringen in een ton. Er brak hongersnood uit en een voor een gingen ze dood. De laatste mondvoorraad ging op. Toen begonnen ze aan hun ossen en paarden. Daarna de honden. En uiteindelijk gingen ze de bevroren lijken van hun overleden reisgenoten opgraven.

Ze hakten het vlees van de botten en kookten het. Met name de organen: ze aten levers en harten, darmen en longen. Ze braken de botten open voor het merg en spleten de schedels voor de hersenen. Toen dat alles op was, kookten ze de botten voor het vet.'

Benton ging even verzitten in zijn stoel en wierp een blik op de horizon in de verte. Nora en Salazar zwegen.

'Daar moet ik aan toevoegen dat niet iedereen hieraan meedeed. Velen weigerden mensenvlees te eten. Tot de dag van vandaag zijn historici het er niet over eens hoeveel er aan kannibalisme deden. Naarmate meer mensen doodgingen van de honger, kwam er meer voedsel beschikbaar voor de overlevenden. Je kunt je haast niet indenken wat voor toestand het geweest moet zijn, dag in, dag uit; week in, week uit, aan die afgrijselijke kampementen gekluisterd, hutjemutje op elkaar: mannen, vrouwen en kinderen in stinkende hutjes waar het zo stonk naar uitwerpselen en rottende lijken dat je er amper kon ademhalen. Uit pure wanhoop is een groep van vijftien man uiteindelijk op pad gegaan, over de bergen naar Californië, om hulp te vragen. Zeven van hen haalden het, maar alleen doordat ze hun onderweg overleden reisgenoten opaten.

In februari arriveerden de eerste hulptroepen. Die aanschouwden gruwelscènes waar hun verstand bij stilstond. Een van de redders beschreef later dat hij een stel kinderen op een boomstam zag zitten, te midden van los rondslingerende lichaamsdelen, hun gezichten besmeurd met bloed, bezig de half-geroosterde lever en het hart van hun vader te verorberen.

Bij die eerste expeditie konden maar een paar mensen gered worden; de hulptroepen waren zelf bijna omgekomen van de honger tijdens hun oversteek van de Sierra's op weg naar de gestrande reizigers. Tamzene en George leefden nog toen de eerste reddingsploeg arriveerde, maar Tamzene weigerde haar echtgenoot te verlaten; die had een dodelijke infectie aan zijn hand. Bij een tweede en derde expeditie konden er meer mensen uit het gebergte weg, maar Tamzene bleef weigeren

George achter te laten; zelfs toen haar eigen kinderen de hut uit gedragen werden.

Terwijl dit allemaal gaande was, dook er op een gegeven moment een zekere Asher Boardman op bij het Donner-kamp bij Alder Creek. Eind februari was dat. Hij was weggevlucht uit het Verloren Kamp en uit zijn opmerkingen bleek dat daar een soort kannibalistische furie heerste. Boardman was hagenpreker en zei dat hij op de vlucht was geslagen toen zijn eigen vrouw, Edith, had geprobeerd hem te vermoorden en op te eten. Een paar dagen later overleed Boardman door honger en uitputting, rond de tijd dat de derde reddingsexpeditie aankwam.

Dit alles, en nog veel meer, noteerde Tamzene in haar dagboek.

Uiteindelijk arriveerde de vierde en laatste reddingsploeg. Dat was in april. Maar na de derde expeditie waren er nog veel meer pioniers overleden en had het kannibalisme een nog hogere vlucht genomen. Wat die laatste redders aantroffen, was nog schokkender dan de voorgaande situatie. In het kamp bij Alder Creek leefde niemand meer. George Donner was dood en zijn stoffelijk overschot lag in de smeltende sneeuw, aan stukken gehakt; sommige ledematen ontbraken en zijn hoofd was opengespleten en de hersenen verwijderd. Van Tamzene was echter geen spoor te bekennen. De reddingswerkers trokken naar een primitief kamp daar niet ver vandaan, waar ze iemand aantroffen die daar in zijn eentje zat. Dat was Keseberg. Naast hem stond een braadpan met daarin een menselijke lever en longen. Onder streng verhoor gaf hij toe dat dat de laatste resten waren van Tamzene. Hij was al weken bezig haar lijk op te eten, zei hij, en de lever en longen waren de laatste stukken.

Maar goed, bij die laatste reddingsoperatie kwamen de laatste overlevenden naar buiten. Het verhaal van de Donner Party deed de ronde; jong en oud smulden ervan, het werd eindeloos verteld, het verscheen keer op keer in druk en het werd aangedikt tot het bijna onherkenbaar was. Die fascinatie duurt nog steeds voort.

En daarom ben ik hier. Zoals ik al zei zijn er twee primaire kampementen gevonden: het kamp bij Truckee Lake en dat bij Alder Creek. Maar het Verloren Kamp is nooit gevonden. Dat is door slechts één lid van het derde zoekteam bezocht. We kennen maar weinig details van wat hij daar aantrof, maar we weten wel dat hij na die aanblik weigerde terug te keren naar dat kamp. Hoe erg de twee grote kampen ook waren, wat in het Verloren Kamp was gebeurd vond hij kennelijk erger, vele malen erger. De reddingswerker trof slechts één overlevende in dat kamp aan en haalde die daar weg, maar niet veel later overleed hij, ijlend van de koorts.

Die schaarse verhalen over het Verloren Kamp bleven door mijn hoofd spoken. Een jaar of vijf heb ik ernaar gezocht, de ene foute aanwijzing na de andere opvolgend. Al die sporen liepen dood... tot ik besloot op zoek te gaan naar Tamzenes dagboek. Uiteraard waren er massa's sensatieverhalen in de pers, brieven, amper geloofwaardige berichten van horen zeggen… maar deze ene cruciale, primaire bron was al bijna twee eeuwen lang spoorloos. Iedereen dacht dat het dagboek achtergebleven moest zijn, dat het ergens in het bos lag weg te rotten. Omdat iedereen aannam dat het verloren was, was niemand systematisch op zoek gegaan. De details zal ik u besparen, maar uiteindelijk werd mijn geduld beloond en wel dubbel. Ten eerste vond ik inderdaad op het nippertje het dagboek. En ten tweede trof ik daarin niet alleen een lijst aan van iedereen die bij het Verloren Kamp had vastgezeten, maar ook een routebeschrijving. Asher Boardman, degene die uit het Verloren Kamp was ontsnapt, had voor zijn dood die informatie aan Tamzene gegeven. Verder bevat het dagboek aantekeningen met herkenningspunten in het landschap en een met de hand getekende plattegrond waarop alle drie de kampen staan. Het Verloren Kamp mag dan een wel heel slechte naam hebben – en misschien komen we er wel nooit achter wat voor gruweldaden daar precies gepleegd zijn – maar we weten nu wel hoe we er moeten komen.'

Benton zweeg weer even en leunde voorover. 'En dat is de baan die ik u aanbied: de leiding over een expeditie naar het Verloren Kamp.'

5

29 november

De assistent opende de deur, en met Clive Benton op haar hielen betrad Nora het kantoor van dr. Jill Fugit, directeur van het Archeologisch Instituut van Santa Fe. Het was een kleine, maar warme en sfeervolle ruimte en Nora vond dat er een prettige sfeer hing; een oude Spaanse tegelvloer, leemstuc op de wanden en een kleine haard. De ramen in de achterwand keken uit op een tuin, nu met wit overdekt door de sneeuw van de afgelopen nacht. Aan een andere muur hing een Two Grey Hills-kleed uit de jaren twintig en op een plank stond een rij laatnegentiende-eeuwse Zuni-olla's.

Dr. Fugit keek op van een stapel papieren en kwam overeind om hun beiden de hand te schudden. Met haar mooie outfit, het lange blonde haar en haar stijlvolle voorkomen voldeed ze amper aan het geijkte beeld van een fantasieloze, mierenneukerige wetenschapper; Nora had daar grote waardering voor. Een paar jaar geleden was de post van directeur vrijgekomen aan het Instituut en Fugit was een omstreden keuze geweest. Maar haar academische staat van dienst was onberispelijk en haar scherpe en soms zelfs sarcastische intellect vormden een aangename afwisseling na alle prevelende fossielen die de post eerder bekleed hadden. En het Instituut voer wel bij haar neus voor zaken en haar talent om subsidies los te peuteren.

'Nora, goed je te zien,' zei ze energiek. 'En u moet dr. Benton zijn. Prettig met u kennis te maken. Ga zitten.'

Ze duidde op twee stoelen aan weerszijden van de haard. Zelf nam ze weer plaats achter haar bureau en keek hen vriendelijk maar tegelijk vorsend aan.

'Kan ik u thee of koffie aanbieden?'

Een van de voordelen van het werken in de oude vleugel van het Instituut was de koffieservice. Fugit pakte de telefoon en gaf het verzoek door. Daarna pakte ze een lichtbruine dossiermap van de stapel, legde die voor zich neer en sloeg hem open. 'Zo, dr. Benton. Ik zie dat u aan Stanford hebt gestudeerd.'

'Daar ben ik gepromoveerd, ja. Mijn voorgaande studie was aan de oostkust.'

'Stanford is ook mijn alma mater. Maar goed, ter zake. Ik heb het rapport gelezen dat u met dr. Kelly hebt opgesteld.' Ze zweeg even. 'Ik weet uiteraard van de Donner-tragedie en ik ben min of meer bekend met eerder archeologisch werk aan de twee grootste nederzettingen. Maar de details die u hier uiteenzet zijn wel heel kleurrijk, met name die van het Verloren Kamp, dat kennelijk een schouwtoneel was van uitzonderlijke verloedering en wanhoop.' Ze sloeg de map dicht. 'Wat me opviel, was uw spelling van mevrouw Donners voornaam. Zij was misschien wel de spil in deze hele tragedie, het meest bestudeerd door de historici, maar ik herinner me haar naam anders gespeld: Tamsen.'

'Dat klopt. Haar moeder heette Tamesin en die naam kreeg ook zij bij haar geboorte. Maar zelf koos ze voor de spelling Tamzene en ik heb geprobeerd me aan haar wens te houden.'

'Uiteraard.' Het bleef even stil. 'Dus... dr. Benton, u wilt het Instituut vragen om financiering voor een zoekactie naar dit kamp, gevolgd door opgraving.'

'Precies. Ik ben historicus, geen archeoloog. Het Verloren Kamp ligt vrijwel zeker in het Tahoe National Forest, op federaal grondgebied, dus zouden we zowel bij de staat Californië als bij de federale overheid vergunningen moeten aanvragen voor een opgraving. Daarbij kan de prestigieuze reputatie van dit Instituut bijzonder goed van pas komen.' Hij zweeg even. 'En ik ben ervan overtuigd dat dr. Kelly de aangewezen persoon is om deze expeditie te leiden.'

Fugit bleef hem strak aankijken. Zoals gebruikelijk merkte Nora dat ze geen kans zag ook maar iets op te maken uit de gelaatsuitdrukking van haar directeur.

'Zoals ik al zei, de aanvraag is zeer grondig opgesteld. Ik heb er lang over nagedacht, maar ik geloof niet dat dit momenteel een geschikt project is voor ons.'

Nora was verbijsterd, dat antwoord had ze niet verwacht. 'Hoezo niet?' vroeg ze, iets scherper dan ze bedoeld had.

'Ten eerste zijn er bij de andere twee nederzettingen al uitstekende opgravingen verricht, dus wat valt hier nog te leren?'

Nora haalde diep adem. 'Dr. Fugit, de laatste opgraving is al meer dan twintig jaar geleden. We hebben intussen nieuwe technieken, met name op het gebied van DNA-vergaring.'

'Ik ben op de hoogte van die nieuwe technieken.'

'Uiteraard. Sorry.' Nora was gewend aan onderhandelingen met bureaucraten die geen idee hadden van moderne technologie. 'Dus zoals u kunt begrijpen kunnen we op een nieuwe site misschien eindelijk enkele menselijke resten met name identificeren. Dan kunnen we achterhalen wie wanneer gestorven is en wie...' Ze zweeg even, op zoek naar de minst aanstootgevende formulering. 'Wie, eh... wie heeft geconsumeerd.'

Op dat moment arriveerde de koffie: een ratelend wagentje, voortgeduwd door ene Jones, die al minstens vijftig jaar in dienst van het Instituut moest zijn. Op het blad stonden een thermoskan, koppen, melk en suiker, en een schoteltje met oudbakken lange vingers. Het gesprek viel stil terwijl de koffie geserveerd werd.

'Is het momenteel van aantoonbare wetenschappelijke waarde om te weten wie wie heeft opgegeten?' vroeg Fugit. 'Bovendien, hoewel dr. Benton met overtuigend bewijsmateriaal komt, gaat u ervan uit dat u dat Verloren Kamp zult kunnen vinden. Maar waar het in feite allemaal op neerkomt, zijn de kosten.'

Dat had Nora al zien aankomen. Tien jaar geleden was het Instituut in financiële moeilijkheden geraakt. Met Fugit aan het hoofd hoefden ze niet meer iedere cent om te draaien, maar een van de redenen daarvoor was dat de directeur uitermate voorzichtig was met de uitgaven.

'Inderdaad, tot nu toe was het Verloren Kamp daadwerkelijk volslagen verloren,' zei Nora. 'Maar door de ontdekking van dr. Benton liggen de zaken nu heel anders. Alles wijst erop dat de elf mensen die vastzaten in dit kamp een reeks hoogst ongebruikelijke sociologische en psychologische veranderingen ondergingen. Dit is een ongelooflijke kans voor het Instituut, een opgraving die voor krantenkoppen gaat zorgen.'

Fugit richtte zich tot Benton. 'Dr. Benton, hebt u zelf enige vorm van subsidie in te brengen? Ik zie daar niets over in het onderzoeksvoorstel staan.'

'Eerlijk gezegd: nee.'

'Bent u van plan subsidie aan te vragen?'

'Nee.'

'Momentje, graag,' onderbrak Nora. 'Natuurlijk gaan we subsidie aanvragen, maar eerst hebben we officiële goedkeuring van het Instituut nodig.'

Fugit bleef naar Benton kijken. 'U was er toch zeker niet van uitgegaan dat het Instituut uw expeditie zou financieren?'

'Ja, daar was ik wel van uitgegaan.'

Nora fronste haar wenkbrauwen. Benton stond op het punt het hele initiatief om zeep te helpen. Maar toen ze haar mond opende om de zaken recht te zetten, ging hij verder.

'Het verhaal heeft één aspect dat ik niet in ons voorstel heb gezet,' zei hij.

Fugit zette haar koffiekopje weg. 'En dat is...?'

'Een deel van het verhaal dat vertrouwelijk moet blijven, om redenen die u heel binnenkort duidelijk zullen zijn.'

Met gevouwen handen bleef Fugit zitten wachten.

'U zult zich uit het onderzoeksvoorstel herinneren dat ene Wolfinger een kist met goud bij zich had.'

'Dat herinner ik me.'

'Dan herinnert u zich vast ook dat twee mannen, Reinhardt en Spitzer, aanboden om terug te gaan toen Wolfingers huifkar vast kwam te zitten bij de oversteek van de Great Salt Lake-woestijn, om hem te helpen de wagen uit te graven. Toen ze terugkwamen, beweerden ze dat Wolfinger was gedood door indianen.'

'Ja, ja,' zei dr. Fugit, met toenemend en ternauwernood verholen ongeduld.

'Nou, dat was gelogen. Ook toen al hadden de andere leden van de expeditie het gevoel dat hier iets niet klopte, dat Wolfinger iets aangedaan was. Reinhardt en Spitzer werden met grote achterdocht bekeken en sinds die tijd gingen ze niet veel meer om met de anderen, die hen min of meer doodzwegen. Toen Reinhardt in het Verloren Kamp doodging van de honger, biechtte hij op zijn sterfbed op dat Wolfinger niet door indianen was gedood. Reinhardt en Spitzer waren teruggekeerd, hadden Wolfinger vermoord en zijn goud meegenomen.' Hij zweeg even. 'Die informatie is al meer dan een eeuw bekend onder historici, maar vreemd genoeg heeft niemand ooit de daaruit voortvloeiende vraag gesteld: wat is er met dat goud gebeurd?'

'Gaat u door.'

'Ze zullen de kist naar hun eigen huifkar hebben gesjouwd om hem daar te verbergen. En ze hebben dat goud meegenomen tot aan de bergen, waar ze vastraakten in de sneeuw. Omdat niemand eigenlijk nog een woord met hen wisselde, moesten ze hun eigen tenten opslaan, een eind bij de anderen uit de buurt. Daar zijn ze doodgehongerd. Er is geen enkel verslag van gevonden en niemand weet iets over een kist met goud. Wat ons bij de vraag brengt: waar is dat goud?'

Er viel een lange stilte in het vertrek.

'Wilt u zeggen dat dat goud nog ergens verborgen ligt in de buurt van het Verloren Kamp?' vroeg Fugit.

'Precies. En ik denk zelfs niet ver van het primitieve hutje dat ze van hun wagenplanken hadden gebouwd.'

Nora keek verbaasd en geïrriteerd naar Benton. 'Waarom komt u daar nu pas mee?'

'Het spijt me. Ik moest heel voorzichtig doen. Denkt u zich eens in wat er gebeurt als dit naar buiten komt. Ze hadden maandenlang de tijd om die kist te verbergen toen ze daar vastzaten. En ze konden door de sneeuw onmogelijk ver bij het kamp vandaan. Daarom denk ik dat de kist in de buurt van het kamp moet liggen.'

Fugit keek Benton vorsend aan. 'Hoe komt u aan die informatie?'

'Niemand anders is ooit op de gedachte gekomen daar onderzoek naar te doen. Ik heb oude kasboeken doorzocht van de bank uit Wolfingers woon- en werkplaats. In de kelder van het historisch genootschap, in een oud grootboek van de First Depository Bank in Springfield, Illinois, vond ik een pagina – gedateerd zes dagen voor het vertrek van de expeditie – met de vermelding van een aanzienlijke opname van gouden munten ter waarde van tien dollar, de zogeheten 'Liberty Head'; ze dateerden uit 1846 en waren gloednieuw, vers geslagen door de Munt in Philadelphia.'

'Hoeveel waren het er?'

'Duizend stuks.'

'En volgens de boeken zou die opname gedaan zijn door Jacob

Wolfinger?' vroeg Nora. Ze voelde zich nog steeds beledigd dat hij haar hier niets over verteld had.

'Nee, de naam van de begunstigde was niet te lezen. Uitgerekend die pagina was aangevreten door zilvervisjes. Maar ik heb bewijs.' Hij stak zijn hand in de zak van zijn jasje en haalde er een oud blad papier uit, tussen twee plastic beschermvellen in. 'In een dossierkast een eindje verderop vond ik een brief van de First Depository Bank aan Wolfinger, gedateerd de dag na de opname, waarin ze hopen dat de transactie naar wens verlopen is en hem bedanken voor zijn klandizie.'

Hij gaf de brief aan Fugit, die hem zorgvuldig bekeek en daarna aan Nora gaf.

'Intrigerend,' zei die, terwijl ze het document aan Benton teruggaf. 'Maar hoe kunt u zeker weten dat die duizend gouden munten opgenomen zijn door Wolfinger? Misschien had hij maar een paar honderd dollar opgenomen.'

'Alles kan,' zei Clive. 'Maar bedenk wel: dit was een kleine bank. Zo'n opname moet daar hoogst ongebruikelijk zijn geweest; en er zal een hoop tijd mee zijn gemoeid om het bedrag ter plekke te krijgen. Misschien hadden ze het uit Chicago of zelfs uit Philadelphia moeten laten overkomen. Wolfinger was een welgesteld man; hij had een bijzonder welvarend boerenbedrijf geliquideerd en trok naar Californië. Vergeet niet, dit was vóór de tijden van Wells Fargo. Wolfinger kon niet zomaar geld naar Sacramento overmaken, hij moest het hoogstpersoonlijk meenemen. Goudstukken van tien dollar waren in die tijd de lingua franca, net als tegenwoordig briefjes van honderd voor drugsdealers.' Clive leunde voorover. 'We weten dat iemand vlak voor het vertrek van de karavaan duizend goudstukken heeft opgenomen. We weten dat Wolfinger bij diezelfde bank geld heeft opgenomen. We weten dat hij goud bewaarde in een ijzeren kist die hij naar Californië wilde brengen.' Hij spreidde zijn handen. 'Dat is onweerlegbaar bewijs.'

Met een triomfantelijke glimlach op zijn gezicht leunde hij achterover.

'Tienduizend dollar,' sprak Fugit bedachtzaam. 'Dat was een lief bedrag in 1846.'

'Ja, maar wat is het vandaag de dag waard? Niet alleen de metaalwaarde, de numismatische waarde. Eén enkele munt die nooit in omloop is geweest, kwaliteit FDC en met een datum ergens halverwege de jaren 1840 doet momenteel zo'n vijftien- à twintigduizend dollar. Met andere woorden, ergens in of rond dat kamp ligt een ijzeren kist met daarin een reeks gouden munten ter waarde van twintig miljoen dollar.'

Benton zweeg en er viel een indrukwekkende stilte in het kantoor.

Uiteindelijk opende de directeur haar mond. 'Alles goed en wel, maar als het Instituut de opgraving uitvoert en het goud vindt... van wie is dat goud dan?'

'Alle artefacten die gevonden worden in een opgraving met vergunning, uitgevoerd door een erkende non-profitorganisatie, komen normaal gesproken toe aan de uitvoerende organisatie.'

'Dus dat goud zou van ons zijn?'

'Daarover valt te twisten. De staat Californië zal de schat opeisen als historisch erfgoed. De federale overheid zal het goud ook opeisen, omdat het gevonden zal zijn op federaal grondgebied. Wolfinger had voor zover ik heb kunnen achterhalen geen nazaten, dus wat dat betreft is er weinig reden tot bezorgdheid.'

'Dat soort situaties heb ik eerder meegemaakt. Nazaten of niet, het kan behoorlijk vervelend uitpakken.'

'Ja. Maar dr. Fugit...' – Benton leunde naar haar over – 'daar ligt dus een mooie rol voor het Instituut met zijn fantastische reputatie. Als onderdeel van de aanvraagprocedure kan het Instituut op voorhand onderhandelen over de verdeling van de schat, mochten we die vinden. Die afspraak wordt vastgelegd in de vergunningen zelf. Dankzij de reputatie van het Instituut kan niemand bezwaar aantekenen als u een redelijk aandeel krijgt, om uw subsidiepot te spekken. Belangrijk onderzoek te financieren. Salarisverhogingen door te voeren. Als het Instituut een derde aan de staat aanbiedt, een derde aan de federale overheid en dan een derde zelf houdt, kan niemand daar toch iets tegen inbrengen?' Hij dempte zijn stem. 'Met andere woorden: u hebt helemaal geen subsidie nódig om deze expeditie te financieren.'

'Het lijkt me anders nog steeds een behoorlijk dure gok.'

'Als dit te riskant is voor uw Instituut, heb ik daar alle begrip voor. Onze gezamenlijke alma mater, Stanford, heeft een archeologieprogramma van wereldklasse, evenals Berkeley.'

Er verscheen een frons van ongenoegen op Fugits voorhoofd. Nora wist dat de directeur niet goed zou reageren op dreigementen en ze was verbaasd over Bentons agressieve opmerking.

'Ik ben ervan overtuigd dat we de benodigde fondsen kunnen vinden,' zei Fugit scherp. 'Maar waar is uw eigen aandeel in die driedeling die u voorstelt?'

Benton lachte. 'Hoeveel goud wil ik zelf, bedoelt u? Geen. Mijn belangstelling is zuiver historisch. Als ik op het goud uit was, had ik zelf op zoek kunnen gaan; daar had dan geen haan naar gekraaid.'

'Loffelijk,' merkte Fugit droogjes op. 'Maar hoe weet u dat het niet al jaren geleden door iemand anders gevonden is?'

'Als dat zo was, dan moest er nu een ongebruikelijk aantal gloednieuwe Liberty Heart-goudstukken uit 1846 in omloop zijn. Niemand had enig idee waar dat Verloren Kamp heeft gelegen; wij zijn de eersten die dat weten, dankzij Tamzene Donner en haar dagboek.'

Het bleef even stil. Toen sloeg Fugit de map op haar bureau dicht. 'Het Instituut aanvaardt uw voorstel en zal de kosten van de expeditie dragen. Nora, als je wilt word jij archeologisch directeur van de onderneming, en Clive – als ik zo vrij mag zijn? – is de historicus van de opgraving. Het Instituut zorgt voor de vergunningen. We hebben de wintermaanden de tijd, maar dat is krap om zo'n grote expeditie op touw te zetten.'

Ze stond op en schudde hun beiden nogmaals de hand. 'Dr. Benton, zou ik even een momentje met Nora onder vier ogen mogen spreken?'

'Uiteraard.' Hij glimlachte beleefd, draaide zich om en liep het kantoor uit.

Fugit keek hem na. Ze gingen weer zitten en Fugit richtte zich tot Nora. 'Dit is een hoogst intrigerend voorstel.' Haar gezicht bleef in de plooi, maar haar ogen verrieden een spoortje enthousiasme.

'Dank u. Ik ben blij dat u er zo over denkt.'

'Hoever zijn we met die Pueblo-ruïne bij Pedernal?'

'De laatste ruimte is volledig opgegraven en gedocumenteerd. Nu is het een kwestie van catalogiseren van scherven en artefacten. Laboratoriumwerk.'

'En die nederzetting waarmee je bezig was bij Bandelier?'

'Daarmee zijn we klaar. Ik heb de zaak overgedragen aan de Dienst voor Oudheden, om de juridische kwesties af te handelen.'

De directeur keek haar even onderzoekend aan. 'Ik zal je wat zeggen: ik zit hier nu bijna tweeënhalf jaar en ik kan me niet herinneren dat jij in al die tijd ook maar één vrije dag hebt opgenomen of zelfs maar je hoofd boven een proefsleuf hebt uitgestoken.'

'Dat is niet zo gek: ik hou van mijn werk.'

'En meer zit er niet achter?'

'Nee,' antwoordde Nora iets abrupter dan ze bedoeld had.

'Ik wil me niet in jouw zaken mengen, maar ik ben me bewust van je achtergrond. Ik ben blij dat je zo van je werk houdt... ik zou alleen niet graag zien dat je jezelf erin begraaft.'

Nora zweeg.

'Deze expeditie wordt denk ik geen peulenschil. De hogere bergen in de Sierra's zijn ruig, gevaarlijk terrein. Je weet dat Ted Curtin staat te trappelen om een dergelijke opgraving op zich te nemen. En het is een feit dat hij zoiets dringend op zijn cv moet bijschrijven. Als je het veldwerk aan hem wilt overlaten, kun je zelf een tijdje vrij nemen en vervolgens het werk hiervandaan aansturen en de boel overnemen zodra...'

'Dr. Fugit,' onderbrak Nora haar, 'ik dank u voor uw empathie, eerlijk waar. En ik gun Ted Curtin zijn post-doc van harte. Maar Clive Benton heeft mij persoonlijk benaderd. Ik weet niet hoe hij zal reageren als ik de opgraving aan iemand anders overdraag. En heel eerlijk gezegd begraaf ik me niet in mijn werk, dat werk is mijn leven. Ik kan me niets spannenders indenken dan het Verloren Kamp van de Donner Party vinden. En in de wintermaanden, tijdens de voorbereidingsfase, komen er best rustige momenten; ik zal er geen slapeloze nachten van krijgen of zo.'

Fugit zat zwijgend naar haar te luisteren.

'Ik weet dat u op de hoogte bent van mijn achtergrond. Maar echt, die doet niet ter zake. En... om het in uw eigen termen te zeggen, ik waardeer het dat u zich niet in mijn zaken mengt.'

Bij die woorden sperde Fugit haar ogen bijna onzichtbaar heel ietsjes open. Even bleef het stil in het kantoor. Toen knikte de directeur. 'Uitstekend,' zei ze energiek. 'Veel succes met uw voorbereidingen, dr. Kelly.'

6

29 maart

'Agent Swanson?'

In de lange, weergalmende zaal – ooit kennelijk een soort salon, nu opgedeeld in een onoverzichtelijke kantoortuin – bleef het stil, afgezien van het zachte piepen van elektronische apparatuur en het klikken van vingers op toetsenborden.

'Agent Swanson!'

Corinne Swanson keek geschrokken op en liet de papieren waarin ze had zitten bladeren op haar bureau vallen. 'Ja?'

Het was de stem van Robert Wantaugh. Zijn hoofd stak boven het tussenwandje uit aan het eind van wat ze hun cellenblok was gaan noemen. Hij had kort, blond haar, achterovergekamd in een *ducktail* waar een figurant uit *The Untouchables* trots op had kunnen zijn.

'Je leeft nog. Gelukkig. Ik was al bang dat er iets gebeurd was en dat je even dood was als die oude dossiers die je zit te bestuderen.'

'Zover is het nog niet.'

Wantaugh zat pas een halfjaar langer op zijn plek dan zijzelf, maar sinds hij in een hogere salarisschaal was terechtgekomen, had hij een luchthartig air van anciënniteit ontwikkeld. Althans, als er geen agenten met meer ervaring in de buurt waren.

'Ik wilde alleen even zeggen dat de pizza's er zijn. In vergaderzaal B.'

'Bedankt. Ga jij maar vast, ik kom er zo aan.' Wantaugh was niet alleen een betweter, maar Swanson had ook de indruk dat hij een oogje op haar had.

Ze pakte de papieren weer – ooggetuigenverslagen van de slachtoffers van een bankrover die drie jaar geleden een breed pad van vernieling had getrokken langs de I-25 – en probeerde zich weer te concentreren. Na een tijdje draaide ze zich om naar haar toetsenbord en begon haar samenvattend verslag te typen. Niet dat er veel samen te vatten viel – ze kende het hele verhaal al uit haar hoofd en er viel niets van enige waarde aan toe te voegen. Vijf banken beroofd in een tijdsbestek van twee maanden. Twee lokettisten neergeschoten, geen van beiden dodelijk gewond. De dader was zich bewust van beveiligingscamera's en was de bankgebouwen binnengelopen met steeds weer een andere cowboyhoed op zijn hoofd, waaronder hij een bivakmuts droeg die hij meteen na binnenkomst omlaag rolde. Totale buit: 694.000 dollar. Voor het laatst gezien bij de Third National Bank in Alamogordo, net buiten het reservaat Mescalero. Geen identiteitsbewijs, geen nummerbord, niks. Het enige waar de ooggetuigen het over eens waren, was dat de bankrover blank en onder de veertig was. Volgens een informant was hij de grens overgestoken. En zelfs dat nieuws was al twee jaar oud.

Swanson liet haar handen van het toetsenbord glijden, maakte een nette stapel van de papieren op haar bureau en schoof die met een zucht in de officiële dossiermap. Ironisch genoeg had ze niet gehoord dat Wantaugh haar riep, omdat ze er nog niet aan gewend was 'agent' genoemd te worden.

Special agent Swanson. Wat had ze er lang van gedroomd zo aangesproken te worden. Die droom had haar weggevoerd uit Medicine Creek, Kansas, helemaal naar het John Jay College voor Criminologie in New York City; gevolgd door de verplichte werkervaring, in haar geval een jaar als assistent-reclasseringsambtenaar in de Lower Hudson Valley. Tot slot naar de FBI-academie in Quantico voor een twintig weken durende opleiding tot nieuwbakken FBI-agent. Twintig weken van eindeloze theoretische en praktische oefeningen: van hordenlopen bij regen en door ijskoude modder; van vuurwapentraining en tactische gevechtstechnieken in Hogan's Alley, een locatie die veel weghad van een Hollywood-filmdecor; van slipcursussen en manoeuvres om een vluchtauto tijdens een achtervolging tot stoppen te dwingen, tot ze zich eerder een stuntrijder dan een wetshandhaver voelde. En ze had het geweldig gevonden; ze had genoten van iedere smerige, uitputtende, stressvolle minuut. Want elk van die minuten bracht haar dichter bij haar doel: special agent worden.

En toen was het dan eindelijk zover: het diploma was uitgereikt, de eed was afgelegd, ze had haar penning en papieren gekregen. Nooit van haar leven was ze ergens zo trots op geweest. Daar kwam bij dat niemand dit moment ooit had kunnen voorspellen: Corrie Swanson, de grofgebekte emo met haar paarse lokken, die in haar jonge jaren in dat provinciegat in Kansas tegen alles en iedereen aangeschopt had. Haar moeder had niet de moeite genomen naar de diploma-uitreiking te komen – die zou wel weer dronken geweest zijn – en het had haar gestoken dat de voornaamste instigator achter haar gloednieuwe carrière, special agent Aloysius Pendergast, er niet bij had kunnen zijn... maar haar vader, Jack, was er wel geweest, glimmend van trots, hoewel hij zichtbaar niet op zijn gemak was geweest in bijzijn van zoveel mensen die de lange arm der wet vertegenwoordigden.

En plotseling was het voorbij. Ze had haar dienstwapen gekregen, een Glock 19M met vier magazijnen van vijftien patronen met oranje vulpatronen plus een reeks Winchester PDX1+P 124 grain-dumdumkogels; en daarmee was haar nieuwe leven een feit.

Nooit had ze kunnen vermoeden dat dat 'nieuwe leven' zou inhouden dat ze zich dag in, dag uit om halfnegen 's ochtends zou moeten melden op Luecking Park Avenue NE nummer 4200 – de FBI-vestiging in Albuquerque, New Mexico – voor een kantoorbaan. Ze had kennisgemaakt met toezichthoudend special agent Hale Morwood, de adviseur die het eerste deel van Swansons tweejarige proefperiode voor zijn rekening zou nemen. Hij was de mentor die haar zou 'schaduwen', haar het klappen van de zweep zou laten zien, haar zou beoordelen en... naar het scheen, haar verwachtingen de kop zou indrukken.

Ze was intussen drie maanden bezig met de studie van cold cases en samen met Voorlichting werkte ze aan de contacten met het publiek. Af en toe mocht ze met de technische dienst op pad... als ze nieuwe beveiligingscamera's moesten ophangen.

Dit was niet wat ze verwacht had. Zou iedereen die net van Quantico af kwam hun proefperiode zo doorbrengen? Dat kon toch niet? Ze kon zich geen ergere inwerkperiode voorstellen tot Morwood haar meenam naar het kantoor in Farmington, vlak bij de grens met Colorado. Als Albuquerque de armzalige bilspleet van de bewoonde wereld was, dan was Farmington de steenpuist in die bilspleet. Als ze ooit op zo'n kantoor belandde, werd ze misschien zelf bankrover.

Ze hoorde het geroezemoes van vele stemmen uit vergaderzaal B, waar haar jonge collega's tijdens hun lunch aan tafel zaten te kletsen.

Maar Swanson had geen trek. Ze keek naar Morwoods kantoor. De deur was dicht en de glazen wand ernaast was zoals gebruikelijk verduisterd met beige vinyl luxaflex die tot aan de vloer was neergelaten. Morwood zat in telefonische vergadering: de wekelijkse voortgangsrapportage voor het hoofdkantoor. Ze keek op haar horloge; de vergadering kon ieder moment afgelopen zijn. Ze haalde diep adem. Op dat moment ging, zoals verwacht, de deur open en kwam Morwood tevoorschijn. Vanuit haar ooghoek zag ze hoe hij zich in zijn jasje hees en in de doolhof van de kantoortuin verdween. Hij was klein van stuk, achter in de veertig, met een klein embonpoint en steeds dunner wordend rossig haar. Bij de eerste kennismaking had Swanson gevonden dat hij meer had van een treinconducteur dan van een FBI-supervisor. Maar dat was voordat ze de kans had gehad hem gedurende een paar maanden te observeren: hoe hij afstand bewaarde, de glinsterende sluwe intelligentie in zijn slaperige bruine ogen.

Intussen was Morwood weer tevoorschijn gekomen uit de kantoortuin en liep hij met een verse kop koffie in de hand terug. Nog steeds strikt op schema. Dat betekende dat hij pas over een kwartier zijn volgende vergadering had. Swanson haalde nogmaals diep adem, vermande zich, pakte haar dossiermap, stond op en liep weg bij haar bureau.

Morwood zat alweer bijna achter zijn bureau en roerde nepsuiker in zijn koffie. Hij knikte toen hij Swanson zag aankomen. 'Goeiemiddag, Swanson.'

''middag, meneer. Kan ik u even spreken?'

Morwood knikte naar een van de twee identieke stoelen tegen de glazen wand. 'Ga zitten.'

Met de map op schoot ging Swanson zitten. Morwoods ongeïnteresseerde blik bezorgde haar altijd een ietwat onbehaaglijk gevoel, alsof ze vergeten was haar haar te kammen of misschien haar bloes binnenstebuiten aangetrokken had zodat het etiket naar buiten stak. Dat zou wel komen van al die jaren van gescheurde jeans en vrijwel identieke zwarte T-shirts. Ze onderdrukte de neiging haar rok glad te strijken. 'Ik ben klaar met de revisie van de bankroven langs de I-25, agent Morwood,' begon ze.

Morwood nam een slok koffie. 'Nog iets bijzonders gevonden?'

Swanson weifelde. Ze wilde niet onbekwaam overkomen, maar ze wilde ook zeer beslist niet met nog meer cold cases opgezadeld worden. 'Geen significante ontwikkelingen. Ik heb de loketbedienden en het overige bankpersoneel opnieuw ondervraagd om te kijken of er niets veranderd was in hun herinneringen. Ik heb de video-opnames van de beveiligingscamera's bekeken. Aan de hand van *image enhancement* heb ik het merk kunnen achterhalen van een van de cowboyhoeden van de dader. Een merk dat veel verkocht werd in Texas, New Mexico en Arizona, kortgeleden opgeheven. Hun administratie leverde niets op.'

'En zijn er later nog banken beroofd met diezelfde aanpak?'

'Nee. Daar heb ik heel zorgvuldig naar gekeken, zowel ten noorden als ten zuiden van de grens. Aan bankberovingen geen gebrek, maar niet één die op meer dan een punt overeenstemde met deze.'

'Aha. Nou, mooi werk, Swanson. Krijg ik je rapport opgestuurd?'

'Ik leg er net de laatste hand aan.'

Morwood knikte en wilde iets zeggen, maar plotseling stak hij zijn hand in zijn binnenzak en haalde er net op tijd een zakdoek uit om een felle hoestbui te dempen. Swanson wachtte beleefd tot de aanval voorbij was. Morwood had iets mysterieus. Ze had de nodige geruchten gehoord. Naar verluidt was hij ooit een soort superagent geweest in Chicago, met stapels aanbevelingsbrieven. Er werd gezegd dat zijn trage, lethargische manier van doen en die lome blik van hem geveinsd waren. Er werd ook gezegd dat hij tijdens de achtervolging van een verdachte in een verffabriek in Gary een vreselijk ongeluk had gehad dat zowel zijn longen als zijn veelbelovende carrière naar de maan had geholpen. Hoe dan ook, daar zat hij dan: iemand met jarenlange ervaring en een bovengemiddelde intelligentie, die zijn tijd uitdiende als instructeur voor groepen nieuwe agenten.

Morwood borg de zakdoek weer in de zak van zijn jasje. 'Was er verder nog iets, agent Swanson?'

Het was zover. Swanson haalde nogmaals diep adem. 'Dit is de vijfde cold case die ik opnieuw heb bekeken, agent Morwood.'

Morwood knikte. 'En dat gaat je steeds beter af, niet alleen je benadering maar ook je efficiency.'

'Dank u.' Jemig, zo'n compliment maakte het er alleen maar moeilijker op. 'Meneer, ik waardeer de kans om ervaring op te doen door deze oude zaken te bestuderen, maar ik hoopte... volgens mij...' Ze viel stil, hoopte dat Morwood haar bedoeling zou snappen, de zin voor haar zou afmaken. Maar nee. 'Volgens mij ben ik toe aan een nieuwe uitdaging.'

'Een nieuwe uitdaging. Een open onderzoek, bedoel je?'

'Inderdaad.'

'Je vindt dat je alles geleerd hebt wat er te leren viel uit deze open maar op ijs gelegde zaken en je bent eraan toe om zelf cowboytje te gaan spelen?'

Als kind was Swanson een enorme driftkop geweest, maar de jaren aan John Jay en met neme de discipline die er in Quantico in gedrild was – gekoppeld aan haar eigen voortschrijdend inzicht – hadden haar geholpen dat temperament te beteugelen. Ze keek even naar Morwood. Er was geen spoor van sarcasme of neerbuigendheid te bekennen in diens slaperige ogen.

'Er valt vast wel meer te leren uit dossieronderzoek. Maar ik heb in al die drie maanden geen echte vooruitgang geboekt, geen ontdekkingen gedaan waar we iets mee kunnen. Ik heb jarenlang forensische antropologie gestudeerd. Volgens mij...'

Ditmaal kwam Morwood haar tegemoet. 'Volgens jou heb je dit soort dossieronderzoek al op Quantico gehad.'

'Inderdaad, meneer.'

'En na drie maanden bij de schoonmaakploeg in het fort vind je dat je genoeg gedaan hebt en dat je aan iets nuttigers toe bent. Iets interessanters.'

Misschien was dit zijn normale manier van spreken. Of misschien was hij cynisch geworden door zijn overplaatsing vanuit Chicago; Swanson kende hem niet goed genoeg om te weten wat het was. 'Zo zou u het kunnen stellen, ja.'

Morwood leunde voorover in zijn stoel. 'Swanson, er zijn twee antwoorden mogelijk op dat verzoek van je. Ik zou kunnen zeggen dat jouw opinie of gevoelens van geen enkel belang zijn voor mij of voor wie dan ook hier op kantoor. Je komt net kijken, je hebt niets in te brengen. Dat zou de officiële, de voor de hand liggende reactie zijn.'

Tijdens het spreken kwam er iets staalhards in zijn stem. Swanson voelde zich verstijven.

'Of ik kan zeggen dat ik je volledig begrijp.' Morwood zette zijn ellebogen op het bureau en plaatste zijn vingers tegen elkaar. Op iets mildere toon vervolgde hij: 'Zo heb ik me ook ooit gevoeld. En meestal is dit het ergste moment, zo'n drie maanden na het begin. Ik zou dit eigenlijk niet moeten zeggen, maar de psychologen bij Quantico hebben er zelfs een naam voor.'

Swanson zat als verstokt in haar stoel; ze had geen idee welke kant dit op ging.

'Een FBI-agent is iets heel anders dan een dokter, of zelfs een politieman. Er is niet één enkele manier om de juiste soort ervaring op te doen. Er zijn massa's agenten – juristen, computerprogrammeurs – die niet eens een wapen dragen en die hun hele loopbaan lang achter een bureau zitten. Waar je geplaatst wordt, maakt ook uit. Jij bent nu toevallig in Albuquerque beland. Veel van ons werk hier heeft te maken met drugs, dus de DEA neemt vaker wel dan niet het voortouw.' Hij leunde opnieuw voorover. 'Maar ik zal je nog twee dingen zeggen, Swanson. Ten eerste: ik ben je opleider. Terwijl jij die dossiers bestudeert, bestudeer ik jou: waar je vaardigheden liggen, waar je het best op je plek zou zijn, en aan welke zwakke punten je nog moet werken.'

Swanson probeerde haar verbazing niet te laten blijken. Ze had er nooit bij stilgestaan – het was haar beslist nooit opgevallen – dat Morwood haar ook maar enige aandacht schonk.

'Ten tweede – en wat dat betreft moet je me vertrouwen – jouw tijd komt. En waarschijnlijk wanneer je er het minst op bedacht bent. Misschien niet eens in de vorm van een officiële opdracht. Misschien gebeurt er iets als je ergens zo'n vermaledijde beveiligingscamera aan het installeren bent. Of laat in de avond op weg naar huis. En misschien is dat het onderzoek waarvoor je in de wieg gelegd bent. Of misschien blijkt het de saaiste, meest frustrerende zaak van je hele carrière te worden. Hoe dan ook, dit kan ik je beloven: die cold cases die je nu zit te bestuderen, zullen je goed van pas komen.' Hij nam een slok van zijn koffie.

Na een korte stilte besefte Swanson dat het gesprek voorbij was en dat ze kon inrukken. Ze stond op. 'Dank u voor uw tijd, agent Morwood.'

'Geen dank.' Morwood pakte zijn telefoon en begon een nummer te kiezen.

In gedachten verzonken liep Swanson terug naar haar bureau. Daar aangekomen fronste ze haar wenkbrauwen. Er lag iets wat er voorheen niet gelegen had: een pakje in een grote, bruine envelop. Ze pakte het op en scheurde de envelop open. Het bleek een dik, beduimeld dossier te zijn vol foto's en verslagen.

Cold case nummer zes.

Met een zucht ging ze zitten. Ze haalde de map uit de envelop en legde hem met een vermoeide blik weg, terwijl ze de laatste alinea's typte van haar verslag over de bankrover langs de I-25, nog steeds voortvluchtig en gezocht door het Federal Bureau of Investigation.

7

22 april

De man die bekendstond als Bricktop had tegen betaling al heel wat vreemde klussen uitgevoerd, maar dit sloeg werkelijk alles. Officieel was grafroof al tweehonderd jaar geleden uit de mode geraakt, maar daar stond hij nu, op een kerkhof bij volle maan, een lijk op te graven. Maar goed, voor vijf mille? Het betaalde beter dan oxy dealen, het was sneller en heel wat minder riskant.

Hij was wel vaker door New Mexico gereden, maar in dit deel van de staat was hij nog nooit geweest; het was er heel wat groener dan hij verwacht had. En bergachtig; het leek Colorado wel. Het kerkhof lag zo'n dertig kilometer ten oosten van Santa Fe, op een heuvel met bossen, en was voorzien van een smeedijzeren poort en een omheining. Bij de ingang hing een bord, maar hij nam niet de moeite het te lezen. Op dit late uur kwamen er geheid geen toeristen en verder viel hier niets te doen behalve bomen kappen. In de vallei fonkelden de lichtjes van Glorieta en tussen de heuvels was een stuk lint van de I-25 te zien, met traag voortkruipende koplampen in de verte. Het was hier zo hoog op de heuvel een kille nacht, maar Bricktop was allang blij, want het zweet brak hem uit bij al dat graafwerk. Voor later in de nacht was regen voorspeld, maar vooralsnog zaten er grote gaten in het wolkendek en had hij genoeg aan de volle maan als verlichting.

Vreemd hoe dit soort klussen zijn kant uit kwam. Hij kende iemand die iemand kende en plotseling stond hij met een exacte routebeschrijving in de hand. Net als op de rest van de begraafplaats was ook hier geen grafsteen te bekennen, niets dan een oud stenen monumentje met een of ander oud, officieel ogend metalen medaillon – het leek wel een speldje van de Rotary Club – in de grond ernaast gestoken.

Bricktop wachtte even en keek op zijn horloge: tien minuten voor middernacht. Hij was nu zowat een uur bezig en de klus was al half geklaard. Hij nam even een adempauze, bood weerstand aan de neiging een sigaret op te steken en ging verder. Zijn spade zonk weg in de losse, droge aarde die hij op het zeil dumpte, de ene schop vol na de andere, in een soepel ritme. Het was niet echt anders, hield hij zich voor, dan de oefeningen bij de fitness in Kirtland, niet ver van zijn woning. Het liedje 'Brick House' speelde al tijden door zijn hoofd, ook nu; het ritme vormde de hartslag van zijn werk.

Bricktop had de mannen die hem daadwerkelijk in dienst hadden genomen uiteraard niet ontmoet. Hij had een telefoontje gekregen, dat was alles: de opdracht naar een parkeergarage te gaan om een envelop op te halen met daarin tweeduizend dollar en zijn instructies. Volgens belofte zou hij nog eens drie mille krijgen als de klus geklaard was. In de instructies stond niet alleen op welke datum en hoe laat hij aan de slag moest, samen met een gedetailleerde plattegrond, maar ook een lijst van alles wat hij nodig zou hebben: een plastic zeil om het zand op op te hopen, een spade, pikhouweel, handschoenen, een ladder en speciale koevoeten om het deksel van de kist te openen. Hij hoefde geen echte grafroof te plegen, hij moest alleen de kist blootleggen en het deksel openen zodat de overledene kon worden onderzocht 'om de identiteit vast te stellen'. De twee mannen die de identificatie voor hun rekening namen, zouden om halftwee in de ochtend arriveren, en nadat zij hun werk hadden gedaan ging de kist weer dicht en kreeg hij zijn drie mille, waarop zij zouden vertrekken terwijl hij het gat weer dichtgooide. Dit waren kennelijk types die hun handen niet graag vuilmaakten. Bricktop nam aan dat het iets te maken had met een erfenis of identiteitsdiefstal. In het briefje had een waarschuwing gestaan dat hij niet hoefde te proberen ervandoor te gaan met de twee mille: dan kon hij een bezoekje verwachten waarna hij met een heel, heel hoog stemmetje zou achterblijven.

Een grafkist opgraven was geen sinecure, maar het was hier tenminste zachte zandgrond, zonder stenen of wortels. Nu en dan hield hij op om te luisteren, maar afgezien van de nachtgeluiden uit het omringende bos viel er niets te horen. Steeds dieper groef hij, een keurig rechthoekig gat met gestoken wanden, eerst aan de ene en daarna aan de andere kant, nog steeds met 'Brick House' op zijn lippen. Eerder dan verwacht hoorde hij het metaal van zijn schop ergens op stoten, maar het klonk niet als hout. Hij bukte zich, veegde wat zand weg en zag tot zijn verbijstering dat de verweerde kist onder zijn voeten van ijzer was, oud en gedeukt. Het ding had meer weg van een oude schatkist dan van een doodskist. Hoofdschuddend schoof hij het laatste zand van de bovenkant weg. De kist had een dubbel deksel; dat was dan tenminste wat hij verwacht had. Hij groef rond de zijkanten om ruimte vrij te maken voor zijn koevoeten en tilde daarna de bovenste helft van het deksel weg. Het gevaarte was loodzwaar. Vanuit de donkere krochten steeg een onaangename geur op. Hij hield zijn lantaarn beneden grondpeil, knipte hem aan en bekeek het lijk van de man.

Alweer een verrassing: het was helemaal geen man, het was een vrouw. Althans, hij nam aan dat het een vrouw was, want het lijk was gehuld in een uiteenvallend bruin gewaad. Aan het weerzinwekkende gelaat viel niets te zien: dat vertoonde een donslaag van schimmel en was volledig verschrompeld, eerder een schedel dan een gezicht, met gemummificeerde lippen vertrokken tot een manische grimas. Goddank was de identificatie niet zijn pakkie-an. Als dat de missie van zijn opdrachtgevers was, hoefde hij de onderste helft van de doodskist uiteraard niet open te breken. Hij had het eerste deel van zijn klus verricht en hoefde nu alleen maar op zijn opdrachtgevers te wachten. Hij keek op zijn horloge: tien voor halftwee. Hij was keurig op tijd, tien minuten te vroeg zelfs.

Hij klom het gat uit, hees zich op een grafsteen dichtbij, stak een sigaret op en nam een lange haal. Hij probeerde op te houden met roken en had zichzelf op een rantsoen van twee sigaretten per dag gezet. Aangezien het intussen na middernacht was, telde deze als zijn eerste van die dag.

En inderdaad, prompt om halftwee zag hij het schijnsel van koplampen op de slingerweg heuvelopwaarts naar het kerkhof. Toen de auto bijna boven aangekomen was, ging het licht uit en parkeerde de auto op het zandpad naast de zijne. Beide portieren gingen open en er stapten twee mannen uit. Ze liepen naar hem toe. Een van hen had een weekendtas in de hand.

'Bricktop?' vroeg de man met de tas.

'En geen ander. Uw mannetje – ik bedoel, degene die u zoekt – ligt hierzo.'

Hij ging de mannen voor naar het graf. Aan weerszijden bleven ze even staan kijken naar de open kist. Er waren wolken voor de maan geschoven, waardoor hij hun gezichten niet goed kon zien. Hij wachtte.

Nu trokken ze allebei latex handschoenen aan en trokken maskers voor hun gezicht. Een van hen klom het graf in en nam plaats op de onderste helft van het deksel van de ijzeren kist. Hij bukte zich en scheen even met een zaklampje op het gezicht van de vrouw. Daarna haalde de ander een lange botzaag uit zijn tas en gaf die aan de man in het gat, samen met een stel grote zeiltassen. De metalen zaag glansde even in het maanlicht. De man bukte zich over het middenrif van het lijk en Bricktop hoorde een afgrijselijk knappend, zagend geluid. Het leed geen twijfel wat de man aan het doen was... en dat was niet alleen kijken wie het lijk was. Maar Bricktop hield zijn mond. Geen vragen stellen, nooit nieuwsgierig zijn; dat was zijn mantra.

De man hees iets zwaars in een van de zeiltassen, ging opnieuw aan het zagen en stopte iets in de tweede tas. Hij ritste ze dicht en tilde ze behoedzaam omhoog naar de man aan de rand van het graf. Toen stroopte hij zijn handschoenen af, trok zijn masker weg, en borg ze in zijn zak.

'Klaar?' vroeg Bricktop.

'Klaar.' De man stak zijn hand in zijn binnenzak en haalde er een bruine envelop uit. 'En niet vergeten: dit is niet gebeurd.'

Bricktop knikte, opende de envelop die hem aangereikt werd, en zag dat er bundeltjes gloednieuwe bankbiljetten in zaten. Drie stapels honderdjes, elk met het opschrift $1000 op de wikkel. Hij bekeek ze even en stak de envelop in zijn jasje.

'Oké,' zei de man. 'Deksel erop en dan kun je het gat dichtscheppen.'

Bricktop wilde niets liever dan de klus afmaken en dan wegwezen. Hij bukte zich en pakte het zware deksel van de kist. Net wat hij gedacht had: die idioten hadden het lijk doormidden gezaagd en de bovenste helft meegenomen. Niet dat hij daar iets mee te maken had. Hij pakte de koevoeten en hees de kist met een gedempte klap dicht.

Hij voelde iets prikkelen tegen zijn achterhoofd... en einde verhaal.

De man in het graf bukte zich over de gestalte die over de kist heen gedrapeerd lag en vuurde met een onaangedaan gezicht een tweede kogel af uit zijn Maxim 9-pistool met geluidsdemper. Het schedeldak van de grafdelver vloog weg. Hij trok zijn latex handschoenen weer aan en viste voorzichtig de envelop met geld uit de binnenzak van de dode, samen met diens portemonnee, autosleutels en de instructiebrief. Hij klom naar boven en samen sleurden ze het zeil met een deel van de aarde die erop lag in het vers gedolven gat, zodat het lijk en de gereedschappen losjes bedekt werden. De zeiltassen en de zaag verdwenen de weekendtas in. Nu ging de maan langzaamaan schuil achter donkere wolken die onweer en zware regen met zich meevoerden. De man met het pistool stapte in de auto van de dode grafdelver, de man met de weekendtas in de andere. Bricktops auto reed de ene kant uit en even later verdween de andere auto in tegengestelde richting.

Zware regenspetters daalden op het kerkhof neer, eerst een paar maar algauw hoosde het. De hemel werd doorkliefd door bliksemschichten en tussen de heuvels daverde het van de donderslagen.

8

23 april

De telefoon op Swansons bureau rinkelde. Twee korte tonen: een intern gesprek.

Ze nam op. 'Ja?'

'Swanson?' Dat was Morwood.

'Ja?'

'Kun je even bij me op kantoor komen?'

'Ik kom er meteen aan.'

Swanson schoof de dossiers die ze had zitten bestuderen opzij – cold case nummer zeven – en stond op. Het was niets voor Morwood om haar bij zich op kantoor te roepen; niet op dit vroege uur. Hij was punctueel inzake wekelijkse vergaderingen en voortgangsgesprekken, iedere donderdag om twee uur. Vanuit een jarenlange gewoonte waren schuldgevoel en stress de eerste emoties die bij haar opkwamen. Shit, had ze iets verkeerds gedaan?

De afgelopen paar weken had Morwood Swanson laten meelopen met een tweetal DEA-teams bij invallen in methadonlabs in het noordoosten van Albuquerque. Het waren geen grote labs geweest, en haar rol had zich beperkt tot die van waarnemer met een kogelvest aan – ze had het vermoeden dat Morwood die twee operaties had uitgekozen omdat ze slechts minimale kans op gevaar opleverden. Maar intussen had ze wel ervaring uit de eerste hand opgedaan met de rivaliteit tussen de diverse agentschappen voor wetshandhaving.

Ze wist al wat de FBI van de DEA vond: een stel primitievelingen wier knokkels nog zowat over de grond sleepten, amper meer dan neanderthalers met als grootste talent het inslaan van schedels. Maar tijdens deze twee operaties had ze gemerkt dat de DEA zelf ook een mening had over de FBI. De teams hadden haar in niet mis te verstane bewoordingen laten weten dat ze bij de verkeerde instantie zat en dat de FBI een triest samenraapsel was van geitenbreiers met schriele kippennekjes; een stel pennenlikkers die tijdens hun complete loopbaan zelden of nooit in beweging kwamen. In eerste instantie had Swanson zich weinig aangetrokken van hun stekelige opmerkingen. Maar tegen het einde van de tweede operatie, de dag tevoren, bleef een van de militair aandoende agenten eindeloos doorgaan, en toen ze terug waren op het bureau – verdachten in de handboeien, meth in de kast met bewijsmateriaal – had Swanson zich niet langer kunnen inhouden. Ze had de pestkop tot in de kleinste details laten weten waar hij die zojuist in beslag genomen drugs kon stoppen.

Pas later die avond was ze erachter gekomen dat Breitman, de treiteraar, de patrouilleleider was geweest.

Toen ze bijna bij de open deur van Morwoods kantoor was, kregen de zenuwen de overhand. Shit, dat moest het zijn. Al bijna vier maanden lang was ze niet over de rooie gegaan. Maar nu, op het allerergst denkbare moment en tegenover de allerergste gast, was het dan zover geweest. Ze wist dat Morwood, haar opleider, de autoriteit had om haar te ontslaan. En hoewel die kans gering was, kon hij zeker een aantekening in haar dossier aanbrengen die voor lange tijd een rem op haar carrière zou zetten.

Om alles nog eens erger te maken had '19th Nervous Breakdown' van de Rolling Stones zich haar gedachten binnen gewerkt en kreeg ze het deuntje niet meer uit haar hoofd. *Here it comes...*

Met droge mond klopte ze op de deurpost. Morwood, die met een aaneen geniete stapel papieren in zijn hand zat, keek op. Als gebruikelijk kon ze niets opmaken uit zijn gelaatsuitdrukking. 'Swanson,' zei hij, terwijl hij zijn blik weer op de papieren richtte. 'Kom binnen.'

Meestal vroeg hij haar te gaan zitten. Ditmaal niet.

Ze wachtte terwijl hij een blad omsloeg en nog een. Na een tijd schraapte hij zijn keel en vroeg, zonder op te kijken: 'Ben jij op de hoogte van wat er gebeurd is bij de Glorieta-pas?'

Glorieta-pas? Dat zei Swanson helemaal niets. Ze pijnigde haar hersens, haalde zich de namen van de straten voor de geest in de Alta Monte-buurt waar de inval had plaatsgevonden – Candelaria, Comanche – maar ze herinnerde zich niets in de trant van Glorieta. 'Niet echt, agent Morwood,' zei ze, terwijl ze zich schrap zette.

Morwood liet de stapel papieren op zijn bureau vallen en keek haar eindelijk aan. 'Eerlijk gezegd sta ik daarvan te kijken, agent Swanson.'

'Pardon, meneer?' *Here it comes, here it comes...*

'Iemand die zo'n grondige kennis van de geschiedenis heeft, en dan wil je me vertellen dat je niets weet van de Slag bij de Glorieta-pas?'

Nu wist Swanson het echt niet meer. Met een geïrriteerde zucht zette ze Mick Jaggers nasale stem uit haar hoofd. 'Ik weet niet goed wat u bedoelt. Dat was geen slag: het hele lab heeft zonder slag of stoot het verzet gestaakt. Als u doelt op dat incident met Breitman, dan wil ik u bij deze graag melden, sir, dat het me spijt als hij daar boos over is...'

'Swanson, bevinden we ons überhaupt op dezelfde planeet? Ik heb je John Jay-transcriptie gelezen. Daarin staat dat je in je eerste jaar het college Geschiedenis van de Amerikaanse Burgeroorlog hebt gevolgd. Of heb je daar keer op keer zitten slapen?'

Swanson slikte moeizaam. 'O, sorry. Hebben we het over iets historisch?'

'Natuurlijk. Wat dacht jij dan, dat gedoe met de DEA van gisteren? Ja, Breitman heeft me gebeld. Ik heb gezegd dat hij even normaal moest doen. Nee, ik heb het over de Glorieta-pas – de meest westelijke grote veldslag in de Burgeroorlog. De Confederatie was het grondgebied van New Mexico binnengetrokken in een poging het Westen af te snijden van de Unie, maar dat is ze lelijk opgebroken. De Slag bij de Glorieta-pas.'

Swanson voelde zich opgelucht, verbaasd en gegeneerd. Nu haar stressniveau daalde, kwam die naam haar inderdaad bekend voor. Maar de professor voor dat college was zo'n doodsaaie man geweest, en er waren zoveel veldslagen te leren...

'Ja,' zei ze. 'Ja, dat heb ik op college gehad. Sorry.'

Hij fronste met wat naar ze hoopte gespeelde teleurstelling was. 'Dat valt me mee. Het was natuurlijk niet direct Gettysburg, maar toch. Meer dan zestig man, zowel aan de kant van de yanks als de Confederatie, hebben bij die slag het leven gelaten. Ettelijken zijn daar ter plekke begraven, bij Pigeon's Ranch.'

Swanson luisterde zwijgend. Ze was opgelucht dat dit niets te maken had met hoe ze de vorige dag tegen Breitman uit haar slof was geschoten, maar ze had geen idee waar Morwood naartoe wilde.

'Zowat een uur geleden is er een lijk ontdekt op het kerkhof van Pigeon's Ranch. Althans, twee lijken, denken we... hoewel dat nog te bezien staat. Er is iemand doodgeschoten aangetroffen boven op een kist in een pas opgegraven graf.'

Swanson knikte. Ze vroeg zich af of ze aantekeningen moest maken, maar besloot dat niet te doen.

'Je mag me ieder moment onderbreken, Swanson. Goed, Glorieta-pas was een slag tijdens de Burgeroorlog. Een deel van het slagveld is nationaal historisch park en dat graf lag op een klein kerkhof aldaar.'

Op dat moment merkte Swanson op: 'En dus is het federaal grondgebied.'

'Precies. Je mag je diploma houden. Ga verder.'

'Als daar een misdrijf wordt gepleegd, is het onze verantwoordelijkheid daar onderzoek naar te doen.'

'Correctie: jóúw verantwoordelijkheid.' En met die woorden pakte Morwood de dikke stapel papieren van zijn bureau en gaf hem aan haar.

Swanson pakte de papieren voorzichtig aan. 'Sir...?'

'Simpel zat. Als ik me goed herinner kwam je drie weken geleden naar me toe met het verzoek om een nieuwe uitdaging. Een actief, open onderzoek, misschien.' Morwood kuchte achter zijn hand en zwaaide naar haar met de stapel papieren. 'Bij deze krijg je van mij een lijk in een gevandaliseerd graf op het kerkhof van de Glorieta-pas.'

Toen Swanson geen antwoord gaf, vroeg Morwood: 'Dat is toch wat je wilde? Een onderzoek voor jou alleen?'

Swanson vond haar stem terug. 'Jazeker, dat wil ik heel graag. Maar hoe moet ik...' Ze viel stil, overmand door paniek.

'Je weet niet precies hoe je beginnen moet? Natuurlijk niet, dit is je eerste zaak. Maar dit is je kans om te laten zien hoe die opleiding aan Quantico en die vier maanden dossieronderzoek je van pas komen. Ik ben benieuwd wat jij hiervan bakt, als aanstormend forensisch talent. Dus: jij bent hier de eerste federale onderzoeker. Maak contact met de politie ter plekke, zorg dat de plaats delict wordt afgezet, bekijk het lijk, houd toezicht op de vergaring van bewijsmateriaal en schrijf een eerste rapport. In je eentje.'

Swanson reageerde niet. Ze was zich bewust van diverse emoties:

opwinding, euforie zelfs, maar tegelijkertijd bezorgdheid toen de implicaties van Morwoods woorden tot haar doordrongen. 'En u dan?' vroeg ze. Even later gevolgd door: 'Agent?'

'Hoezo, ik? Ik zit hier op kantoor, in gespannen afwachting van jouw bevindingen.'

Swanson slikte. Dit was de kans waarop ze had zitten wachten. Maar Morwood was de opleider in haar proefperiode. Hij werd geacht haar op de voet te volgen, haar te begeleiden door exact dit soort proces. Was dit zijn manier van haar in het diepe gooien? 'En, eh, moeten we er geen forensisch team voor bewijsmateriaal bij halen?'

Morwood schudde zijn hoofd. 'Als hoofdonderzoeker heb jij de leiding, dat laat ik aan jou over.' Hij schonk haar een wrange glimlach. 'Maar bedenk wel dat je de plaatselijke politie met bijbehorende forensische dienst bij de hand hebt, evenals de lijkschouwer en overige ondersteunende diensten. Als je vindt dat je er ons eigen forensisch team bij moet halen, dan doe je dat, maar overweeg eerst hoe dat zal overkomen.' Hij pakte zijn telefoon. 'Kijk het dossier maar eens in. Intussen bel ik Operations om je te voorzien van een auto, een walkie-talkie en de rest.'

Toen ze roerloos bleef staan, legde Morwood de hoorn weer op de haak. 'Ehm? Wegwezen, agent Swanson. Rep u naar Glorieta, dat is maar een uur per auto. En het is nog een leuk ritje ook.'

9

Onderweg in de auto over de zich door het landschap slingerende zandweg, met Morwoods stapel papieren – intussen aandachtig gelezen, nogmaals gelezen en in een map opgeborgen – voelde agent Swanson zich overmand door een reeks onverwachte emoties. Dit was een dag waar ze tijdenlang van gedroomd had: special agent Corinne Swanson, hoofd van een FBI-onderzoeksteam, op weg naar een moordzaak. Maar in plaats van zich als een laserstraal op de zaak te richten, voelde ze zich overspoeld door een grote bezorgdheid. Slechts de meest triviale gedachten leken ongevraagd bij haar op te komen: nergens op slaande details over het weer, de kleur van de weg, een afgebroken pijnboom.

Ze ademde diep in en langzaam, heel langzaam, weer uit. Ze boog haar vingers en greep het stuur steviger beet. Ergens in haar achterhoofd was ze opgelucht dat haar handen niet trilden.

Beheers je, stap voor stap, werk volgens het boekje.

Ze sloeg af bij een bord met het opschrift NATIONAAL PARK SLAGVELD GLORIETA-PAS en belandde op een weg vol kuilen die haar hoger de voetheuvels van de Sangre de Cristo-bergen in voerde en uiteindelijk uitkwam op een hoogvlakte. Een eind verderop zag ze het landschap uiteenwijken naar een dubbele bergkam die langzaam afliep naar het noorden en het zuiden. Zonder al te diep op die gedachte in te gaan, vroeg ze zich af of dat de zogeheten pas was en wie Glorieta geweest mocht zijn.

Nu zag ze ook een stel campers en Airstreams met open deuren langs de kant van de weg staan. De bewoners stonden met boze gezichten in de zon bij hun voertuigen. Weer iets verderop snapte ze waarom: de ingang naar BEGRAAFPLAATS PIGEON RANCH – GLORIETA-PAS was versperd door een grote politieauto met zwaailicht. Ze stopte en er stapte een deputy sheriff uit de auto. Swanson had haar badge aan een koord om haar nek en hield hem de man voor ter inspectie. De jonge deputy keek van haar naar de badge en terug voordat hij eindelijk knikte en terugkeerde naar zijn auto. Hij gaf een dot gas en parkeerde zo dat Swanson erlangs kon. Een eind verderop, voorbij een poort, een stel borden en een parkeerplaats, zag ze een aantal slordig geparkeerde dienstauto's staan.

Ze haalde nog maar eens diep adem.

Ze parkeerde naast de overige voertuigen, stapte uit en ging op pad, eerst over een plaveisel, daarna over een grindpad. Links en rechts zag ze steeds meer oeroude graven, elk met een nummer en hier en daar een verklarend bordje. In de verte zag ze een tiental mensen staan: politie in uniform, rangers van het nationale park, een paar gestaltes in pak, medisch personeel, een vrouw met een camera, en een paar anderen wier functie haar niet meteen duidelijk was, allemaal met een houding alsof ze ergens op wachtten. Toen ze naar de groep toe liep, draaiden alle gezichten haar kant uit en besefte ze dat ze op háár hadden staan wachten.

De laatste van een reeks ietwat willekeurige gedachten verliet haar hoofd en haar hart begon te bonzen.

Rustig maar, zei ze tegen zichzelf. Je kunt dit. Toen ze verderliep, dacht ze terug aan het dossier dat ze van Morwood had gekregen en aan wat ze op de academie had geleerd over de juiste gang van zaken op een plaats delict. Tot haar opluchting besefte ze dat ze weliswaar gespannen was, maar voldoende zelfvertrouwen had. Wat er ook gebeuren zou, ze zou niet in paniek raken.

De groep week iets uiteen bij haar nadering en een van hen deed een stap naar voren: een man van middelbare leeftijd, gespierd en bijzonder bruin, met een borstelsnor. Te zien aan zijn hoed en uniform moest hij de sheriff zijn.

'Gus Turpenseed,' zei hij, terwijl hij zijn hand uitstak. 'Sheriff van San Miguel County.'

Swanson pakte zijn hand en haar vingers verstijfden bij zijn vermorzelende, intimiderende greep. 'Agent Swanson, Federal Bureau of Investigation.'

'Goed kennis te maken, agent Swanson,' zei de sheriff met een blik over zijn schouder naar iemand met de ster van een assistent-sheriff. De man knikte even en grijnsde naar haar.

Iedereen leek te staan staren naar het identiteitsbewijs en de penning aan haar koord.

'Agent Morwood had uw naam genoemd,' zei Turpenseed, 'maar ik had niet gedacht...'

'Dat ik een vrouw zou zijn?'

'Dat u zo jong zou zijn.'

'Aha.' Tot haar eigen verbazing ging Swanson daar niet op in. Het lag aan de FBI-penning, besefte ze. Zij had die, hij niet; en het mocht hem dan niet aanstaan, maar hij kon er geen ruk aan veranderen. Dat inzicht bezorgde haar een tintelend gevoel van macht. Dat was iets wat ze als kind en scholier nooit gehad had, macht. En dus had ze een pantser opgebouwd van sarcasme, strijdlustigheid en afkeer van iedere vorm van gezag. Ironisch genoeg was ze nu zelf dat gezag.

Ze keek in het rond en bestudeerde de andere gezichten en de plaats delict zelf: een open graf, afgezet met politielint, een wirwar van zand, plastic zeilen en een deels afgedekt lijk onder in de kuil; het bleef doodstil terwijl zij het tafereel in zich opnam. Na een tijdje richtte ze zich weer tot Turpenseed. 'Dat is zo, ik ben jong en door hier te staan niksen word ik er niet jonger op. We gaan maar eens aan het werk. Wie was er als eerste ter plekke?'

Een blonde vrouw in rangersuniform maakte zich uit de groep los. 'Dat was ik.'

'Hoe heet u?'

'Grant.'

'Kunt u me vertellen hoe dat gegaan is?'

De ranger knikte. 'Ik was hier om halfacht om de begraafplaats te openen en klaar te maken voor bezoekers. Een van mijn taken is langs de buitenrand van het terrein te patrouilleren. En daarbij viel me deze hoop zand op.' Ze maakte een hoofdgebaar naar de aarde achter haar. 'Dichterbij gekomen zag ik het gat in de grond. Eerst dacht ik aan grafrovers die op Regis af kwamen. Maar toen zag ik die man in de kuil, deels onder het zand. En het bloed. Dus ben ik er spoorslags vandoor gegaan om Alec te bellen.'

'Alec?'

'Alec Quinn. Dat is de enige andere ranger die vandaag samen met mij dienst heeft. Hij kwam net aanrijden.'

'Ga verder.'

Een tweede ranger, kennelijk Quinn, kwam aanlopen en nam het relaas over. 'Ik dacht, misschien leeft hij nog. Dus ik sprong de kuil in en begon het zand weg te vegen. En toen ik zag dat...' Hij slikte moeizaam. 'Dat hij dood was, ben ik er weer uit geklommen om te gaan bellen. Er waren geen ISB-agenten in de buurt, dus heb ik de sheriff erbij geroepen.'

Swanson knikte. Ze wist dat de ISB, Investigative Services Branch, de speciale onderzoeksagenten waren van de Nationale Parkendienst. Ze wist ook dat er nog geen veertig van deze agenten waren voor de hele Verenigde Staten.

Ze keek om zich heen. 'Wie is het hoofd van de afdeling Sporenrecherche?'

Er kwam een kleine man van een jaar of zestig naar voren. 'Larssen. Sporenrecherche Santa Fe.'

'U hebt op de FBI staan wachten?'

'Inderdaad,' antwoordde de man.

'Sorry dat het even duurde. Gaat u alstublieft aan het werk, ik kom er zo aan.' Nu richtte Swanson zich weer tot Quinn. 'En wanneer bedacht u dat u de FBI moest bellen?' vroeg ze.

Quinns wangen kleurden rood. 'Het is allemaal niet zo eenvoudig als u misschien denkt,' zei hij. 'De Glorieta-pas is nog maar vijfentwintig jaar geleden tot A-klasse-slagveld uitgeroepen. En het grootste deel van het slagveld ligt op particulier grondgebied. Slechts twintig procent, de eenheid Pigeon's Ranch, valt technisch gesproken onder de jurisdictie van de Nationale-Parkendienst.'

'Ik heb de FBI gebeld terwijl we de autorisatie aan het controleren waren,' zei Grant.

Swanson knikte. 'Hebt u verder nog iets of iemand gezien?' vroeg ze.

De vrouw schudde haar hoofd. 'Het lag er allemaal precies zo bij toen wij arriveerden. Zodra we zagen dat het slachtoffer dood was, hebben we ons teruggetrokken en hebben de zaak verder ongemoeid gelaten.'

'Niets van zijn plek? Of hoe dan ook verdacht?'

Weer een ontkennend hoofdschudden.

'Wat zijn de openingstijden van het park?'

'Van acht tot zes.'

'En 's nachts is er niemand?'

'Nee.'

'Bent u niet bang voor vandalen? Souvenirjagers?'

'Dat is nog nooit een probleem geweest,' antwoordde Quinn. 'Mensen hier in de buurt hebben respect voor de doden. Bovendien is het hier nogal afgelegen; en daar komt bij dat we niet veel geld hebben. De directie doet wat ze kan, maar het grootste deel van het geld gaat op aan onderhoud en restauratie. De Glorieta-pas wordt gezien als een bedreigd slagveld. Het heeft de classificering Prioriteit I; er is hooguit een tiental slagvelden in die klasse.'

Swanson had al gemerkt dat in dit deel van het land een andere mentaliteit heerste, niet zoveel anders dan die in het landelijke Kansas waar zijzelf was opgegroeid; te veel onbewoond land voor een doeltreffende ordehandhaving en niet genoeg menskracht of geld.

Het team van de Sporenrecherche stond nu om de grafkuil heen, bezig een ladder neer te laten zodat ze aan het werk konden. Swanson richtte zich tot de sheriff. 'Hebt u de plaats delict veiliggesteld?' vroeg ze.

'Inderdaad, mevrouw, zodra we de aard van de situatie hadden vastgesteld.'

Even was ze van haar stuk toen ze met 'mevrouw' werd aangesproken, maar ze hield haar gezicht in de plooi. Het was tenslotte het equivalent van 'meneer' en ze kon er maar beter aan gewend raken.

De sheriff zette zijn hoed af en veegde met de binnenkant van zijn arm zijn voorhoofd droog. Swanson zag dat hij een kaalgeschoren hoofd had en dat de rand van zijn hoed doorweekt was van het zweet.

'Sheriff, kunnen uw mensen misschien onderzoeken hoe de moordenaars hebben kunnen binnen- en wegkomen? En bewijzen als bandensporen vastleggen voor de Sporenrecherche?' Ze knikte. 'Hoort die fotograaf bij u?'

'Ja.'

'Mooi zo. Zet haar aan het werk.'

De sheriff aarzelde maar heel even. Toen richtte hij zich tot zijn deputy en overlegde even op gedempte toon. Even later drentelde de helft van de aanwezigen langzaam en ietwat onwillig weg om zich over het kerkhof te verspreiden.

Swanson besloot de forensische onderzoeksafdeling van de FBI er niet bij te roepen om de mensen uit Santa Fe bij te staan. Waarschijnlijk zou een groot aantal mensen daar behoorlijk over gepikeerd raken en Larssen leek haar een competente rechercheur.

Ze draaide zich om en keek naar de Sporenrecherche. Larssen en nog iemand waren via de ladder afgedaald en stonden nu boven op de ijzeren kist aan weerszijden van het lijk, om daar voorzichtig het zand van af te vegen en bewijzen te markeren. Vooralsnog volstond Swanson ermee de zaak te observeren en de sheriff aan het werk te laten. Een eindje verderop hoorde ze iemand bellen om een lijkwagen, om vervolgens van gedachten te veranderen en twee lijkwagens aan te vragen.

Er werden foto's gemaakt; het zeil werd uit de kuil gehesen, gevolgd door het gereedschap en het zand in grote gele zakken voor bewijsmateriaal. Bijna schuchter gaf het lijk steeds meer bloot, tot het compleet zichtbaar op de goed bewaard gebleven ijzeren kist lag. Nu daalde Swanson de ladder af om zelf beter te kunnen kijken. De overledene had een geruit overhemd aan, een spijkerbroek en Doc Martens met stalen neuzen. Hij leek een jaar of vijftig, maar met kleren aan viel dat moeilijk te zeggen; hij lag op zijn gezicht en de voorkant van zijn schedel was weggeblazen. Twee schoten. Na het eerste was hij gevallen en het tweede schot, van heel dichtbij op zijn achterhoofd afgevuurd, was op de stalen kist afgeketst. Er was geen vuurwapen gevonden. Ze bleef nog een paar minuten kijken en knielde toen naast Larssen.

'Wat denkt u?' vroeg ze op bewust neutrale en respectvolle toon. '*Double-tap*, een executie?'

'Daar ziet het wel naar uit,' antwoordde Larssen. 'Ziet u dat?' Hij knikte naar het deukje in de grafkist.

'Zo te zien is de eerste kogel net boven de schedelbasis ingeslagen,' zei Corrie, 'waardoor het complete achterhoofdsbeen aan gruzelementen is gegaan. De tweede kogel is iets hoger binnengedrongen, want het slachtoffer lag toen al voorover. Zo is hij waarschijnlijk zijn gezicht kwijtgeraakt.'

Larssen gromde even. 'Zinloos geweld. Die eerste kogel was meer dan afdoende.'

Hij had ongetwijfeld gelijk, maar Swanson had geleerd dat professionele moordenaars niet improviseren. De tweede kogel was een goedkope vorm van verzekering. 'De kogel is niet uitgezet nadat hij doel getroffen had. Gezien die beperkte *mushrooming* en de afmetingen van die deuk moet het een solid-point geweest zijn, misschien negen millimeter. Hopelijk vindt uw team de hulzen terug.'

Larssen knikte.

'Geen papieren bij zich,' riep de tweede technicus van de Sporenrecherche, die de zakken van het lijk had doorzocht.

'Kunt u zijn vingerafdrukken nemen?' vroeg Swanson. Misschien bleek het slachtoffer wel in de database te zitten.

Toen de linkerhand van het lijk werd opgetild voor de vingerafdrukken, gleed zijn mouw iets omhoog, zodat er een tattoo zichtbaar werd van iets wat eruitzag als een half afgebouwde muur van rode baksteen.

Swanson wees ernaar. 'Zegt u dat iets?'

'Nope,' antwoordde Larssen.

Swanson keek naar de ander. 'Iets uit de gevangenis, of een motorbende? Iets militairs?'

De tweede man van de Sporenrecherche schudde zijn hoofd. 'Het zegt me absoluut niets. Maar zijn handen zijn behoorlijk ontveld, volgens mij heeft hij dat gat hier gegraven.'

'Eens kijken of we iets wijzer worden van de vingerafdrukken op de spade.' Swanson bleef nog even naar het lijk zitten kijken. Toen stond ze op. Het grootste deel van de forensische analyse zou plaatsvinden in het lab. 'Zodra hij die kuil uit is, maken we de kist open,' zei ze.

Tien minuten later was het naamloze lijk zorgvuldig in een lijkzak geplaatst, uit de kuil gehesen en op een brancard gelegd, klaar voor transport naar het mortuarium. Alles wat aan bewijsmateriaal was gevonden in de buurt van het lijk was genummerd en weggehaald. Swanson bleef in het gat staan kijken naar de kist. Die had een dubbel deksel en verkeerde in goede conditie. De bovenste helft van het deksel vertoonde enkele krassen, zag ze, onlangs gemaakt door metalen gereedschap. Iemand had kortgeleden de kist geopend, of was dat van plan geweest.

Ze riep Grant, die meteen kwam aanlopen en het open graf in keek.

'Daarstraks zei u iets,' begon Swanson. 'Over grafrovers die misschien "op Regis af kwamen". Was dit Regis, in dit graf hier?'

Grant knikte naar haar. 'Florence P. Regis.'

'Een vrouw? Begraven op een kerkhof uit de Burgeroorlog?'

Grant glimlachte voor het eerst sinds Swanson met haar had kennisgemaakt. 'Regis is de plaatselijke beroemdheid hier. Een gepassioneerd aanhanger van de Confederatie. Haar vader, Edward Parkin, had een plantage in Georgia met een hele stoet slaven. Hij had haar al op jonge leeftijd leren schieten. En haar man, kolonel Regis, leidde een bataljon Zuiderlingen tot hij kort na First Manassas door een Noordelijke sluipschutter werd doodgeschoten. Na zijn dood heeft Florence haar biezen gepakt en is ze naar El Paso verhuisd. Toen ze hoorde dat generaal Sibley een handvol compagnieën naar de Rio Grande stuurde als voorbereiding op een aanval op Fort Union, besloot ze de dood van haar echtgenoot te wreken. Ze trok een uniform van de Confederatie aan, deed zich voor als man en sloot zich bij het leger aan. Toen na haar dood op het slagveld de waarheid aan het licht kwam, heeft de generaal haar laten begraven met volledige militaire eer.'

Ongetwijfeld schotelde de ranger dit verhaal dagelijks aan de toeristen voor. Met hernieuwde belangstelling keek Swanson naar de kist. Ondanks het gruwelijke tafereel vond ze dat het onderzoek goed vlotte en dat ze nog geen enorme blunders had begaan. Af en toe voelde ze de zenuwen even door haar keel gieren, maar tot nu toe had ze die kunnen onderdrukken; als er een crisis kwam, kon ze maar beter wachten tot ze vanavond in haar eigen flatje zat, met een fles Cuervo Gold binnen handbereik.

Ze knikte naar Larssen die, nadat hij ervoor had gezorgd dat het lijk op de juiste wijze was weggehaald, weer de kuil in geklommen was. 'Meneer Larssen? Tijd om de kist open te maken.'

'Uitstekend.' Larssen bukte zich en opende met een gekreun van inspanning het hoofdeinde van het deksel.

Verbijsterd keek Swanson naar beneden. Afgezien van een paar stukken en splinters bot en wat flarden textiel was de bovenste helft van de kist leeg; de fluwelen voering was intussen tot stof vergaan.

'Nou jaaa,' zei Larssen.

Bizar. Het leek wel of iemand eerst het lijk uit de kist had gestolen en daarna het huidige slachtoffer had doodgeschoten.

Ze probeerde de gebeurtenissen in een soort logische volgorde te plaatsen. Onder wat voor omstandigheden zou je een lijk opgraven en uit de kist halen, om vervolgens doodgeschoten en op de kist achtergelaten te worden? De man met de baksteentattoo was dus kennelijk ingehuurd voor deze klus. En daarna hadden ze hem niet meer nodig gehad. De moord begon er steeds professioneler uit te zien.

Swanson wendde zich tot Larssen en zei: 'Laten we eens naar het voeteneinde van de kist kijken.'

Ze klommen de kuil uit en Larssen gaf zijn mensen opdracht een haak te laten zakken om de onderste helft van het deksel op te takelen. Met enige moeite hesen ze de haak omhoog. De onderste helft van het lijk kwam in het zicht, volledig vergaan. Verdroogde botten en laatste resten spierweefsel waren overduidelijk te zien door de gaten in de jurk waarin Florence Regis al die jaren geleden begraven was. Het lijk was met grof geweld doormidden gezaagd.

Quinn, de jongste ranger, sloeg een kruis.

'Zo ga je niet om met een dame,' zei een bekende stem bij haar elleboog. Swanson draaide zich om en zag Morwood met zijn handen achter zijn rug hoofdschuddend omlaag staan kijken. Ze was zo in gedachten verdiept geweest dat ze hem niet had horen aankomen.

'Dag agent Morwood,' zei ze. Achter hem zag ze een aantal anderen aankomen, in diverse soorten uniform. Ondersteunend personeel van de FBI om het werk van de Sporenrecherche af te maken.

'Heb je de zaak al opgelost?' vroeg Morwood.

'Meneer, ik...'

'Laat maar. Zo te zien heb je de dingen hier goed in de hand – je kunt me op het bureau verder inlichten.' Hij knikte naar Larssen, die vriendelijk terugwuifde.

Nu kwam de sheriff, Turpenseed, aanlopen. Hij zag er niet blij uit. Zijn cowboylaarzen zaten onder het zand van de speurtocht naar bewijsmateriaal.

'Special agent Morwood,' zei hij, terwijl hij zijn hoed weer afnam en over zijn kale schedel veegde. 'Goed om iemand... met meer jaren op de zaak te zien.'

Swanson beet op haar lip.

'Het ziet er anders naar uit dat agent Swanson het uitstekend gedaan heeft, sheriff,' zei Morwood onaangedaan.

'O, dat zal best.' Hij grijnsde en merkte met een meesmuilende knipoog op: 'Ik had alleen geen idee dat de FBI tegenwoordig schoolverlaters in dienst nam.'

Voor ze zich kon inhouden riposteerde ze: 'En ík had geen idee dat je achterlijk moest zijn om in aanmerking te komen als sheriff in New Mexico. Tegenwoordig.'

Morwood wierp haar een waarschuwende blik toe. Daarna knikte hij naar de sheriff en liep, op de voet gevolgd door Swanson, terug naar het parkeerterrein.

'Op het strafbankje vanavond, agent Swanson,' zei hij toen ze bij hun auto's aankwamen.

10

1 mei

'Hier, neem deze mee,' zei Skip, terwijl hij Nora's verrekijker van haar bureau pakte en door de lucht zwaaide. 'Over een dag of tien verschijnt er een komeet. Die is daar vanuit de Sierra's natuurlijk schitterend te zien.'

'Goed idee.' Nora nam de kijker van haar broer aan en legde hem op de vloer in de woonkamer, bij de rest van haar uitrusting. Haar golden retriever, Mitty, liep onzeker rond; het was duidelijk dat hij ongerust was. Hij wist dat er iets te gebeuren stond – gewoonlijk stonden de mensen niet om vijf uur al op – en hij draafde onafgebroken achter haar aan, continu in de weg, zorgelijk jankend.

Ze hield even op met pakken om hem geruststellend achter zijn oren te kriebelen. 'Skip gaat voor jou zorgen,' zei ze, toen ze zijn vacht weer gladstreek. 'Maak je maar geen zorgen.'

'Precies.' Skip liep op blote voeten rond met een klembord in de hand waarop hij een lijst had van alles wat mee moest op reis. Telkens wanneer hij iets in haar weekendtas stopte, vinkte hij dat item af op de lijst. 'Ik zie hier geen wollen sjaal staan,' zei hij met gefronste wenkbrauwen. 'Het wordt daar 's nachts behoorlijk koud hoor, al is het dan mei.'

'Ik heb een muts en een dunne sjaal bij me, dat moet genoeg zijn.'

'Niets is zo warm als wol, maar oké, als je het zeker weet. En skiondergoed?'

'Daar.'

Skip was een bron van ongevraagd advies geweest tijdens het hele proces van pakken voor de reis. Als het aan hem had gelegen zou ze vijf hutkoffers meenemen, met alles van paraplu's tot en met een espressomachine. De afgelopen paar jaar, sinds ze haar echtgenoot onder tragische omstandigheden was verloren in New York, was hij extra bezorgd geweest om haar. Ze was teruggegaan naar Santa Fe, waar ze vandaan kwam, en weer in dienst getreden bij het Instituut, waar Skip als curator werkte. Het Instituut had hem aangewezen als 'verbindingsofficier' voor de expeditie, wat er in feite op neerkwam dat hij de satelliettelefoon van het Instituut in de gaten moest houden. Die telefoon was tijdens het verblijf in de bergen de enige betrouwbare lijn met de buitenwereld.

'Ski-ondergoed, oké,' zei Skip, terwijl hij het op de lijst afvinkte. 'Wollen sokken, dikke wanten, ribbeltjescondooms...'

'Doe normaal.' Nora keek naar de uitrusting die over de vloer uitgespreid lag. Het leek behoorlijk veel – ze gingen tenslotte niet naar de Himalaya, of zelfs maar de afgelegen valleien in het zuiden van Utah. Het Verloren Kamp lag, zo werd vermoed, nog geen twintig kilometer van de Interstate 80 af; die snelweg volgde de route van het oorspronkelijke California Trail. Het Instituut had gezorgd voor tenten en kampeergerei van topkwaliteit. Fugit had geregeld dat ze de beschikking kregen over de allermodernste archeologische technologie, waaronder een weerstandsmeter, een draagbare magnetometer en een klein grondradarapparaat.

Fugit, altijd in voor positieve berichten in de pers, had een plaatselijke verslaggever van de Santa Fe *Express* op kantoor genodigd voor een interview met Nora over de aanstaande expeditie. Nora was daar niet bepaald blij mee geweest – zij vond dat je het ongeluk over je afriep door over een expeditie te praten voordat die met succes was afgerond – maar het was goed voor het Instituut, dus had ze toegestemd. Ze had vaag gedaan en zorgvuldig alle details gemeden die nieuwsgierige bezoekers naar de voorgenomen opgraving kon lokken. Praten over goud was natuurlijk al helemaal uit den boze.

'Moet ik nog iemand de groeten doen?' vroeg Skip met een brede grijns. 'Die gast Morris bijvoorbeeld?'

'Die hinderlijk slimme pennenlikker uit Los Alamos? Heb ik al in geen maanden gesproken.'

'Pennenlikker? Huh. Die vent is kernfysicus.' Skip speelde afwezig met de hond en vervolgde zonder haar aan te kijken: 'En die bergbeklimmer dan? Die vorig jaar de expeditie naar de top van de K2 leidde?'

'Parker Frampton? Zijn bicepsomvang was groter dan zijn IQ.'

'Oké, dus de kernfysicus is te slim en de bergbeklimmer te dom.'

'Skip, begin nou niet.'

'Wát begin ik? Ik zeg het alleen maar.'

'Ik weet wat je alleen maar zegt. En we hebben massa's te doen.'

'Je bent jong... althans, relatief gesproken. Je bent beeldschoon. Maar als broer moet ik zeggen: als je lang genoeg zoekt, vind je altijd wel een reden waarom een of andere stumper niet aan jouw maatstaven voldoet.'

Zonder antwoord te geven begon Nora de spullen van de vloer op te rapen.

'Luister. Ik weet dat je nog steeds om hem rouwt. Ik mis hem ook. Maar het is zes jaar geleden. Je moet door met je leven. Dat is geen verraad en het betekent niet dat je minder van hem houdt. Hij zou willen dat je gelukkig was! Er is meer in het leven dan je werk, deze vier muren en al je liefde aan Mitty schenken. Als Bill hier was, zou hij me gelijk geven.'

Nora voelde haar wangen rood kleuren. 'Nou, Bill is hier niet. En bemoei je met je eigen zaken. Zo te zien heb je je handen vol aan die blonde bardame van de Cowgirl Tavern. Dat is pas een miskleun.'

'Jij zit altijd maar te vitten op Georgetta! En trouwens, we zijn vrienden, meer niet.'

'Zeg dat maar eens tegen haar vriendje.'

Die opmerking veroorzaakte een storm van protest en zelfrechtvaardiging. Goddank, dacht Nora, was haar broer makkelijk af te leiden.

Binnen de kortste keren was alles afgevinkt, ingepakt en klaar voor vertrek. Mitty keek bezorgder dan ooit; hij jankte en probeerde Nora wanneer hij maar kon met zijn koude, natte neus aan te stoten.

'Dus,' zei ze tegen Skip, 'één beker voer voor ontbijt, één 's avonds, met een rauw ei erdoorheen en tweemaal per week een rauwe hamburger. En af en toe mag hij zo'n echte rundermergpijp, niet zo'n nep-kauwstaaf.'

'Hij eet beter dan ik.'

'En zo hoort het ook. Maar hij mag geen bier.'

Skip hief met gespeelde ontzetting zijn handen ten hemel. 'Hoe kun je ook maar denken...?'

Ze keek op haar horloge. 'We kunnen maar beter gaan. Over een halfuur moeten we op het Instituut zijn.'

Skip hielp haar de tas en haar rugzak inladen, en ging achter het stuur zitten.

'Wacht. Nog één knuffel voor Mitty.'

'Je houdt meer van dat stomme beest dan van mij.'

Nora ging naar binnen, knuffelde haar hond, zei dat hij braaf moest zijn en verzekerde hem dat ze terugkwam. Toen ze de deur weer uit was, zag ze hem even later voor het raam staan, beide voorpoten op de vensterbank. Met droevige ogen en een afhangende staart keek hij haar na.

'Hij krijgt het prima bij mij,' zei Skip toen ze instapte. 'En met je huis komt het ook goed. Echt waar. En ik ga iedere dag met Mitty wandelen.' Hij klopte op zijn buikje. 'Met als voordeel dat ik zelf een paar kilootjes afval.'

'Als dat je doel is, kun je je biertjes beter aan de kant zetten. En dan meteen Georgetta ook, als je toch bezig bent.'

'Jemig zeg, je bent wel streng. Hoelang ging die expeditie duren, zei je – vier weken? Kun je daar geen acht van maken?'

In het donker reden ze door de smalle straatjes van Santa Fe naar de buitenwijken, waar op een campus van acht hectare het Instituut stond: een fraai complex van lage adobegebouwen, omringd door uitgestrekte tuinen en pijnbossen. Skip reed de poort door. Op het grote parkeerterrein stond de truck die gebruikt werd voor veldwerk al volledig beladen met draaiende motor te wachten. Skip parkeerde ernaast en tilde Nora's tas uit de bagageruimte; twee assistenten namen hem aan en borgen hem in de truck. Jason Salazar stond klaar, fraai uitgedost in Indiana Jones-kaki en -canvas, één kant van zijn Australisch aandoende cowboyhoed opgeklapt. Niet ver bij hem vandaan stond Clive Benton, met een spijkerbroek en alweer zo'n afzichtelijk overhemd, ditmaal met kleine, bijna lichtgevende paisleymotieven op een groene ondergrond. Zijn zwarte haar piekte van onder een Orioles-baseballpet tevoorschijn. Hij stond te telefoneren en zag er nerveus maar ook enthousiast uit. De afgelopen tien dagen was hij niet weg te branden geweest uit het Instituut, waar Nora tureluurs was geworden van zijn opwinding over het project.

Ietwat onwennig en op enige afstand zag ze de graatmagere, vlasblonde Bruce Adelsky staan, haar masterstudent van de Universiteit van New Mexico. Hij had een e-sigaret in zijn hand en nam daar een trek van. Ze had zich afgevraagd of hij het wel zou redden in de jungle, maar hij was een van de meest veelbelovende studenten die ze ooit gehad had, en hij had de veldervaring hard nodig voor zijn afstuderen.

Clive beëindigde zijn gesprek en wees naar Adelsky's e-sigaret. 'Die kan niet mee op expeditie,' zei hij. 'Zo'n project is iets voor mannen van staal, niet voor slapjanussen.'

'O?' zei Adelsky. Hij nam nog een snelle trek en borg het ding toen in zijn zak.

'Dat kan ik je verzekeren. Als we eenmaal ter plekke zijn, krijg je een sigaar van me.'

'Yuck,' zei Adelsky. 'Sigaren zijn even achterhaald als dat overhemd van jou.'

'Oké,' onderbrak Nora het gesprek. Ze keek om zich heen en zei: 'Iedereen instappen, dan gaan we.'

En daar kwam Jill Fugit in hoogsteigen persoon aanzetten vanuit het oudste gebouw op de campus, keurig gekapt en energiek als altijd. Normaal stond zij niet op ceremonieel en eindeloze schouderklopjes, maar Nora zag dat zelfs de directeur van het Instituut haar trots en vreugdevolle verwachting niet verhullen kon.

'Ik kan het natuurlijk niet maken om jullie niet uit te zwaaien,' zei ze met een glimlach.

De zon raakte net de adobedaken van het hoofdgebouw, terwijl ze iedereen de hand schudde met geprevelde woorden van aanmoediging. Nora klom achter het stuur, Clive kwam naast haar zitten en Jason en Bruce namen op de achterbank plaats. Nora had al heel vaak met de F350 gereden en het voertuig voelde vertrouwd aan. Ze startte de motor, wuifde naar Skip en de anderen en reed de poort uit, de snelweg op naar het westen.

'Net als de pioniers destijds,' zei Clive. Hij wees naar zijn mobieltje en stak het met een grijns in zijn zak.

11

3 mei

Het was een reis van twee dagen geweest, met een overnachting in een luguber motelletje net buiten Las Vegas. Zodra ze in bergachtig gebied kwamen, maakten de hitte en het stof van Nevada plaats voor de bossen en besneeuwde pieken van de Sierra's. Naarmate ze hoger kwamen, zag Nora steeds meer sneeuw, niet alleen op de bergtoppen maar ook in de schaduwen onder de bomen aan weerszijden van de snelweg.

Rond het middaguur kwamen ze aan in Truckee, Californië. Toen ze de snelweg af reden, zag Nora tot haar teleurstelling dat Truckee niet veel meer was dan een armoedige verzameling houten gebouwtjes en huizen tussen de dennen en sparren in. Het parkeerterrein naast het Pioniersmonument stond vol tourbussen die met draaiende motor een massa toeristen met mobiele telefoons en selfiesticks uitbraakten. Er hing een dichte dieselwalm.

'Ik had me het hier... waardiger voorgesteld,' zei ze, terwijl ze langs de ingang van het monument reden.

'De Donner-tragedie verkoopt goed,' zei Clive. 'Er komen hier jaarlijks honderdduizenden toeristen. Niet in het minst doordat de snelweg er zowat rakelings langs loopt. Amper te geloven dat zoiets afgrijselijks is gebeurd op zo'n doodgewone plek.'

Ze reden Truckee door. Algauw zagen ze links het Donnermeer liggen, blauw fonkelend in de zon. Ze namen een afslag, reden door een ranchpoort waarop een elandschedel hing, en stopten op een parkeerterrein van zand. Dit leek meer op wat ze in gedachten had gehad, vond Nora: een traditioneel uit boomstammen opgebouwde blokhut met bijgebouwtjes, schuren, stallen en paarden; dit alles tussen hoge sparren in.

Ze stopten voor de blokhut en stapten uit. Het was een frisse dag en er hing een harsgeur in de lucht. De deur ging open en met daverende tred liep een slungelige man met een grote krulsnor de veranda over. In een hand had hij een enorme beker koffie. Hij liep de verandatreden af en lichtte zijn hoed.

'Welkom op Red Mountain Ranch,' zei hij. 'Ik ben Ford Burleson, maar iedereen noemt me Burl. Jullie zijn neem ik aan de archeologen?'

Er werden handen geschud en Nora nam de man nieuwsgierig op. Hij was bijna onmogelijk lang, minstens twee meter, en als zoveel zeer lange mensen liep hij continu krom doordat hij de hele dag op de rest van het menselijk ras moest neerkijken. Een schoolvoorbeeld van een cowboy, maar Nora had zijn antecedenten nagetrokken en wist dat hij aan Harvard gestudeerd had en als echtscheidingsadvocaat had gewerkt tot hij plotseling de brui gegeven had aan een uitermate lucratieve carrière als jurist om een stoeterij te kopen niet ver van waar hij opgegroeid was. Hij had een diepe, zware stem die, zo dacht Nora, bijzonder effectief geweest moest zijn in de rechtszaal. Hier in de buurt zaten drie bedrijven die paarden verhuurden en Nora had ze stuk voor stuk grondig bestudeerd waarna ze Red Mountain Ranch had gekozen.

Ze maakten kennis en schudden elkaar de hand. 'Dat moet een hele rit zijn geweest,' zei Burleson, terwijl hij de hoed weer op zijn hoofd zette. 'Kom binnen.'

Gevolgd door Benton, Salazar en Adelsky ging Nora naar binnen. Ze kwamen aan in een indrukwekkende ruimte, met als opvallendste kenmerk een stenen schouw, leren banken en een stel rustieke houten tafels met stoelen. Boven de haard hingen een opgezette elandskop en een duur ogend geweer.

'Ga zitten, ga zitten.' Koffie, thee en chocolademelk stonden al klaar op de grote koffietafel voor de bank.

'Dat is een flink gewei,' zei Clive met een hoofdknik naar de eland, terwijl hij zich een kop koffie inschonk.

'Vierhonderdtwee op de Boone en Crockett-schaal,' antwoordde Burleson trots. 'Een record hier ter plaatse.' Hij nam een slok koffie. 'Ze zeggen dat u een nazaat bent van de Donner Party.'

'Mijn oudbetovergrootvader was een Breen.'

'Ik kan me niet indenken hoe het moet voelen om hier te komen.'

'Ik kan het amper beschrijven. Ze deden wat ze moesten; althans, zo zie ik het.'

'En dat ben ik volledig met je eens.' Burleson richtte zich tot Nora. 'Het Verloren Kamp is hier in de buurt van begin af aan al onderwerp van enorm opgeklopte verhalen en mythes.'

'Begrijpelijk,' zei Nora. Ze vroeg zich af wat dat dan voor opgeklopte verhalen zijn mochten.

'Het is geen mythe,' voegde Clive daaraan toe. 'Het kamp is een gedocumenteerd historisch feit. Alleen de locatie is nooit echt vastgesteld.'

'Tja, is dat niet altijd het probleem?' Burleson haalde een bruine map uit een gehavende leren tas, legde die op tafel en sloeg hem open. 'Ik heb jullie lijst met proviand en daar heb ik mijn eigen spullen aan toegevoegd. Alles is al ingeslagen, gesorteerd en klaar om in te pakken. We gaan morgen op pad... als jullie dat nog steeds willen.'

'Inderdaad.'

'Ik ga jullie vragen jullie eigen uitrusting uit te laden en op de veranda te leggen; dan kunnen we kijken naar afmetingen en gewicht en bekijken hoeveel paarden we nodig zullen hebben om alles mee te nemen. We vertrekken zodra het licht wordt.' Hij wendde zich tot een jonge man die zich op de achtergrond ophield. 'Roep het team maar.'

Even later kwamen er drie mensen binnen. Nora kreeg de indruk dat ze vlak bij de deur hadden staan wachten.

'Jack Peel, onze nieuwe medewerker, net aangekomen uit Nevada, waar hij op een ranch niet ver van Reno heeft gewerkt.' Burleson wees naar een gedrongen Afrikaans-Amerikaanse man.

Peel deed de ronde en schudde de nieuwkomers met een ernstig gezicht de hand. Hij droeg een witte cowboyhoed, stoffig en vol zweetvlekken, die hij niet afzette. Tijdens het lopen rinkelden de sporen aan zijn laarzen zachtjes. Hij had grijze ogen.

'Maggie Buck, onze kokkin.'

Maggies persoonlijkheid leek het tegenovergestelde van de laconieke Peel: met een brede grijns kwam ze, met uitgestoken hand, op hen toe lopen. In haar enthousiasme liep ze Bruce Adelsky bijna omver. 'Aangenaam!' zei ze. Nora vond dat ze wel iets had van een veertigjarige Charlie Brown met een krullenbol.

'Maggie kan toveren met een stoofpan. Wacht maar tot je haar biscuits geproefd hebt.'

'Ik hoop dat jullie van een gewone pot houden. Iemand met allergieen of andere problemen?' Met afkeurende blik keek ze om zich heen. Niemand reageerde. 'Mooi zo. Ik kan behoorlijk vegetarisch koken, maar bij glutenvrij ligt voor mij de grens.'

'En dit is Drew Wiggett, Peels assistent,' zei Burleson. 'Hij is student diergeneeskunde aan Berkeley en wil graag wat tijd doorbrengen met paarden in de bergen.'

Wiggett leek zo mogelijk nog jonger en slungeliger dan Adelsky. Hij schudde zijn lange haar uit zijn gezicht en schudde hun een voor een knikkend en glimlachend de hand.

'En nu wij,' zei Nora. 'Clive Benton, historicus en Donner-expert. Jason Salazar, assistent veldwerk bij het Instituut. En Bruce Adelsky, masterstudent antropologie aan UNM, bezig met een scriptie over de archeologie van het zuidwesten.'

Er viel een ietwat onbehaaglijke stilte.

'Nou,' zei Burleson, 'in de bergen leren we elkaar gauw genoeg kennen. Misschien zelfs wel té goed!' Lachend wendde hij zich tot Nora. 'Zoals je al zei hebben we allemaal geheimhouding gezworen. Ja toch, Maggie?'

'Waarom moet je mij nu aankijken?' vroeg die. 'Hij vindt dat ik te veel praat.' Ze knipoogde naar Nora.

'Voordat we verdergaan, wil ik graag iets zeggen. Over de risico's.' Burleson klonk ernstig. 'Waar we naartoe gaan is behoorlijk onontgonnen terrein. Laat je niet in de luren leggen door de nabijheid van de zogenoemde beschaving. Twintig kilometer de binnenlanden in kan wel duizend kilometer lijken: kijk maar naar de Donners. Het kan heel snel mislopen. Ook in mei kan er nog zomaar een sneeuwstorm opsteken. En over sneeuw gesproken: we hebben een strenge winter achter de rug en er liggen nog sneeuwranden op de bergrichels.'

'Sneeuwranden?' vroeg Adelsky.

'Ja, dat is een berg sneeuw die door de wind langs één kant van een bergkam is gestuwd. Die kunnen tientallen meters diep worden. In mei komen niet veel lawines voor, maar uitgesloten zijn ze niet. Het belangrijkste is om niet door sneeuwvelden te gaan lopen stampen, zeker niet op een bergkam, want dan kun je zo'n rand lostrappen. Zorg altijd dat je op steen loopt.'

Hij schonk zich nog een kop koffie in. 'Wat beesten betreft zijn er maar twee om je zorgen over te maken: beren en bergleeuwen. Beren kunnen gevaarlijk zijn, vooral een moeder met jongen. We hangen ons eten in bomen. Bewaar niets eetbaars in je tent. Als je een beer tegenkomt, loop dan langzaam achteruit. Zorg dat je er zo ongevaarlijk mogelijk uitziet en laat niet merken dat je bang bent. Laat de beer weglopen. Met een bergleeuw doe je juist het tegenovergestelde. Doe agressief, maak jezelf groot, doe je jas open en flapper ermee, spreid je armen en maak zo veel mogelijk herrie.'

'En slangen?' vroeg Adelsky.

'Wat is daarmee?' reageerde Burleson.

'Hij is bang voor slangen en spinnen,' zei Nora met een blik op de student.

'Ondanks de hoogte zullen we wel een paar ratelslangen tegenkomen. En spinnen: gewoon iedere ochtend je laarzen uitschudden voordat je ze aantrekt.' Burleson klapte zijn handen op zijn knieën en stond op. 'En laat dan nu die kaart van je eens zien,' zei hij tegen Nora. 'Ik heb niet meer dan een globaal idee welke kant we uit gaan.'

'Natuurlijk.'

Adelsky, die de koker met de kaart in zijn hand had, gaf hem aan Nora. Even later lag de landkaart uitgespreid over de tafel. Het was een topografische kaart van de Amerikaanse geologische dienst, waarop Clive en zij het voorgenomen zoekgebied hadden uitgezet. Burleson zette een stel koffiebekers op de hoeken tegen het opkrullen. Hij boog zich over de tafel heen en bekeek al mompelend de kaart.

'Dus hier wil je naartoe?' vroeg hij, terwijl hij naar het gearceerde gebied wees.

'Het Verloren Kamp ligt ergens in een van die valleien,' zei Clive.

Burleson fronste zijn wenkbrauwen.

'Ken jij het daar?' vroeg Clive.

'Nee, en volgens mij is er bijna niemand die het daar kent. Dat is echt onontgonnen gebied. Ruig terrein en volledig afgelegen. Het is daar beslist geen komen en gaan.'

Clive wees naar de kaart. 'De meest aannemelijke locatie voor het Verloren Kamp is langs een van deze kreken: Sugarpine, Poker of Dollar Fork. Op Tamzenes kaart is maar één kreek te zien, maar haar tekening is gebaseerd op de beschrijving van iemand die op zijn sterfbed lag; zelf heeft ze het kamp nooit gezien. Ze heeft het over een paar herkenningspunten en één daarvan lijkt me cruciaal: vanuit het Verloren Kamp zag je in het noorden een rotspunt die het profiel van een oude vrouw had. Volgens Tamzene was dat iets als de Oude man in de berg in New Hampshire, maar dan dus een oud besje met een haakneus.'

Burleson knikte. 'Dat lijkt me behoorlijk uniek, want zoiets heb ik hier nog nooit gezien.'

'We zijn dus van plan het eerste kamp hier ergens op te slaan' – Clive wees naar een gebied waar de hoogtelijnen iets verder uit elkaar lagen – 'en dat als uitvalsbasis te gebruiken. Daarvandaan gaan we dan op zoek, voornamelijk rond de drie stromen die richting Hackberry Creek lopen. Het Verloren Kamp moet in een van die cañons liggen.'

'Dat is een vreselijk moeilijk terrein. Waarom zijn ze ooit die kant uit gegaan? Je komt daar nooit meer weg.'

'Het simpele antwoord,' zei Nora, 'luidt: ze waren verdwaald.'

'Waarschijnlijk is het zo gegaan,' vulde Clive aan. 'De karavaan raakte steeds verder uiteen toen ze de bergen in kwamen. Een van de groepen raakte achterop: elf mensen. Toen het begon te sneeuwen, misten ze het spoor dat de pas over leidde en ze dwaalden in noordelijke richting af naar die doolhof van ravijnen. Toen zijn ze afgeslagen, een andere vallei in, en daar zijn ze vast komen te zitten in de sneeuw. Een paar maanden later heeft één iemand kans gezien het Donner-kamp in Alder Creek te bereiken, waar hij kort na aankomst ten gevolge van ondervoeding overleden is. Maar van hem had Tamzene de informatie over het Verloren Kamp, met locatie en al.'

'Is er iemand gered uit dat Verloren Kamp?'

'Eén persoon. Een enkele reddingswerker heeft het kamp bereikt en trof daar alleen maar doden aan, afgezien van ene Peter Chears, die alleen nog maar wartaal uitsloeg en even later de pijp uitging, volslagen kierewiet. Wat die redder daar zag, was behoorlijk afgrijselijk. Hij heeft een kort verslag uitgebracht aan iemand die dat uit zijn hoofd heeft geleerd, maar daarna heeft hij er met geen woord meer over gerept.'

'Wat verwachten jullie daar te vinden?' vroeg Burleson.

'Stoffelijke overschotten van mensen en dieren,' zei Nora, 'persoonlijke bezittingen, achtergelaten spullen en uitrusting uit de oorspronkelijke huifkarren. Primitieve onderkomens. Het belangrijkste is om

DNA te winnen uit menselijke botten of ander weefsel, zodat we kunnen achterhalen wie het waren. Aan de hand daarvan kunnen we dan exact reconstrueren wat daar in dat kamp gebeurd is.'

Nora zei niets over de berg munten; haar eigen twee assistenten hadden dat in strikt vertrouwen te horen gekregen, maar zij en Clive waren het erover eens dat het de zaken alleen maar zou compliceren als Burlesons mensen wisten dat er ergens in de buurt van het Verloren Kamp wel eens een fortuin aan goudstukken kon liggen.

Maggie Buck zette haar koffiekop weg. 'En die legendes? Je weet wel, over de spoken van de Donner Party? De geesten van mensen die voor hun dood gek geworden zijn? Of wie weet: daarná?'

Even bleef het stil. Toen werd er hier en daar wat ongemakkelijk gelachen.

12

Terwijl het gelach op Red Mountain Ranch wegstierf, liep agent Corinne Swanson de hal in van een appartement met drie slaapkamers in de keurige voorstad Scottsdale, Arizona. Bij de deur liet ze haar badge zien aan een politieagent met een strak gezicht en het soort blauwe spiegelende zonnebril dat momenteel zo geliefd is bij mannen van in de dertig beneden een bepaalde inkomensgrens.

'Is inspecteur Porter ter plekke?' vroeg ze.

De agent knikte. 'In de keuken.'

Vanuit de hal zag ze de keuken liggen, aan het eind van een gang met vloerbedekking. Ze liep ernaartoe. Ze zag de blondhouten muren met de in nissen weggewerkte verlichting. De ingang naar de woonkamer lag links van haar, en zelfs vanuit haar ooghoek zag ze dat die duur was ingericht. Rechts was, bijna symbolisch, een stuk geel politielint opgehangen.

Inspecteur Porter was een lange, nog redelijk jonge man in een bruin pak, die tegen het aanrecht geleund koffie stond te drinken. Hij schudde haar hand. 'Agent Swanson.'

'Inspecteur Porter. Dank u dat ik mocht komen.' Dit was niet alleen maar beleefdheid, Swanson was ook echt dankbaar dat de inspecteur haar toegang had gegeven tot een plaats delict waar de FBI officieel niets te zoeken had. Net zoals ze Morwood dankbaar was dat hij haar achter deze ingeving aan liet gaan; zelf was hij daar uitermate sceptisch over en ze had dan ook maar één dag gekregen.

Ondanks al haar inspanningen had ze tot nu toe niets tastbaars gevonden in de aanwijzingen van de moord bij het slagveld van Glorieta. De overleden grafdelver bleek Frank Serban te zijn, een kruimeldief annex oplichter die af en toe in drugs handelde, en wiens rode haar hem de bijnaam 'Baksteen' had opgeleverd. Wat dan weer de tattoo verklaarde. En het lijk in de ijzeren kist, althans in de onderste helft ervan, was inderdaad Florence P. Regis geweest, een ietwat onverwacht slachtoffer van de slag om de Glorieta-pas. Dankzij de regen van die nacht hadden ze kunnen zien dat er rond het tijdstip van Serbans dood twee auto's op het kerkhof waren geweest. Die van Serban was een paar kilometer verderop leeg aangetroffen. De andere was ze nog niet op het spoor. Toegegeven: Larsson had na een uitgebreide speurtocht twee 9mm-patroonhulzen gevonden. De sporen gaven aan dat ze waren afgevuurd uit een wapen met een geluidsdemper, waarschijnlijk een exotisch geïntegreerd model, iets als een Maxim. En verder hadden ze een boel forensisch zuiver toevallig aanwezig materiaal verzameld dat, zo vreesde ze, niets zou opleveren.

Al even verontrustend als het gebrek aan bewijsmateriaal van de plaats delict was de kwestie van het motief. Afgezien van het feit dat Florence Regis als vrouw had meegevochten in een historische veldslag was er niets opmerkelijks aan haar. Was er een of andere krankzinnige verzamelaar die haar stoffelijk overschot wilde hebben als trofee? Maar waarom moest Serban dan ook dood, terwijl hij niets meer had gedaan dan het zware werk? Het was veel makkelijker geweest om Regis' lijk te roven, het graf weer dicht te gooien en alle sporen uit te wissen: dan had er geen haan naar gekraaid. Maar nee, Serban moest dood zodat er geen getuigen zouden zijn, en dat hield in dat er veel op het spel moest staan.

Ik ben benieuwd wat jij hiervan bakt, als aanstormend forensisch talent, had Morwood gezegd. Tot nu toe was 'hiervan' weinig terechtgekomen.

Tot vandaag, misschien.

Het enige interessante detail dat Swanson had achterhaald in haar steeds verder uitwaaierende digitale speurtocht had te maken met Florence Regis' meisjesnaam: Parkin. Bijna zeven maanden geleden was in Parijs in het Cimetière du Montparnasse een graf geschonden en een lijk – of althans een deel van een lijk – gestolen. Het geschonden stoffelijk overschot was van ene Thomas Parkin, een Amerikaanse schilder in ballingschap die in 1943 tijdens de bezetting door de nazi's was overleden. En afgelopen februari was er nog een Parkin-lijk ontvreemd: Alexander Parkin, onderwijzer in het gehucht Nelson, New Hampshire, die in 1911 op hoge leeftijd een natuurlijke dood was gestorven en sindsdien op de gemeentelijke begraafplaats lag. Meer dan een eeuw lang had hij daar in vrede gerust, tot iemand zijn ingedroogde karkas uit de grond had gerukt en daarmee zonder enige twijfel heel Nelson voor de komende eeuw van gespreksstof had voorzien.

Drie Parkins, overleden binnen een tijdsspanne van tachtig jaar, maar allemaal binnen zes maanden opgegraven. En nu dit...

Ze keek op haar horloge: kwart voor een. Hoewel ze bij zonsopgang was vertrokken, lag Phoenix zo'n zes uur rijden van Albuquerque af. Als ze geluk had, kon ze voor middernacht thuis zijn.

'Sorry dat u voor mij de plaats delict open moest houden,' zei ze.

Porter schudde zijn hoofd. 'We zijn net aan het afronden. Wilt u het team spreken?'

Hoe onervaren ze ook was, Swanson begreep hoe de hiërarchie werkte. 'Nee, dank u, dat hoeft niet. Als u even tijd hebt, kunt u me misschien de details vertellen; en als ik daarna dan even mag kijken?'

'Uiteraard. Gezien de hoeveelheid bloed heeft de lijkschouwer geconcludeerd dat het slachtoffer ofwel volledig machteloos was of, en die kans is groot, dood.' Hij schraapte zijn keel en keek op een tablet. 'Rosalie M. Parkin, zevenentwintig, ongehuwd, net afgestudeerd aan de rechtenfaculteit, sinds kort werkzaam bij Pritchie en Wilkins aan McDonald Drive. Beide ouders overleden – die Airbus A380 die een paar jaar geleden vanwege een of andere storing is neergestort boven de Stille Oceaan, geen overlevenden, misschien weet u dat nog?'

Dat beaamde Swanson.

'Nou, zij zaten aan boord van dat vliegtuig. Op terugweg van een vakantie in Singapore. De vader was bankier en van zijn erfenis konden mevrouw Parkin en haar broer uitstekend rondkomen. Althans, een tijdje.'

'Broer?' informeerde Swanson.

Porter knikte. 'Dat ettertje zit daar.' Hij gebaarde naar een gesloten deur aan de andere kant van de keuken, voorbij een gang met een wc. Van achter die deur, merkte ze nu, kwam die dreunende bas. Voor de deur stond een tweede agent in uniform.

Swanson was nog niet helemaal gewend; niet alleen aan het feit dat ze nu daadwerkelijk FBI-agent was, met een vuurwapen onder haar blazer, maar ook aan de manier waarop de diverse handhavers der wet als op eierschalen om elkaar heen liepen. Ze besloot haar vragen kort, neutraal en bondig te houden en geen eigen mening of oordeel te laten doorschemeren. Tenslotte hadden deze politiemensen, wat hun jurisdictie ook mocht zijn, heel wat meer ervaring dan zijzelf.

'Kunt u me even bijpraten?' vroeg ze.

Porter knikte weer, blij dat hij de vrije teugel kreeg. 'Mevrouw Parkin moest gisterochtend om tien uur op de rechtbank zijn, maar ze kwam niet opdagen. Tegen de middag begon haar werkgever zich zorgen te maken en lieten ze een assistent haar mobiele nummer bellen. Ze nam niet op. Dus tegen zes uur is een van de vennoten komen kijken. Toen er niemand opendeed, heeft hij zelf de deur opengemaakt.'

'Hoe kon dat?'

'Hij had de sleutel.'

'En wie was dat?'

'Ken Damon.'

Die had een sleutel. 'En, eh... hád mevrouw Parkin iets met hem?'

'Ken Damon is eenenveertig, getrouwd, met twee kinderen.' Porters gezichtsuitdrukking zei: *Ja, die twee hadden iets met elkaar.*

'En toen?'

'Toen Damon geen spoor van mevrouw Parkin vond, heeft hij ons gebeld.'

'Oké, dank u. En dan zou ik nu graag even de plaats delict bezoeken, als u daar geen bezwaar tegen hebt.'

'Helemaal niet.' Porter ging haar voor, de keuken uit. Hij sloeg links af en bleef staan bij een open deur die was versperd met het gele politielint dat ze eerder had gezien. Daarachter was een grote slaapkamer met duur, nieuw meubilair te zien; het soort dat een jonge vrouw met geld en een veelbelovende carrière zou kiezen. Alles stond op zijn plek en was smetteloos schoon. Even verderop waren een inloopkast en een badkamer te zien. De badkamer zag er al even schoon uit en alles stond en lag op zijn plek, behalve een badhanddoek die in een hoek gemikt leek te zijn, bestemd voor de wasmand.

Porter tilde het lint op voor Swanson en ze stapte de drempel over. Er was niemand in de kamer, afgezien van een technicus van de Sporenrecherche, die zijn werk aan het afronden was. Her en der stonden spelden en vlaggetjes in en op de grond, en er waren een paar krijtstrepen te zien. Maar wat onmiddellijk haar aandacht trok, was de enorme plas bloed midden in de kamer. Het was deels opgezogen door de hoogpolige vloerbedekking, maar dan nog meende ze aan de dieprode kleur en de glinstering te zien dat er minstens een liter bloed vergoten moest zijn, misschien wel twee.

Niet ver van de vlek lag een Turks tapijt met zwart en rood borduursel; een eind was omgeslagen.

'En deze bloedvlek is tot nu toe het enige bewijs?' vroeg ze.

Porter knikte. 'Nergens een druppelpatroon, geen spoor van een worsteling, geen druppels die aangeven dat er een lichaam versleept of weggedragen is. Niets kapot, niets gestolen, voor zover wij hebben kunnen zien. We hebben natuurlijk maar één iemand die hier bekend is, dus we kunnen het niet met zekerheid zeggen.'

'Die broer, bedoelt u?'

'Nee, de heer Damon. De broer zegt geen stom woord.'

Ze keek nog eens om zich heen en nam het geheel nu met een kritischer oog op. Het was exact zoals de inspecteur gezegd had: alles leek nog precies op zijn plaats te staan. Als de kelim niet opgetild was om de vlek zichtbaar te maken, had er geen haan naar gekraaid. Zoals Porter over de broer sprak, en gezien het feit dat er een agent voor zijn kamerdeur op wacht stond, leek hij de hoofdverdachte van de politie te zijn.

Ze wees naar het kleed. 'Wie heeft die hoek omgeslagen? Damon?'

'Nee, maar hij wist dat dat tapijt normaal gesproken in de hal ligt. Daarom heeft hij ons gebeld.'

Slim, dacht Swanson. Niet alleen naaide hij zijn jonge collega, maar hij kende het appartement goed genoeg om te zien wanneer er een kleed verplaatst was – en hij was zo slim geweest er niet aan te komen. 'Enig idee wanneer dit gebeurd is?'

'Te zien aan de uitslag van de bloedproeven schijnt het zo'n zesendertig uur geleden te zijn geweest. Het is haar bloedgroep. Dat wordt momenteel nagegaan middels DNA-onderzoek.'

Zesendertig uur. Dat moest dan rond één, misschien twee uur in de ochtend geweest zijn op 2 mei. 'Vingerafdrukken?'

'Die van haar natuurlijk overal. En die van Damon in de keuken, de badkamer, de woonkamer, de slaapkamer.'

'En de broer?'

Een korte stilte. 'Daar hebben we nog geen afdrukken van. Maar in de slaapkamer lijken geen afdrukken van een derde persoon aanwezig te zijn en er is zo te zien ook niets schoongeveegd.'

'Aha. Enig idee wie haar het laatst gezien of gesproken heeft?'

'Volgens haar mobieletelefoonprovider heeft ze de avond van 1 mei een paar vriendinnen gebeld. En de heer Damon heeft ze rond halfeen in de nacht gebeld. Op 2 mei.'

'Om halfeen?'

Er streek heel even een grijns over Porters gezicht. 'Hij bevestigt dat. Volgens hem had het telefoontje te maken met hun rechtszaak van tien uur de volgende ochtend.'

'En ik neem aan dat Damon voor de rest van die nacht een alibi heeft.'

Even bleef het stil. 'Hij lag in bed met zijn vrouw en zij bevestigt dat.'

Even schoot er een handvol snedige opmerkingen door Swansons hoofd, maar ze hield zich in. 'Verder nog iets interessants? Controversiële zaken waar ze mee bezig was? Problemen met drugs? Iets uit haar verleden? Vijanden?'

'Niet dat wij weten. Er is geen lijk, ook... en dat levert de nodige juridische en onderzoeksproblemen op. Nergens blijkt uit dat er iemand in de flat of zelfs het gebouw heeft ingebroken. In tegenstelling tot dat stuk ellende van een broer van haar wordt ze nergens van verdacht, dus het ligt niet voor de hand dat ze ervandoor zou zijn; er ontbreekt geen kleding, het ziet er niet naar uit dat ze een koffer heeft ingepakt. Er is niets gestolen. Ook daarvoor geldt: voor zover wij kunnen nagaan. Haar auto staat beneden, op zijn eigen plek. Geen ooggetuigen. Geen activiteit op haar creditcards. En voor vijanden zou je hem moeten vragen.' En hij knikte in de richting van de kamer waar de broer zat.

'Hoezo?'

'Omdat de buren meer dan eens hebben geklaagd over herrie. Die twee maakten vaak ruzie. De broer was ook fysiek agressief. Op een ochtend is hij achter haar aan gerend toen ze hier wegreed en heeft met een hamer op de kofferbak van haar auto geramd. Zij wilde geen aanklacht indienen.'

Terwijl Porter aan het woord was, keek Swanson nog eens om zich heen in de kamer. Maar ze wist al dat hier niets te zien viel; althans, niet zonder microscoop. Ze probeerde al haar gedachten opzij te zetten, zoals haar mening over Parkins smaak qua meubilair of haar nieuwsgierigheid naar de duur ogende porseleinen figuurtjes in de vitrinekast aan de andere kant van de kamer. *Laat het vertrek tot je spreken*, had een van haar docenten gezegd.

Er waren het afgelopen halfjaar drie anderen met dezelfde achternaam opgegraven, de lijken waren geroofd. En nu was er een vierde – een levende Parkin ditmaal – vermist geraakt. Geen spoor van inbraak of een worsteling; niets gestolen of weg. Behalve de vrouw zelf. Niets vreemds, behalve uiteraard die enorme plas bloed die achteloos onder een kelim verborgen was.

Swanson dacht terug aan de begraafplaats bij de Glorieta-pas en de kuil waarin Frank Serban was gestorven. Daar was geen amateur aan het werk geweest. En dit hier deed ook professioneel aan. Niets van zijn plaats, niemand gezien, niets gehoord. In gedachten zag ze twee gestalten in het zwart de slaapkamer binnengaan. De ene greep Rosalie Parkin, klapte een hand voor haar mond, sleurde haar van het bed af en sleepte haar naar het midden van de kamer. De ander mikte zorgvuldig en stak met een mes in een grote ader; misschien onder haar sleutelbeen, of de *vena cava*. Dan zou ze een hoop bloed verliezen, maar onder lage druk, iets van 20 mmHg, zodat het eerder een stroompje dan een fontein was en de daders niet onder de spatten kwamen te zitten. Toen Parkin zich niet langer kon verzetten, bonden ze haar handen vast en plakten haar mond af. Misschien hadden ze haar in een waterdichte zeiltas gedaan, zodat er geen bloed kon lekken. Tot slot hadden ze de kelim over de bloedplas getrokken, zodat de misdaad niet meteen ontdekt zou worden.

Ze keek naar het dichtstbijzijnde raam, dat uitzicht gaf op een steegje. Als ze daar geparkeerd hadden, konden ze aan- en wegkomen zonder dat iemand het zag. Ook die broer niet.

De broer.

Ze schudde haar hoofd even om dit scenario kwijt te raken en keek naar de inspecteur. 'Hoe heet die broer?'

'Ernest,' zei Porter, terwijl hij haar de tablet gaf. 'U kunt gerust met hem praten; hij is al op zijn rechten gewezen. Ik hoop dat u meer uit hem loskrijgt dan wij.'

Swanson liep de flat door in de richting van de dreunende muziek.

De agent bij de deur deed een stap opzij toen ze kwam aanlopen en knikte naar haar. Ze voelde aan de deurklink, merkte tot haar verbazing dat daar beweging in zat, en besefte even later dat het mechanisme stuk was, misschien kapotgemaakt door de politie. Ze deed de deur open en werd bijna lijfelijk achteruitgedrukt door de muur van heavymetalmuziek.

Snel stapte ze de drempel over en trok de deur achter zich dicht. Toen haar ogen aan het donker begonnen te wennen, kon ze gaandeweg steeds meer details ontwaren: zwart plastic voor de ramen om het licht buiten te houden; een haveloos oud bureau met een groot jachtmes er rechtop in gestoken; een gitaar, een Ibanez flying-v, op een stapel stompboxes naast een Fender-amp. Aan de muur hingen posters van thrashbands als Slayer en Metallica, en cultfilms als *Audition* en *The Relic*. Het rook er naar hasj en vuile sokken.

Rechts naast de deur stond een smal bed, met het beddengoed opgefrommeld aan het voeteneinde. Er zat iemand op: een man, of beter gezegd een jongen, met een zwarte spijkerbroek vol scheuren, zwarte sneakers en een spijkerjack met metalen knoppen. Hij had lang haar in stijve pieken die momenteel over zijn gezicht vielen, zodat daarvan niets te zien viel. Hij had zijn knieën hoog opgetrokken en zijn getatoeeerde armen eromheen geslagen. Heel even keek hij naar haar op, maar vrijwel meteen staarde hij weer met holle blik voor zich uit.

De muziek stond zo hard dat het even duurde voordat ze het thuis kon brengen, maar plotseling herkende ze 'The Wanton Song' van Led Zeppelin. Te horen aan de bassriff die al sinds haar komst door de flat dreunde, had hij die keer op keer afgespeeld. Nu zag ze op de gehavende tafel een heel behoorlijk stereosysteem staan, met een versterker en boxen en, tot haar verbazing, een draaitafel met een stapel vinylplaten ernaast.

Ze keek naar de jongen op het bed. 'Hé!' riep ze. 'Kunnen we die muziek misschien heel even...'

Als reactie hierop pakte Parkin een hoofdtelefoon en zette die over zijn oren.

Swanson ging naast het bureau zitten en draaide langzaam heen en weer in de stoel, waarbij ze om zich heen keek. Ze wist dat ze er in Parkins ogen uitzag als de zoveelste overheidsmarionet, met haar geklede broek en blauwe blazer, en dat hij ervan uitging dat ze hem maar niets vond. Wat het joch niet wist, was dat zijzelf zes jaar geleden zijn sprekend evenbeeld was geweest, tot en met de spijkerbroek vol scheuren en het patroontje van rode littekens aan de binnenkant van zijn arm waar hij zichzelf met een mes had toegetakeld. Hij kon niet weten dat zij er net zo bij had gelopen als hij en dat de blazer die ze vandaag aanhad de ene helft was van de outfit die ze zich permitteren kon: één blauwe en één zwarte blazer, die ze nauwgezet omwisselde totdat het weer uitverkoop werd. En uiteraard kon hij niet vermoeden dat zij vanwege dat alles best enig idee had wat er momenteel in hem omging, waarom hij zo reageerde.

Parkin zat niet in een bende; dat soort tattoos waren het niet, bovendien waren ze te professioneel gezet. Dat hij een draaitafel had in plaats van een of ander Bluetooth-streamingapparaat gaf aan dat hij wel zoveel om muziek gaf dat hij zorgvuldig een verzameling had samengesteld. Ondanks de geur van hasj zag hij er niet uit als een grootgebruiker en volgens Porters overzicht bestonden de misdrijven waaraan dit 'stuk ellende' zich had bezondigd uit twee gevallen van winkeldiefstal uit een discountwinkel, waarbij in beide gevallen de aanklacht was ingetrokken. Op school had hij heel behoorlijke cijfers gehaald; tot drie jaar geleden, toen het vliegtuig waarin zijn ouders zaten was neergestort in de oceaan.

Ze stak haar hand uit naar de oude Marantz-receiver en draaide de volumeknop langzaam terug tot de muziek niet meer was dan achtergrondgedruis.

Het joch trok de hoofdtelefoon rond zijn nek en keek haar boos aan. 'Hé, wat is dat nou? Aán, die muziek. Ik heb de anderen al verteld dat ik niks weet, dus laat me met rust.'

In plaats van antwoord te geven stak ze haar hand uit naar de draaitafel, pakte de plaat eraf en borg die zorgvuldig in de gescheurde witte binnenhoes. 'Mooie installatie,' zei ze, terwijl ze de binnenhoes in de juiste platenhoes schoof. 'En interessante muziekkeuze. Best wel traditioneel. Zal ik je wat zeggen? Ik heb geprobeerd me in hiphop te verdiepen; echt serieus geprobeerd. Maar daar ben ik zo'n beetje mee opgehouden. Op mij komt het over als een en al opschepperij en gebral en vrouwonvriendelijke commentaren, opgedreund op het ritme van een goedkope drumcomputer. En als ze al moeite doen om iets te zingen, tijdens de hook bijvoorbeeld, klinken die stemmen zo klinisch, niets persoonlijks meer in te herkennen, gestroomlijnd tot er niks van over is.' Ze haalde even haar schouders op en knikte in de richting van de deur. 'Maar goed, die knakkers daar weten natuurlijk niet eens dat Merle Haggard dood is. Zeg maar niks, dan is hun hele dag verpest.'

Tijdens deze hele monoloog had Parkin geen woord gezegd. Maar hij begon niet weer te ketteren en keek haar met enige belangstelling aan. Nu nam ze even de tijd om de plaat boven op de stapel te leggen. 'Ik hield zelf meer van dark ambient, maar voor Zep heb ik altijd een zwak gehad,' zei ze. 'Die namen nog ouder materiaal en maakten daar met veel respect iets relevants van. Maakten het zich eigen. Op die manier kan de beste muziek voortbestaan. Ik ben Corinne, trouwens; Corrie voor mijn vrienden.' Ze zweeg even en voegde daar toen, omdat ze volgens het boekje moest werken, aan toe: 'FBI.' Ze tastte even naar het koord waaraan haar badge hing.

Maar daar leek de knul niet van op te kijken.

'En jij bent Ernest, weet ik. Mag ik even...?'

De jongen keek toe terwijl ze zijn platenverzameling inspecteerde. Swanson had al waarvoor ze naar Scottsdale was gekomen – veel was het niet, maar op meer kon ze niet hopen – en nu wilde ze kijken of haar intuïtie klopte. 'In de tweede klas van het vwo,' zei ze, 'had ik dag en nacht een Les Paul bij me... althans, een kopie. Totaal kapot, geen pick-ups meer of wat dan ook, maar dat maakte me niet uit. En dan aan een heel lange riem, bijna tot op mijn knieën, net als Page.'

Haar vingers talmden bij een ander album, met een hoes waarop naakte figuren een helling opkropen; waarschijnlijk in de richting van een offersteen. 'Dat is 'm!' zei ze. '*Houses of the Holy*. Daar staat een nummer op – 'The Ocean' – waardoor ik helemaal anders tegen muziek aan ben gaan kijken. Die gitaarriff aan het begin... komt zomaar uit het niets opzetten, lapt alle regels voor ritme aan z'n laars en begint gewoon overnieuw nog voordat de tweede maat uit is. Wacht, ik draai het even.' Ze trok haar jasje uit en liet het op de smerige stoel vallen – waarbij ze net deed alsof ze niet doorhad dat haar holster nu volop zichtbaar was – en trok de plaat uit de hoes, draaide hem naar de B-zijde, legde hem op de platenspeler, bewoog de naald naar het laatste nummer en zette het geluid weer even hard als voorheen.

Ze luisterden naar het hele nummer, vierenhalve minuut. En nog eens, en een derde keer. Toen zette Swanson de arm weer in zijn standaard. Even bleef het stil, afgezien van een zacht gonzen uit de luidsprekers.

'Wat wil je?' vroeg Parkin na een tijdje.

Swanson gaf niet meteen antwoord. Vanaf het moment dat ze de slaapkamer was binnengestapt, was ze al aan het improviseren. Dit stond niet in de boeken en Morwood kreeg waarschijnlijk een rolberoerte als hij haar zag. Dit was haar onderzoek niet, maar ze begreep deze bange en eenzame jongere beter dan wie ook van de agenten buiten.

'Ik ben hier niet voor jou, dat moet je weten,' zei ze. 'Je zus is nog maar net...'

'Ze is dood, dat weet je best!' zei Parkin. Plotseling ging hij stijf rechtop op bed zitten; ze zag de strakgespannen pezen in zijn nek. 'Dóód! En die lamlullen daar op de gang, die hangen maar wat rond, steken geen poot uit om haar te vinden... stelletje rukkers. Ze denken dat ik het gedaan heb, dat is wel duidelijk; ze hopen het zelfs. Dat zou de boel er een stuk eenvoudiger op maken, nietwaar? Fuckers.'

'Is dat de reden waarom je niks tegen ze zegt?' vroeg ze.

In plaats van antwoord te geven, leunde Parkin weer achteruit en draaide zijn gezicht naar de muur.

Precies wat zij ook gedaan zou hebben in die situatie. Niet als haar moeder was verdwenen – dan zou heel Kansas de vlag uitsteken – maar haar vader. En die wás ook inderdaad verdwenen, moest ze toegeven. Maar niet plotseling, niet zo. Niet met al dat onmiskenbare geweld. Ze zag het voor zich: de politie die de hele trailer uitkamde, sheriff Hazen die meteen concludeerde dat zij het gedaan had; ja, verdomd, ze zou net als Parkin gereageerd hebben. Alleen was zijn geval nog erger. Het was wel duidelijk dat hij helemaal ingestort was na de dood van zijn ouders. Zijn zus, een paar jaar ouder, had het er stukken beter van afgebracht dan hij. Zij was verdergegaan met haar leven, had een baan gevonden, een vriend; ook al was die dan getrouwd. Maar Ernest was blijven steken in de ellende.

En nu dit.

'Waarom zei je dat, dat ze dood is?' vroeg ze zo neutraal mogelijk.

Parkin antwoordde zonder haar aan te kijken. 'Al dat bloed daar… heb je dat niet gezien? Haar auto in de garage. Haar tas, haar mobieltje, alles is er nog. En ze zou nooit zomaar weggaan zonder iets te zeggen. Zelfs niet met die graftak.'

'Damon, bedoel je? Dat was toch degene die die bloedvlek heeft gevonden?'

Misschien knikte Parkin; in het donker viel dat moeilijk te zeggen.

'Ernest, een laatste vraag nog. Waarom heb jij niet ontdekt dat ze weg was? Waarom duurde het tot zes uur de volgende dag voordat iemand naar haar op zoek ging?'

'Ik was pas heel laat thuis,' mompelde hij. 'Dat is normaal. Ik deed stilletjes; ze vond het vreselijk als ik haar wakker maakte. Haar deur zat dicht. Dat was ook normaal. Ze wilde niet dat ik aan haar spullen kwam. Ze gaat naar haar werk lang voordat ik opsta. Ik heb niets gehoord.'

Plotseling ging hij verzitten en begon uit alle macht met zijn vuist op de muur te beuken. 'Fuck!' brulde hij. 'Fuck, fúck!'

Ze sprong overeind uit haar stoel en tegelijkertijd opende de agent op de gang de deur. Ze gebaarde dat hij weg moest en hij verdween.

'Ernest,' zei ze zacht. 'Hé. Straks bezeer je jezelf nog. Het is niet zeker dat ze dood is. Je moet de moed niet opgeven.'

Hij barstte in tranen uit.

Inspecteur Porter zat nog in de keuken.

'Iets uit hem losgekregen?' vroeg hij.

'Hij zegt dat hij laat thuis was en pas laat uit bed kwam. Niets gehoord. Het is niet zo gek dat hij niet merkte dat ze weg was en dat hij het bloed niet gezien heeft. Als u wat rondvraagt komt u er waarschijnlijk wel achter waar hij was, zodat zijn alibi vaststaat.'

'Vooruit dan maar.' Porter maakte een aantekening op zijn tablet.

Ze keek hem aan. 'Inspecteur, ik wil u oprecht bedanken voor uw tijd en uw gastvrijheid. Ik ben de laatste om u te zeggen hoe u uw werk moet doen. Maar als deze vrouw dood blijkt te zijn, verwed ik er mijn auto onder dat die knul daar niets mee te maken heeft.'

'O ja? Wat voor auto?'
'Eh, een Camry LE uit 2002.'
De politieman schudde lachend zijn hoofd.

Op de terugweg kwam ze vast te zitten achter een geschaarde oplegger op de I-40, en ze was pas lang na middernacht thuis.

13

4 mei

Het was ochtend, een kristalheldere, perfecte ochtend. Het best denkbare moment om hun expeditie aan te vangen, dacht Nora terwijl ze de teugels van haar paard losjes in de hand hield. Ze reden langs een bergstroompje dat langs gladde rotsen kabbelde; aan de oevers stonden elzen en wilgen. Vogels tjilpten in de bosjes en hoog in de lucht cirkelde met een zacht fluitend geluid een steenarend. Burleson had gelijk gehad: ze waren nog geen anderhalve kilometer van de ranch vandaan, maar het leek nu al of ze een andere wereld waren binnengegaan. Hoog boven de bomen uit zag ze in de verte de ene na de andere rij bergen opdoemen, de pieken overdekt met sneeuw.

Burleson reed voorop, op Blackie, een ruin met een schofthoogte van ruim een meter zeventig. Daarachter kwam Nora op een bruin met witte palomino die Stormy heette, hoewel zijn volgzame gedrag die naam geen eer aandeed. Clive reed achter haar en Nora merkte onwillekeurig op hoe soepel hij in het zadel zat, met kaarsrechte rug. Ze moest hem bij gelegenheid eens vragen waar hij had leren rijden.

Maggie vormde, samen met Jason Salazar en Bruce Adelsky de achterhoede. Salazar leek enige ervaring met paarden te hebben, maar Adelsky was een ander verhaal. Die had zelfs kans gezien de verkeerde voet in de stijgbeugel te zetten, zodat hij tot grote hilariteit van Maggie achterstevoren op de paardenrug was beland. Achter de karavaan leidden Wiggett en Jack Peel de vijf pakpaarden met hun mondvoorraad en apparatuur in plastic zadeltassen en vastgesjorde bepakking. Een van de voorwerpen die ze op de rug van een muilpaard meesjouwden, was een kluis met een hangslot voor als ze sieraden of andere waardevolle spullen zouden vinden tijdens de opgraving, maar ook voor het legendarische goud – als dat al bestond... en als ze het vonden.

Nora hoorde Maggie een verhaal vertellen aan Salazar en Adelsky, onderbroken door lachsalvo's, over een rampzalige expeditie waarop ze een paar jaar geleden was mee geweest. Nora ving niet meer op dan hier en daar een flard, maar het leek te gaan over een stel idioten dat half bezopen van hun paard viel, iemand die zich in de voet geschoten had, een reddingshelikopter en een rekening voor twintigduizend dollar.

In het begin was het pad prima begaanbaar, maar na zo'n acht kilometer begon het te vervagen. Op een zeker punt hield Burleson halt. Samen met Clive keek hij op de kaart.

'Hier zijn ze van het pad af geraakt,' zei Clive. 'Ze hadden linksaf gemoeten, maar om de een of andere reden – waarschijnlijk doordat ze zich niet konden oriënteren met al die sneeuw – zijn ze rechtsaf gegaan.'

Die noodlottige afslag leidde een breed ravijn tussen grijze rotswanden in. Aanvankelijk kwamen ze goed vooruit, maar gaandeweg werd het pad steeds smaller en torenden de wanden van het ravijn steeds dichterbij en hoger boven hen uit, tot ze in de schaduw reden. Het werd steeds killer. Op een paar plekken – in het dichte bos, of op schaduwplekken onder aan de bergwanden – zag Nora nog sneeuw liggen. Verbijsterend hoe snel ze de bewoonde wereld achter zich gelaten hadden en in een oerlandschap waren beland.

Bij een hoop gevallen stenen hielden ze halt voor het middageten. De goederenkaravaan was achteropgeraakt, maar Burleson hield via de walkietalkie contact met Peel. Nora keek op haar mobiele telefoon en zag dat ze, zoals zij al verwacht had, geen telefoonbereik meer hadden. De komende maand zouden ze het moeten doen met de satelliettelefoon in Nora's zadeltas, waarbij Skip dan hopelijk aan de andere kant van de lijn zou zitten.

Nora kauwde op een broodje rosbief terwijl Burleson zijn gesprek met Peel afrondde. Hij haalde zijn eigen broodje tevoorschijn, keek om zich heen en haalde diep adem. 'Heerlijk, die bergen hier,' zei hij. 'Iedere keer dat ik hier kom, voel ik me als herboren.'

'Dus je bent gewoon opgehouden met een lucratieve carrière als advocaat, je hebt de ratrace achter je gelaten, om hier te kunnen zijn?'

'Ik was echtscheidingsadvocaat. Geen fijn werk, de ene na de andere bloedzuiger van een vrouw vertegenwoordigen die vastbesloten is haar oude, steenrijke echtgenoot een poot uit te draaien. Of vice versa. Je komt maar weinig sympathieke mensen tegen in dat soort werk, noch aan je eigen zijde, noch aan de andere. De beslissing om ermee op te houden was niet helemaal mijn eigen werk; ik had de Orde van Advocaten van Californië tegen de haren in gestreken en kreeg een ferme, onvriendelijke duw de deur uit. Telkens wanneer ik hier in de bergen zit, stuur ik ze een stilzwijgend bedankje.'

'Tegen de haren in gestreken?'

Burleson lachte. 'Ik ben niet bepaald een volgzaam type. Misschien heb ik mijn cliënten wel iets té goed vertegenwoordigd, zou je kunnen zeggen.'

Nora was aangenaam verrast over zijn eerlijkheid. Ze had het een en ander uitgezocht over Burleson voordat ze hem aannam, maar hierover had ze niets gelezen. Waarschijnlijk was dit zoiets dat het nieuws niet haalde, bedacht ze.

Na het eten stegen ze weer op en reden langs een zoveelste puinhelling vol grijze rotsen die een steil en diep ravijn in tuimelden en verdwenen in een donker bos van torenhoge pijnbomen met ook hier sneeuw op de beschaduwde bodem. Toen de avond inviel, maakten de bomen plaats voor een weide te midden van rotsen.

'Die Donners waren echt verdwaald,' merkte Maggie op met een blik in het rond.

'Ziezo, dit is ons eerste kamp,' zei Burleson, terwijl hij afsteeg.

Nora hield haar paard in. Het was geen bijzonder sfeervolle plek – een schaars begroeide weide waar een beekje doorheen liep – maar ze hield zich voor dat het maar voor een paar dagen was. Zodra ze het Verloren Kamp hadden gevonden, zouden ze daar dichter naartoe trekken.

De anderen stegen af. Burleson en Drew Wiggett deden de ronde, hielpen waar nodig, zadelden de paarden af, brachten ze naar het weiland en bonden de voorbenen aan elkaar zodat ze niet te ver konden afdwalen. Net toen zij terugkwamen, arriveerde Peel met de bagage. Die deponeerde hij aan de andere kant van de weide en samen met Wiggett begon hij uit te pakken. Ze zetten de dozen in rijen naast elkaar.

'Hier komt het kookvuur,' zei Maggie, en ze gebaarde naar een wat hogere plek aan de rand van het weiland. Ze wees naar Nora en Clive.

'Jullie gaan hout sprokkelen. Berk, els en eik – maar geen dennen- of sparrenhout! Jason en ik gaan een vuurput maken. Jason, we gaan eens wat spieren kweken op die armen van jou! En jij ook, Bruce!'

'Sorry, dat staat niet in mijn takenpakket,' zei Adelsky met een grijns, terwijl hij zich op een omgevallen boomstam neerliet, in zijn zakken zocht, zijn e-sigaret tevoorschijn haalde en begon te vapen. Achterovergeleund blies hij een stroom damp uit. 'Ik kijk wel hoe jullie het doen.'

'Luiwammes,' zei Maggie. 'Trouwens, de vioolspin die hier voorkomt legt haar eitjes bij voorkeur in dode boomstammen, zoiets als waar jij nu op zit.'

Adelsky sprong overeind en veegde koortsachtig over zijn broek; zijn e-sigaret viel op de grond en Maggies diepe lach bulderde over het veld.

Nora en Clive gingen op pad het bos aan de rand van het weiland in en begonnen takken te verzamelen.

'Tot nu gaat het heel behoorlijk,' zei Clive. 'Burleson lijkt te weten waarover hij het heeft. Maar wel interessant dat hij een lucratieve praktijk heeft opgegeven om deze organisatie op te zetten. Je vraagt je af of er meer achter zit dan hij ons verteld heeft.'

'Hij heeft een behoorlijk zonderlinge ploeg samengesteld,' zei Nora. 'Maggie, die geen moment haar mond houdt; Peel, zwijgzaam als het graf; en dan Wiggett. Die vind ik moeilijk te plaatsen, maar hij ziet er... tja... hóngerig uit.'

'Hoe bedoel je?'

'Je weet wel, van die mensen die nooit tevreden zijn, altijd op zoek naar nóg graziger weiden.'

'Niks mis met ambitie. Je lijkt me zelf ook nogal een strebertje?'

'Ik had gehoopt dat dat niet al te duidelijk zou zijn.'

'Daar is toch niks mis mee?' Hij zweeg even, en schonk haar toen een brede glimlach. 'Daarom zijn we toch hier, als partners? Ambitie, honger naar kennis, de wens ons eigen stempel te drukken.'

Nora wist dat hij gelijk had, maar ze kreeg een raar gevoel toen hij dat zo ronduit zei. 'Ik wil je al een tijdje iets vragen. Ik vroeg me af waarom je, toen je voor het eerst je verhaal vertelde – bij mijn opgraving in Cerro Pedernal – niets gezegd hebt over het goud. Ik moet toegeven... dat zit me niet lekker.'

Clive grinnikte. 'Ik wíst dat je me dat ging vragen. Ten eerste was

Jason er toen bij en ik wilde niet dat hij het verhaal zou horen. Maar meer nog… ik wilde zien of het project jou zou interesseren voordat je gehoord had over het goud.'

'Dus je hebt gewacht tot die bespreking met Fugit om me daarmee te overdonderen.'

'Denk je mijn positie in. Alles kan naar de knoppen zijn als het verhaal de ronde gaat doen dat er ergens twintig miljoen aan goud ligt, zo voor het oprapen. En... tja, ik wilde zeker weten dat je... sorry voor de uitdrukking: de ballen had voor deze expeditie.'

Nora trok verbouwereerd haar wenkbrauwen op. 'Waar heb je het over? Je kent mijn cv, je hebt me zelf uitgekozen. Dit is niet mijn eerste controversiële project. Ik heb zelfs al eerder met kannibalisme te maken gehad.'

'Weet ik,' zei Clive, terwijl hij een stuk hout opraapte. 'Maar dit gaat nog verder dan kannibalisme.'

Nora rechtte haar rug. 'Hoezo?'

'Het zal je misschien opgevallen zijn dat ik heb geprobeerd roddelpraat over de sappigste verhalen over het Verloren Kamp de kop in te drukken, maar het is en blijft een feit dat daar iets echt heel vreemds en afgrijselijks gebeurd is.'

'Wat is er nou erger dan kannibalisme?'

Clive zweeg even. Hij keek uit over de weide. 'Ik had al gezegd dat één erin geslaagd was te ontsnappen; een hagenprediker, ene Asher Boardman. Die heeft kans gezien het Donner-kamp bij Alder Creek te bereiken. Hij was weggelopen, zei hij, omdat er gekte heerste in het Verloren Kamp. Hij is later door ondervoeding overleden, maar niet voordat Tamzene Donner zijn verhaal te boek had gesteld. Toen de enige reddingswerker die het ooit lukte, uiteindelijk het kamp bereikte, trof hij daar nog maar één overlevende aan: Peter Chears. Die zat al zingend te spelen met een stapel menselijke botten; er kleefden bloed en weefselresten aan zijn wangen en zijn haar. Best heeft hem samen met de rest van Tamzenes kamp afgevoerd. Chears heeft de tocht terug naar de bewoonde wereld nog overleefd maar is kort daarna overleden, zo gek als een deur.'

'Jezus,' zei Nora. 'En hoe weet jij dat allemaal?'

'Uit oude verslagen. Een groot deel ervan is dubieus: dik aangezette krantenartikelen, verslagen door mensen die niet rechtstreeks bij de zaak betrokken waren… maar je kunt niet om die primaire documenten heen. Naast de details uit Tamzenes logboek is er een dagboek van een overlevende, mevrouw Horne, die beschreef hoe Boardman hun kamp binnengewankeld kwam. Dat was een overdreven relaas, maar toch. En dan het verslag van de redder zelf, Best. Best heeft dat niet eigenhandig genoteerd, maar hij heeft het erover gehad met een paar mensen in Tamzenes kamp. Best was voor geen kleintje verveerd, maar wat hij in dat Verloren Kamp had gezien moet hem tot op het merg geschokt hebben. Wat overblijft van die gruwelverhalen uit de tweede hand wordt door historici gezien als voorbeelden van 'informatieverlies' en de onbetrouwbaarheid van de orale traditie. Hoe verder je van de bron af raakt, hoe moeilijker het wordt om zeker te weten dat de details honderd procent accuraat zijn.'

'Honderd procent of niet,' mompelde Nora terwijl ze dit relaas tot zich liet doordringen, 'dat is heel wat meer dan je me die eerste dag verteld hebt. Geen wonder dat Maggie zulke sensatieverhalen rondvertelt.'

'Het zijn niet allemaal sensatieverhalen van haar. Ik wilde zeker weten dat je het in je hebt. Naarmate bij de opgraving details bovenkomen van wat daar gebeurd is, kan het wel eens... ietwat verontrustend worden.'

'En?'

'Ik ben gerustgesteld.'

Nora schudde haar hoofd. 'Ik wou maar dat ik dit eerder geweten had. Ik vind het geen prettig idee dat er dingen achtergehouden worden.'

'Sorry. Je hebt gelijk. Mijn excuses.'

'Aanvaard,' zei Nora. 'Maar nu we dan dus echt op zoek zijn naar het kamp, is het afgelopen met die geheimen. Oké?'

'Oké. Maar... dat geldt dan voor alle partijen.'

'Uiteraard.' Nora vroeg zich af wat hij daar precies mee bedoelde.

Ze sleepten een aantal dode takken weg en stapelden ze op bij het vuur. Het kamp was intussen bijna voltooid. De tenten stonden, het vuur laaide en Maggie was bezig met een houten voorraadkist waar ze twee braadpannen uit haalde, waarna ze de potten, pannen, borden en bestek in diverse compartimenten opborg.

'Eik!' zei ze blij. 'Goed gedaan! Jason, pak die bijl, dan hakken we dat hout aan stukken.'

Maggie greep zelf ook een bijl, haalde ermee uit en hakte met geroutineerde gebaren de eikentakken in handzame lengtes; Jason haalde uit en er klonk een doffe klap.

'Hallo hee! Als je zo doet, hak je je eigen benen eraf.' Maggie liep op hem af, sloeg haar ferme armen om hem, hield zijn ellebogen op hun plek en liet zien hoe je met een bijl richt en uithaalt. Ze wierp een blik op Adelsky. 'Zie je nou wat je mist?' vroeg ze met een schunnig lachje.

'Jammer dan.' Adelsky zwaaide met zijn e-sigaret.

Er stonden klapstoelen tegen een boom, klaar om in een kring rond het vuur gezet te worden. Jason Salazar trok er eentje bij, klapte hem open en liet zich er met een rood en bezweet gezicht op neerploffen. 'Dat mens is een slavendrijver!' zei hij.

'Dat heb ik gehoord!' reageerde Maggie, terwijl ze onder hevig sissen de biefstukken op de grill legde.

'Dat was ook de bedoeling.'

'Ik kweek wat vlees op die botten van jou. Je hebt veel te lang met je neus in de boeken gezeten.'

De anderen kwamen terug van hun diverse corvees en in de invallende duisternis kwamen ze een voor een rond het vuur zitten.

'Wijn?' vroeg Burleson, terwijl hij een fles uit de mand pakte en de kurk eruit trok. Hij schonk een aantal tinnen kroezen vol en deelde die rond. 'Een prima Cabernet uit Napa Valley. We zitten hier midden tussen de schitterendste producten, dus daar maken we gebruik van ook. In mijn kamp geen armoeiige toestanden.'

Het avondeten was alles wat Nora zich had kunnen wensen en meer: perfect gegrilde steaks, aardappels met een knapperig korstje, sla met een heerlijke dressing en key lime-pie voor toe. Onverwachts ging Jack Peel hun voor het eten voor in gebed, wat op een vreemde manier toepasselijk leek in die enorme wildernis. Toen de afwas gedaan was, haalde Maggie een gitaar tevoorschijn en zong bij het knapperende vuur 'Tumbling Tumbleweeds' en 'Lovesick Blues'. Haar verrassend heldere lage altstem steeg op naar een enorme, zwarte hemel vol sterren. Als laatste bracht ze een sfeervolle interpretatie van 'Ghost Riders in the Sky' ten gehore.

'Er zijn hier meer dan voldoende spookrijders aan de hemel,' zei ze, terwijl ze haar gitaar liet zakken. 'Ik ben opgegroeid in Truckee en ik kan jullie daar het nodige over vertellen.'

'Zoiets zei je voor vertrek ook al,' zei Adelsky, terwijl hij zich naar het vuur toe boog. 'Waar wacht je nog op? Boter bij de vis, graag.'

'Wat nou, klein opdondertje,' zei Maggie vriendelijk. 'Oké, je vraagt erom. Hebben jullie ooit het verhaal gehoord van de geest van Samantha Carville?'

Peel stond abrupt op en verdween het donker in, naar zijn tent toe.

Maggie keek naar Burleson. 'Wat heeft hij nou?'

Burleson haalde zijn schouders op. 'Prima met paarden, maar intermenselijk iets minder.'

'Kom op,' zei Clive. 'Wat is nou een kampvuur zonder spookverhaal?'

'Nou,' zei Maggie op gedempte toon, 'waar ik vandaan kom, vertellen de oudjes nog steeds het verhaal van wat hier écht gebeurd is. Zoals Samantha Carville. Die is in het Verloren Kamp omgekomen van de honger. Nog maar zes jaar oud.'

Clive knikte. 'Er zat inderdaad een gezin met die achternaam bij.'

'Ze hebben haar in de sneeuw begraven. En daar is ze gebleven, Samantha. Althans, een tijdje. Toen de honger echt toesloeg, zijn twee mannen op een nacht naar buiten geslopen, hebben haar lichaam opgegraven, een stuk van haar been afgehakt en dat opgegeten.'

'Daarover staat niets in de annalen,' merkte Clive op. 'Ik kan me niet voorstellen dat ze als eerste een kind genomen zouden hebben.'

'Houd je mond, jij!' berispte Maggie hem. 'Anders hebben we niks aan ons spannende verhaal.' Ze richtte zich weer tot Adelsky. 'Dat waren twee slechteriken, maar zelfs zij brachten het niet op haar helemaal te verorberen. Ze gooiden het bot weg en hebben Samantha's lichaam weer met sneeuw overdekt.'

Ze zweeg even en ging toen met een diepere stem verder.

'En tot op de dag van vandaag wordt gezegd dat je haar op maanloze nachten, diep in het bos, nog kunt horen ronddolen, op zoek naar haar been. Het geluid is onmiskenbaar: een soort hobbelend geschuifel, als iemand met één been die met een stok loopt.' En in een plotselinge, bloedstollende imitatie zette Maggie haar handen aan haar mond alsof ze ging jodelen en maakte een eigenaardig, hol geluid: *Sssshhh-klop. Ssssshhhh-klop.*

Nora kreeg er kippenvel van.

Maggies stem stierf weg, en in de stilte en de duisternis zaten ze allemaal even met gespitste oren te luisteren.

Toen barstte Adelsky in lachen uit. 'Wauw! Dat is nog eens een spookverhaal! Vannacht liggen we allemaal wakker, te luisteren of we die kleine Samantha niet tussen de bomen horen rondscharrelen, op zoek naar haar been.' Sissend en blazend probeerde Adelsky het geluid na te doen, maar het lukte hem niet. Opnieuw lachte hij, maar ditmaal met minder overtuiging dan voorheen.

14

5 mei

Na een lange tocht door de kreek zat Nora de volgende middag in de schaduw uit te rusten op een platte rots bij Hackberry Creek, en haalde de lunch die Maggie voor haar had ingepakt uit haar tas. Met zijn eigen lunchpakket in de hand kwam Clive naast haar zitten. Ze waren die ochtend goed opgeschoten en konden al bijna op zoek gaan naar het Verloren Kamp zelf.

'Er zit me iets dwars,' zei Nora.

'Mag ik raden? Weer dat goud.' Clive vouwde het aluminiumfolie open en trof een broodje met bacon, sla en tomaat aan.

'Als we dat eenmaal vinden, wordt het nog best lastig om uit te leggen dat we daar van begin af aan al naar op zoek waren.'

'Net zoals het voor mij lastig was om te beslissen wanneer ik het jou zou vertellen.'

'Misschien moeten we het nu al zeggen. Anders zijn ze straks overstuur als ze het dan pas horen.'

'We weten niks over Burlesons mannen. Kijk nou eens naar die Peel… hoe stilletjes die wel niet doet. Dat gebed van gisteravond is zowat het enige dat ik hem heb horen zeggen. Zelfs een normaal iemand is bereid tot stommiteiten als het om twintig miljoen dollar gaat.'

'Die Peel is wel in orde volgens mij. Gelovig zijn is geen zonde.'

'Oké. Maar als ze over het goud horen voordat we dat echt gevonden hebben, komt er misschien muiterij van. En als het gerucht verder gaat dan de groep? Dan krioelt het hier straks van de kinkels met metaaldetectoren.'

Nora schudde haar hoofd. 'Ik hou gewoon niet van geheimen.'

'Dat zei je al, maar dit móéten we geheimhouden. Als de tijd rijp is voor uitleg – als het goud eenmaal veilig in de kluis zit – dan vertellen we het.'

Een tijdje zaten ze zwijgend te eten. Toen vroeg Nora: 'Ben je nooit in de verleiding gekomen om zelf op zoek te gaan naar het goud? Zodat je het zelf kon houden?'

Clive lachte. 'Eerlijk gezegd: ja. Onwillekeurig denk je eraan hoe je leven zou veranderen met zo'n smak geld. Maar toen drongen alle complicaties tot me door. Hoe zet je zo'n berg goud om in cash? Hoe betaal je daar belasting over? Als je probeert de munten te verkopen, raakt de markt overvoerd en weten handelaars meteen dat er ergens een schat gevonden is. En al kón je ze verkopen, dan moet je dus twintig miljoen dollar witwassen. Dat is gekkenwerk.' Hij schudde zijn hoofd.

'Ik zie dat je er écht over nagedacht hebt.'

Hij lachte nogmaals. 'Dat is de menselijke aard.'

De lunch was op. Clive pakte een Trimble-navigatieapparaat uit zijn rugzak en vergeleek die met een fotokopie van Tamzenes kaart. 'Dit zijn de aanwijzingen,' zei hij. 'Zo te zien heeft Tamzene één kreek rechts getekend, terwijl het er in feite drie zijn. Maar het kamp moet aan een van die smallere kreken gelegen hebben. Ze had het ook over een paar herkenningspunten in het landschap. Niet ver van de monding van de kreek was een plek waar de valleien smaller lijken te worden. In haar logboek staat: "De huifkar van de Carvilles heeft een uitstekende rotspunt geraakt en is een treeplank kwijtgeraakt." Daarachter lag de weide waar de derde groep hun tenten opsloeg. Toen Boardman later Tamzenes kamp in strompelde, schreef ze: "Meneer Boardman verklaarde in zijn ijlkoorts dat er maar één goede aanwijzing was voor dat afgrijselijke oord en dat was het rotsprofiel van een oud besje, hoog in een uitstekende bergpunt, even herkenbaar als de beroemde Oude man van de Berg in New Hampshire."'

'Dat is de voornaamste aanwijzing,' zei Nora. 'We gaan op zoek naar dat oude mens.'

Zodra ze hun eten op hadden, verzamelden ze hun schillen en dozen, hesen hun rugzakken weer op hun rug en gingen op pad naar Hackberry Creek. Ze kwamen langs een paar cañons links van het water, maar die negeerden ze: hun bestemming lag rechts. Na een tijd knikte Clive in de richting van een opening in de rotsen, bijna onzichtbaar achter de bomen. 'Volgens mijn gps is dat de monding van de eerste kreek: Sugarpine.'

'Zullen we daar gaan kijken?'

'Ik stel voor dat we een paar kilometer doorlopen op zoek naar dat "rotsprofiel"; als we het niet vinden, gaan we verder naar Poker Creek en zo nodig naar Dollar Fork. Wat vind jij?'

'Klinkt goed.'

Met zijn gps in de hand ging Clive voorop en Nora volgde. Op een doorwaadbare plek staken ze de kreek over en algauw waren ze op het punt waar Sugarpine zich voegde bij de beek die zij gevolgd hadden. Ze trokken verder stroomopwaarts. Nora kreeg de indruk dat de wanden van het smalle ravijn bezaaid waren met uitstekende rotspunten, waar een huifkar maar met moeite tussendoor zou kunnen. Zelfs te voet moesten ze een paar keer het water over, en na een tijdje waren haar laarzen doorweekt. Ze vonden geen weide en geen profiel van een oude vrouw, en uiteindelijk kwamen ze bij een versmalling waar geen kar ooit langs gekund had.

Ze keerden terug naar Hackberry Creek en trokken naar het volgende punt op hun lijst: Poker Creek. Dit ravijn zag er stukken veelbelovender uit. Het liep ruim een kilometer omhoog, waarna ze zich langs een rotspunt moesten wurmen zoals ook in het logboek stond, met een klip aan de ene en het water aan de andere zijde.

'Hier krijg ik een goed gevoel bij,' zei Clive, en hij versnelde zijn pas.

Ook Nora voelde haar hart sneller kloppen. De stroom maakte een bocht, ze staken het water weer over en liepen tussen een stel dode bomen door, waar de vallei uitmondde in een lange, brede bergweide. Ze waren omringd door ravijnen met steile puinhellingen en grijze basaltrotsen, afgetekend tegen een donker kleurende hemel.

'Dit zou het wel eens kunnen zijn!' zei Clive enthousiast en met geheven handen draaide hij langzaam in het rond.

Het was een drassige plek van een paar hectare, voornamelijk vlak, te midden van hoge pijnbomen en puinhellingen. Beide flanken van de vallei waren bezaaid met donkere rotsen vol gaten en spleten. Boven hun hoofd doemden massa's donkere wolken op. Poker Creek kabbelde murmelend door het midden: een diepe, smalle geul, bijna onzichtbaar in het gras. Het was een sombere plek.

Clive liep naar haar toe. 'En nu op zoek naar die oude vrouw. Het moet een van die rotsen zijn.'

Nora knikte naar de bergen. 'Volgens mij is er zwaar weer op til.'

'Ja. Als jij rechts gaat, neem ik links.'

Nora liet de rugzak van haar schouders glijden en liep langzaam verder. Ze tuurde met samengeknepen ogen naar de rotsen op de rechterflank en bekeek iedere formatie vanuit een aantal standpunten. Heel af en toe zag ze iets wat in de verte op een gezicht leek, maar bij nader inzien was dat dan echt geen opvallend profiel van een oude vrouw. Aan het eind van de vallei, waar het water tussen de bomen tevoorschijn kwam, trof ze Benton weer.

Hij schudde zijn hoofd. 'Weet je wat? Op de terugweg nemen we de andere kant.'

Maar toen ze elkaar bij het begin van de bergwei weer troffen, hadden ze nog steeds niets gevonden.

Nora fronste haar wenkbrauwen. 'Kan hij eraf gevallen zijn, denk je, net als dat profiel in New Hampshire?'

'Alles kan. Het is tenslotte wel honderdvijfenzeventig jaar geleden.' De teleurstelling was van zijn gezicht af te lezen.

De wind wakkerde aan en blies het gras plat.

'Het lijkt mij waarschijnlijker dat we hier verkeerd zitten,' vervolgde hij. 'Laten we maar naar Dollar Fork gaan.'

Ze voelde een spetter en even later nog een. Verderop kwamen de donkere regenbuien in hoog tempo dichterbij.

'Er is geen ontkomen aan,' zei Nora. Ze trok een regenponcho uit haar rugzak en trok die over haar kleding. Clive volgde haar voorbeeld.

De storm trof hen met een vlaag ijskoude wind en een stortbui die als een solide muur over de weide neerstortte en de pieken rondom verduisterde.

'Het is halfvier,' zei Nora. 'We kunnen Dollar Fork ook morgen doen.'

'Zeker weten dat je niet nu wilt gaan kijken?' Clives vraag was bijna onhoorbaar boven een plotselinge donderklap uit.

'Ik weet niet. Jij?'

'Eh... misschien niet. Ik heb gezien wat hier kan gebeuren als het onweert. Een stuk verderop staat een enorme spar, waarvan de stam tot op de grond doormidden gespleten is.' Hij trok zijn poncho dichter om zich heen. 'Maggie heeft vast en zeker hete koffie, dat lijkt me wel wat.'

Voordat Nora kon antwoorden, klonk er weer een daverende donderslag. Ze beperkte zich tot een instemmend knikken.

Tegen de tijd dat ze weer in het kamp waren, was de regen veranderd in natte sneeuw en was het nog maar vijf of zes graden. Nora en Clive zochten de beschutting van de mess-tent: een zeil dat tussen een stel bomen gespannen was. Ze trokken hun druipnatte regenkleding uit en hingen die aan de takken.

'Kom eten voordat alles op is,' zei Maggie, en ze roerde in een borrelende ketel. 'Ga maar vlak bij het vuur zitten. Jullie zien eruit als verzopen katten.' Naast het vuur stond een braadpan die naar versgebakken brood rook. Salazar, Peel, Wiggett, Adelsky en Burleson zaten in een kring rond het vuur met mokken dampende koffie.

'Sorry dat we vast begonnen zijn,' zei Salazar.

'Nee hoor,' zei Adelsky. 'Als Maggie de bel luidt voor het eten, dan trek ik een sprint.'

Nora en Clive schepten hun borden vol en gingen bij het vuur zitten.

'Hebben jullie de plek gevonden?' vroeg Burleson.

Clive schudde zijn hoofd. 'Morgen. Zeker weten: morgen.'

Maggie voegde zich bij hen. 'Die knaap van jou zeurde me aan de kop voor nog een verhaal. Ik wilde net beginnen aan de legende van de twee goudzoekers. Dat was in 1872, of misschien 1873. Misschien kennen jullie het verhaal: de ene was blind aan één oog, de ander had geen hand maar een haak.'

Ze vertelde een doodgriezelig verhaal over twee mannen die al hun leven lang vrienden waren en samen een goudader hadden gevonden in de bergen. Ze werden gegrepen door hebzucht en op een nacht, toen het stormde – net als nu – organiseerden ze allebei een hinderlaag voor de ander. Waarbij ze beiden om het leven kwamen. Vol leedvermaak vermeldde Maggie een massa sappige details, met name over de man zonder hand. Het was amusant om te zien hoe Adelsky reageerde: hij had nota bene zelf om een spookverhaal gevraagd, maar tegen de tijd dat het verhaal uit was, zag hij behoorlijk bleek.

Later die avond kroop Nora nat en koud haar tent in, maar ze kon de slaap maar moeilijk vatten. Ongenood kwamen er gedachten opzetten aan Clive: diens koppige maar aantrekkelijke manier van doen, zijn jongensachtige enthousiasme... Ze besefte dat ze meer op hem lette dan misschien goed voor haar was en besloot de zaken strikt professioneel te houden. In een klein, afgezonderd groepje als dit kon iedere vorm van relatie het evenwicht binnen het team verstoren. Met die gedachte in haar hoofd viel ze uiteindelijk in slaap.

In het holst van de nacht werd ze wakker van een vreemd gerommel, alsof er talloze reusachtige ratten van een helling af gedaverd kwamen. Ze ritste haar tent open en keek om zich heen, maar het was aardedonker en het geluid stierf al weg. Niemand anders leek het gehoord te hebben.

De rest van de nacht bleef het motsneeuwen.

15

6 mei

Toen Nora de volgende ochtend bij de dageraad opstond, zag ze haar adem in wolkjes in haar tent. Het miezerde nog steeds, half regen, half sneeuw, op het waterdichte nylon van haar tent.

Ze sleepte zich de ijskoude buitenlucht in en trok haar kleren aan. Met een chagrijnige blik op haar normaal zo vrolijke gezicht stond Maggie bij het vuur eieren met spek en maisbrood te bakken. Burleson zat met een kop koffie in zijn hand op een omgevallen boomstam en praatte op gedempte toon met Jack Peel over de paarden. Clive was uit zijn tent tevoorschijn gekomen met een gloednieuw paisley-hemd aan, paars met oranje en roze.

'Neem een kop koffie.' Maggie gebaarde naar de pot die op een steen naast het vuur stond. 'Zo te zien heb je daar wel behoefte aan.'

'Gisteravond laat hoorde ik een vreemd geluid. Een dof gerommel, alsof er een kudde miniatuurolifantjes op ons af kwam.'

'Dat is een steenlawine, vallende rotsblokken. Dat heb je wel vaker in het voorjaar. Niets om je zorgen over te maken; tenzij er een op je tent valt, uiteraard.'

Nora schonk zich een kop koffie in en warmde haar handen eraan.

Jason Salazar kwam met zijn haar steil overeind zijn tent uit zetten. Hij liep naar het vuur terwijl hij probeerde met één hand zijn kuif plat te drukken. Toen dat niet lukte, gaf hij het op en zette zijn muts op. Adelsky en Wiggett vielen nergens te bekennen.

'Ga je er weer op uit met Clive?' vroeg Salazar.

'Jazeker.'

'Als je een derde man nodig hebt, wil ik ook wel graag mee.'

Nora keek naar de hemel. Salazar wist natuurlijk al van Wolfingers goud, net als Adelsky. 'Zeker weten? Het weer ziet er beroerd uit.'

'Beter dan in mijn tent patience te zitten spelen.'

Maggie viste een stel sissende lappen spek uit de pan en legde ze op een bord met keukenpapier om uit te lekken. Het merendeel van het vet goot ze in het vuur, dat meteen oplaaide, en daarna begon ze roerei te maken. Nog steeds met een frons op haar voorhoofd roerde ze in de eieren.

'Wat een rotweer,' zei Nora.

'Die regen vind ik niet erg. Sneeuw, daar houd ik niet van.'

'Sneeuw?' vroeg Salazar.

'Hogerop in de bergen sneeuwt het verschrikkelijk, geloof dat maar.' Maggie schudde haar hoofd.

'Is dat een probleem?' vroeg Nora.

'Misschien.' Maggie roerde nog eens in de eieren.

'Hoezo?'

'Lawines. Die rotsblokken van afgelopen nacht? Of als de boel te snel smelt, krijg je overstromingen.' Ze pakte een koeienbel en gaf er een paar ferme klappen op met een stok. 'Aan tafel!'

Na het ontbijt gingen Nora, Clive en Salazar in de regen op pad. Het water in Hackberry Creek stond hoog en rimpelde over de rotsblokken heen. Ook ditmaal moesten ze diverse keren de beek oversteken. Het ijskoude water liep hun laarzen in en de rotsen waren glibberig onder hun voeten.

Ze trokken langs Sugarpine Creek en Poker Creek, die beide uitmondden in de grotere Hackberry Creek. De vallei verbreedde zich en rechts zagen ze uitgestrekte weiden liggen, helemaal tot aan een in mist gehulde bergrichel. Nogmaals staken ze het wild stromende water over, hand in hand om overeind te blijven. Toen ze de rotsen over geklauterd waren, sloegen ze af naar Dollar Fork, een smaller beekje.

'Waarom zou het hier nou Dollar Fork heten,' peinsde Nora.

'In die tijd was bestek hier niet goedkoop,' zei Salazar; zijn opmerking werd met gekreun ontvangen.

Hoger op de helling merkte Nora dat de vallei breed genoeg was voor een huifkar. Een eind verderop werd de vallei weer smaller – net als Tamzene in haar logboek had geschreven – en vervolgens werd hij weer breder en liep uit in een enorme bergweide. De ijskoude regen hield op en de laaghangende bewolking begon op te trekken. Vanuit het platgeranselde gras rezen nevelflarden op.

'Dit lijkt me ook niet gek,' zei Clive, die bleef staan en om zich heen keek. 'Geweldige plek om de tenten op te slaan. Enorme rotswanden om een oud besje weer te geven.'

Ze gingen weer elk een kant uit en liepen langzaam het veld over, waarbij ze een voor een alle rotsformaties bekeken op zoek naar een oude dame.

'Bingo!' riep Clive plotseling. 'Daar is ze!'

Nora en Salazar staken de kreek over en kwamen bij Clive staan.

'Is dat een gezicht?' vroeg Salazar. 'Misschien. Zo'n beetje.'

'Kom op, dat is het gezicht van een oude vrouw!'

Nora schudde haar hoofd. 'We zijn op zoek naar een spectaculair beeld, anders hadden ze het niet speciaal vermeld. Dit hier is meer iets uit een rorschachtest.'

Clive draaide zich naar haar om. 'Een rorschachtest? Die haakneus, die puntkin... dat kan iedereen zien!'

'Dat is dan iedereen behalve ik.'

'En ik,' zei Salazar.

'Toe nou toch! Weten jullie zeker dat jullie naar hetzelfde kijken als ik?'

Na nog wat getuur en vruchteloos geharrewar besloten ze verder te zoeken voor het geval er een beter herkenbaar gezicht te vinden was. Maar tevergeefs. Ze kwamen weer bij elkaar op dezelfde plek.

'Ik weet het zeker, dit is het,' zei Clive. 'Ik voel het aan mijn water. En in dat geval moeten we vlak bij het kamp zijn. Misschien staan we er wel bovenop.'

'Dat wil er bij mij niet in,' meldde Salazar. 'De grond loopt hier af.'

Benton keek hem aan. 'Nou en?'

'Als je ligt, voel je het geringste hoogteverschil.'

'Er lag snééuw, sodeju!'

Nora luisterde naar het gesprek en naar Clives stemverheffing. Eén ding was duidelijk: ondanks de normaal gesproken vrolijke houding van de historicus was de zoektocht naar het Verloren Kamp duidelijk heel belangrijk voor hem. En in feite kon hij best gelijk hebben: misschien lag het kamp wel pal onder hun voeten.

Even was het stil, en Clive trok een lange sigaar met een Dunhill-bandje uit zijn jaszak. Hij pakte een aansteker en hield de vlam bij de punt.

'Ik heb een voorstel,' zei Nora. 'Als we nu eens een paar proefgaten graven.'

Clives gezicht klaarde op. 'Oké,' zei hij door een wolk blauwe rook heen. 'Dat is een goed idee.'

'Jason graaft een gat waar jij denkt dat het kamp moet liggen,' zei Nora, 'en ik ga terug naar Poker Creek.'

'Maar daar was geen oude vrouw te zien.'

'Misschien is ze van de berg af gevallen.'

Clive nam een trek van zijn sigaar en knikte. 'Als jij dat het beste vindt. Jason, jij en ik gaan aan het werk. Nora, jou zien we weer in het kamp.'

Nora bleef even zwijgend naar het tweetal staan kijken. Toen slingerde ze haar rugzak over haar schouders, draaide zich om en liep terug door het weiland, naar het rotspad de berg af.

16

Special agent Corrie Swanson stond voor de spiegel in de damestoiletten op de eerste verdieping van het FBI-gebouw te Albuquerque en bekeek zichzelf kritisch. Haar haar zat netter dan normaal en voordat ze naar haar werk ging, had ze haar beste broekpak aangetrokken. Ze had zelfs afgezien van haar gebruikelijke salade tussen de middag, om te voorkomen dat er stukjes groen tussen haar tanden zouden blijven zitten. Behalve een beetje lipstick had ze geen make-up op, maar zelfs die lippenstift had ze met Kleenex deels weggeveegd.

Ze keek uit naar de bespreking, maar tegelijkertijd was ze nerveus. Als deel van haar proefperiode moest ze deelnemen aan wat alom bekendstond als het Vuurpeloton: de wekelijkse vergadering waarbij nieuwe agenten hun mentor en collega's moesten bijpraten over het onderzoek waarmee ze op dat moment bezig waren. Normaal had Corrie dit nogal eenvoudig gevonden; de ene cold case bestudeerd en gearchiveerd, de andere bestudeerd en ook gearchiveerd.

Maar niet vandaag. Vandaag ging ze haar nek uitsteken.

Ze keek op haar horloge: vijf voor twee. Tijd om in actie te komen. Ze liep de toiletruimte uit, ging terug naar kantoor, bleef even bij haar bureau staan om een stapel dossiers te pakken, en laveerde tussen de andere bureaus door naar Vergaderzaal B, waar het als altijd vagelijk naar pizza rook. Het was een groot vertrek, met een tafel voor minstens tien mensen. Er hingen computers aan de muur voor digitale diapresentaties en video's, en er stond een gigantisch digibord voor interactieve demonstraties, maar die kwamen zelden voor bij dit soort besprekingen. Alleen Bob Wantaugh, die minkukel van GS-11, had vorige week het interactieve whiteboard gebruikt tijdens een spectaculair saaie update over zijn favoriete onderwerp: iets met afpersing, het witwassen van geld en misschien mensensmokkel via een 'ondergrondse spoorlijn' tussen Albuquerque en Ciudad Juárez, net over de grens met Mexico. Zijn bewijsmateriaal was kleurrijk maar uitermate vaag, en na de presentatie van afgelopen week had zelfs de anders zo geduldige agent Morwood geopperd dat Wantaugh misschien wat minder Ludlum zou moeten lezen.

Corrie ging de vergaderzaal binnen en nam plaats. Ze wachtte terwijl de paar andere nieuwe agenten – Morwoods beschermelingen – aan tafel zaten. Tot haar consternatie zag ze dat er ook een stel hogergeplaatste agenten aanwezig waren. Op zich was dat niet ongebruikelijk; ze vond het alleen jammer dat dit tweetal uitgerekend deze week had uitgekozen om aanwezig te zijn bij het Vuurpeloton.

Als laatste kwam Morwood binnen, uiteraard weer met een kop koffie bij zich. Met zijn vrije hand trok hij de deur dicht en ging vervolgens aan het hoofd van de tafel zitten. Hij had geen notitieblok, tablet of ander schrijfmateriaal bij zich.

'Hoort, zegt het voort,' begon hij. 'De zitting is bij deze geopend, met edelachtbare Hale Morwood als voorzitter. Ik zie dat alle vermeende misdaadbestrijders en verdedigers van de Amerikaanse droom aanwezig zijn? Uitstekend.' Met zijn eeuwig slaperige blik keek hij om zich heen. 'Swanson. Als jij nu eens begon?'

Corrie veerde geschrokken overeind. Morwood koos haar nooit als eerste; haar litanie van cold cases kwam meestal als laatste. Ze had gerekend op meer voorbereidingstijd.

'Ik?' vroeg ze, en nog voor het woord haar lippen over was, besefte ze hoe dom ze klonk.

'Jij. Ik verzoek je: verlicht ons met je forensische expertise.'

Dat had ze kunnen verwachten. Corrie schraapte haar keel en bladerde door haar papieren. Aan de overkant van de tafel klonk een kuchje: Bob Wantaugh, wiens blonde kuif even beefde van verontwaardiging. Hij was eraan gewend geraakt als eerste zijn verhaal te mogen doen.

'Geduld, agent Wantaugh. Heel binnenkort zijn we toe aan de volgende aflevering van uw feuilleton.' Morwood keek weer naar Corrie. 'Ga je gang.'

Corrie schraapte nogmaals haar keel. Zij en Morwood waren als enigen op de hoogte van de specifieke details van haar onderzoek. En zelfs Morwood wist niet alles. Ze betreurde hevig dat hij dit nu voor het eerst moest horen in bijzijn van al die anderen.

'Zoals ik bij de bespreking van vorige week al zei,' begon ze, 'heb ik een plaats delict onderzocht op een kerkhof in de Sangre de Cristo-bergen, zo'n honderdtwintig kilometer ten noordoosten van hier. Het kerkhof – Pigeon's Ranch – is een plek van nationaal historisch belang, een aandenken aan een slagveld uit de Burgeroorlog. Daarom is dit een federale aangelegenheid. Bij aankomst trof ik een geopend graf, met daarin de ijzeren doodskist van ene Florence Parkin Regis, overleden in 1862. Haar stoffelijk overschot was deels opgegraven. Boven op de kist lag het lijk van Frank Serban, vierenvijftig jaar oud, uit Denver. Hij had geen papieren bij zich en is later geïdentificeerd aan de hand van vingerafdrukken. Hij was de avond tevoren tweemaal in het achterhoofd geschoten. Dat doet dus denken aan een executie. Van de schietpartij is ter plekke geen enkel bewijs gevonden, behalve de kogels, die klaarblijkelijk waren afgevuurd uit een wapen met een geluidsdemper. Serban bevond zich van jongs af aan in het circuit van kleine criminaliteit.'

Toen ze zichzelf hoorde praten, besefte Corrie dat ze dit verhaal de vorige week ook al afgestoken had. Als ze nerveus werd, had ze de neiging te veel uit te leggen. Ze probeerde iets meer vaart te maken.

'Uit forensisch onderzoek van mijzelf en de politie bleek dat Serban de kist waarschijnlijk zelf opgegraven had. Regis' bovenlijf was verwijderd, de kist was weer gesloten en Serban is geliquideerd en op de kist achtergelaten. Waarschijnlijk was dit een aangenomen klus voor hem en is hij uit de weg geruimd om hem het zwijgen op te leggen.'

Tot zover ging het goed. Maar nu werd het wat problematischer, wist ze.

'We hebben nog niet al het ter plekke gevonden bewijsmateriaal geanalyseerd, maar tot nu toe is er behalve die twee 9mm-patroonhulzen weinig boven water gekomen waar we iets aan hebben. En de kans is klein dat dat alsnog gebeurt. Het ziet eruit als een professionele klus, waarna goed opgeruimd is. Maar toen ik verder ging zoeken, ontdekte ik iets verdachts. Bij mijn poging verband te leggen tussen dit misdrijf en andere met een vergelijkbare aanpak, ontdekte ik dat er nog twee graven waren geschonden waarbij alleen het bovenlichaam van het lijk was verwijderd. Een daarvan betrof dat van Carmine Scarabone, een kortgeleden omgekomen maffialid in Joliet, Illinois. Zijn graf was gevandaliseerd, de kist deels verwijderd en de grafsteen beschadigd.

Het andere lijk was van ene Alexander Parkin, die in 1911 in Nelson, New Hampshire was overleden.'

Ze keek even op haar papieren. 'Toen ik dieper op die MO inging, moest ik verder van huis zoeken. En zo ontdekte ik dat een halfjaar geleden in Parijs het graf van Thomas Parkin is verstoord; dat was een Amerikaan die tijdens de Tweede Wereldoorlog in Frankrijk is omgekomen. Bij hem was alleen de schedel meegenomen. Maar uiteindelijk merkte ik dat alle drie de gevallen onverwacht verband hielden.'

Hier zweeg ze even en keek om zich heen. Ze was dankbaar, maar tegelijkertijd ook gespannen toen ze zag dat ze de onverdeelde aandacht van de aanwezigen had.

'Florence Regis, geboren Parkin, Alexander Parkin en Thomas Parkin hadden alle drie dezelfde achternaam, dat is duidelijk. Maar ik heb gezocht in oude boeken van het bevolkingsregister en in een stamboomdatabase, en zo kwam ik erachter dat ze ook alle drie een gemeenschappelijke voorouder hadden.'

'En wat voor stamboomdatabase mag dat dan wel zijn?' informeerde Morwood. 'Is dat een of andere FBI-afdeling waarvan ik niet op de hoogte ben?'

Corrie zweeg. Over dit aspect had ze het nog niet gehad met Morwood. 'Eh, nee, meneer. Dat is Ancestry.com.'

De twee hogergeplaatste agenten achterin wisselden een blik. Morwood keek haar ongelovig aan. 'Je hebt op Ancestry.com gekeken?'

Wantaugh giechelde.

'Ik heb die site gebruikt als instrument, als eerste stap. Ik weet dat zulke informatie niet bruikbaar is voor de rechtbank.'

Ze keek weer om zich heen. Alle aanwezigen keken haar aan, in afwachting van de ontknoping van haar verhaal.

'Drie dagen geleden heb ik ontdekt dat ene Rosalie Parkin, zevenentwintig jaar oud, jurist, ongehuwd, in Scottsdale, Arizona, als vermist is opgegeven. Met toestemming van agent Morwood ben ik naar Scottsdale gegaan, heb contact gelegd met de politie ter plaatse en haar appartement bekeken. Er was geen spoor van een worsteling te bekennen, maar er lag een enorme plas bloed. De bloedgroep kwam overeen met die van Rosalie Parkin.'

'Ooggetuigen?' vroeg iemand.

Corries gedachten flitsten even naar Rosalies broer. 'Nee. Maar de politie behandelt dit nu als een vermissing.' Ze zweeg.

'Vooruit maar,' zei Morwood. 'Maak je verhaal af.'

'Ik ben het nagegaan: de vermiste vrouw is verwant aan de andere drie Parkins.'

'Nagegaan op Ancestry.com?' vroeg Wantaugh.

Corrie verkoos deze vraag te negeren. 'Ze stammen allemaal in rechte lijn af van de voorvader.'

'En dat akkefietje in Joliet, dan?' vroeg een andere kersverse agent. 'Die maffioso?'

'Heeft er niets mee te maken. Die persoon was geen bloedverwant van de Parkins en het vandalisme is hoogstwaarschijnlijk te wijten aan het feit dat de persoon informant was.'

'Wat is je werkhypothese?' wilde Morwood weten.

'Dat er iemand is, of meerdere personen, met grote belangstelling voor deze ene familie.'

'Belangstelling van welke aard?' drong Morwood aan. Zo ging hij altijd te werk: duwen en trekken, op zoek naar gaten of lacunes in de onderzoeksmethode.

'Misschien is het een afstammeling,' opperde Wantaugh. 'Met een wel heel bijzondere verzamelwoede.' Er werd even en zonder veel enthousiasme gelachen om deze flauwe opmerking.

Een van de twee hogergeplaatsten ging verzitten. 'Als die vrouw ontvoerd is vanwege haar bloedverwantschap met de opgegraven lijken,' zei hij, 'waarom zijn ze dan plotseling zo anders te werk gegaan?'

Dat was exact wat Corrie zichzelf ook afgevraagd had, de vraag die ze het meest vreesde. 'Daar heb ik nog geen antwoord op.'

'Ontvoering is gevaarlijk en riskant,' vervolgde de man. 'En een veel ernstiger misdrijf dan grafroof.'

'Dat ben ik met u eens,' zei Corrie. 'Evenals moord; in dit geval de executie van Serban.'

'Heb je,' vroeg Morwood, 'verder nog bewijzen voor enig verband tussen deze zaken, afgezien van de Parkin-connectie?'

'Nog niet, agent Morwood.'

'En je hebt ongetwijfeld contact opgenomen met andere Parkins, in leven en rechtstreeks verwant, om te zien of zij hier iets van weten… zonder positieve resultaten?'

Dat was een tijdrovende zaak gebleken. 'Inderdaad.'

'En je hebt gekeken hoeveel andere Parkins er nog ongestoord in hun graven liggen?'

Dat had nóg meer tijd gekost. 'Jazeker. Het zijn er niet veel; er zijn maar weinig nazaten.'

'Heb je verder aanwijzingen, afgezien van de Parkin-connectie?'

'Nee, dat is de enige.'

Morwood nam een slok koffie, een onmiskenbaar teken dat hij iemand anders het woord ging geven.

'Maar er is nog één ding.' Hier kwam het: de tweede bevinding waar Morwood nog niets over wist.

Haar mentor trok vragend zijn wenkbrauwen op.

'Ik heb mijn net nogal breed gespreid. En daarbij heb ik informatie gevonden die me... van belang leek.'

Morwood zette zijn koffiemok neer. 'Agent Swanson, verras me.'

'Bij archeologische opgravingen op federaal grondgebied komt ontzettend veel papierwerk kijken. Een paar maanden geleden heeft het Archeologisch Instituut van Santa Fe in New Mexico een aanvraag ingediend voor de opgraving van een kampement van de Donner Party.'

Ze keek de tafel rond en trof niets dan holle blikken.

'De Donner Party. Dat waren de pioniers wier karavaan een hele winter lang heeft vastgezeten in de Sierra Nevada. Dat was in 1847. Een groot aantal van de overlevenden is overgegaan tot kannibalisme om maar niet dood te hongeren.'

Nu begon er enig begrip te dagen.

Snel sprak ze verder: 'Een van de mensen die die winter is omgekomen, was Albert Parkin. En die Albert Parkin blijkt de rechtstreekse gemeenschappelijke voorvader te zijn van alle Parkins in ons onderzoek. Het Archeologisch Instituut van Santa Fe is momenteel op zoek naar de plek waar dat kamp heeft gestaan, met de bedoeling het op te graven.'

Nu keek Morwood inderdaad verrast, zij het niet blij verrast. 'En dus...?'

'Ik heb de directeur van het Instituut gesproken, ene dr. Fugit. Dit is een legitieme organisatie en de opgraving is goedgekeurd door zowel de FBI als de staat Californië.'

'Ik herhaal: en dus...?'

‘Welnu, dit betekent dat er, als het ze lukt, nog een stoffelijk Parkin-overschot opgegraven zal worden. En ditmaal op legale wijze. Het lijkt me een eigenaardige samenloop van omstandigheden, de moeite van het onderzoeken waard.’

‘Aha,’ zei Morwood. ‘Een gokje: nu wil jij naar de Sierra Nevada, die archeologische expeditie opsporen en die lui op de een of andere manier het leven zuur maken.’

‘Dat...’ begon Corrie, maar het leek haar beter haar zin niet af te maken.

Even was het stil rond de tafel. Vanuit haar ooghoek zag Corrie Wantaugh zitten grijnzen.

Morwood zuchtte. ‘Mag ik je eraan herinneren, Swanson, wat ik je als taak had gegeven: uitzoeken wie die grafdelver in Pigeon’s Ranch vermoord heeft.’

‘En daar ben ik ook mee bezig, agent Morwood,’ antwoordde Corrie. Ze begon het knap warm te krijgen.

‘Je bent al naar Arizona geweest om die theorie van je te staven. En je hebt op willekeurige openbare databases zitten zoeken. Wat je nu voorstelt neemt minstens enkele dagen in beslag. En dat terwijl de aanwijzingen maar heel summier zijn.’

‘Met alle respect, Albert Parkin is de grote gemene deler in dit geheel. De oervader van alle anderen. Vindt u het zelf ook niet eigenaardig dat er plotseling, zomaar, over de hele wereld Parkins worden opgegraven?’

‘Vat dit niet verkeerd op, Swanson, maar volgens mij bega je hier een beginnersfout.’

‘Namelijk?’

‘Jij laat je leiden door het onderzoek, in plaats van dat je zelf het onderzoek leidt. Dat zien we vaker bij eerste- en tweedejaarsagenten, dat is niets om je voor te schamen.’

Gespannen als een veer balde Corrie onder tafel haar vuisten. Niets vond ze erger dan zo betuttelend toegesproken te worden. Nou, behalve dan als een gast handtastelijk werd; daar had ze op de Academie mee te maken gehad.

Morwoods stem klonk rustig, vriendelijk zelfs, maar zijn woorden sneden door haar ziel. ‘Dit is een uitstekende les, een les die iedereen hier aan tafel ofwel geleerd heeft, ofwel binnen afzienbare tijd zal leren.

Richt je op het lopende onderzoek, ga niet achter bijkomstigheden aan.' Hij keek haar recht aan. 'Vraag jezelf af: wat kan die Albert Parkin, in 1847 overleden in het gebergte van Californië, in vredesnaam te maken hebben met de moord op Frank Serban op een begraafplaats uit de Burgeroorlog zowat twee eeuwen later? Albert Parkins stoffelijk overschot is nog niet eens gevonden. En zoals je zelf zei: die opgraving wordt uitgevoerd door een uitermate gerespecteerde organisatie en met alle benodigde vergunningen. Dat is iets heel anders dan grafroof bij nacht en ontij.'

Hij haalde diep adem, het teken dat hij nu de conclusie ging trekken voor de hele zaal.

'Een gevaar dat er de laatste jaren ongemerkt in geslopen is bij ons werk: computers zijn veel te goed geworden in het leveren van informatie. Wij, de FBI, worden overstelpt met gegevens; een ware stortvloed aan informatie. Zo erg zelfs dat het lastig is te bepalen welke aanwijzingen van waarde zijn en wat berust op zuiver toeval... of op wat we graag *willen* vinden.'

Hij zweeg even om deze woorden te laten bezinken.

'Wat ik dus wil voorstellen als volgende stappen, agent Swanson, is dat je doorgaat op het ingeslagen pad. Ga door met je onderzoek naar de moord op Serban. En hou intussen – maar uit de verte – een oog op die Parkin-connectie. Kijk uit of er nog meer voorvallen zijn waar die familie bij betrokken is. En wacht gewoon af of het stoffelijk overschot van Albert Parkin boven water komt bij die expeditie in Californië.'

Hij schonk Corrie een bemoedigende glimlach en een goedkeurend knikje, maar in zijn blik zag ze ook het 'nee' doorschemeren.

Daarna nam Morwood een grote slok koffie en richtte zich tot Wantaugh. 'Oké, agent,' zei hij. 'Dan zijn we nu toe aan het volgende hoofdstuk van die thriller van jou.'

17

Nora trok door Dollar Fork terug naar Hackberry Creek. Omdat ze alleen was, deed ze extra voorzichtig om niet uit te glijden over een steen, of haar enkel te verzwikken. Ze moest diverse keren de beek oversteken voordat ze bij Poker Creek aankwam. Tegen die tijd waren haar voeten doorweekte ijsklompen die bij iedere stap een zompig geluid maakten. De mist was aan het optrekken en ze zag een nieuwe sneeuwlijn, achtergebleven na de storm. De sneeuwgrens lag nu heel wat dichterbij dan op de eerste dag van hun expeditie.

Ze liep de vallei van Poker Creek in en bereikte drie kwartier later de bergpas, even later de rij dode bomen. Ditmaal ging ze niet op zoek naar het profiel van een oude vrouw, maar liep langs de onderkant van de rotsen op zoek naar pas afgebrokkeld steen dat kon aangeven waar dat profiel ooit gezeten kon hebben. Het was geen moeilijke klus: er vielen daar al tienduizenden jaren stenen de diepte in en ze zag dan ook grote rotsblokken op de puinhellingen liggen; maar het merendeel daarvan was overdekt met korstmossen of half onder de grond verdwenen. De rotsflanken zaten onder de spleten en gaten. Terwijl ze verder speurde, vloog boven haar hoofd een tweetal raven op; krassend gaven ze blijk van hun ongenoegen. Het rook naar dennenbomen. Ze kreeg een eigenaardig, ijzig gevoel toen de mist weer neerdaalde; de bergpieken werden aan het zicht onttrokken en de vallei veranderde in een spookachtig meer van mist.

Ze bereikte het eind van de vallei en liep langs de andere bergflank terug. Bijna meteen zag ze een hoop recenter gevallen stenen liggen; zo recent dat de bomen die de stenen losgewrikt hadden nog als vermolmde stronken onder de rotsen te zien waren. Ze deed een paar stappen achteruit en keek omhoog. Langs de rand van de rotswand, onder de smeltende sneeuw, zag ze in de bocht van de vallei een vlak van lichter gekleurde, nog maar pas aan de elementen blootgesteld steen.

Dit leek haar het ideale punt vanwaar een stenen profiel te zien zou zijn, als deze afgebrokkelde rotsen inderdaad ooit op een gezicht hadden geleken.

Ze liep nog verder van de rotswand af en bekeek met geoefende blik het terrein. De grond liep vanaf de randen van de vallei omlaag naar een vlak gebied, groot genoeg om een kampement op te slaan. Het was zo'n beetje een hectare groot, misschien iets minder; veel groter dan de archeologische site zelf, die waarschijnlijk hooguit een paar honderd vierkante meter zou beslaan.

Dus waar zouden ze de huifkarren neergezet hebben? Ze probeerde zich in hun gedachten te verplaatsen. Op dat moment lag er al zo'n dertig centimeter sneeuw en er was nog veel meer aan het vallen; het begin van een sneeuwstorm die hun levens voorgoed zou veranderen. Het landschap in deze afgelegen streek was amper, misschien zelfs helemaal niet, veranderd sinds 1846 en Nora wist dat de groep hetzelfde gezien moest hebben wat zij nu zag, zij het dan dat er nu geen sneeuw lag.

Als zij de karavaan leidde, waar zou ze het kamp dan plannen?

Ze liep de vallei door; eerst langs de rechterflank en terug langs de andere kant. Dichter bij het water liep het terrein weer af. Ze moesten ergens op de vlakke bodem halt hebben gehouden. Vanuit welk gezichtspunt zou het sindsdien afgevallen profiel het best herkenbaar geweest zijn, de scherpe granieten hoek het makkelijkst zichtbaar? Het viel moeilijk te zeggen, maar na een tijdje turen naar de nog besneeuwde rotsen meende ze het punt te vinden. De dalkom bleek groter dan hij uit de verte geleken had. Het gras was nat van de regen en zag er dicht en weelderig uit. Ongewoon dicht en weelderig. En er stonden bloemen.

Nergens anders in de natte weide stonden bloemen. Als archeoloog speurde ze routinematig naar plekken waar de bodem onverwacht vruchtbaar leek of waar plotseling andere planten groeiden.

Ze knielde en duwde haar handen in het ijskoude gras. Zou ze?

Ze was een professional en ze hadden alle vergunningen die nodig waren. Dus waarom niet?

Ze zette haar rugzak op de grond en haalde er een troffel voor archeologisch werk, handschoenen en een masker uit. Ze knielde, mat een vierkant van vijftig bij vijftig centimeter uit in het dichte gras, stak de troffel eronder, werkte de wortels los en tilde de zode op zodat de modderige grond daaronder blootlag. Langzaam, uiterst voorzichtig, begon ze de lagen aarde stukje bij beetje weg te schrapen. Een site van honderdvijfenzeventig jaar oud zou niet diep onder de oppervlakte liggen, zeker niet zo hoog in de bergen, in een weide waar de aarde zich maar heel langzaam ophoopte.

Op zo'n zeven centimeter tikte haar troffel ergens tegenaan. Ze legde hem weg, pakte een kwastje en legde het voorwerp bloot.

Het was een kies.

Tegen de tijd dat ze terugkwam in het kamp was het weer volledig opgeklaard. De laatste paar wolken waren bloedrood gekleurd door de ondergaande zon en in het laatste daglicht gloeide de verse sneeuw op de bergtoppen roze, rood en oranje. Jason en Clive waren nog niet terug en Nora zweeg terwijl Maggie het avondmaal bereidde en de wranglers de paarden hun haver voerden. Na een tijdje, net toen ze bezorgd begon te worden, verscheen Jason. Vlak achter hem kwam Clive, met een hevig ontmoedigde blik in zijn ogen.

'Wat een sof,' zei hij, terwijl hij zijn rugzak liet vallen. Hij pakte de koffiepot van het vuur en schonk een kop in, waarmee hij op een boomstam ging zitten.

'Niets gevonden?'

Clive schudde zijn hoofd.

'Helemaal niets? Echt niet?'

Ook Jason nam een mok koffie.

'Jason, wat denk jij?' vroeg Nora.

Hij haalde zijn schouders op. 'Als er al een kamp is, dan ligt dat niet in Dollar Fork.'

Het was snel donker aan het worden en Nora hoorde een uil. Ze wendde zich tot Clive. 'Beetje zelfzuchtig, vind je niet?'

Hij keek haar niet-begrijpend aan. 'Wat? Wie?'

'Jij. Al dat gemekker over wat je niet gevonden hebt. Zou je niet eens vragen wat ík gevonden heb?'

Ze draaiden zich meteen naar haar om. 'Heb jij iets gevonden?' vroeg Clive.

Ze knikte.

'Wat dan?'

'Een kies. Van een mens.'

Clive sprong overeind. 'Dat meen je niet! Echt waar?'

Meteen volgde er een spervuur van vragen, iedereen praatte tegelijk.

'Nog geen twee kilometer Poker Canyon in, die vlakte waar we als eerste gekeken hebben.'

'Nora, God nog aan toe, dat is fantastisch,' zei Clive, en hij sloeg zijn armen om haar heen, waarna hij zich beheerste, een stap achteruit deed en energiek haar hand schudde. Ze was blij, en een beetje verbaasd, dat Clive helemaal niet jaloers leek dat niet hij, maar zij de ontdekking gedaan had. Bovendien voelde ze een lichte tinteling bij de gedachte aan zijn omhelzing.

'Verbijsterend. Fenomenaal.' Hij ging weer zitten, nog steeds lachend van vreugde; zijn blauwe ogen flitsten. 'Vertel eens hoe je dat voor elkaar hebt gekregen.'

In korte bewoordingen deed ze haar verhaal. Burleson trok intussen een fles wijn open en schonk voor iedereen een beker in.

'Een toost,' zei hij, terwijl hij zijn tinnen kroes hief.

Die fles werd gevolgd door een tweede toen Maggie het eten opdiende. Na afloop zaten ze bij het vuur en het gesprek, dat voornamelijk bestond uit opgewonden speculaties – viel uiteindelijk stil. De enige geluiden waren het knapperen van het vuur, de roep van een uil en de fluistering van de wind in de bomen.

'Morgen breken we het kamp hier op,' zei Nora. 'Aan Poker Creek ligt een stuk vlak terrein, nog geen kilometer van de opgraving af.'

Burleson knikte. 'Ik zet Jack en Drew aan het werk zodra het licht wordt.'

Het werd weer stil. Tot Jason plotseling overeind veerde. 'Horen jullie dat?'

Een lange stilte, tot Nora iets hoorde bonzen, heel vaag en veraf.

'Daar heb je het weer,' zei Jason.

'Een specht,' zei Clive.

'Die zijn niet actief in het donker,' wist Maggie.

'Tuurlijk wel. Toch?'

Weer dat kloppende geluid in de verte, maar ditmaal iets dichterbij. De wind zuchtte in de bomen.

'Ontbreekt er iemand van de groep?' vroeg Maggie. 'De roep der natuur aan het beantwoorden?'

'Zo ver gaat niemand weg,' zei Peel.

Toch werden snel de neuzen geteld. Iedereen was aanwezig.

'Oké,' zei Maggie met luide stem tegen het omringende donker, en ze kwam overeind. 'We snappen dat je ons bang wilt maken. Nou, het werkt. Je hebt je lolletje gehad, dus laat je zien.'

Ze wachtten, en prompt klonk er weer een klop, gevolgd door een dreun.

Nora stond op en knipte haar voorhoofdslamp aan.

'Waar ga je naartoe?' vroeg Maggie.

'Kijken wat dat daar is.'

Met grote passen liep Nora naar de rand van de open plek, zonder te letten op de waarschuwingen die rond het kampvuur klonken. Bij de hoge bomen aangekomen liep ze het bos in; de boomstammen leken wel enorme pilaren in een kathedraal, verdwijnend in de duisternis boven haar. Ze bleef staan en keek om. Tussen de stammen door was de gloed van het vuur nog zichtbaar. Ze liep een eindje door en bleef staan om te luisteren. Niets dan de amper nog hoorbare stemmen bij het kampvuur, die haar ongetwijfeld terugriepen.

Toen klonk het dreunende geluid weer... dichterbij ditmaal. Het kon de wind zijn, dacht Nora, die twee bomen tegen elkaar klapte. Of misschien een eland die in het donker rondliep en zijn gewei tegen de stammen schurkte.

Het geluid klonk nogmaals en nu kon ze bepalen uit welke richting het kwam. Met grote passen liep ze in een rechte lijn het bos door. Na een paar minuten bleef ze weer staan om te luisteren. Dit, dacht ze, moest zo'n beetje de plek zijn waar het geluid geklonken had. Ze wachtte een hele tijd, maar er was niets meer te horen.

Ze deed nog een paar stappen en kwam door een uitzonderlijk dicht bosje bomen. Plotseling bevond ze zich op een ruwweg ronde open plek in het bos. Vreemd: er was geen reden voor zo'n opening in zo'n dicht bos. Ze scheen met haar licht om zich heen, maar er viel niets te zien: een zacht bed van groen mos waarop geen enkele voetafdruk te zien was en een paar verspreide rotsblokken.

Ze wachtte nog vijf minuten, maar het bleef stil. Ze draaide zich om en ging op weg terug naar het kamp. Hoewel ze veel ervaring had met trektochten door het bos, had ze haar spoor niet gemarkeerd en na verloop van tijd leken alle bomen op elkaar in het donker. Net toen ze dacht dat ze verdwaald was en ze de paniek voelde opkomen, zag ze een vage gloed tussen de bomen door en kon ze op weg naar het verwelkomende vuur.

18

8 mei

Twee ochtenden later stond Nora onder aan de rotswand om zich heen te kijken. De bergweide die er twee avonden geleden verlaten bij gelegen had, was intussen veranderd in een volwaardige archeologische opgraving. En, moest ze toegeven, een verdomd goeie.

De voorbereidingen waren van een leien dakje gegaan. Salazar en Adelsky hadden een raster uitgezet in het middelpunt van de opgraving, met staken die ze op een meter afstand van elkaar in de grond gedreven hadden; met fluorescerend oranje touw hadden ze een terrein van zes bij tien meter afgebakend. Zo hadden ze zestig vakken van een vierkante meter elk, waarbinnen iedere korrel zand verwijderd en bestudeerd zou worden. Ze waren het hele terrein al over geweest met de proton-magnetometer, een apparaat dat nog het meest weghad van een zeer geavanceerde grasmaaier. Zo hadden ze een ruw idee gekregen van waar artefacten onder de grond konden liggen, met name ijzerhoudende voorwerpen als spijkers, bouten en gereedschap. Aangezien dit maagdelijk terrein was, zonder menselijke nederzettingen, ging Nora ervan uit dat ijzerhoudende voorwerpen in de bodem daar achtergelaten moesten zijn door de Donner Party. En er lag heel wat, met name midden op de open plek. Waarschijnlijk zouden ze daar het haardvuur en de restanten van de nederzetting aantreffen.

Clive had met groot enthousiasme meegewerkt en had een massa vragen gesteld: hoe dit werkte, hoe dat moest. Hij toonde grote belangstelling voor het archeologische werk en wilde maar al te graag helpen. Hij had iets van een overijverig kind, door het dolle heen op zijn eerste opgraving.

Intussen waren Maggie en de wranglers bezig het basiskamp te verhuizen van Hackberry Creek naar Poker Canyon, zowat een kilometer van de opgraving vandaan. Iedere dag leidde Peel de pakpaarden heen en weer naar de ranch in de bergen. Hij vervoerde apparatuur, liet de dieren bij het kamp overnachten en nam ze dan weer mee terug voor een volgende reis. Hun woonverblijven waren al opgezet langs de oever van de kreek, en de volgende avond zou de verhuizing voltooid zijn, met alles op zijn plek.

Bij het Verloren Kamp zelf was naast de opgraving een grote, lege tent opgezet, die Adelsky lachend het Hoofdkwartier had genoemd. Daarin stonden werktafels en kratten voor de opslag van zaken die gesorteerd, gefotografeerd en bewaard moesten worden, samen met een computer en een wifizender, beide gevoed door zonnepanelen en een kleine generator als reserve. Via de wifi konden ze geen contact onderhouden met de buitenwereld, maar hij zou wel handig zijn voor de onderlinge communicatie en om bestanden over te versturen. In een hoek stond de kluis en daartegenover was ruimte voor de grondradar en andere archeologische apparatuur. Adelsky en Salazar stonden met de proton-magnetometer achter aan de open plek, bijna klaar met het in kaart brengen van het complete opgravingsgebied. Na de storm hadden ze schitterend weer gehad: overdag warm en 's nachts boven het vriespunt.

Ze zag Clive de werktent uit komen; hij liep meteen op haar af. 'Schitterende ochtend,' zei hij. 'Ik ben heel benieuwd hoe dit verdergaat. Ik heb nog nooit op een opgraving gewerkt. Als historici zitten wij het grootste deel van de tijd in bibliotheken en archieven, waar we verstoffen en verwelken.'

Nora glimlachte. 'Leuk overhemd,' zei ze met een hoofdgebaar naar een zoveelste paisley-gruweling. 'Hoeveel daarvan heb je wel niet bij je? Dat hemd gaat verschrikkelijk smerig worden, ik hoop dat je dat doorhebt. Althans, als je echt wilt helpen.'

Met een grijns trok Clive even aan zijn kraag. 'Weet ik, weet ik. Ik kan er niets aan doen, ik houd nu eenmaal van paisley. Maar ik meen het. Echt. We zijn partners en ik wil me nuttig maken, niet als een druiloor gaan zitten afwachten.'

'Oké, daar kunnen we voor zorgen, lijkt me.' Nora dacht terug aan hoe eenzaam haar leven was geweest sinds de dood van haar echtgenoot, hoezeer ze eraan gewend geraakt was om alleen te werken. Nou, misschien werd het tijd om iets actiever aan het leven te gaan deelnemen.

'Geweldig,' zei Clive. Hij gebaarde naar de besneeuwde bergtoppen. 'Sierra Nevada. Sneeuwbergen. Ze doen hun naam wel eer aan: half mei en er ligt nog steeds sneeuw. Ongelooflijk hoe spannend het is om hier te zijn, bezig met deze opgraving.' Hij keek om zich heen. 'Denk je dat we deze open plek een naam moeten geven?'

Daar had Nora ook al over lopen denken. Ze had gedacht aan 'Tamzenes Weide' maar had besloten dat dat niet geschikt was: zelfs in het vroege ochtendlicht had de drassige open plek geen enkele charme. En niet alleen vanwege wat zich hier afgespeeld had. De rotswanden leken bijna dreigend boven hen uit te torenen. Waar ze aan het eind van de vallei naar elkaar toe liepen, torsten de rotsen nog dikke toeven sneeuw. Er was één enorme sneeuwrichel, iets ter grootte van een compleet flatgebouw, die over de rand van een steile bergpas hoog boven hun hoofden hing. Hij leek de wetten van de zwaartekracht te tarten en ze vroeg zich af hoe dat gevaarte op zijn plaats bleef.

'Ik neem aan dat dat een van die richels is waar Burleson ons voor waarschuwde,' zei ze met een hoofdknik in die richting.

'Het is maar goed dat de opgraving een eind verderop ligt. Ik zou daar niet graag onder staan als dat ding het eenmaal begeeft.'

Nora keek verder om zich heen. De bomen aan het eind van de vallei waren donker en onheilspellend, gehuld in bijna voortdurende schaduw, en vele waren er geheel of gedeeltelijk dood. Op een laag punt iets daarvoor verbreedde de kreek zich even tot een zwart, met ijs overdekt bergmeertje, voordat hij zich verder het landschap in slingerde. Al met al maakte het een spookachtige indruk.

'De Verloren Weide,' stelde Clive voor.

Nora dacht daar even over na. De naam kwam haar zowel simpel als geschikt voor. 'Goed idee.'

Op dat moment hoorden ze Maggie in de verte roepen dat het ontbijt klaar was.

Nora nam de laatste hap van haar eieren met spek en klokte haar beker met sterke, zwarte koffie leeg. Salazar en Adelsky, die vlak bij haar zaten, werkten in hoog tempo hun eten weg. Nu de voorbereidingen voor de opgraving klaar waren, wisten ze wat de dag in petto had: het echte werk.

Ze stond op en legde haar bord in de afwasteil. 'Wat vind je, Jason?' vroeg ze haar assistent. 'Klaar om je handen vies te maken?'

'Nou en of!' Meteen kwam hij overeind.

'Ik ook,' zei Clive.

Even later waren ze met hun vieren – Nora, Salazar, Adelsky en Clive – op weg naar de keurig uitgezette opgraving. Maggie wenste hun met bulderende stem succes.

Bij de werktent pakte Nora een van de iPads waarop de ultramoderne opgravingsapp van het Instituut draaide. Toen ze hem aanzette, kwam Clive over haar schouder meekijken. 'Hoe werkt die app?'

Ze opende de app. 'Best indrukwekkend. Je voert alle niveaus in, bodemsoort, alle vondsten met locatie en al. En dan hoef je alleen nog maar de vondst zelf te fotograferen: de app zorgt ervoor dat het voorwerp aan de hand van die foto op de juiste plek in kaart wordt gebracht. Alle foto's worden vervolgens samengevoegd tot een complete afbeelding van de site, laag voor laag.'

'Hoe is het mogelijk. Kun je mij leren...?'

'Hoe je dat doet? Natuurlijk. Ik laat het je precies zien. Maar je moet ook op de hoogte zijn van de basisprincipes van het "gewone" graafwerk. Die krijg je te zien terwijl we bezig zijn. Vandaag kun je kijken en volgen wat wij doen, dan geef ik je morgen misschien iets om zelf te doen.'

'Dank je, ik vind dit verschrikkelijk spannend. De geschiedenis is altijd één stap verwijderd van het echte werk, maar om het hier nu met eigen ogen te zien, en om het te voelen... Het is zoveel directer, zo echt. Alsof je het verleden aanraakt.'

'Dat is precies wat mij zo aantrekt in de archeologie,' zei Nora. Ze besefte dat ze zijn enthousiasme zou moeten intomen tot ze zeker wist dat hij de veldtechnieken onder de knie had, maar ze was blij dat hij zo geïnteresseerd was.

Nora gebaarde naar Salazar en Adelsky. 'Grijp jullie troffels en spullen, dan gaan we op pad. En vergeet niet je handschoenen, haarnetten en gezichtsmaskers.' Nora had een strikt protocol opgesteld voor het opgravingswerk, zodat de menselijke restanten die ze vonden niet in aanraking zouden komen met hun eigen DNA.

Ze sloten hun iPads aan op het netwerk en kalibreerden ze. Ze gaf

Salazar en Adelsky elk een vak van een vierkante meter en nam zelf B3, het vak waarin ze de kies had gevonden. Salazar en Adelsky zaten niet pal naast haar; ze wilde de opgraving op verschillende plekken beginnen om een indruk te krijgen van de grote lijnen van de nederzetting, waar een en ander te vinden was.

Toen ze haar kniebeschermers had voorgebonden en in het gras knielde, Clive vlak achter haar, voelde ze het kriebelen in haar maag. Dit was geen gewone opgraving, dit was de plek waar een onuitsprekelijke tragedie had plaatsgevonden. Ze moesten hier met een zekere eerbied te werk gaan, temeer daar ze zou gaan werken met stoffelijke overschotten van mensen die nog levende afstammelingen konden hebben; en die waren er, bijvoorbeeld de man die haar half overschaduwde terwijl hij over haar schouder meekeek.

Voorzichtig maar efficiënt haalde ze het zeil weg op de plek waar ze twee dagen tevoren de graszoden had weggehaald – aangegeven met een meternummer – en bekeek het stuk zwarte aarde waar ze de kies had gevonden. Ze had al ontdekt dat de bodem sinds 1846 maar vijfentwintig centimeter opgehoogd was; dit werd een onvoorstelbaar ondiepe opgraving.

Al werkend legde ze geduldig aan Clive uit wat ze deed. Ze pakte de rand van haar troffel en schraapte behoedzaam de aarde weg, niet meer dan een millimeter per keer, en schoof die in een emmer naast haar, zodat ze het materiaal als het eenmaal gedroogd was kon zeven of door een luchtstroom halen op zoek naar verkoolde organische resten en menselijk haar.

Ze hoorde de twee anderen in hun eigen vakken beginnen: *schraap, dump, schraap, dump*. Even later raakte ze iets anders met haar troffel. Ze pakte het penseel weer en begon het omliggende gebied voorzichtig schoon te vegen.

'Een deel van een menselijk schedeldak,' zei ze even later.

Clive liet zich op zijn knieën zakken om de vondst van heel dichtbij te kunnen bekijken; ze zaten bijna met hun hoofden tegen elkaar. 'Dit is wel een heel... vreemd gevoel,' prevelde hij. 'Om daar zo een deel van een mens te zien liggen.'

'Vind ik ook.'

Meteen kwamen Salazar en Adelsky aanlopen. 'Dat heb je snel gedaan.'

Nora veegde het stuk bot schoon tot het volledig bloot lag. Het was een stuk ter grootte van twee zilveren dollars, bruin verkleurd en aan de randen vuilwit en poederig, met een kantwerk van breuklijnen.

Heel langzaam legde ze meer schedelfragmenten bloot. Gaandeweg zagen ze het voorhoofd, de oogkassen, de neusopening samen met de kaak waaruit haar oorspronkelijke vondst afkomstig was: de kies.

'Waarschijnlijk een man, te zien aan de wenkbrauwboog,' prevelde ze.

In gespannen stilte keken ze hoe zij verder werkte.

'Dat is de kroonnaad,' zei ze, terwijl ze met de punt van haar penseel naar een kronkelige lijn door het bot wees. 'Ik ben geen fysiek antropoloog, maar te zien aan de mate waarin de schedelplaten vergroeid zijn, lijkt dit me een volwassene.'

Het bleef een tijdje stil.

'Volgens mijn telling waren er zeven volwassen mannen in het Verloren Kamp,' zei Clive toen zacht. 'Eentje van zeventien, drie ergens in de twintig, twee in de dertig en eentje van veertig. Maar Boardman, achter in de twintig, is ontsnapt naar het kamp van de Donners en de veertigjarige, Chears, is uiteindelijk gered. Dus die twee kunnen het niet zijn.'

'Dit lijkt mij een van de dertigers.'

Clive hurkte nog dichterbij. 'Kun je er verder iets aan zien?'

Nora haalde diep adem. 'Zie je die krasjes hier en hier?' Ze diepte een loep op en gaf hem de tijd om de krassen nauwkeurig te bekijken. 'Dat lijken me typisch een van de zes klassieke tekenen van kannibalisme: het soort krassen dat je krijgt als een schedel op een steen wordt gelegd en open geramd met een andere steen.'

Clive schudde met iets van afgrijzen zijn hoofd.

Ze wees naar een andere plek. 'En hier is een tweede teken: de verbrokkelende rand langs dit bot kan niets anders zijn dan het gevolg van verhitting en koken.' Ze leunde iets achterover. 'Deze persoon is onthoofd, zijn hoofd is in het vuur gelegd en gekookt, de hersenpan is open gebeukt om de, eh, gekookte hersenen eruit te halen.'

Op deze mededeling volgde een korte stilte.

'Ben ik even blij dat ik vanochtend van die bacon af gebleven ben,' zei Salazar toen.

'Dit is behoorlijk confronterend, vinden jullie ook niet?' vroeg Clive retorisch. 'En wat zijn de andere vier tekenen van kannibalisme?'

'Schraapsporen in botten om het merg eruit te krijgen; krassen van stenen of metalen slachtinstrumenten; sponsbeen dat verbrijzeld is om de voedingsstoffen eruit te halen. En een zekere glans of metaaldeeltjes op de botten.'

'Glans? Metaaldeeltjes?'

'Dat krijg je als gebroken botten worden gekookt in keramische of metalen potten om het vet eruit te trekken. Doordat de botten rondwervelen in het ziedende water, worden de scherpe uiteinden op microscopisch niveau gladgepolijst door de binnenkant van de kookpot. En bij metalen potten kunnen er metaaldeeltjes achterblijven.' Ze zweeg even. 'We nemen deze mee naar het lab en laten ze onderzoeken door een fysisch antropoloog met een stereozoom.' Ze stond op. 'Er valt hier in de onmiddellijke omgeving waarschijnlijk nog veel meer aan restanten – overblijfselen, bedoel ik – te vinden.' Ze aarzelde. 'Ik graaf nog een heel klein stukje verder terwijl ik bedenk wat onze volgende stap moet zijn.'

Ze knielde en ging weer aan het werk onder het toeziend oog van Clive, Adelsky en Salazar. Bijna meteen vond ze nog twee fragmenten van het schedeldak en de verbrande rand van de wenkbrauwboog. Er zaten geen wervels vast aan de schedel, maar als volgende kwam een dijbeen bloot te liggen en iets wat waarschijnlijk een schouderblad was.

'Ik ben geen archeoloog, maar ik sta ervan te kijken hoeveel er op één klein plekje te vinden is,' zei Clive. 'Ik dacht dat het allemaal veel verspreider zou liggen. Maar wat een warboel, die schedels en arm- en beenbotten...' Hij schudde zijn hoofd.

'Tja, jammer om te zeggen,' zei Nora, 'maar zo te zien zitten we hier midden op de mestvaalt... waar voedselafval werd weggegooid.'

'Dus zeg maar, een stel opgegeten lijken?'

'Ja.' Ze stond weer op. 'Jason, Bruce, gezien de omstandigheden lijkt me dat jullie je eigen vakken moeten laten liggen en je concentreren op de vakken die aan het mijne grenzen, te beginnen met B4 en A3. Als dit inderdaad de mestvaalt is, valt hier het meest te vinden.'

De mannen knikten en liepen weg om hun spullen te gaan halen. Nora liep weg van de plek waar ze net had zitten graven en Clive kwam achter haar aan.

‘Heb jij ooit op dit soort opgraving gewerkt?’ vroeg Clive.

‘In zekere zin wel, ja. Jaren geleden heb ik gewerkt aan een opgraving met de stoffelijke overschotten van adolescenten die in de negentiende eeuw door een seriemoordenaar waren vermoord. En ik heb geholpen bij een grote prehistorische opgraving van Pueblo-indianen in Utah. Daar heb ik mijn man leren kennen.’

‘Ik wist niet dat je getrouwd was.’

‘Mijn man, Bill, is... tja, overleden.’

‘Wat erg. Daar had ik geen idee van.’ Hij pakte spontaan haar hand. Even wilde ze hem terugtrekken, maar ze hield zich in. Het was gewoon een vriendelijk, bezorgd gebaar, hield ze zich voor, meer niet.

‘Ik werk eraan om eroverheen te komen.’ Ze wilde hem niet zeggen dat het intussen al meer dan zeven jaar geleden was. De afgelopen maanden had ze gedacht dat ze het ergste eindelijk achter de rug had, maar de herinnering aan hem en het gemis, staken steevast op de meest onverwachte momenten de kop op.

‘Ik ben een vriendin verloren,’ zei Clive. ‘Verloofde, in feite. Kanker van de alvleesklier. Te laat ontdekt, zoals zo vaak het geval is. Binnen twee maanden was ze dood.’

‘Wat vreselijk. Ik vind het heel erg voor je.’

‘Als kind denk je dat het leven je toelacht en dat ellende alleen anderen overkomt. En dan slaat het plotseling, zomaar, toe. Een onvoorstelbaar verdriet. En de verbijstering.’

Ze knikte. Dat had zij ook meegemaakt. Maar hij leek er goed mee om te gaan. ‘Wanneer is dat gebeurd?’

‘Twee jaar geleden. Het lijkt wel gisteren. Maar we moeten verder, nietwaar? We doen wat nodig is om door te gaan met ons leven.’

Weer knikte ze. Hij had haar hand nog steeds vast. Na een lange stilte gaf hij een vriendelijk kneepje en liet hem toen los. ‘Nora,’ zei hij. ‘Ik ben er klaar voor. Ik zou heel graag zelf een vak willen om aan het werk te gaan.’

Ze had niet gedacht dat het gesprek deze plotselinge wending zou nemen. ‘Clive, ik weet niet of...’

‘Ik heb gisteravond heel wat van je opgestoken en door je vandaag te observeren heb ik ook weer het nodige geleerd.’

‘Een paar uur observatie is misschien niet genoeg om...’

'Ik doe het heel rustig aan, dat beloof ik je. En heel voorzichtig. En zodra ik iets vind, laat ik het je weten.'

Nora dacht even na.

'Luister. Mijn eigen voorouders, de Breens, hebben hier gezeten, op deze berg. Patrick en Peggy hadden zeven kinderen in de leeftijd van één tot veertien. Om hun kinderen te laten overleven, hebben ze zich over hun scrupules heen gezet en ze mensenvlees te eten gegeven. Zij waren de enige familie van wie niemand overleden is en sindsdien waren ze gebrandmerkt: *dat zijn die kinderen die mensenvlees gegeten hebben*. Het klinkt misschien afgrijselijk, maar als hun zoon Edward zich niet aan kannibalisme bezondigd had, stond ik hier nu niet. Dat was mijn bet-betovergrootvader.' Hij haalde diep adem. 'Nu we deze restanten gevonden hebben, wil ik... tja, aan het graven, meedoen tot mijn paisley-hemd onder de blubber zit.'

Tegen wil en dank moest Nora glimlachen. Ze wist precies hoe hij zich voelde, maar ze wilde geen al te groot risico nemen. Ze keek op haar iPad. Misschien kon ze hem een vak in een uithoek van de weide toewijzen, dicht bij het bos, waar de kans het geringst was dat hij iets van belang zou vinden... of schade zou aanrichten. Vak E10 was een goede plek om te beginnen. De grondradar had daar iets geregistreerd, maar met een zwak signaal, en ver verwijderd van het middelpunt van alle activiteiten.

'Oké,' zei ze. 'Als je belooft dat je rustig aan zult doen. En niet dieper dan vijfentwintig centimeter. En zodra je wat dan ook vindt, houd je op om mij in te seinen. Al is het een kiezel.'

'Dat beloof ik.'

'Neem vak E10 maar.' Nora legde haar iPad weg. 'Kom op... pak een masker en handschoenen, dan laat ik je zien waar dat is.'

19

De ontdekkingen waren zo inspirerend en volgden elkaar zo snel op dat niemand wilde ophouden voor het middageten. Nora liet ze gewoon doorwerken terwijl de middag vorderde. In het begin ging ze om het halfuur bij Clive kijken, maar toen duidelijk werd dat hij langzaam en bijzonder nauwgezet werkte, besloot ze dat ze hem aan zijn lot kon overlaten. Dankzij de gezamenlijke inspanningen van Salazar en Adelsky leverde de mestvaalt steeds meer vondsten op: niet alleen een derde schedel en een groot aantal andere menselijke botten, maar flarden van kleding, knopen, medaillons en sieraden. Alles werd zorgvuldig van etiketten voorzien en in het logboek genoteerd om vervolgens met behulp van de software op hun iPads in kaart gebracht te worden. Salazar merkte op dat de mestvaalt hier en daar sporen vertoonde alsof dieren er de grond omgewoeld hadden, maar zo te zien moest dat al een tijd geleden gebeurd zijn – waarschijnlijk rond de tijd van de tragedie – en na kort overleg kwamen ze tot de conclusie dat die sporen hoogstwaarschijnlijk het gevolg waren van kortstondige pogingen tot plundering na de eerste dooi van het voorjaar. Nora wist dat er op deze hoogte niet veel dieren voorkwamen en wat er aan botten restte, zou binnen de kortste keren sowieso overdekt geweest zijn met stof, zand en gras.

Rond halfvier – een schitterende middag die net begon over te gaan in de avond; de zon hing laag boven de besneeuwde bergen en baadde hen in het licht – kwam Clive naar het vak dat Nora zorgvuldig aan het fotograferen was.

'Heb je even?' vroeg hij. 'Ik moet je iets laten zien.' Zijn stem klonk kalm, maar op zijn gezicht lag een eigenaardige uitdrukking die ze nog niet eerder gezien had.

'Zeker.' Ze hing de camera om haar nek en liep achter hem aan naar de andere kant van de opgraving, een eind bij de anderen vandaan. Deze vakken, het verst van het kamp zelf verwijderd, lagen al in de schaduw van de pijnbomen. Er stond een laat briesje, dat het gras deed rimpelen en de geur van bloemen met zich meevoerde.

Nora zag dat Clive het vak had opgegraven dat zij hem toegewezen had, E10, tot op vijfentwintig centimeter had uitgegraven en vervolgens, toen hij niets gevonden had, veiliggesteld en gedocumenteerd volgens haar aanwijzingen. Daarna was hij naar het aangrenzende vak gegaan, E9. Daar wees hij nu naar.

Nora knielde om de vondst van dichterbij te kunnen bekijken. Clive had op een plek zorgvuldig de grasmat weggehaald en niet meer dan vijf centimeter afgegraven. Er stak iets rimpeligs uit de grond omhoog. Het had een ruw oppervlak en in eerste instantie dacht Nora dat het een zadel moest zijn, of het vel van een dier, maar toen ze nog eens keek, zag ze dat het de beschimmelde resten waren van een oude laars. Toen ze zich ernaar overboog, zag ze dat er botten in zaten.

'Die lag zo dicht onder het oppervlak,' legde Clive uit, 'dat ik amper meer gedaan heb dan het gras weghalen. Een paar maal vegen met mijn bezem en toen viel de aarde er zo van weg.'

Nora bekeek de laars van alle kanten. 'Misschien iemand die begraven is,' zei ze. 'Of misschien is hij gewoon blijven liggen waar... waar de man die hem aanhad... gestorven is. Leren laarzen zijn het enige wat niemand ooit gegeten zou hebben: al heb je nog zo'n honger, iedereen weet dat het gekkenwerk was om het enige op te eten wat bescherming biedt tegen de kou en de sneeuw.'

'Zit wat in. Maar daarvoor heb ik je niet hier gevraagd.' Hij knielde naast haar. 'Kijk, hier.' En terwijl hij een verfkwast pakte, richtte hij zijn blik op een klein hoopje verstoorde aarde naast de oude laars.

Met één veeg van de kwast legde hij een leren buideltje bloot, samengebonden met een leren veter en half tot stof vergaan. Hij veegde nogmaals en nu zagen ze dat het buideltje was verrot en opengespleten. En daarbinnen blonk goud.

Even bleef Nora er sprakeloos naar zitten staren. Toen keek ze op naar Clive.

'Zodra ik zag wat het was, heb ik de aarde er weer overheen geschoven,' legde hij uit. 'Ik wilde het aan jou laten zien voordat... voordat de anderen het zouden zien.'

Nora keek over haar schouder. Salazar en Jason stonden aan de andere kant van het kamp, bezig met de mestvaalt. Ze keek naar Clive. Normaal gesproken hoorde je vóór het einde van een opgraving geen aarde terug te vegen, maar in dit geval knikte ze goedkeurend.

'Wat we nu moeten doen is precies uitzoeken wat jij gevonden hebt,' zei ze. 'En de vondst uit de grond halen en achter slot en grendel bergen.'

Ze nam het werk van Clive over en legde behoedzaam de rest van het vierkante vak bloot. De aarde was zacht en los, zoals Clive al gezegd had, en binnen een halfuur had ze de onderbenen, voeten en de vergane leren laarzen blootgelegd van wat zo te zien twee volwassen mannen waren, naast elkaar op de grond, een heel stuk van het midden van de opgraving verwijderd. Noch de voetbotjes, noch het kuit- en scheenbeen vertoonden sporen van slachting of kannibalisme. Beide mannen hadden een zakje met gouden munten in hun laarzen verborgen. Nadat ze die nauwgezet had gefotografeerd en geregistreerd, pakte Nora de twee buideltjes weg en legde ze op een bewaarzeiltje vlak naast het vak.

'Hé!'

Nora keek haastig op. Het was Salazar, die vanaf de mestvaalt naar haar zwaaide. 'We hebben helemaal niet gegeten tussen de middag. Mogen we de spullen veiligstellen en zeggen dat het mooi is voor vandaag?'

Ze wierp een blik op Clive. Die keek haar aan en haalde zijn schouders op.

'Bruce, Jason, zijn jullie klaar met jullie vakken?'

'Yep!'

'Alle coördinaten genoteerd en geüpload?'

'Jazeker.'

'Ga dan maar. Berg je spullen op en ga terug naar het kamp, Clive en ik sluiten de boel af. Zet het netwerk ook maar uit: ik hoef geen data meer toe te voegen.'

'Oké.'

'Zeg tegen Maggie dat ze wat eten voor ons bewaart. Het duurt niet lang meer.'

Toen de twee assistenten hun maskers, haarnetjes en handschoenen hadden afgezet en hun gereedschap begonnen op te bergen, richtten Nora en Clive hun aandacht weer op de halfvergane leren buideltjes.

Met een dun tangetje en een loep voelde Nora zachtjes aan een ervan. Het viel meteen uit elkaar en daar lagen vijf goudstukken.

Met een gehandschoende hand pakte Clive een van de munten aan de rand vast en draaide hem om. Zelfs overdekt met zand en aarde glinsterde hij in de zon.

'Tien dollar,' zei hij. 'Met de adelaar.' Hij tuurde naar de munt. 'Zo te zien nooit in omloop geweest, behalve dan de zeer zichtbare sporen van vervoer in een zak. Geslagen in 1846, bij de munt van Philadelphia.'

'Wolfingers schat?' vroeg Nora.

Clive nam de tang van Nora over en peuterde voorzichtig de restanten van beide buidels open. In allebei zaten vijf muntstukken van tien dollar, vrijwel identiek.

'Het jaar klopt,' zei hij. 'De valuta klopt. Alleen het aantal, dat klopt niet. Dit zijn er geen duizend, maar tien.'

'Ik moet zeggen dat ik jou nooit voor een pessimist gehouden had.'

Clive grijnsde van oor tot oor. 'Een pessimist? Terwijl die munten me daar toelachen? Ik weet niet hoe het met jou zit, maar voor mij is dit bewijs. Nu op zoek naar de rest.'

'Als die er is.'

'Jazeker,' zei Clive. 'Bedenk maar eens. Deze twee werden toch al verdacht van kuiperij. Niemand sprak nog met ze en ze mochten niet bij de anderen in de hut. Dus hebben ze hier zelf een minikampje opgeslagen en hun goud ergens in de buurt begraven. Denk je ook niet?'

Voor Nora was dit wel heel speculatief allemaal, maar ze moest Clive gelijk geven. 'Ja, waarschijnlijk.'

Ze pakte de veger en de troffel en ging weer aan het werk, snel maar geroutineerd, zonder tijd te verdoen en toch zonder ook maar iets te missen. Binnen een uur had ze beide skeletten tot aan de ribbenkasten blootgelegd. En dat niet alleen, ze had ook een stel volledig vermolmde planken gevonden, zo te zien de restanten van een klein, primitief hutje, gemaakt van losse onderdelen van een huifkar.

Op haar hurken keek ze toe terwijl Clive met haar camera de blootliggende stukken van de skeletten en de stukken hout fotografeerde.

'Nou?' vroeg ze. 'Wat denk jij ervan?'

'Jij bent de archeoloog.'

'En jij de historicus. Maar oké. Twee personen, beiden ergens in de dertig voor zover ik kan zien. De schedels zijn nog niet in het zicht, dus ik ben nog niet zeker van het geslacht, maar het lijken me mannen. Tot dusver geen sporen van geweld en ook niet van kannibalisme. Getuige het feit dat ze hier met hun tweeën liggen, samen, ver van de rest van de groep en te zien aan het goud dat ze bij zich hebben – met name gouden munten met de adelaar uit 1846, verborgen in hun laarzen – lijkt het me vrijwel zeker dat dit Reinhardt en Spitzer zijn.'

'Het enige wat nu nog ontbreekt, is het goud. En zoals ik al zei, dat hebben ze vast en zeker ergens in de buurt begraven.' Geanimeerd voegde hij daaraan toe: 'Nora, bedenk eens wat we voor elkaar gekregen hebben! We zitten hier nog geen week en kijk: niet alleen dit,' – hij gebaarde naar de geldbuideltjes – 'maar het complete Verloren Kamp. Het Verloren Kamp! En dat hebben wij gevonden. Of beter gezegd: dat heb jíj gevonden.'

Nora beschouwde zichzelf als doorgewinterd veldarcheoloog en in de loop der jaren had ze de nodige belangrijke sites gevonden. Maar bij dit plotselinge enthousiasme, deze loftuitingen van een amateur – in wezen geen amateur maar een historicus wiens levenswerk deze ontdekking was – bloosde ze van genoegen.

Zonder verder nog iets te zeggen, borgen ze de resten van de geldbuideltjes met inhoud en al op in een kistje voor archeologische vondsten. Ze dekten het raster en de blootliggende skeletten af met zeilen die ze met piketjes vastzetten en daarna keerden ze terug naar het hoofdkwartier. Ze plaatsten de munten in de kluis en liepen het pad af naar de tenten en het avondeten.

20

9 mei

De volgende dag, kort na het middageten, hield Nora even op met graven. Samen met Clive, Adelsky en Salazar had ze zich de hele ochtend beziggehouden met het vak waar Spitzer en Reinhardt waren gevonden. Nadat ze de vondst aan de twee assistenten had uitgelegd, had Nora de rest van de skeletten blootgelegd, terwijl de anderen de opgravingen aan weerszijden voor hun rekening hadden genomen om nog een meter onverstoorde aarde bloot te leggen. Ze hadden de hele omgeving tot aan de grondlaag uit 1847 en verder afgegraven voor het geval het goud pal naast de lijken begraven zou zijn. Maar tot nu toe hadden ze niets gevonden: geen goud, geen sporen van graven, niets dan rafelige flarden textiel en een paar knopen.

Na de lunch gingen Clive en de twee assistenten weer in dat gebied aan het werk, maar Nora besloot even rust te nemen. In de loop van haar carrière had ze geleerd dat ze van tijd tot tijd even moest stoppen en simpelweg luisteren wat de opgraving haar te vertellen had. Gewoon, luisteren. Tijdens de drukte van het graafwerk raakte ze soms zo gefocust op die ene vierkante meter zand dat ze het overzicht kwijtraakte, het grote plaatje dat de site haar te bieden had. Dat was gebeurd toen ze op zoek was naar het goud en ze moest zichzelf voorhouden dat dit maar een klein onderdeel was van de archeologische schatten die hier te vinden waren.

Nu legde ze dus haar troffel neer en liep doelloos rond over de site; de intellectuele kant van haar hersenen sloot ze af, alle gedachten aan goud zette ze uit haar hoofd en ze 'liet de geschiedenis uit de aarde oprijzen', zoals een van haar hoogleraren het geformuleerd had. In gedachten probeerde ze zich de toestand in het kamp voor te stellen: de eindeloze sneeuwbuien, de donkere rotsen, de volslagen wildernis rondom... en hoe de mensen die daar vastzaten maar één doel voor ogen hadden: overleven. Ze ademde de berglucht diep in en keek om zich heen. Daarbij kreeg ze heel even een indruk van hoe vreemd die mensen zich gevoeld moesten hebben, hoe volslagen afgezonderd van de bewoonde wereld. Vandaag zaten ze nog geen vijfentwintig kilometer van een belangrijke doorgaande snelweg af, maar het voelde aan als het eind van de aarde. In 1847 moest de karavaan verder van de beschaving af geweest zijn dan wat je je tegenwoordig maar kon voorstellen.

Tijdens haar wandelingen voerden haar voetstappen haar naar een gebied vlak bij de oever: de parallelle vakken van rij F, het verst van het Hackberry-pad af. Hier, op één afgelegen plek, had de grondradar een kleine schaduw aangegeven, iets onnatuurlijks in of bij vak F2. Om de een of andere reden zei die plek Nora iets. Ze wist zelf niet goed waarom. Misschien werd ze erdoor aangetrokken omdat het op die plek plezieriger was dan in de rest van de vallei. Ze had het vak nog niet geopend, maar ze had het gevoel dat daar iets bijzonders te vinden zou zijn, misschien zelfs iets belangrijks. De plek fluisterde haar professionele instinct voor de geschiedenis toe; lang verholen verhalen die nu verteld wilden worden. En die maagdelijke aarde, waar nog geen troffel de grond in gestoken was, had iets bijna magisch.

En het belangrijkste was dat ze op die manier niet meer zou denken aan de speurtocht naar Wolfingers goud.

Voorzichtig bereidde ze de opgraving van F2 voor. Al werkend hoorde ze Adelsky en Salazars stemmen neerkabbelen van hoger gelegen terrein, waar ze de vakken van Spitzer en Reinhardt aan het afronden waren; nog steeds zonder succes. Vanuit haar ooghoek zag ze Clive. Hij was weggeslenterd bij Adelsky en Salazar en stond schijnbaar in gedachten verzonken met zijn handen in zijn zakken bij de verste boomgrens.

Ze was nog maar net begonnen met het echte werk en zat voorzichtig het zand weg te vegen, toen er een schaduw over haar heen viel. Ze draaide zich om en zag Clive staan, nog steeds met zijn handen in zijn zakken.

'Ga je je geluk hier maar eens beproeven?' vroeg hij.

Met de rug van een hand veegde Nora haar voorhoofd af. Ze knikte.

'Mag ik kijken?'

'Natuurlijk.'

Clive hurkte naast haar, voorzichtig om de rasterlijnen intact te laten. Hij diepte een sigaar uit zijn zak op en stak hem aan.

'Zou je misschien..?' vroeg Nora, en ze knikte richting benedenwinds.

'O, sorry.' Clive ging aan de andere kant van haar zitten. 'Vroeger was ik kettingroker. Sigaretten, drie pakjes per dag. Dus ben ik overgestapt op sigaren – van die dure Dunhills – in de hoop dat de kosten mijn verslaving op een beheersbaar peil zouden houden.'

'Dit is pas de tweede die ik je zie roken.'

'Ja. Ik ben de afgelopen jaren behoorlijk geminderd. Nu rook ik alleen nog ter ontspanning, om mijn zenuwen glad te strijken, dat soort dingen.'

Een minuut of vijf keek hij hoe ze werkte. Toen schudde hij zijn hoofd. 'Ik heb zitten denken...' Hij onderbrak zichzelf.

'Wat heb je zitten denken?'

'Dat ik een stompzinnige idioot ben geweest.'

Nora hield op met werken en rechtte haar rug. 'En waarom, als ik vragen mag?'

'Die twee, Reinhardt en Spitzer, hadden het goud in hun laarzen gestopt. Waarom?'

'Wat denk je zelf?'

'Omdat ze verder helemaal geen "schat" hadden.'

Clive sprak zacht, op bittere toon, zijn blik op de grond gevestigd. Het was de eerste keer dat Nora hem zo ontmoedigd hoorde. 'En hoe kom je daarbij?'

'We zijn het er allebei over eens dat ze het goud bij zich in de buurt gehouden moeten hebben. Nou, we hebben net hun complete armzalige hutje opgegraven zonder ook maar iets te vinden.'

'Misschien stond er ergens in de buurt een boom en hebben ze het daaronder begraven,' opperde Nora. 'Of in de sneeuw.'

Clive schudde niet. 'Dat gevoel heb ik niet.'

Nora kon haar oren amper geloven. 'Maar Clive, jíj hebt al het historisch onderzoek gedaan. En dat was onberispelijk. Je hebt het allemaal uitgelegd aan dr. Fugit en mijzelf, bij haar op kantoor. Wolfinger heeft dat goud opgenomen.'

Clive pufte aan zijn sigaar. 'Het enige wat ik gevonden had, was een opnamebewijs. Maar wat daarop staat is, wat Wolfinger aangaat, niet helemaal duidelijk.'

'Maar goed, we weten wel dat er een beroving en moord hebben plaatsgevonden.'

'Jazeker en dat was een stel halvegaren dat honderd dollar kreeg voor de moeite. Toen we die munten pas gevonden hadden, zei ik dat ze eruitzagen alsof ze nooit in omloop waren geweest, met zwaardere sporen van vervoer dan normaal. Maar daar heb ik nog eens over nagedacht. Als ik heel eerlijk ben, moet ik toegeven dat dat niet zo is. Ze vertonen krassen en deuken, veel meer dan je bij gewoon vervoer zou zien. En weet je waarom? Omdat Reinhardt en Spitzer al sinds de moord op Wolfinger met die munten in hun laarzen rondliepen.'

'Maar...' begon Nora. Ze zweeg toen ze de uitdrukking op zijn gezicht zag.

'Ze hebben hem vermoord omdat ze dachten dat ze een fortuin zouden aantreffen, maar het bleken slechts tien goudstukken te zijn. In 1847 was dat ook een lief bedrag, maar een fortuin was het zeker niet. Exact op die manier worden legendes geboren en deze ene legende was geloofwaardig genoeg om deze ene historicus in de luren te leggen.'

'Clive, waarom denk je dat dat goud niet gewoon ergens anders kan liggen en...?' begon Nora, maar Clive kapte haar af.

'Verplaats je eens even in hun situatie. Wat zou je zelf doen?'

Nora dacht na. 'Ik neem aan dat ik het continu binnen handbereik zou houden.'

'Precies! Ik heb een fatale fout gemaakt. Ik ben nota bene historicus en ik had veel voorzichtiger moeten zijn. Hier is geen excuus voor.'

'Wat voor fout? Excuus waarvoor?'

'Dat ik zomaar wat aannam. Ik nam voetstoots aan dat Wolfinger dat geld had opgenomen. Maar Nora, het feit is dat die bankpapieren incompleet waren. Dr. Fugit had gelijk toen ze zo sceptisch deed. Natuurlijk heeft Wolfinger die week geld opgenomen, maar dat was maar honderd dollar. De andere negenhonderd moeten verdwenen zijn bij andere opnames, onvindbaar in de onvolledige administratie van de bank. Daarom hadden Reinhardt en Spitzer de goudstukken eerlijk verdeeld, vijf munten elk. Daarom hadden ze het geld in hun laarzen. En... en daarom schiet ik tekort tegenover jou.' Net als even tevoren keek hij naar de lucht. 'Nora, ik schaam me. Ik heb het Instituut gegarandeerd dat we dat goud zouden vinden en het enige wat we nu hebben zijn tien miezerige munten.'

Nora zweeg even. Luisterend naar Clive had ze iets onverwachts gevoeld: spijt. Als archeoloog had ze zich altijd voorgehouden dat goud – een schat – er niet toe deed. Tenslotte kreeg ze er zelf toch niets van. En nu zat ze hier, te midden van de echte schat – een belangrijke archeologische vondst – maar hoezeer ze ook haar best deed, ook zij was diep in haar hart teleurgesteld. Die gedachte duwde ze naar de achtergrond. 'Die tien munten zijn nog steeds een smak geld waard,' zei ze.

'Niet genoeg om deze expeditie te financieren,' zei Clive. 'En ze zijn wél in omloop geweest. De historische waarde voegt misschien nog iets aan de prijs toe, maar meer dan duizend dollar per stuk, of heel ietsjes meer, gaan ze niet opbrengen.'

'Misschien niet. Maar je weet zelf ook: we hebben geen moment zeker geweten dat we dat goud zouden vinden. En in feite maakt het ook niet meer uit. We hebben het Verloren Kamp gevonden, dáár gaat het om. Dit wordt zo'n enorme coup voor het Instituut dat dr. Fugit waarschijnlijk een vermogen kan genereren, alleen al op basis van het kamp.'

'Laten we het hopen,' zei Clive. 'Maar dat verandert niets aan het feit dat ik jou in de kou laat staan.' Hij liet zijn half opgerookte sigaar vallen en trapte hem uit in het gras.

'Die kun je maar beter meenemen.'

'Natuurlijk. Sorry.' Clive wikkelde het sigarenstompje in een tissue. 'Ik onderbreek je werk met mijn zelfmedelijden. Kom, zullen we eens kijken wat hier te vinden valt?'

Nora pakte haar vegertje en begon de zachte aarde weg te vegen. Met haar troffel schepte ze de verwijderde grond weg voor later onderzoek. Bijna meteen voelde ze haar veger ergens op stuiten. Ze legde hem weg en ging verder met een verfkwast, voorzichtig in een halve cirkel werkend. Er verscheen een miniatuur menselijk kaakbot – de onderkaak.

'Wat klein,' zei Clive.

'Een kind,' zei Nora. 'Zie je die melktandjes? Ik schat dat dit een kind tussen de zes en acht jaar oud was.' Haar stem beefde; binnen een fractie van een seconde waren alle gedachten aan goud verdwenen.

'Er was maar één kind van die leeftijd in de groep,' mompelde Clive, terwijl hij ingespannen naar de grond tuurde.

Langzaam, met een emotie die grensde aan eerbied, veegde Nora nog wat zand weg van het kaakbot en bevrijdde het uit de aarde die het meer dan anderhalve eeuw gevangen had gehouden.

'Als jij nou eens foto's maakt terwijl ik werk, om dit te documenteren,' zei ze zachtjes.

Clive fotografeerde de kaak vanuit diverse hoeken. Even later verscheen de rest van de schedel, geheel intact.

Zwijgend, alsof ze aanvoelden dat er iets belangrijks was gevonden, waren Adelsky en Salazar vanuit hun eigen vakken komen aanlopen om te kijken.

Recht omlaag werkend begon Nora nu ook de halswervels en een tere ribbenkast bloot te leggen. Er verscheen een zilveren haarspeld in de vorm van een lint, met een lok blond haar erin. Toen ze dat zag, hield ze op met werken. De anderen keken gebiologeerd toe. Ze voelde hoe strak ze stonden te kijken naar wat overduidelijk het stoffelijk overschot was van Samantha Carville, het enige kind in het Verloren Kamp. Het skelet lag op zijn rug, de armen liefdevol over de borst gevouwen.

Clive verbrak de stilte. 'Verbijsterend dat haar haar het al die jaren overleefd heeft.'

'Dat komt door de kou,' zei Salazar. 'En de hoogte.'

Plotseling merkte Nora dat allebei haar benen sliepen. Met moeite kwam ze overeind en masseerde haar kuiten. Plotseling schrok ze: er stond iemand achter hen, aan de rand van de open plek.

Het was Jack Peel. Ze waren alle vier zo geconcentreerd geweest op de vondst, dat ze hem niet hadden horen aankomen. Hij had een cowboyhoed op en een lange jas aan, en stond strak naar hen te staren.

Nora trok haar handschoenen uit en zwaaide. Adelsky volgde haar voorbeeld. Op deze afstand kon ze zijn gelaatsuitdrukking niet zien. Na een tijdje beantwoordde hij hun groet, draaide zich om en verdween het donker tussen de bomen in. Met zijn jaspanden achter zich aan fladderend beende hij terug naar het kamp.

'Vreemde gast,' zei Clive.

Adelsky en Salazar gingen terug naar hun eigen werk en geholpen door Clive groef Nora verder tot ze het hele vak af had. Toen dat zover was, legde ze met een zucht haar gereedschap weg. Tussen twee dode bomen zat een stel raven naar elkaar te krassen. De hemel begon donker te kleuren en er daalde een nevel neer. Ze keek naar het broze geraamte met zijn zilveren haarspeld en de dikke vlecht goudblond haar. Alleen het bovenste deel van Samantha's skelet was blootgelegd; de onderste helft van haar stoffelijk overschot lag in het aangrenzende kwadrant, dat nog niet ontgonnen was. Dat zou ze morgen doen.

Ze greep een zeil, vouwde het open en legde het over het skelet van het kleine meisje heen.

Bij het avondmaal rond het kampvuur werd die avond weinig gezegd. Nora en haar ploeg waren doodmoe van alle voorbereidingen voor de opgraving zelf. Clive was ongewoon stil. Nora veronderstelde dat hij nog zat te piekeren over het feit dat hij het goud niet gevonden had. Alleen Maggie leek zoals altijd in een stralend humeur te verkeren. Ze deelde tweede en derde porties uit en jende Adelsky toen die zijn bord bloedhete chili niet op kreeg; het zweet gutste van zijn voorhoofd. De duisternis viel snel in en het werd bitter koud. Burleson gooide meer hout op het vuur en nadat Maggie alle koffiekoppen bijgeschonken had, begon ze aan een van haar uitgesponnen grappen; ditmaal iets vulgairs over een hoer, een dominee met maar één oog en een Frans sprekende papegaai.

Nora's gedachten dwaalden af en keerden pas terug toen er een bulderend gelach opsteeg bij de clou van het verhaal. Maar toen hoorde ze Maggie weer beginnen aan een van haar eindeloze speculaties over de Donner Party. Tot haar ontzetting besefte ze dat er een zoveelste spookverhaal over Samantha Carville op komst was. 'Maggie,' onderbrak ze haar zo vriendelijk mogelijk, 'dit lijkt me geen goed moment voor zo'n verhaal.'

Maggie keek haar met gespeelde verontwaardiging aan. 'Hoezo niet? Wat moet je anders rond het kampvuur? Dat vraagt om een verhaal.'

'Maar dit specifieke verhaal...' Nora haalde diep adem. 'We hebben vandaag het skelet van Samantha Carville gevonden.'

Even hing er een verbijsterde stilte. Maggie was de eerste die haar stem terugvond. 'En haar been?'

'We hebben alleen haar bovenlichaam nog maar,' zei Nora. Ze zag dat Peel met gefronst voorhoofd overdreven hard in het vuur zat te porren met een stok.

Clive schoot Nora te hulp. 'Wat betreft Samantha's been, Maggie, ik houd echt wel van een sappig verhaal, maar er is geen schijn van historisch bewijs voor dat verhaal. Ongetwijfeld komt dat morgen aan het licht.'

Hij werd onderbroken door Wiggett, die een waarschuwende hand op zijn schouder legde en knikte naar iets in het donker.

Even was er niets te horen behalve het knapperende vuur en de koude wind in de bomen. En toen hoorde Nora het: de voetstappen van beslagen paardenhoeven en gesnuif.

Iedereen zat als verstijfd.

De trage, zware stappen kwamen dichterbij. En plotseling doemde er een gestalte op uit het donker: een jonge vrouw, gehuld in een dik jack en handschoenen, die een palominopaard aan de teugels met zich meevoerde.

21

De vrouw hield halt in het licht van het vuur en keek met een onzekere blik in haar ogen naar de groep. Van dichterbij leek ze nog jonger dan Nora in eerste instantie had gedacht, met een smal wipneusje, een bleke teint en kort bruin haar in een stompe, maar professioneel geknipte pixie cut. Ze bleef vlak buiten de kring staan, alsof ze hun ruimte wilde respecteren. Ze stond stil, maar haar blik schoot van links naar rechts; ze nam alles en iedereen in zich op.

Burleson stond op. 'Ik zie dat je een van onze paarden hebt genomen om hierheen te komen,' zei hij.

'Inderdaad,' zei de vrouw. 'Ik heb hem gehuurd bij uw ranch. Het... het spijt me dat ik zo onverwacht kom binnenvallen.' Ze aarzelde even en haalde toen van onder haar jas een penning aan een koord tevoorschijn. 'Ik ben special agent Corinne Swanson, FBI. Ik ben bezig met een onderzoek.'

Nora keek haar ongelovig aan. Een agent van de FBI? Dat moest een grap zijn. Wat voor onderzoek kon hier nu in vredesnaam plaatsvinden? En dan nog: ze leek veel te jong om al bij de FBI te zitten; zo te zien was ze amper van school af.

Burleson hervond zijn houding als eerste. 'Welkom, agent Swanson.' Hij keek naar Wiggett. 'Drew, kun jij haar paard stallen?'

Wiggett stond op en nam de teugels over van de vrouw. Hij leidde het paard de duisternis in. Agent Swanson bleef onzeker staan.

'Nou,' zei Burleson, 'wil je niet gaan zitten?'

'Bedankt.' Ze liep naar het vuur toe en nam plaats in een van de klapstoelen bij het vuur. 'We konden u niet bereiken om u in te seinen. Ik hoopte hier voor zonsondergang te zijn, maar het was verder dan ik gedacht had. Ze zeiden dat ik een gids mee moest. Dat had ik moeten doen. Ik ben onderweg een paar keer verdwaald.' Ze glimlachte even en haalde een hand door haar korte haar. 'U zult zich wel afvragen wat ik hier doe.'

'Dat is zacht gezegd,' zei Maggie. 'Is er iemand vermoord?' Ze klonk bijna hoopvol.

'Ik leg het met alle genoegen uit.' Het meisje – de vrouw – ging verzitten in haar stoel. Nora had geen idee hoe een FBI-agent eruit hoorde te zien. Ze had er maar een gekend en die viel zonder enige twijfel in een geheel eigen categorie. Agent Swanson voldeed echter absoluut niet aan wat ze ooit had kunnen dromen.

'Om te beginnen wil ik meteen zeggen dat niemand hier waar dan ook van verdacht wordt,' zei ze.

'Gelukkig maar,' zei Wiggett, 'ik zat al met schrik en beven te denken aan die weggemikte bon voor te snel rijden van twee jaar geleden in Utah.'

Er steeg een geforceerd gelach op.

'Ik onderzoek een zaak die betrekking heeft op grafschennis, moord en een vermissing.'

Bij die woorden verstomde het gelach en viel er een stilte.

Nu opende Nora voor het eerst haar mond. 'Wat hebben wij daarmee te maken?'

'De afgelopen zeven maanden zijn er drie graven illegaal geopend en de lijken geschonden. En in Arizona is kortgeleden een vrouw onder verdachte omstandigheden verdwenen.'

'O, jeetje,' zei Maggie, terwijl ze zich een nieuw glas wijn inschonk.

'Het blijkt dat alle personen waarover ik het net had, ook de vermiste vrouw, één ding gemeen hadden.'

'Wacht even, je zei "illegaal geopend",' zei Maggie. 'Grafroof, bedoel je? Hebben ze de lijken gejat of zo?'

'Ehm, dat is vertrouwelijke informatie, maar inderdaad, er zijn delen van de lijken verwijderd.'

'Holy crap.'

'En hoe passen wij in dat verhaal?' wilde Nora weten.

'De gemene deler die ik al noemde. Alle vier stamden af van één gemeenschappelijke voorouder: ene Parkin.'

Nora zag Clive verbaasd opkijken. 'Albert Parkin?' vroeg hij. 'Van de Donner Party?'

'Precies. En voor zover ik begrijp maakte hij deel uit van het kamp dat u aan het opgraven bent.'

'En hoe komt u precies aan die informatie?'

'Bij mijn onderzoek naar de geschonden Parkin-graven kwam toevallig de genealogie van de familie aan het licht, inclusief het verband met de Donner Party. Ik las over uw expeditie en heb contact opgenomen met de directeur van het Instituut, die de rest van de informatie verschafte. Waaronder een lijst met de vermiste personen die u hoopt te vinden.'

'Maar wacht eens even,' zei Nora. 'Als die Parkin hier is overleden, hoe kan hij dan nakomelingen hebben?'

'Hij had een vrouw en zes kinderen achtergelaten in Illinois.'

'Hm, het wordt allemaal steeds mysterieuzer,' zei Maggie verheugd. 'Maar eh... zei u nou iets over moord?'

'Er is iemand gevonden die doodgeschoten was in een van de geschonden graven. Wij gaan ervan uit dat hij was aangenomen om het lijk op te graven.'

Dit leidde tot stilte, uiteindelijk verbroken door de FBI-agent. 'Dus. Hebt u al restanten van Albert Parkin gevonden?'

'Nee,' zei Nora. 'We hebben tot nu toe drie mensen gevonden: een kind, Samantha Carville, en twee volwassen mannen, te weten Spitzer en Reinhardt. En zelfs dat zijn nog maar voorlopige identificaties, want we hebben nog geen DNA getest.'

'Hoeveel mensen hebt u gevonden?'

'Dat is moeilijk te zeggen,' zei Nora, 'omdat het merendeel van de botten gebroken is en door elkaar ligt. De drie mensen die ik net noemde meegerekend hebben we tot dusver zes gehele of gedeeltelijke schedels gevonden.'

'Dus misschien hebt u Parkin al gevonden maar weet u dat nog niet?'

'Dat is mogelijk.'

Clive onderbrak haar. 'Alles goed en wel, maar ik zie niet in hoe ons werk gerelateerd kan zijn aan die grafroof. U zei net dat wij nergens van verdacht worden.'

Bij die opmerking ging Swanson even verzitten en Nora zag dat het laagje fineer van vertrouwen dat ze probeerde te tonen niet heel solide was. 'We verkeren nog in de fase van informatiegaring.'

'Met andere woorden,' zei Burleson, 'u slaat er een slag naar.'

'Ik vind het wel heel toevallig dat de persoon wiens nazaten illegaal opgegraven zijn, uitgerekend nu zelf ook opgegraven wordt.'

'Ja, maar dit is een legale opgraving,' zei Nora. 'U hebt dr. Fugit gesproken. U weet dus dat onze opgraving gebeurt met alle benodigde vergunningen en permissies, van de staat en de federale overheid, om maar te zwijgen van het feit dat we gefinancierd worden door een van de belangrijkste archeologische instituten van heel Amerika.'

Daarop antwoordde Swanson onaangedaan: 'Morgen wil ik graag naar de opgraving toe en de stoffelijke overschotten bekijken. En ik zou graag de gelegenheid krijgen uzelf en uw staf een paar vragen te stellen. Met uw permissie, uiteraard.'

'U mag zoveel vragen als u maar wilt,' zei Nora. 'Maar zoals Clive al zei, het is moeilijk voorstelbaar wat iemand die in 1847 overleden is, te maken kan hebben met het feit dat de graven van zijn nazaten bijna tweehonderd jaar later worden opgegraven.'

'Dat verband is precies waarnaar ik op zoek ben.'

'Dit is een actieve en uitermate gevoelige archeologische site,' zei Nora, 'en als directeur van deze opgraving kan ik niet toestaan dat er zomaar ongediplomeerde leken rondwandelen en overal aankomen. Moet u niet een huiszoekingsbevel hebben of zo?'

Op een toon zo vlak als een polder zei Swanson: 'Dit hier is land van de federale overheid. Ik ben federaal agent. Ik heb geen huiszoekingsbevel nodig om federaal eigendom te doorzoeken of wat voor onderzoek mij ook nodig dunkt uit te voeren. Maar als het u geruststelt: ik heb een master in forensische archeologie van het John Jay College of Criminal Justice.' Ze zweeg even. 'En van wat ik weet over uw cv, te lezen op de website van het Archeologisch Instituut van Santa Fe, ben ik minstens even "gediplomeerd" als u voor de omgang met menselijke resten, dr. Kelly.'

In het flakkerende licht van de vlammen staarde Nora naar het gezicht van de jonge vrouw – vastberaden maar tegelijkertijd zonder veel vertrouwen. Voor iemand met haar kwalificaties was ze wel heel erg in de verdediging, vond ze.

Plotseling bedacht Nora dat dit waarschijnlijk Swansons eerste onderzoek was.

22

10 mei

Special agent Corrie Swanson stond als altijd voor zonsopkomst op en deed honderd sit-ups in haar geïmproviseerde tent om haar bloed aan het stromen te krijgen voordat ze zich aankleedde en de kille buitenlucht in stapte. Zodra ze aan het ontbijt aanschoof vielen alle gesprekken stil en ze was opgelucht toen ze eindelijk op weg gingen naar de opgraving. Die lag bijna een kilometer bij het kamp vandaan. Bij aankomst vond Corrie het een deprimerend ogende vallei, omsloten door donkere rotswanden, bezaaid met puin en stenen die van de berg waren gevallen. Een kring sombere bergpieken, hier en daar overdekt met sneeuwplakkaten, lag om het terrein. Op de bodem van de vallei stonden dode sparren, afgewisseld met plekken geel gras. In de verte lag een klein, akelig ogend vijvertje met een rand van rotsen. Het was halverwege de ochtend, maar de zon was nog niet over de oostelijke pieken heen en het dal lag nog in de schaduw. De enige vogels waren een viertal raven die in een dode boom zaten te krassen.

Ze liep naar de rand van de opgraving en zag een reeks blauwe zeilen, vastgepind in de grond. Ze dacht terug aan een onderzoek naar menselijke overschotten die ze een paar jaar geleden tijdens haar studie in Colorado had gevonden en besefte dat het haar geen enkele moeite zou kosten ook hier een morbide fascinatie te ontwikkelen voor de beproevingen van de Donner Party: de acht meter sneeuw, de honger die zo vreselijk was dat ze hun eigen familieleden moesten opeten. Bijna ondenkbaar, maar tegelijkertijd een blijk van de menselijke wil om te overleven.

De opgraving en de werktent en afgeschermde zones lagen er keurig bij, althans voor zover zij als leek kon zien. Toen ze de site in zich opnam, vroeg ze zich vluchtig af of ze achter een fata morgana aanjoeg. Dat idee had Morwood zeer beslist. Haar eerste twee verzoeken had hij meteen de grond in geboord en pas nadat ze hem diverse keren aan het hoofd had gezeurd, had hij uiteindelijk toegegeven. Hij had haar een vrijdag plus haar eigen vrije weekend gegeven, en als je daar de reistijd van aftrok had ze exact één hele dag op de opgraving: vandaag.

Maar terwijl ze over de open plek uitkeek, drong het mysterie zich des te meer aan haar op. Waarom werden plotseling al die Parkins opgegraven? Kon het iets te maken hebben met een erfenis? Nee, want de nazaten van Albert Parkin hadden niet veel geld en er was ook geen aanwijzing voor conflicten binnen de familie, juridisch noch anderszins. De doden wier graven waren geschonden, waren allemaal neven en achterneven en -nichten van elkaar, die elkaar schijnbaar niet eens gekend hadden. Kon het te maken hebben met een obscuur medisch probleem, een zeldzame ziekte of syndroom dat in de familie voorkwam? Maar ook daar wees niets op, althans voor zover zij had kunnen achterhalen uit de medische dossiers. Een bizarre vorm van wraak misschien? Of een duistere religieuze praktijk, wellicht iets met voodoo? Het ene idee was nog bespottelijker dan het andere. De waarheid was dat ze geen idee had waarnaar ze op zoek moest. Maar die onzekerheid zou ze beslist niet laten doorschemeren.

Terwijl zij naar de site stond te kijken, kwam Nora Kelly aanlopen, met de historicus, Clive Benton, op haar hielen.

'Nou, wat wilt u zien?' vroeg Kelly met haar armen over elkaar heen geslagen. In haar stem klonk enig wantrouwen door.

Corrie probeerde vastberaden en vol vertrouwen te antwoorden. 'Als u die zeilen weghaalt, zou ik de stoffelijke overschotten graag van dichterbij bekijken.'

'Zoals u ziet zijn we op meerdere plekken begonnen met opgraven. Het zou handig zijn als u me enig idee kunt geven waarnaar u op zoek bent.'

Corrie merkte dat ze bij die vraag meteen in de verdediging ging. 'Dr. Kelly, wij worden normaal gesproken niet geacht de details van onze onderzoeken te bespreken tot we ze uit handen geven aan het openbaar ministerie.'

'Als we de parameters kunnen inperken, gaat een en ander een stuk sneller. Ik zou het liefst niet de hele site openleggen. Dat zou pure tijdverspilling zijn, zowel voor u als voor ons.'

Corrie knikte naar een reeks vastgepinde blauwe zeilen aan het eind van de site, niet ver van de eerste bomen. 'Wat ligt daar?'

'De mannen die ik gisteravond noemde, Spitzer en Reinhardt. Die kampeerden op enige afstand van de rest.'

'En dat andere, kleinere zeiltje vlak bij het water?'

'De restanten van Samantha Carville, een klein meisje dat als een van de eersten overleden is.'

'Alleen Samantha Carville maar, niemand anders?'

'Niet dat wij weten. Die vakken zijn we nog aan het opgraven.'

Corrie richtte haar aandacht weer op het middelpunt van de opgraving. 'En dat grote stuk daar... wat is dat?'

'Dat is de mestvaalt. In wezen gewoon een afvalberg. Daar is tot nu toe het merendeel van de botten en schedels gevonden. We hebben het haardvuur en de hutjes van het kamp nog niet gevonden, maar we denken dat die in die vakken dáár moeten liggen.'

'Gisteravond had u het over zes schedels. Liggen de andere drie op die mestvaalt?'

'Ja, twee mannen en een vrouw. Samen met een groot aantal andere botten, stukken textiel, laarzen enzovoort. En overblijfselen van de honden en ossen van het kamp, die uiteraard veel eerder de pot in verdwenen zijn dan de mensen.'

'Kan een van die drie schedels die van Albert Parkin zijn?'

'Dat is zeker mogelijk,' luidde het antwoord. 'We hebben nog geen namen kunnen toekennen aan de stoffelijke resten uit het afval. Negen mensen zijn hier overleden, dus we zijn nog op zoek naar drie schedels: een man en twee vrouwen. Alle mannen waren volwassen, dus zonder DNA-analyse zal het moeilijk zijn Parkin te identificeren.'

Corrie voelde een zekere genoegdoening bij het besef dat ze nu de kans had die betweter op haar nummer te zetten. 'O? Volgens mij wordt het helemaal niet moeilijk om Parkin te identificeren, afhankelijk van de locatie van zijn lichaam.'

Nora Kelly haakte haar armen los. 'En waarom is dat?'

'Omdat hij tijdens een tocht door de woestijn gewond is geraakt door een pijl. Daarbij heeft hij zijn sleutelbeen gebroken.'

'Klopt,' reageerde de historicus, Benton. 'Op diverse punten van de route is de karavaan beschoten door indianen.'

'Die breuk moet nog zichtbaar zijn,' zei Corrie, 'al dan niet genezen.'

Nora zei niets.

'Mooi. Die afgelegen plekken hoef ik niet te zien, alleen de mestvaalt, graag. Kunt u de zeilen weghalen?'

Het bleef even stil. 'Zoals u wilt,' zei Nora. 'We graven maar een paar vakken tegelijk op; ik laat de botten niet graag al te lang open en bloot in het zonlicht liggen.' Ze richtte zich tot een van haar assistenten. 'Jason, wil jij samen met Bruce B3 en B4 openmaken?'

Toen de twee aan het werk gingen, wees Nora Kelly naar een werktafel met daarop een stel dozen. 'U zult latex handschoenen en overschoenen nodig hebben, plus een masker en een haarnet. We proberen contaminatie met ander DNA-materiaal te voorkomen.'

'Natuurlijk.'

Algauw lagen de vakken bloot en Corrie, gehuld in haar beschermende kleding, pakte een vergrootglas. Daarbij hoorde ze achter zich enig gegniffel en de gefluisterde opmerking: *'Watson, het spel gaat beginnen!'*

'Deze vierkante meters,' legde Nora uit, 'vormen het midden van de mestvaalt. Wij denken dat hier het merendeel van de menselijke resten te vinden zal zijn.'

Swanson keek naar het gebied. Ze zag een dichte hoop botten, lukraak verspreid, een mengeling van fragmenten en hele beenderen, hier en daar met het gewricht er nog aan. Er was geen enkel compleet skelet. Het meeste lag in wat er voor het ongeoefende oog uitzag als één grote puinhoop.

Voorzichtig stapte ze naar de rand van het dichtstbijzijnde vak en knielde op een plankje dat daar was neergelegd. Ze rook de geur van verse aarde. Met het vergrootglas vlak bij de beenderen zag ze de sporen van de ijzeren slachtmessen, stukken verbrand botweefsel en de ruwe randen waar het merg uit was geschraapt; allemaal klassieke tekenen van kannibalisme. Met haar dienstcamera maakte ze een reeks foto's. Alle drie de schedels vertoonden tekenen dat ze in een vuur geroosterd waren en in stukken gebroken om de hersenen eruit te lepelen. Ze waren zwaar beschadigd, maar toch was duidelijk dat het volwassenen waren; twee mannen en een vrouw, zoals dr. Kelly al gezegd had.

De vrouw liet ze liggen en ze richtte haar aandacht op de eerste mannelijke schedel. Die lag in twee losse delen met de bijbehorende kaakhelften. De achterkant van het schedeldak vertoonde splinters en schilfers waar hij in het vuur gelegen had. De andere schedel lag er niet ver vandaan en vertoonde een vergelijkbaar patroon. Rondom de schedels lag een wirwar van andere botfragmenten en schedelsplinters. Bijna alle beenderen waren kapot en sommige waren onherkenbaar toegetakeld. Hier en daar stonden vlaggetjes met cijfers en letters in het raster van de mestvaalt.

Het was een plek waar voedselresten waren gedumpt, de restanten van de ene stoofpot na de andere, in de loop van weken of zelfs maanden, en op de meeste plekken lagen de botten dwars over elkaar heen. Het was onmogelijk te zeggen welke ribben, wervels of sleutelbeenderen bij welke schedel hoorden. Ze deed haar best haar ergernis niet te laten blijken: het plan om Nora Kelly op haar nummer te zetten door Parkins gebroken sleutelbeen pal onder haar neus te identificeren ging helaas niet door.

'Zoals ik gisteravond al zei,' merkte Kelly op, 'is dit een actieve opgraving, met de nadruk op "actief". Zoals u kunt zien, valt er nog heel wat te doen.'

'Wat hebben die vlaggetjes te betekenen?' vroeg Corrie terwijl ze opstond en naar de veelkleurige markeringen keek.

'Dat zijn checksum tags, die aan het begin van iedere nieuwe werksessie geplaatst worden. Aan de hand daarvan kunnen we de digitale informatie die ons computermodel gebruikt, koppelen aan de fysieke opgraving. Zo stemmen we de gegevens op de grond af, zal ik maar zeggen.'

Corrie knikte. Dit was klaarblijkelijk een professionele, goed georganiseerde expeditie. Voorlopig kon ze niets doen, behalve de verdere resultaten afwachten. En morgen moest ze terug zijn in Albuquerque.

'Ik zou het zeer op prijs stellen om iets meer te weten over uw onderzoek,' zei de archeoloog. 'Wat u me maar vertellen kunt.'

'Ik kan echt niet meer in detail treden dan ik nu al gedaan heb. Als u Parkin kunt identificeren, wilt u me dat dan meteen laten weten, alstublieft? En als u ervoor kunt zorgen dat deze restanten hier veilig bewaard worden, zou ik u zeer erkentelijk zijn.'

Toen Nora haar voorhoofd fronste, besefte Corrie dat haar opmerking waarschijnlijk neerbuigend overgekomen was. Haastig voegde ze eraan toe: 'Ik wil u natuurlijk niet vertellen hoe u uw werk moet doen. Maar omdat we nog niet weten hoe Parkins stoffelijk overschot in het grotere beeld past, is het van cruciaal belang dat het goed bewaard blijft.'

Kelly knikte. 'Verder nog iets?'

'Als u me gewoon op de hoogte wilt houden? Als Parkin geïdentificeerd is, vragen we u misschien het gebeente aan ons over te dragen voor analyse. Maar voorlopig is dat niet nodig.'

Nora Kelly vroeg haar twee assistenten, Salazar en Adelsky, de vakken weer af te dekken.

'Ik heb een paar vragen voor u en dr. Benton,' zei Corrie. 'Als u dat uitkomt?'

'Laten we erbij gaan zitten.'

Ze liepen naar de hoofdkwartiertent en namen plaats in regisseursstoelen onder een zeil.

Corrie pakte een notitieblok en een pen. 'Even ter bevestiging: u hebt op twee verschillende locaties aan de randen van uw opgraving drie lijken gevonden: twee volwassen mannen en een jong meisje, en op de mestvaalt hebt u drie volwassen schedels gevonden, opnieuw twee mannen en een vrouw, vooralsnog ongeïdentificeerd.'

Dr. Kelly knikte.

'U zei dat in dit kamp negen van de elf mensen om het leven zijn gekomen. Wat is er met de andere twee gebeurd?'

'Ene Boardman is ontkomen en heeft kans gezien het kamp van de Donners te bereiken. Daar is hij overleden. Een tweede, Chears, is gered, maar is kort na zijn terugkeer in de bewoonde wereld gestorven. Van de negen overgebleven personen hebben we er zes gevonden, waarvan er drie geïdentificeerd zijn.'

'Verwacht u de drie anderen in deze mestvaalt te vinden?'

'We zijn de achterste vakken nog aan het opgraven, dus het is te vroeg om dat te zeggen. Het zou me niets verbazen als het merendeel van de stoffelijke overschotten daar te vinden is. Misschien treffen we enkele beenderen aan buiten de mestvaalt, of misschien op de plek van de hut.'

'De hut?'

'Ja. Ze hadden een primitieve hut gebouwd met hout van de huifkarren en daarin hadden ze een kookvuur. Volgens onze grondradar is de kans groot dat die in dat vak daar, aan de andere kant van de mestvaalt, ligt. Maar dat weten we pas als we aan dat vak beginnen.'

'Dus Parkins geraamte kan daar liggen?'

'Dat kan. We missen tot nu toe nog één volwassen man.'

Corrie maakte een paar aantekeningen. 'Kunt u me vertellen hoe deze opgraving tot stand is gekomen?'

'Die achtergrondinformatie kan Clive u geven.'

Benton vertelde in uitputtend detail dat hij jarenlang had gezocht naar Tamzene Donners logboek; dat hij het uiteindelijk had gevonden en ermee naar Nora Kelly en het Instituut was gestapt en hen had overgehaald op zoek te gaan naar de locatie van het Verloren Kamp. Vervolgens nam Kelly het van hem over en vertelde hoe de opgraving dit niveau had bereikt en wat de volgende stappen waren. Corrie kon de stroom aan informatie maar amper bijhouden. Alles leek geheel correct, afgezien van de manier waarop Benton aan het logboek was gekomen, maar die diefstal viel buiten haar jurisdictie en eerlijk gezegd zou zij in zijn positie waarschijnlijk hetzelfde hebben gedaan. Althans, in haar rebelse jaren.

Ze stelde nog een paar meer algemene vragen en kreeg al even algemene antwoorden. Ze kon niets vinden wat ook maar in het minst verdacht was; oppervlakkig bezien althans was er geen enkel verband tussen haar onderzoek en deze expeditie. Ze vroeg zich af wat Morwood zou zeggen als ze verslag ging uitbrengen.

Ze klapte haar notitieblok dicht en keek op haar horloge. 'Hier heb ik voorlopig genoeg aan. Ik kan maar beter bij daglicht teruggaan naar de bewoonde wereld. Ik dank u voor uw medewerking.'

Ze stond op en ook Kelly kwam overeind.

'Als u Parkin identificeert,' vroeg Corrie nogmaals, 'denkt u er dan aan om me dat te laten weten? En wees voorzichtig… misschien is er geen verband, maar je weet het nooit, en bij de zaak die ik onderzoek is al een moord gepleegd en mogelijk een ontvoering. Wees dus op uw hoede.'

Met een onmiskenbare blik van opluchting schudde Nora Kelly haar ten afscheid de hand.

23

11 mei

De volgende dag begon stralend helder na een wolkeloze nacht, zodat Nora en de anderen een schitterend zicht hadden gehad op de komeet waaraan Skip haar voor haar vertrek had herinnerd. Maar rond het middaguur begonnen zich donkere wolken samen te pakken boven de bergen rond hun opgraving. Nora's eerste taak was om het vak te openen waarop Samantha Carvilles onderlichaam lag. Nadat ze de graszoden had weggelegd, begonnen Clive en zij met verfkwasten, bamboeprikkers en de altijd aanwezige vegertjes tergend langzaam door de aarde te graven tot ze de beenderen vonden. Net als voorheen werd het zand op een dienblad geschept, zodat dat later gezeefd en getest kon worden.

Zelfs bij dit soort oppervlakkige opgraving was groot geduld geboden. Nora was eraan gewend, maar Clive zat te zweten en had de neiging te snel te gaan. Terwijl zij tweeën aan de Carville-vakken werkten, openden Salazar en Adelsky een ander vak aan de rand van de mestvaalt.

'Rustig aan, Clive. Die botten lopen niet weg.'

'Sorry,' zei hij. 'Ik ben zo nieuwsgierig dat ik er ongeduldig van word. Heb jij dat niet?'

'Jazeker. Ik heb echt moeten leren om het langzaamaan te doen… en dat moet jij ook.'

Lachend keek Clive haar met zijn blauwe ogen aan. 'Volgens mij hebben wij heel wat gemeen, jij en ik.'

Nora zei niets, maar plotseling klonken Skips afscheidswoorden in haar hoofd. Zich openstellen voor nieuwe mensen betekende niet dat ze Bill ontrouw was. Ze moest zich over het verlies heen zetten en verdergaan met haar leven. Ze was al een paar keer uit geweest met een stelletje losers, maar Clive was beslist geen loser: slim, een doctorstitel van Stanford; maar wat ze het allerbelangrijkst vond: iemand met echte intellectuele passies. En het was wel duidelijk dat hij in haar geïnteresseerd was.

Ze bloosde bij die gedachtegang en bij het schuldgevoel dat ze daarbij kreeg, en boog snel haar hoofd om haar kleur te verbergen terwijl ze verderging met graven.

'Ik heb iets,' zei Clive.

Nora keek. Het was zonder enige twijfel de eerste rand van een klein botje.

'Ik neem het van je over, als je het niet erg vindt.' Dit was hun informele werkafspraak: het gevoelige werk liet hij aan Nora over.

Ze ging naar de plek waar hij had zitten werken en terwijl Clive toekeek veegde ze de aarde weg. Ze voelde zijn adem op haar haar. Er werd een groter stuk bot zichtbaar. 'De linker patella, zo te zien.'

'Dat is toch de knieschijf?'

'Precies.'

Nora werkte verder en legde de onderkant van het dijbeen en de bovenste rand van het scheenbeen bloot, samen met een verdwaalde knoop en een flard katoen, die ze met een pincet in afsluitbare plastic zakjes borg. Terwijl ze verder werkte in de richting van de voet, verscheen er een onregelmatige rij knopen, samen met enkele beschimmelde stukken leer: het knooplaarsje van het kleine meisje. Nora liet de spullen liggen en werkte eromheen tot het hele linkerbeen blootlag. Toen het zover was, nam ze een reeks foto's.

Intussen was Clive een eindje opgeschoven om aan de andere kant van het vak te gaan graven. Met een bamboeprikker maakte hij het oppervlak los en met zijn vegertje veegde hij voorzichtig het zand weg. Nora kreeg een wat ongemakkelijk gevoel toen hij zijn helft uitdiepte en steeds meer blootlegde van het rechterbeen.

'O jee,' zei Clive. 'Dit is iets heel anders,' zei hij, terwijl hij een stap achteruit deed zodat Nora kon kijken.

Het was het rechterdijbeen. Nora veegde de aarde weg rond wat een rafelig botuiteinde bleek te zijn. Het laatste stuk was een en al splinter, met niets eronder. Ze zette het vergrootglas op standaard ernaast. Meteen zagen ze de diepe kerven van bijlslagen: het been was afgehakt.

Een tijdlang bleef het stil, onderbroken door het geluid van donderslagen in de verte.

'Verdomd,' zei Clive. 'De legende klopt dus toch.'

Nora leunde achterover en haalde diep adem. 'Het been is vlak onder de knie afgezet met iets primitiefs, een bijl misschien.'

'Niet te geloven. De historische verslagen...' Clives stem stierf weg.

De stilte hield aan.

'Wat vind jij?' vroeg Nora. 'Moeten we dit aan de anderen vertellen? Misschien niet, gezien al die spookverhalen waarmee Maggie de mensen de stuipen op het lijf jaagt.'

Clive streek met zijn hand over zijn stoppelbaard. 'Ze weten al dat we het stoffelijk overschot hebben gevonden. Ze gaan er geheid naar vragen.'

'Maar we hebben toch al de nodige negatieve gevoelens in het kamp,' zei Nora.

'Dat is zo. En die ellendige FBI-agent die zomaar kwam opduiken deed daar geen goed aan.'

Nora knikte. 'We denken er even over na. Nu moeten we eerst het vak verder opgraven voor het geval we Samantha's ontbrekende...'

Ze onderbrak zichzelf toen er een schaduw over de opgraving viel. Daar stond Jack Peel, met zijn lange jas, aan de rand van het vak, op hen neer te kijken. Op zijn gezicht lag een frons van zorg en woede. Langzaam hief hij zijn arm en wees met een bevende vinger naar het skelet.

'Samantha Carville?'

'Ja,' antwoordde Nora.

Peel reageerde niet. Hij stond daar maar, roerloos.

'Is... is er iets wat je zou willen weten?' vroeg Nora, van haar stuk gebracht door de intense blik van de man.

'Wat ik weten moet, heb ik al gehoord.' En met die woorden draaide Peel zich om en beende met grote stappen de open plek over naar het pad. Zijn jas fladderde achter hem aan.

'Als we al van plan geweest waren dit stil te houden,' zei Nora, 'dan is die kans bij deze verkeken.'

'Wat is er met die gast? Hij sluipt rond als een figurant uit *The Good, the Bad and the Ugly*.'

Nora haalde even haar schouders op. 'We dekken de zaak hier af. Adelsky staat al te zwaaien voor het middageten.'

Clive keek op. 'Ik moet zeggen, voor zo'n mager type heeft dat jong een honger als een paard. Daar zou ik niet graag mee in een tent in de sneeuw vastzitten.'

Na het eten gingen Clive en Nora weer aan het werk aan hun vak. 'Ik hoop dat die FBI-agent intussen weer veilig aan haar bureau in Albuquerque gekluisterd zit,' merkte Clive op.

Zonder op te houden met werken zei Nora: 'Als ze het Parkin-skelet had herkend, had ze de opgraving misschien wel stilgelegd, of de botten meegenomen.'

'In die legpuzzel daar? Lijkt me niet.' Clive schudde zijn hoofd. 'Die blik van haar toen je het zeil wegtrok: onbetaalbaar.'

'Nou, iets valt er wel van te maken.'

Clive keek haar aan. 'Wat bedoel je?'

'Ik bedoel dat die puzzelstukken makkelijker aan elkaar te passen zijn dan je misschien denkt.'

'Hoe dan?'

'Al die gegevens die we in de computer hebben ingevoerd? Het Instituut heeft net de allernieuwste, allerkrachtigste archeologische software aangeschaft. Delen daarvan heb ik je op de iPad laten zien. Als je daarmee kunt omgaan, is het behoorlijk verbijsterend.'

'Dat zal best, jullie zitten met jullie drieën wanneer het maar kan over die tablets gebogen.'

Nora legde haar kwast weg. 'Dadelijk laat ik je zien hoe het werkt.'

Ze liepen langs de tent naar de mestvaalt, die nog deels afgedekt was met zeilen. Een werktafel naast de opgraving, in de schaduw van een zeil, bevatte een groot aantal instrumenten en een paar beenderen op een blad, weggehaald voor specifieke analyse.

'Help me even dit zeil weg te halen.'

Ze haalden de piketjes weg van een zeil over dat segment van de mestvaalt dat agent Swanson de vorige dag bekeken had. Nora trok een paar nieuwe handschoenen aan en haalde een van de twaalf iPads van de expeditie uit de neopreenkist waarin die bewaard werden.

'Zoals ik gisteravond al deels heb uitgelegd, worden alle belangrijke details van de opgraving ingevoerd in de iPads: coördinaten, rasterpunten, dieptemarkeringen, locatie van de vondst, foto's enzovoort. De software analyseert al die gegevens en dat levert een uitermate accurate 3D-weergave op van alle voorwerpen, op de juiste plek geplaatst in een gedetailleerde topografische kaart.'

'Dat zei je al.'

'Maar dat is pas het begin. We hebben hier uiteraard geen internet, maar met behulp van dit plaatselijke netwerk kunnen we via wifi met elkaar en met de laptopserver communiceren. Om stroom te sparen gebruiken we de computer natuurlijk maar een paar keer per dag, bijvoorbeeld om de gegevens aan het eind van de dag te up- en downloaden.'

'Dat wilde ik al vragen.'

'We hebben die kleine generator en zonnepanelen om al dit elektronische spul te laden.' Met de iPad in haar hand stond ze aan de rand van de mestvaalt. 'Dit mag er dan onoverzichtelijk uitzien, maar voor de software is het glashelder. Met de software voor catalogiseren en in kaart brengen kunnen we de mestvaalt op een aantal manieren bekijken: per grondlaag, per soort vondst, de locatie van bepaalde botten, zelfs wie wat wanneer heeft opgegraven; alles is genoteerd op een raster met X-, Y- en Z-assen. Ook kun je waar en hoe je maar wilt een plak uit de opgraving snijden om een dwarsdoorsnede te bekijken.'

Nora liet Clive een wireframetekening van de mestvaalt zien. Terwijl hij keek, draaide ze het beeld op het scherm in meerdere richtingen. Om beurten lichtten de delen van de tekening in verschillende kleuren op.

'Het lijkt wel een Atari-computergame,' zei Clive.

Nora lachte. 'Het is in het begin heel veel werk om alle gegevens in te voeren, maar als dat eenmaal gedaan is, kunnen we dingen doen die we nog maar een paar jaar geleden niet voor mogelijk hadden gehouden.' Met de stilus van haar iPad maakte ze een paar notities en tikte op enkele pictogrammen. Op het scherm lichtte plotseling een wireframedeel van de mestvaalt groen op: grillig van vorm en gevuld met donkerder groene vlekken. De rest van de opgraving verbleekte tot grijs.

'Dit is het deel waar Jason twee dagen geleden aan heeft zitten werken,' zei ze. 'De donkere gebieden zijn afzonderlijke vondsten. Voor elk daarvan is uitgebreide metadata beschikbaar.' Ze tikte met haar pen op een willekeurige stip en meteen zoomde het scherm er in 3D op in. Ze zagen iets wat een oude knoop leek te zijn; langs de rand van het scherm verscheen een deelscherm met tekst.

'Dus je weet precies wie wat opgegraven heeft en wanneer?'

'Ja. En meer nog: de software is krachtig genoeg om te helpen met het aan elkaar passen van fragmenten. Bij een opgraving uit het paleolithicum kon ik een stel verspreide vuursteensplinters aan elkaar passen en herleiden tot de oorspronkelijke punt waar ze van afgeslagen waren. Hier… als voorbeeld zal ik de software vragen om alle voetbotjes te vinden en de fragmenten die waarschijnlijk van voetbotten afkomstig zijn. Moet je kijken.'

Ze tikte met de stilus en het scherm veranderde nogmaals; het zoomde uit naar de oppervlakte van de mestvaalt. Een aantal botten was nu weergegeven in groen en blauw.

Clive floot. 'Ik begin een idee te krijgen met wat je bedoelde met die legpuzzel.'

'Nu,' zei Nora, 'ga ik hem vragen om alle sleutelbeenderen te zoeken die we hebben blootgelegd.'

Nora tikte nogmaals op het scherm. Ditmaal zagen ze geen bepaalde dwarsdoorsnede en was er een klein aantal verspreid liggende botten en fragmenten in kleur weergegeven.

'Je ziet dat er in totaal elf fragmenten zijn, geen van alle intact. In minstens twee gevallen liggen ze dichter bij elkaar; die drie stukken hier en dan die vier daar. Laten we nu eens naar de vondsten zelf kijken.'

Met de iPad als navigatiehulp liep ze naar de mestvaalt, waar ze voorzichtig en met handschoenen aan drie botsplinters uit de ondergrond haalde. Die legde ze op een zwartfluwelen doek op een specimenblad op de werktafel. Ze legde de tablet weg en bestudeerde de splinters nauwkeurig. Ze schoof ze, nog steeds met handschoenen aan, een beetje heen en weer en even later zag ze kans ze aan elkaar te passen.

'Zie je?'

'Onvoorstelbaar,' zei Clive. 'Je hebt iemands sleutelbeen hersteld… zomaar even!'

'Niet "zomaar even".' Nora glimlachte. 'Dit is het resultaat van een minutieus uitgevoerde opgraving, correcte gegevensinvoer en documentatie, maandenlange training met de software, jarenlange colleges… en uiteraard de juiste financiering.' Ze wees naar het gebroken sleutelbeen. 'We zien hier geen sporen van een recente breuk.' Ze pakte de stukken op, liep terug naar de mestvaalt, knielde en legde ze terug op de exacte plek waar ze voorheen gelegen hadden.

'Leg je ze gewoon terug?' vroeg Clive ongelovig. 'Net nu je weet dat die stukken samen één bot vormen?'

'Natuurlijk. Die fragmenten horen op hun oorspronkelijke plek te liggen, voorlopig althans. Dat is het mooie van deze methode. We documenteren iedere millimeter van de opgraving zo nauwkeurig dat we het hele project desgewenst in softwarevorm kunnen opbouwen. En dat lang nadat alles weer is afgedekt en de botten op hun uiteindelijke rustplaats liggen.'

'En... kun je andere sleutelbeenderen zien?'

'Die van Parkin, bedoel je? Eens even kijken.'

Ze keek weer op de tablet en liep opnieuw met haar blik op de iPad gevestigd naar een ander deel van de vaalt. In de loop van een paar minuten diepte ze nog vier stukjes bot op: het andere clustertje dat de software had aangegeven. Ze legde ze op het fluweel, veegde ze voorzichtig met een penseeltje af, legde ze aan elkaar en keek ernaar door een loep. 'Arme Parkin,' mompelde ze. 'Dat zal pijn gedaan hebben.'

'Bedoel je...?' begon Clive.

Hij zweeg toen Nora hem de loep gaf en bukte zich om zelf naar de botjes te kijken.

'Mijn god,' prevelde hij. 'Is dat wat ik denk?'

Nora knikte. 'Een scherpe inkeping in het bot, ongetwijfeld veroorzaakt door een pijlpunt, met een bijna geheelde claviculafractuur.'

Clive rechtte zijn rug. 'Ongelooflijk. Maar kunnen we de rest van hem ook vinden?'

'We gaan kijken.' Nora ging opnieuw in de weer met haar tablet. Even later hield ze Clive het scherm voor. 'Ik zal de computer vragen op zoek te gaan naar die beenderen die het best passen bij dit sleutelbeen, op basis van locatie, anatomische analyse en andere relevante factoren.'

Ze keek weer op de iPad. Nu lichtte het scherm op met een aantal groen weergegeven botten en botfragmenten. Ze liep terug naar de mestvaalt, pakte voorzichtig drie grote stukken schedel en een kaakbeen, en bracht die naar de tafel, waar ze ze naast het sleutelbeen op het fluweel legde. Het waren de onderkaak en de onderste gezichtshelft, het betrekkelijk intacte schedeldak en het grootste deel van het achterhoofd en het mastoïd. Het enige wat ontbrak was een oogkas. Het schedeldak vertoonde aan één kant een onmiskenbaar stervormig patroon: een teken van een slag op het hoofd. Dit was ofwel de doodsoorzaak, of een eerste poging van de overlevenden om aan zijn hersenen te komen.

'Dus dit...' Clive zweeg even en vervolgde toen: 'Dit is...?'

'Mag ik je voorstellen? De heer Albert Parkin.'

Clive ademde uit. 'Wauw.'

'We weten het pas echt zeker na een DNA-test, maar ik denk dat we bewijzen zullen vinden in die sporen van slachting.' Ze wees naar de stukken sleutelbeen. 'Toen die FBI-agent naar de opgraving stond te kijken, zag ik dat ze de messporen opmerkte. En ik weet ook waarom. Als je maar één instrument gebruikt bij het slachten, dan laat dat zijn eigen sporen na. Kijk maar eens.' Nora gaf hem de loep weer aan. 'Zie je hoe die sporen er hier en hier hetzelfde uitzien… en dan daar ook weer?' Ze wees naar de eerste twee stukken sleutelbeen en daarna naar het schedeldak. 'Een schoolvoorbeeld.' Ze stak haar hand uit naar het stuk kaakbeen en hield het naast de schedel. 'En je ziet hoe de condylus in de fossa past.'

'Je bedoelt dat de kaak hierin past? Ik zie het.'

Nora legde de botten weer netjes terug op hun plek in de mestvaalt en dekte alles met het zeil af. Daarna draaide ze zich om en glimlachte naar hem. 'Je ziet, het heeft weinig met toeval te maken.'

Clive schudde sprakeloos zijn hoofd. 'Maar hoe zeker ben je van je zaak?'

'Negenennegentig procent.'

In de daaropvolgende stilte zag Nora een frons verschijnen op Clives gezicht.

'Wat is er?'

'Nou, eh... wat moeten we nu doen? Swanson had ons gevraagd om het haar te zeggen als we Parkin geïdentificeerd hebben. En dat had je toch ook gisteren kunnen doen, voor haar?'

'Ik kon het onmogelijk weten voordat ik het geprobeerd had. Maar inderdaad, waarschijnlijk wel. En wat dan? Machteloos toezien terwijl zij de botten confisqueert en wie weet zelfs de hele opgraving stillegt?'

'Maar... we hebben het wel over de FBI,' zei Clive. 'Je kunt maar beter niet beschuldigd worden van het achterhouden van bewijs.'

'Ik zie het als volgt. Is dit echt Parkin?'

'Je zei zelf net...'

'Ik zei dat ik het voor negenennegentig procent zeker wist. Om Parkin daadwerkelijk te identificeren, hebben we bevestiging via DNA nodig vanuit het lab, en dat kan pas als de hele opgravingsfase voorbij is.'

'Oké... Maar...'

'Maar als ik deze zelfde demonstratie gisteren voor Swanson had gehouden, hadden we nog steeds geen echt bewijs gehad dat dit Parkin is, terwijl het de expeditie een hoop ellende bezorgd zou hebben.'

'Ik snap het.'

Maar Nora was nog niet uitgesproken. 'Het komt hierop neer. Tot vijf minuten geleden had ik geen idee van wie die beenderen waren. En zonder DNA-onderzoek heb ik dat nog steeds niet.'

'Duidelijk.'

Nora keek naar hem, lichtelijk verbaasd over zijn gelaatsuitdrukking. 'Je gaat me toch niet vertellen dat je het hier moeilijk mee hebt?'

Weer klonk er een donderslag en de zon werd verduisterd door een donkere wolk zodat de vallei in schaduw gehuld werd. Nora bleef in de stilte staan wachten. Langzaam verscheen er een glimlach op Clives gezicht. 'Ik beloof dat ik net getuige ben geweest van een hypothetisch voorbeeld van een hypothetische identificatie,' zei hij na een tijdje. 'Niet de moeite waard om te melden tot we het zeker weten.'

Nora's schuldgevoel begon iets af te nemen. 'Precies. En we houden agent Swanson op de hoogte, zoals beloofd. Zodra de opgravingsfase voltooid is en we de DNA-identificatie in het lab hebben, lichten we haar in.'

De wind wakkerde aan en schudde de dode boomtakken ratelend door elkaar.

'Kom op,' zei ze met een snelle blik op de hemel. 'We dekken de boel hier af en gaan terug naar het kamp. Zo te zien kan het ieder ogenblik gaan hozen.'

24

Die avond zaten ze na het eten met z'n allen rond het kampvuur. Maggie mikte een nieuw blok hout op het vuur en er kringelden vonken omhoog. Na een korte maar hevige onweersbui was de hemel nu aan het opklaren; de eerste sterren werden zichtbaar. De stemming in het kamp was somber en stroef, maar Nora dacht niet dat dat echt te maken had met het bezoek van agent Swanson. Ze gokte dat Peel iets tegen zijn collega's had gezegd over Samantha Carville.

Maggie zat zwijgend, zonder haar gebruikelijke geratel en spookverhalen, bij het vuur en de gitaar bleef in zijn kist. Peel was niet aan tafel verschenen en viel in geen velden of wegen te bekennen. Ook daar was Nora ongerust over.

Alsof ze hem met haar gedachten had opgeroepen, liep Peel plotseling vanuit het donker de lichtkring in. In zijn ene hand had hij een dikke stok en in de andere zijn jachtmes. Hij ging op een omgevallen stam zitten en staarde naar het vuur. Na een tijdje begon hij in het hout te snijden. Hij maakte niets, hij pelde gewoon stroken hout af. Het gesprek, toch al zo haperend, viel nu helemaal stil.

In de stilte zei Peel plotseling: 'Ik heb een vraag. Voor de archeologen.'

Daar gaan we, dacht Nora.

'Die menselijke resten daar... wat gaat daarmee gebeuren?'

'Nou,' zei Nora, 'als ze hier ter plekke eenmaal volledig gedocumenteerd zijn, halen we ze weg voor nader onderzoek in het lab en dan zorgen we ervoor dat ze herbegraven worden.'

'Wat houdt dat in, "nader onderzoek"?'

'DNA vergaren, de slachtoffers op naam identificeren en zoeken naar sporen van ziekte, uithongering, kannibalisme en een groot aantal andere factoren. We proberen nazaten op te sporen en respecteren hun wensen voor een fatsoenlijke begrafenis.'

Langzaam pelde het jachtmes een lange strook hout weg. 'En dat kleintje dat jullie daar gevonden hebben, Samantha, wat gaat daarmee gebeuren?'

'Eerst moeten we helemaal zeker weten dat zij het is. En zoals ik al zei: dan krijgt ze een fatsoenlijke begrafenis.'

Weer een sliert hout. 'En waarom hebben ze destijds geen echte, christelijke begrafenis gekregen? Waarom slingeren die botten zomaar rond?'

Er viel een stilte. Nora keek naar Clive.

'Die vraag kan ik beantwoorden,' zei Clive. 'Toen iemand van het hulpteam in het voorjaar van 1847 het Verloren Kamp bereikte, lag er nog zeven meter sneeuw. In zo'n situatie kun je onmogelijk iemand begraven. En het was onmogelijk om de stoffelijke overschotten te vervoeren. Het was al moeilijk genoeg om de enige overlevende te redden, Chears.'

'Waarom zijn ze niet later teruggekomen om ze te begraven?'

'In die tijd was het hier een verschrikkelijk afgelegen gebied. Misschien speelde ook bijgeloof mee – een angst voor nog rondwarend kwaad misschien, of afkeer van wat hier gebeurd was. De reddingswerkers waren getuige van afgrijselijke gruweltaferelen in de kampen en de kranten maakten er de meest absurde sensatieverhalen van. Daardoor werden anderen ervan weerhouden om na de dooi de tocht te maken.'

'En dus zijn de botten honderdvijfenzeventig jaar lang open en bloot blijven liggen.'

'Helaas wel, ja.'

Weer belandde er een lange houtkrul bij Peels voeten. 'Die reddingswerker... wat heeft die aangetroffen?'

'Dat was Josiah Best. Hij heeft nooit te boek gesteld wat hij hier vond. Maar nadat hij Chears naar het hoofdkamp aan Truckee Lake had gebracht, heeft hij het er, zij het kort, met een paar mensen over gehad. Daarna heeft hij er kennelijk nooit meer over gesproken en hij heeft ook de locatie niet genoteerd. Daarom is het kamp zo lang verloren geweest.'

'Wat heeft hij precies gezien, die Best?'

Nu kwam Burleson tussenbeide. 'Jack, moet dat nou echt, al die vragen? We hebben een lange dag achter de rug.'

'We zitten hier vanwege het Verloren Kamp en ik wil weten wat er aan de hand is. Er is geen reden om wat dan ook voor ons achter te houden, maar toen ik daar eerder vandaag aankwam, probeerden ze het lijk van Samantha Carville te verstoppen.'

'Wacht eens even,' zei Nora. 'Niemand verbergt wat dan ook. Het afdekken van een opgraving is standaardprocedure.'

'Geen geheimen,' zei Clive. 'Het probleem met Bests verslag is, zoals ik al zei, dat hij niets op papier heeft gezet. Het enige wat we hebben zijn verslagen uit de tweede hand, die later door een journalist bijeengebracht zijn en opgeschreven alsof het ooggetuigenverslagen waren. De mondelinge rapporten over wat Best oorspronkelijk zei zijn verloren gegaan, dus het artikel van die verslaggever is een verzinsel uit de derde hand. Het valt onmogelijk te zeggen in hoeverre dat accuraat of juist verfraaid is.'

Peel staarde hem aan. 'En wat stond erin?'

'In dat krantenartikel? Moet ik dat soms voorlezen?'

'Ja,' antwoordde Peel.

Clive stond op en liep naar zijn tent. Even later kwam hij terug met een notitieblok. Hij knipte zijn hoofdlamp aan, opende het blok, schraapte zijn keel en begon te lezen.

Het Verloren Kamp bood de afgrijselijkste aanblik die ik ooit gezien heb. Er was een primitief afdak op gezet van huifkarplanken, bijna helemaal bedolven onder de sneeuw, met een ingang als een hol, platgetrapt en rood van het mensenbloed. Botten lagen her en der als evenzoveel vuilnis in het rond. Binnen in de hut hing een kookpot boven een dood vuur, met daarin een menselijke voet en een hoofd dat van boven tot onder doormidden gespleten was. Het gezicht was onherkenbaar. In een hoek van de hut lag de hoofdhuid, een massa zwart haar in een knot, zodat ik aannam dat de restanten van de arme stumper in de kookpot die van een vrouw waren. In een andere hoek lagen twee lijken. Chears zelf zat buiten in de bittere kou te zingen. Hij was iets aan het maken van stukken bot, maar maakte geen bezwaar toen ik hem overeind hees en sneeuwschoenen onderbond voor de tocht het kamp uit. Bij mijn weten heeft hij geen zinnig woord meer gesproken, noch in mijn bijzijn noch later. Het zag eruit alsof de duivel zelf de hellepoort geopend had op die bloederige grond. Nooit van mijn leven heb ik zoiets afschuwwekkends gezien en ik bid dat ik nooit meer zoiets zal hoeven aanschouwen.

Er viel een stilte vol afgrijzen over de groep. Nora vond het jammer dat Peel had aangedrongen op het voorlezen van deze gruwelijke passage, maar ze had het idee dat Clive gezien de omstandigheden de beste keuze had gemaakt.

Na een tijd hervatte Peel op gedempte toon: 'Waarom is er geen dominee bij? Om toe te zien op de manier waarop deze menselijke resten behandeld worden?'

'Zodra we na terugkomst de identiteiten hebben vastgesteld,' zei Nora, 'halen we de geestelijkheid erbij. Zoals ik al zei, de stoffelijke overschotten zullen worden begraven met de passende religieuze ceremonies, in overeenstemming met de wensen van de afstammelingen. En als er geen afstammelingen zijn, neemt de overheid van Californië de beslissingen voor herbegraving.'

'Na elf september,' zei Peel, 'hadden ze geestelijken die ze erbij konden roepen zodra er menselijke resten gevonden werden. Maar hier heb ik de indruk dat jullie als wetenschappers die mensen opgraven zonder enig respect voor, of ook maar een gedachte aan, hun onsterfelijke zielen.'

'Jack,' zei Burleson op scherpe toon. 'Ik heb alle expeditieleden glashelder uitgelegd wat we hier gingen doen. Het is een beetje laat om nu bezwaar aan te tekenen.'

Peel draaide zich naar hem om. 'Ik had niet begrepen dat het híérop zou uitlopen.'

'Dat had duidelijk moeten zijn,' zei Burleson boos.

'Ik kan me Jacks gevoelens indenken,' kwam Nora tussenbeide. 'En zoals ik al zei, we zijn van plan de geestelijkheid erbij te roepen. Maar pas als we klaar zijn. Logistiek gezien is het hier te onbegaanbaar om er wie dan ook bij te halen. Bovendien weten we niet eens welk geloof het merendeel van de slachtoffers aanhing; waren ze protestants, katholiek of misschien joods.'

'Je bemoeit je met zaken die je pet te boven gaan,' zei Peel. 'En je kunt de pil vergulden tot je een ons weegt, maar voor mij riekt dit verdacht naar grafschennis. Kannibalisme, die verhalen over een hel op aarde, mensen die gek werden, lijken die niet begraven worden... Het is hier de speeltuin van de duivel. Al sinds we hier aankwamen heb ik een rotgevoel over dit goddeloze oord. En wat je ook zegt of doet, dat gevoel blijf ik houden.'

Nora's bezorgdheid nam toe. Ze had nooit gedacht dat er zulke serieuze bezwaren zouden rijzen. 'Ik besef dat de details verontrustend zijn,' zei ze, en ze probeerde rustig te blijven praten. 'Als archeologen proberen wij gewoon te begrijpen wat hier gebeurd is. Er wordt niets geschonden of ontheiligd.'

Jack Peel stond op. 'Dit hóórt niet.'

Plotseling reageerde Clive weer. 'Als afstammeling van een van de gezinnen uit de Donner Party,' zei hij boos en met stemverheffing, 'heb ik bezwaar tegen jouw houding. Ik wil de waarheid kennen, de hele waarheid, ook de ergste dingen. Voltaire zei ooit: "De levenden zijn we respect verschuldigd, maar de doden alleen de waarheid." En dat is de manier waarop we de herinnering aan deze mensen het best kunnen eren, door te achterhalen wat er écht gebeurd is. En ik laat me niet door een of andere religieuze fanatiekeling vertellen wat ik wel of niet doen mag.'

Peel staarde hem een tijdlang zwijgend aan. Toen borg hij langzaam zijn jachtmes in de holster, smeet de stok in het vuur, wendde zich af en liep de nacht in.

Burleson zei tegen Clive: 'Sorry, hier had ik geen flauw idee van. Dit soort meningsverschillen kan ik niet gebruiken in mijn team. Ik zoek iemand anders voor Peel.'

'Laten we niets overhaasten,' zei Nora. 'Eerst maar eens kijken hoe de vlag er morgen bij hangt.'

Toen ze na het samenzijn elk naar hun eigen tent terugliepen, keek Nora naar Clive. 'Wat bezielt jou?' vroeg ze zacht. 'Peel zo verschrikkelijk tegen de haren in strijken? Wat denk je daarmee te bereiken?'

'Ik heb een pesthekel aan van die schijnheilige zeveraars die wetenschappers de wet willen voorschrijven.'

'Schijnheilig,' schamperde Nora. 'Dat is een goeie, van jou... én Voltaire. Nou, geef jezelf maar een schouderklopje dat je zo fijn bent opgekomen voor de wetenschap. En dat je meteen maar even de blunder van het jaar begaan hebt.'

25

12 mei

Ruim voor zonsopkomst werd Nora wakker van Burleson, die op luide stem tegen Wiggett aan het praten was. Aan zijn toon te horen moest er iets mis zijn. Ze sleepte zich uit haar slaapzak, kleedde zich aan en ging naar buiten. Het vuur was juist ontstoken en Maggie was bezig met een grote pan deeg. Clive en haar twee assistenten zaten nog in hun tenten.

'Wat is er aan de hand?' vroeg Nora.

'Peel is weg,' zei Burleson. 'Heeft afgelopen nacht zijn spullen gepakt en is verdwenen. Die zien we waarschijnlijk niet meer terug.'

'Ik kan niet zeggen dat ik daarvan opkijk,' zei Nora.

'Ik zal een andere wrangler hiernaartoe halen. Maak je daar geen zorgen over. Het is alleen ontzettend hinderlijk. Peel was heel goed met de paarden, jammer dat hij zo hardnekkig op z'n ponteneur staat.'

Een voor een schoven de expeditieleden aan bij het vuur en ze aten hun ontbijt terwijl de zon boven de bomen uit kwam en er een wolkeloze dag aanbrak. Een prima dag om buiten te werken, dacht Nora. Nu de opgraving van de mestvaalt bijna klaar was, konden ze verder naar de hut en het haardvuur van het kamp. Ongetwijfeld zou daar een concentratie aan voorwerpen en botfragmenten liggen: daar moest het echt een goudmijn zijn.

Clive en zij vulden hun rugzakken met eten, water en een paar gereedschappen, en daarna gingen ze samen met Adelsky en Salazar op pad. Als gebruikelijk vlogen de raven achter hen aan, narrig krassend van ongenoegen. Toen ze aankwamen, lag de vallei nog in de schaduw. Vanuit het gras rezen mistflarden op.

Plotseling klonk Clives stem boven het gekras uit. 'Wat is dat nou?' barstte hij uit.

Ze kwamen net een bocht om en zagen de open plek liggen. Zelfs op deze afstand zag Nora dat een aantal zeilen was weggetrokken en er nu los bij lag.

Ze zetten het op een hollen. De zeilen over de mestvaalt lagen scheef, de piketten waren uit de grond getrokken. Even dacht Nora dat dat misschien was gebeurd tijdens het onweer van de vorige avond, maar plotseling zag ze verse afdrukken van paardenhoeven en laarzen in de modder.

'Er is hier een paard geweest,' zei ze. 'Het heeft overal rondgelopen.'

'Er zijn dieven geweest!' riep Clive toen ze bij de rand van de mestvaalt arriveerden, die nu open en bloot lag.

Nora keek vol ontzetting toe. De mestvaalt was hevig verstoord. Alle drie de schedels die ze gevonden hadden, waren weg, evenals een aantal grotere botten en botfragmenten; letterlijk de grond uit gerukt. Overal zagen ze laarsafdrukken.

Nora keek verbijsterd om zich heen. Ook het zeil waarmee ze het Carville-geraamte hadden afgedekt, aan het water, lag scheef.

'O nee.' Samen met Clive en de anderen rende ze naar de oever. Het kleine skelet was weg, tot het laatste botje toe was uit de grond gepeuterd.

'Peel,' zei Clive. 'Dat moet die graftak geweest zijn.'

'Hij heeft ze meegenomen om ze opnieuw te begraven, denk ik,' zei Nora.

Ze keek naar de geschrokken gezichten van Adelsky en Salazar. Dit was een bijna onvoorstelbare ontwikkeling. Een smet op haar professionele blazoen, een schandaal voor het Instituut, en mogelijk zelfs een regelrechte archeologische ramp.

'De kluis,' zei Clive. 'Zou hij die ook meegenomen hebben?' Hij rende naar het hoofdkwartier terwijl Nora verder de balans opmaakte van alle schade. Het gedeelte waar Reinhardt en Spitzer lagen was ongemoeid gelaten, althans, de piketjes zaten nog in de grond. Maar een groot aantal van de intacte en bijna intacte botten van de mestvaalt ontbrak, en al bijna even erg: de opgraving was ernstig gecontamineerd.

Clive kwam de tent uit. 'Het goud is er nog.'

Nora richtte zich tot haar assistenten. 'Jason, Bruce, willen jullie de hele opgraving opnieuw fotograferen en ook de laars- en hoefsporen documenteren? Daarna kan alles gestabiliseerd worden en zo goed mogelijk weer afgedekt. Clive en ik gaan terug naar het kamp om dit te melden.'

Toen ze het pad af liepen, vroeg Clive: 'Wat nu?'

'Wat nu? Nu bellen we eerst Bosbeheer en melden de diefstal. En dan... moet ik het Instituut bellen.'

Clive dacht even zwijgend na voordat hij verderging: 'Ik ben met je eens dat je het Instituut moet bellen. Maar lijkt het je niet een beetje voorbarig om de politie er nu al bij te halen?'

'Hoezo?'

'Je zei het gisteren zelf. Zodra je dit meldt, hebben we meteen die agent Swanson weer in onze nek hijgen. En het kan maar zo dat zij de opgraving dan stillegt.'

Nora vloekte binnensmonds toen ze bedacht dat een van de drie gestolen schedels die van Parkin was. 'Maar we moeten het melden, daar is geen ontkomen aan.'

'Hoogstwaarschijnlijk ligt de waarde van die gestolen botten onder de duizend dollar. De diefstal is dus een overtreding, geen misdaad.'

'Onder de duizend dollar?' vroeg Nora. 'Die overblijfselen zijn van onschatbare waarde.'

'Voor jou en mij, ja. Maar voor de plaatselijke politie niet. Hoogstwaarschijnlijk wordt dit gezien als een overtreding van de wet ter bescherming van nationaal historisch erfgoed.'

'En de wet op bescherming van oudheden dan?'

'Luister, Nora, laten we niet onbesuisd te werk gaan. Laten we nou eerst eens kijken wat Burleson zegt. Misschien zit Peel wel vlakbij. Misschien duikt hij straks in het dorp op om die botten aan een dominee te overhandigen of zo.'

Nora zuchtte. 'Oké. Daar zit wat in. Eerst maar eens kijken wat Burleson ervan zegt, voordat we iets beslissen.'

In het kamp was Burleson buiten zichzelf van woede toen hij hoorde over de plundering op de opgraving. Zijn magere gestalte stampte in het rond en hij uitte een reeks vloeken waar zelfs Nora van schrok. Hij draaide zich om en greep Wiggett bij de kraag. 'Zadel de paarden, we gaan achter Peel aan. We vatten die idioot bij de lurven en halen onze botten terug. Want denk maar niet dat de sheriff voor zoiets van zijn luie reet komt.'

Nora en Clive wisselden een blik.

Burleson haalde diep, kalmerend adem. 'Wat denk je dat Peel met die botten gaat doen? Niet verkopen en vernietigen evenmin. Ik bel mijn mensen op Red Mountain Ranch. Dan kunnen die met de dominee en de pastoor gaan praten, patrouilleren bij Peels huis, het pad in de gaten houden en misschien de dichtstbijzijnde begraafplaatsen. Dat zijn er tenslotte maar twee. We zorgen dat jullie die botten terugkrijgen. Geef me twee etmalen en als we er dan nog niet uit zijn, gaan we hulp inroepen.'

'Dank je,' zei Nora.

'Nogmaals mijn excuses voor Peels gedrag. Laten we intussen de details – dat hij die botten gestolen heeft, bedoel ik – onder ons houden. Het heeft geen zin Maggie en Drew nog meer over de rooie te jagen dan ze toch al zijn.'

Nora knikte.

'Van één ding kun je zeker zijn: Peel zal heel voorzichtig omgaan met die vondsten.'

Nora hoopte maar dat Burleson gelijk had en dat Peel en zijn buit heel binnenkort boven water zouden zijn. Ze liet hem met de satelliettelefoon bellen om zijn mensen op de ranch in te seinen. Daarna keek ze samen met Clive toe terwijl hij opzadelde en met zijn assistent wegreed.

'Weet je,' zei Clive, toen de twee ruiters uit het zicht waren verdwenen, 'er waren heel wat dingen om je zorgen over te maken bij dit project, maar dít had ik echt niet zien aankomen.'

Met een zucht stak Nora haar hand uit naar de satelliettelefoon. 'Dan ga ik nu het Instituut maar bellen.'

Clive kreunde. 'Het ziet er allemaal vreselijk uit. Ten eerste had ik twintig miljoen in goud beloofd en hebben we maar tien miezerige goudstukken gevonden.' Hij zweeg even. 'En nu is ook nog eens een groot deel van de vondsten gestolen. Ben ik even blij dat ik dat telefoontje niet hoef te plegen.'

'Bedankt,' zei Nora sarcastisch, en ze begon het nummer van het Instituut te kiezen.

26

Een uur later liepen Nora en Clive terug naar de opgraving. Nora's gesprek met dr. Fugit was akelig verlopen. Toen de directeur gehoord had van de diefstal, had ze een kille preek afgestoken over beveiliging en professionalisme. Daarna had ze naar het goud geïnformeerd. Nora had moeten toegeven dat ze tot nu toe slechts tien munten gevonden hadden en dat er een grote kans was dat het daarbij zou blijven. Daarover leek Fugit nog bozer dan over de gestolen beenderen en ze had gedreigd de complete opgraving stil te leggen. Ze ging een spoedvergadering met de raad van bestuur beleggen om dit te bespreken.

Een totale ramp.

Toen Nora over de opgraving stond uit te kijken, bracht Adelsky de lijst met specifieke schade aan de afzonderlijke vakken. Toen ze die bestudeerd had, voelde ze zich misschien niet echt opgelucht, maar in ieder geval iets minder beroerd. Het was iets minder erg dan ze aanvankelijk gedacht had. Peel had zes vakken verstoord: de vier voor aan de mestvaalt en de twee met het skelet van Samantha Carville. Reinhardt en Spitzer had hij met geen vinger aangeraakt, evenmin als de achterkant van de mestvaalt of de proefopgravingen waaraan ze enig voorbereidend werk hadden gedaan.

'Er is ons iets vreemds opgevallen,' zei Adelsky. 'De mestvaalt is een puinhoop, botten er zomaar uit getrokken, de hele grond vol voetafdrukken. Maar bij Carville zijn de beenderen een voor een heel zorgvuldig verwijderd en zonder ook maar één enkele voetstap in het opgegraven deel.'

Hij nam Nora mee naar de Carville-vakken. Nora tuurde naar binnen. 'Je zou bijna zeggen dat dat skelet gewoon op eigen gelegenheid is opgestaan en weggewandeld.'

'Misschien is dat ook zo,' gnuifde Salazar.

Nora grimaste. 'Hé, Clive, kijk hier eens.'

Clive kwam aanlopen. Met gefronst voorhoofd keek hij naar het ondiepe gat. 'Misschien was hij hier voorzichtiger omdat het een kind was… en het skelet was vrijwel intact.'

'Of,' zei Nora, 'misschien heeft Peel het Carville-geraamte als eerste meegenomen en besefte hij, toen hij de botten van de mestvaalt aan het verzamelen was, dat het allemaal te lang duurde, of dacht hij dat er iemand aankwam, zodat hij zich begon te haasten.'

'Misschien,' zei Clive. 'Wat nu?'

'Ik denk dat we de vondsten met enige waarde maar beter kunnen weghalen,' zei ze, 'en in de kluis bergen. Ik wil geen risico lopen dat er nog meer wordt gestolen.'

'Mee eens,' zei Clive.

Niet dat er veel was: een gouden medaillon, een zilveren kruis, een paar gouden en zilveren ringen en een zilveren gesp. Met een pincet haalde Nora de voorwerpen een voor een uit de aarde en stopte ze in gelabelde plastic zakjes. Daarna nam ze ze mee naar de werktent. Ze opende de kluis, haalde de plastic container met de tien gouden munten eruit en opende op een ingeving het deksel van de doos. Daar lagen ze te fonkelen, genesteld in de verrotte en gescheurde resten van de leren buideltjes waarin ze ooit waren opgeborgen. Een voor een nam ze de munten in haar hand, legde ze in een onderzoeksbakje en bekeek ze. Het waren allemaal gouden munten van tien dollar, voorzien van een adelaar, gemunt in Philadelphia, nog niet in omloop geweest toen ze bij de bank opgehaald waren, maar gekrast en gedeukt doordat ze een paar maanden lang in een stel laarzen waren meegedragen.

'Jammer, nietwaar,' zei Clive, die over haar schouder meekeek. 'Vanuit numismatisch standpunt bezien zijn ze niet veel waard.'

'Ja. Grappig hoe dat gerucht aanzwol, dat Wolfinger een fortuin bij zich had. Vermoord voor honderd dollar.'

'De moordenaars waren in de luren gelegd. Net als wij.'

Het werd stil in de werktent.

Nora bestudeerde de munten. Allemaal uit 1846. Zomaar, vanuit het niets, begon er zich een idee te vormen in haar hoofd. Een vreemd idee. Ze draaide zich om naar Clive. 'Vertel me nog eens, als je wilt. Toen je dat grootboek van de bank vond, zei je dat er een opname van duizend tiendollarmunten had plaatsgevonden. Correct?'

'Niet helemaal. Volgens de administratie had de bank duizend munten ontvangen in afwachting van een opname. Maar verder waren de boeken beschadigd. Ik kon niet bepalen wie het geld heeft opgenomen, of dat één persoon was of verschillende. Ik weet alleen dankzij dat briefje van de bank dat Wolfinger geld heeft opgenomen.'

'Stonden er ook andere mensen op de lijst? Wie er die week verder nog geld heeft opgenomen, bedoel ik?'

'Dat kan, maar zoals ik jou en dr. Fugit al vertelde: die pagina's waren aangevreten door zilvervisjes. Ik ben ervan uitgegaan dat Wolfinger het complete bedrag van tienduizend dollar had opgenomen als voorbereiding op zijn tocht naar het westen. Dat was mijn grote vergissing.'

'Laat ik het anders zeggen. Toen we maar tien munten vonden bij Spitzer en Reinhardt en verder niets in hun kamp, was onze conclusie dat dat het enige was.'

'Dat leek de logische conclusie.'

'Maar laten we nou eens aannemen dat Wolfinger inderdaad duizend munten heeft opgenomen?'

Clive schokschouderde alsof hij haar een plezier wilde doen. 'Dus waar zijn die dan?'

'Wacht even, laat me uitpraten. Ervan uitgaand dat Spitzer en Reinhardt een kist met duizend munten hebben gestolen, wat zouden ze daar dan mee doen? Verstoppen, natuurlijk. Maar voordat ze hem verstopten, zouden ze er wat geld uit genomen hebben en in hun kleding verstopt.'

Clive schudde zijn hoofd. 'Als dat zo was, waarom zouden ze dan überhaupt geld bij zich hebben? Ze konden het nergens uitgeven.'

'Omdat ze verwachtten dat ze gered zouden worden. Dat geld zouden ze nodig hebben als ze in Californië aankwamen, zodat ze een expeditie op touw konden zetten om de rest op te halen.'

Clive keek haar aan.

'Denk even na. Als ze geen geld bij zich hadden, zouden ze platzak in de bewoonde wereld aankomen.' Ze gebaarde naar de munten. 'Dit hier is niet het bewijs dat Wolfingers schat níét bestaat, maar juist dat hij wél bestaat.'

Clive dacht een tijdje zwijgend na. 'Weet je, dat klinkt bijzonder logisch. Maar waarom hebben we hun kluis dan niet in hun kamp aangetroffen?'

'Omdat ze hem heel erg goed verstopt hebben. Ze zouden dat geld niet zomaar in hun kamp verstoppen, of in de sneeuw vlak bij hun kamp. Ze hebben het ergens opgeborgen waar ze het later konden ophalen, zonder dat ze bang hoefden te zijn dat iemand anders het zou vinden. Zeker als de sneeuw eenmaal gesmolten was.'

'Nora? Clive?' klonk een bulderende stem. Ze draaiden zich om. Daar stond Burleson in de tentopening naar de munten op het blad te staren.

Er viel een diepe stilte.

Hij deed een stap naar binnen. 'Drew en ik hebben geprobeerd Peel in te halen, maar helaas. Zo te zien is hij niet rechtstreeks via het pad naar het dorp gegaan, maar heeft hij een andere route genomen, door de bergen.' Hij schoof zijn hoed naar achteren. 'Wiggett is achter hem aan en ik heb personeel van Red Mountain te paard op pad gestuurd om hem te onderscheppen als hij ergens in de buurt van Truckee opduikt. Hoe dan ook, jullie krijgen je botten terug.'

Langzaam rees zijn blik omhoog naar hun gezichten. 'En dan nu. Wat is dat met dat goud?'

27

'Hoezo?' vroeg Nora na een tijdje.

'Hoezo, hoezo? Zo te zien hebben jullie een schat gevonden.'

'Dat is geen schat. Dat zijn bodemvondsten, net als de botten, en die munten zijn niet van ons. We hebben ze gevonden bij twee van de slachtoffers, die hadden ze in hun laarzen verstopt. We hebben ook gouden sieraden en ringen gevonden. Niks bijzonders.'

Burleson keek haar strak aan. Zijn gezicht was lichtelijk rood aangelopen. 'Dat klopt niet helemaal met wat ik daarnet hoorde, toen ik aan kwam lopen. Iets over duizend gouden munten in een kist?'

'Heb je ons staan afluisteren?' vroeg Nora.

'Jullie praatten wel zo hard dat ik alles kon verstaan.' Burleson zweeg even. 'Het ziet ernaar uit dat jullie me in het duister hebben gelaten... en ik heb zo'n gevoel dat dat te maken heeft met dat goud daar op dat blad.'

Nora bloosde en probeerde een antwoord te formuleren terwijl ze de munten in hun plastic doos terugdeed. 'Sorry dat we je niets konden zeggen. Ik beken dat we van meet af aan wisten dat er een kist met duizend gouden munten ergens in de buurt verstopt kon zijn. Maar het enige wat we tot nu toe gevonden hebben zijn deze tien munten.'

'Maar moest dat dan geheim blijven?

'Dat hoefde niet per se,' zei Clive. 'We probeerden alleen om gevoelige informatie vertrouwelijk te houden.'

'Dus wat is dat spul waard?' Burleson sprak met steeds meer stemverheffing. 'Die kist met goud waar jullie niets over gezegd hebben?'

Nora keek even naar Clive. Ontkennen had geen zin meer. 'Zo'n twintig miljoen dollar... voor de verzamelaars,' zei ze. 'Maar niets daarvan is voor ons. Als het goud inderdaad wordt gevonden, wordt het verdeeld over de federale overheid, de staat Californië en het Instituut. Dat staat in onze opgravingsvergunningen; volkomen recht door zee en legaal.'

'Legaal misschien, maar zeer beslist niet "recht door zee". Jullie hebben ons niets verteld en persoonlijk stel ik dat niet op prijs. Mijn mensen hebben het toch al op hun heupen met Peel die ervandoor is en al die woeste verhalen over spoken.'

'Als ze het toch al op hun heupen hebben,' reageerde Nora, 'wat denk je dan dat er zou gebeuren als bekend wordt dat er hier ergens voor twintig miljoen aan goud kan liggen?'

'Dat probleem zou er helemaal niet zijn als jullie dat meteen aan het begin duidelijk gemaakt hadden. Je hebt de kluit belazerd, Nora. Je had me moeten vertrouwen.'

'Hé, doe eens even rustig,' zei Clive, en hij deed een stap naar voren. 'Zo praat je niet tegen haar.'

Burleson draaide zich als door een wesp gestoken om. 'Nee, jíj doet rustig! Ik heb de hele tijd al het gevoel dat hier iets achterbaks aan de hand is en mijn mensen ook. Nu weten we dan wat het is.'

'Misschien had je je "mensen" beter in de hand moeten houden; nu heeft een van dat stel een archeologische opgraving van onschatbare waarde vernield.'

Met gebalde vuisten stapte Burleson op hem af. 'Wat wou je, schijtlaars?'

'Ik ga niet met jou op de vuist,' zei Clive met een sarcastisch lachje. Hij deed een sprong achteruit net op het moment dat Burleson, nu helemaal door het dolle heen, naar hem uithaalde.

'Is dat alles wat je in huis hebt?' informeerde Clive.

'Ophouden!' Nora greep Burlesons arm. 'Waar ben jij mee bezig?'

'Ik zal die halvegare eens een lesje leren!'

'Wou je aangeklaagd worden voor geweldpleging? Je zou beter moeten weten!'

'Of komt het juist door je opvliegende temperament dat je in de problemen bent gekomen, moest je daarom zo plotseling een andere baan vinden?' wilde Clive weten.

Burleson bleef zwaar ademend staan; in zijn voorhoofd klopte een ader. 'Waar heb je het in vredesnaam over? Hoe durf je!'

Plotseling hoorden ze een paard galopperen. Het geluid kwam in rap tempo dichterbij. Ze verstarden alle drie. De daverende hoefslagen klonken tot aan de tent, waar het dier sidderend tot stilstand kwam en luidruchtig bleef staan snuiven en stampen.

'Wat is dat nou?' Burleson draaide zich om en beende met Nora en Clive op zijn hielen de tent uit.

Het was Prince, Peels paard, doodsbang en met rollende ogen. Met schuim overdekt stapte hij geagiteerd rond, het zwaar gehavende zadel bungelde onder zijn buik. Het leidsel sleepte achter hem aan, rafelig en vol plantenslierten.

Burleson liep langzaam en met uitgestoken hand op hem af en sprak hem op sussende toon toe. 'Rustig maar, Prince. Rustig. Komt allemaal goed.' Hij liep naar het paard toe, dat met de oren in de nek weg danste. 'Rustig maar.'

Voorzichtig pakte hij het bungelende leidsel en liep daarmee in de hand langzaam naar het hoofd van het paard, terwijl hij de nek streelde. Het paard begon te kalmeren. Adelsky en Salazar keken uit de verte toe. Voorzichtig werkend maakte Burleson de singel van het zadel los en liet het op de grond glijden.

'Dit paard zonder ruiter... wat betekent dat?' vroeg Nora.

Burleson leidde het paard weg zonder antwoord te geven, zijn gezicht nog rood aangelopen van de ruzie van daarnet. Hij liep met grote passen naar de bomen toe, het pad af. Aan de ene hand voerde hij het paard met zich mee, onder de andere arm had hij het zadel.

Het bleef een hele tijd stil, tot Clive uiteindelijk zei: 'Die gast heeft wel een humeur, zeg.'

'Misschien. Maar wat dacht je dan? Het is waar, we hébben hem beduveld. En jij zat hem behoorlijk op stang te jagen. Wat was dat voor verhaal over die nieuwe baan?'

'Ik vraag me gewoon af hoe het komt dat zo iemand, die tonnen verdient als bekende echtscheidingsadvocaat, plotseling overal de brui aan geeft om een of andere ranch te beginnen.'

'Ik maak me zorgen om dat paard en wat dat kan betekenen voor Peel. Ik hoop dat hij niet ergens in de bergen verdwaald is.'

'Eigen schuld, die klootzak.'

Nora zuchtte. Wat begonnen was als een schoolvoorbeeld van een archeologische opgraving was in rap tempo in een nachtmerrie aan het veranderen.

28

Die avond rond het vuur was het paard zonder ruiter hét onderwerp van gesprek.

Bijna onafgebroken ratelend roerde Maggie krachtig in een pan met runderstoof. 'Volgens mij is Peel uit het zadel geworpen en dwaalt hij ergens rond. Gewond, misschien zelfs levensgevaarlijk gewond.'

'Onmogelijk,' zei Burleson. 'Volgens mij is Peel aangekomen waar hij zijn wilde, heeft Prince een klap op de achterhand gegeven en hem teruggestuurd. Zoals iedereen weet zoekt een paard zelf zijn weg terug als je hem z'n gang laat gaan.'

'Waarom denk je dat hij zijn doel bereikt heeft?' vroeg Maggie.

'Omdat Peel een ontzettend goede ruiter is. De kans dat hij uit het zadel geworpen is, lijkt me miniem.'

'Wat bedoel je met "waar hij zijn wilde"? Waar dan?'

Daarop volgde een korte stilte.

Na een tijd zuchtte Burleson. 'Nou, het antwoord op die vraag is een soort doos van Pandora. Vind je ook niet, Nora?' En hij wierp haar een blik toe.

Nora knikte. Ze begreep wat hij bedoelde. Eerder had Burleson niet tegen de anderen willen zeggen dat Peel van alles gestolen had, maar nu zijn paard terug was met niets dan een scheefgezakt zadel, had het geen punt meer om nog dingen te verzwijgen. 'Toen we vanochtend naar de site gingen,' zei ze, 'zagen we dat er een dief was geweest.'

'Wat?' vroeg Maggie. 'Een dief?'

'Zo te zien heeft Peel besloten een deel van de botten mee te nemen. Wij denken dat hij ze misschien wil herbegraven of in ieder geval wil verhinderen dat we ze bestuderen.'

'Welke botten?' vroeg Maggie.

'Een paar van de grotere botten die we tot nu toe gevonden hebben, met name het skelet van Samantha Carville.'

'Heeft hij Samantha gejat? Haar héle skelet?'

Nora aarzelde even. 'Daar ziet het wel naar uit. Althans... behalve het ontbrekende been.'

Er viel een stilte.

'Verdómme,' prevelde Wiggett.

'Misschien moesten we maar eens een fles opentrekken,' zei Burleson, op bijna dezelfde sussende toon die hij tegenover het paard had gebruikt, 'en allemaal samen een glas wijn drinken.'

Bij die woorden voelde Nora plotseling haar nekharen overeind gaan staan – ondanks, of misschien vanwege, Burlesons kalme stem.

Burleson haalde een paar flessen wijn uit zijn voorraad en schonk de kroezen vol. Hij nestelde zich in zijn eigen stoel en keek om zich heen. 'Ten eerste moeten jullie weten dat mijn mannen op de ranch zijn ingeseind. Het is een kwestie van tijd voordat ze Peel vinden. We halen de politie er pas bij als het echt niet anders kan: Jack mag dan een sterke religieuze overtuiging hebben, maar in wezen is het geen dief. Ik heb liever dat we hem zelf vinden en hem tot rede brengen dan dat hij achter tralies belandt.'

'Hoe weet je dat hij die botten gestolen heeft?' vroeg Wiggett. Hij leek ietwat uit zijn doen omdat hij een groot deel van de dag naar Peel op zoek was geweest zonder de echte reden voor zijn verdwijning te weten.

'Omdat we over de hele site zijn laarssporen en hoefafdrukken gevonden hebben,' zei Clive.

'Wie had dat gedacht,' zei Maggie. 'Zo zie je maar weer. Stille wateren... En dat arme kind, na alles wat ze toch al heeft meegemaakt in haar korte leven, nu weer verstoord...' Ze nam een grote slok wijn.

Op milde toon onderbrak Burleson haar. 'En nu is er nog iets wat jullie moeten weten. Iets waar ik zelf ook pas vanmiddag achter ben gekomen. Nora legt het uit.'

En hij keek haar nogmaals aan, maar nu met een andere, eerder waarschuwende blik.

Naast haar verschoof Clive even op zijn kruk. Hij wilde een tegenwerping maken, maar ze legde een hand op zijn arm. Nu de hele expeditie toch al in het honderd aan het lopen was, kon dit maar beter aan het licht komen. Ze nam een ferme slok wijn.

'Er zit nog een kant aan het verhaal van de Donner Party,' begon ze. 'Een kant waar jullie niet van gehoord hebben. Tijdens hun reis begon het gerucht de ronde te doen dat een van de pioniers, Wolfinger, een kist met goudstukken bij zich had. Op een gegeven moment is hij vermoord door twee reisgenoten, die de kist meegraaiden en aan iedereen vertelden dat Wolfinger was doodgeschoten door indianen. Ik neem aan dat de Donner-tragedie zelf later zo berucht werd dat niemand meer dacht aan de kans dat dat goud nog ergens zou zijn, door de moordenaars verborgen voordat ze zelf omkwamen van de honger. Historici hebben zich er nooit mee beziggehouden. Maar vier dagen geleden hebben we de skeletten van de twee moordenaars gevonden. Ze hadden tien goudstukken in hun laarzen verborgen, wat wel eens zou kunnen betekenen dat het verhaal waar is. En als dat zo is, hebben ze het merendeel van het goud misschien voor hun dood ergens verstopt.'

'Hoeveel?' vroeg Maggie.

'Tienduizend dollarstukken.'

Plotseling sprong Maggie overeind. 'Ik wíst het wel! Precies wat ik laatst nog tegen Drew zei. Ik zeg: "Ze zoeken niet alleen naar een hoop ouwe botten maar ook naar wat anders," zeg ik. Ja toch? En mooi dat ik gelijk had!' Met een gezicht waar de gretigheid af blonk, keek ze van Nora naar Clive. 'Wat is dat vandaag de dag waard?'

Clive keek naar Nora. Die knikte.

'Zo'n twintig miljoen dollar,' zei hij.

Zwijgend lieten de anderen dit op zich inwerken.

'Twintig miljóén?' vroeg Maggie uiteindelijk.

Clive knikte.

'En die buit hebben jullie nog niet gevonden?'

'Nee.'

'Dus er ligt hier ergens twintig miljoen aan goud begraven?' Het leek wel of Maggie het niet bevatten kon.

'Die kans bestaat.'

'Jemig de pemig!' Ze floot even. 'Wie krijgt dat geld?'

'Tot en met de laatste cent gaat alles naar de overheid of naar het Instituut,' zei Clive duidelijk articulerend. 'Niemand van ons krijgt ook maar iets.'

'Al pak je maar één munt,' voegde Nora daaraan toe, 'dat is al diefstal van de overheid. Niets meer en niets minder dan bankroof. En daar staat twintig jaar in Sant Quentin op.'

'Toe nou!' riep Maggie. 'Dat is niet eerlijk!'

Wiggett ging even verzitten. 'Maar er is toch zeker wel een beloning uitgeloofd?'

'Zo is het nu eenmaal,' meldde Nora. 'Geen beloning. Zo is de wet.'

'De pot op met die wet,' zei Maggie. 'Wie het vindt, mag het houden!'

'Wat wou je dan?' vroeg Burleson op scherpe toon. 'Ga je er morgen op uit om naar dat goud te zoeken? Waarschijnlijk hebben ze er daarom niet meteen over verteld. Let goed op: er is geen percentage voor degene die het vindt, er is geen beloning. Je mág niet naar dat goud op zoek. Dit is een archeologische opgraving, geen schatgraverij!'

'Niet eerlijk!' zei Maggie.

'Ik geef toe, zo klinkt het wel. Maar het is niet anders. En als je dat niet aanstaat, neem je maar ontslag. Hier en nu.'

Het bleef een tijd stil. Maggie klokte haar laatste slok wijn weg, zette met een klap haar kroes neer en haalde een hand over haar lippen. 'Oké. Maak je niet druk. Ik vind het alleen gemeen dat wij niet ten minste mogen helpen. Ik heb altijd al een schat willen opgraven.'

'Ik vind het ook niet leuk, maar we leven hier niet in het Wilde Westen. Als er goud te vinden is, dan is dat al gereserveerd. Dat moeten jullie allebei goed weten.'

Wiggett slaakte een diepe zucht en knikte. Even later knikte Maggie ook. Vreemd, dacht Nora met enige klinische afstandelijkheid, dat het nieuws van het goud tot zo'n snelle opeenvolging van emoties had geleid: schrik, opgetogenheid, ontzetting, wrok, en uiteindelijk een onwillige aanvaarding van de juridische complicaties.

Burleson sloeg zich op de knieën. 'Dat was het dan zo'n beetje. Ik hoop dat we tegen zonsopkomst zowel Peel als de gestolen bodemvondsten boven water hebben, zodat de archeologen alles op de juiste plek kunnen leggen. Wat betreft het goud: denk erom, ik wil niet hebben dat wie dan ook uit mijn team daarnaar op zoek gaat. En als je dan nu het eten klaar hebt, Maggie? Volgens mij ben ik niet de enige die rammelt van de honger.'

29

13 mei

Nora ging zitten aan de werktafel voor de hoofdtent, terwijl de anderen samenkwamen voor de gebruikelijke ochtendbespreking. Toen ze om zich heen keek, bespeurde ze een onmiskenbare sfeer van afwachting. Zelf was ze nog beduusd over een telefoontje met Skip, eerder die ochtend per satelliettelefoon. Skip had haar verteld dat Fugit nog des duivels was over de diefstal. En alsof dat nog niet erg genoeg was, verkeerde Mitty in een dip en zat het grootste deel van de dag voor het raam te wachten tot zij weer thuiskwam.

'Zolang we onze vondsten niet terug hebben van Peel,' zei ze, de sombere stemming van zich af zettend, 'heeft het weinig zin om die vakken te herstellen die hij verstoord heeft. En dus gaan we vandaag georganiseerd op zoek naar het goud. Als dat er echt is, lijkt me dat we dat maar beter zo snel mogelijk kunnen vinden. Dan is de verleiding ook weg.'

Salazar en Adelsky keken zo enthousiast dat Nora daar haastig aan toevoegde: 'Dat wil zeggen, Clive en ik gaan aan het zoeken. Jason, Bruce, nu de achterste zijde van de mestvaalt klaar is, kunnen jullie die laatste vier vakken openen waarvan jullie al een eerste overzicht hebben. Als het even meezit, vinden jullie daarin de locatie van het oorspronkelijke onderkomen en het kookvuur.'

'Maar weet je,' zei Adelsky, 'met ons vieren vinden we de schat veel sneller dan jullie met z'n tweeën.'

'Kan zijn,' zei Nora, 'maar de opgraving moet hoe dan ook verder. De archeologische waarde van wat jullie gaan doen – het hart van het kamp blootleggen – is veel groter dan een kist vol goud.'

Salazar rolde met zijn ogen. 'Maar veel minder leuk,' zei Adelsky.

'Ik begrijp je en ik voel met je mee. Jullie mogen ons allebei helpen het goud veilig te stellen, als we het eenmaal gevonden hebben. In feite is de voornaamste vraag bij onze bespreking vanochtend of we samen kunnen verzinnen waar het goud verborgen kan liggen. Ik heb een aantal ideeën die ik jullie graag wil voorleggen.'

'Tuurlijk,' zei Salazer. 'Daar had ik ook al over lopen nadenken. Duizend gouden munten van tien dollar, zeg 15 gram per stuk, is zowat vijftien kilo. Tel daarbij op het gewicht van de kluis of kist en ik wil wedden dat die schat minstens vijfentwintig kilo weegt.'

Nora stond ervan te kijken dat hij al zo diepgaand over het probleem had nagedacht. Maar goed, die rekensom had ze zelf ook gemaakt. 'Juist. Prima. En twee mannen op het randje van de hongerdood kunnen zo'n zware kist nooit ver gedragen hebben in de diepe sneeuw.'

'Ik denk dat ze een slee hebben geïmproviseerd van een paar planken, zodat ze hem konden voorttrekken,' zei Adelsky.

'Dat is een interessant idee,' zei Nora.

'En nog iets,' kwam Salazar tussenbeide. 'Dat goud kan niet in de grond begraven zijn, want de hele bodem was bevroren. En ze zullen hem niet in de sneeuw hebben laten staan, want dan zou hij bij de dooi bloot komen te liggen.'

'Tweemaal raak,' zei Nora.

Clive lachte. 'Zo te zien hebben jullie tweeën hier minstens even diep over nagedacht als wij.'

'Volgens mij hoeven we er niet van uit te gaan dat ze de kist in een boom verborgen hebben; daar kan hij maar zo uit vallen, of hij zou zichtbaar zijn,' zei Nora. 'Dus blijft er maar één voor de hand liggende plek over: de rotswanden.'

'Jammer genoeg,' zei Adelsky, 'zitten daar wel duizend gaten en spleten in waar een kist in past. En misschien hebben ze het gat afgedicht met stenen zodat de opening niet eens te zien is.'

'Volgens mij kunnen we dat aantal makkelijk genoeg omlaag brengen,' zei Clive.

'Hoe dan?'

'Door te schatten tot waar er sneeuw lag toen ze de kist verstopten.'

'Aha.' Adelsky leunde opgewonden naar voren. 'Juist. Want als er zeven meter sneeuw lag, dan zal die kist, zeg, zeven à acht meter hoog in de rotswand zitten.'

'Precies.'

Een korte stilte. 'Dus... hoe komen we erachter hoeveel sneeuw er lag op het moment dat ze de kist moesten wegmoffelen?'

Nora glimlachte. 'Dat is kinderspel.'

'O ja?'

'We beredeneren het stap voor stap,' ging ze verder. 'De groep kwam in de middag in de vallei aan, tijdens een sneeuwstorm. Die nacht sneeuwde het een halve meter: de eerste sneeuwstorm van het jaar. Daarna volgden die elkaar eindeloos op. In februari lag de sneeuw op zijn allerhoogst: bijna negen meter. Als we dus weten wanneer ze de kist verstopt hebben, weten we meteen ook hoe hoog die in de bergen ligt.'

'En hoe komen we daar in vredesnaam achter?' vroeg Adelsky.

'Zoals Clive zou zeggen: door de historische verslagen te bekijken.' En ze keek met een hoopvolle blik naar de historicus.

'Tamzene Donner hield de sneeuwval en data bij in haar logboek,' zei Clive. 'En Boardman, die uit het Verloren Kamp was ontsnapt, heeft haar heel wat verteld over wat hier gebeurd is. Dus help me even redeneren: in eerste instantie zullen de twee moordenaars het goud ergens in hun huifkar verborgen hebben. Ze mochten niet bij de anderen in het gezamenlijke onderkomen en moesten zo'n vijftig meter verderop kamperen. Rond half november hebben ze hun wagen gesloopt om er een hutje van te maken. We weten dat het goud niet in die hut ligt, dus ze moeten de kist verborgen hebben voordat ze de huifkar sloopten. Ongetwijfeld dus kort voor 15 november. Zijn jullie het tot dusverre met me eens?

Er werd alom geknikt.

'Volgens Tamzenes logboek lag er half november bijna twee meter sneeuw. Als het bij Donner Pass twee meter was, dan moet het hier ook twee meter geweest zijn. Dus moet de kist ergens in de bergwand zitten op een hoogte tussen de twee en vier meter. *Quod erat demonstrandum*.' Hij keek met een glimlach om zich heen. 'Ziet iemand hier een denkfout in?'

Niemand was het met hem oneens.

'Maar,' zei Salazar, 'dan zitten we nog met wel duizend gaten daar in die rotsen. Het wordt nog een hele klus.'

'Dat kan ik niet ontkennen,' zei Nora. 'Vooral omdat we niet weten hoeveel en wat voor bomen er toen stonden. Dus wat voor stukken rotswand onzichtbaar waren achter de boomkruinen. Want ze moesten het goud natuurlijk wel verstoppen zonder dat iemand het zag.'

'Dus hoe gaan jullie het aanpakken?' informeerde Adelsky. 'Op zoek naar een plakkaat honderdvijfenzeventig jaar oude vergeelde sneeuw als markeringspunt?'

'Nee. We verdelen de rotswanden in sectoren en speuren die een voor een af.' Ze stond op. 'Jullie gaan bezig met die laatste vakken en Clive en ik gaan op zoek.'

Salazar en Adelsky kreunden tegelijkertijd.

'Ik beloof je: er is zoveel rotswand dat ik vrijwel zeker weet dat iedereen de kans krijgt om het goud te zoeken.'

Toen Salazar en Adelsky hun instrumenten hadden gepakt en hun maskers en handschoenen hadden gestoken, legde Nora een schema van de rotswanden op tafel dat ze de vorige avond in haar tent had opgesteld aan de hand van foto's.

'Ik heb de rots al in zes sectoren verdeeld,' zei ze tegen Clive. 'Drie aan weerszijden van de vallei, alsof het een opgraving is. We beginnen met sector één en we werken naar zes toe.'

'Jij hebt het druk gehad, zo te zien.' Clive boog zich over de tekening. 'Het verste deel van sector zes ligt dááronder, besef je dat?' Hij wees naar de andere kant van de open plek, waar de rotswanden elkaar troffen. Een paar honderd meter daarboven lag een enorme krul gore, smeltende sneeuw langs de lijzijde van een bergrichel – de krul die ze voor de grap de 'gevelsteen des doods' hadden genoemd – dreigend boven de smalle bergspleet.

'Dat besef ik. Laten we hopen dat we de schat vinden voordat we daar hoeven te zoeken. Maar goed, dat is bijna een halve kilometer van het kamp; een heel eind sjouwen met zo'n zware kist voor twee mannen die bijna doodgaan van de honger.' Ze vouwde de schets op en schoof hem in haar zak. 'Naarmate we vorderen, geven we op deze kaart aan waar we al gezocht hebben.'

Clive knikte. 'Goed plan. Maar kijk goed uit je doppen, want die rotsen lijken me ideale schuilplaatsen voor ratelslangen.' Hij aarzelde even voordat hij op gedempte toon zei: 'Als we de schat eenmaal hebben, zullen we hem dan naar Mexico smokkelen en nog lang en gelukkig leven op het strand? Wat zeg je daarvan?' Hij lachte vrolijk en stootte haar even vriendelijk aan met zijn elleboog.

'We zouden doodgaan van verveling; jij ook,' zei Nora.

Ze gingen samen op zoek aan de voet van de rotsen in sector één. Een redelijk aantal openingen viel te bereiken met simpelweg klimmen. Maar op andere plekken was bijna geen houvast voor handen en voeten, en Nora begreep dat ze uiteindelijk klimmateriaal nodig zouden hebben.

'Heb jij ooit met zekeringen geklommen?' vroeg ze.

'Nee, maar ik heb het altijd al graag willen leren.'

'Mocht het zover komen, dan laat ik je de beginselen van het zekeren zien, terwijl ik klim; dat scheelt tijd.'

Nora en Clive klauterden over de rotswand omhoog naar alle spleten, gaten en barsten die ze in die eerste sector bereiken konden, porden hun Nordic walking-stokken naar binnen en schenen met hun hoofdlampen in het donker. De eerste vijf, zes gaten waar Nora haar licht in liet schijnen waren leeg, met hooguit wat gras bij de ingang, dat ze met haar stok wegveegde. In een van de gaten was een in elkaar geflanst kraaiennest te zien, met een handvol kuikens die met opengesperde snavels luidkeels zaten te piepen. De moeder cirkelde krijsend boven haar hoofd. In een andere spleet bleek een opgerolde ratelslang te zitten, die boos begon te gonzen toen Nora er met haar lantaarn op scheen en zich razendsnel verhief tot een aanvalspositie. Nora deinsde zo snel achteruit dat ze bijna viel. Haastig krabbelde ze naar beneden.

'Jezus,' prevelde ze.

'Ik heb er net ook een gezien,' zei Clive.

Binnen een uur hadden ze alle mogelijke bergplaatsen gezien die ze zonder uitrusting konden bereiken. Daarna trokken ze hun klimgordels aan en liet Nora hem zien hoe hij haar kon zekeren. Gezien de hoogtes die ze hadden geschat, zou het klimmen niet veel problemen opleveren.

Ze bond het touw af en controleerde het materiaal. 'Ben ik gezekerd?' vroeg ze Clive.

'Gezekerd,' zei hij, terwijl hij op zijn karabijnhaak klopte en zich schrap zette.

'Ik ga omhoog.' Ze begon tegen de loodrechte wand op te klimmen;

om de paar meter zette ze een stijgklem vast. Met de klem als anker kroop ze in beide richtingen twee meter opzij om in de gaten te kunnen loeren. Uit een van de openingen schoot een kraai naar buiten; ze schrok zich beroerd en viel enkele decimeters voordat Clive haar touw opving met zijn zekering.

'Sorry,' riep hij naar boven.

'Niet vergeten: nooit je remhand van het touw nemen.' Ze trok de stijgklem los, liet zich naar beneden zakken en schoof vier meter op, om het hele proces opnieuw te beginnen.

De speurtocht naar de schat was begonnen als een heel avontuur, maar naarmate de ochtend vorderde, werd het vergeefse zoeken steeds frustrerender. Het klimmen, zo dicht boven de grond, was niet echt leuk en niet spannend. De gaten waren voor het merendeel leeg, afgezien van oude kraaiennesten en hier en daar een geïrriteerde ratelslang om het adrenalinepeil even op te jagen. Algauw had Clive de kunst van het zekeren door en ook voor hem was het nieuwe er na verloop van tijd af.

Rond het middaguur hoorden ze iemand roepen vanaf de open plek. Even later kwam Salazar al zwaaiend tussen de bomen door aanhollen. 'We hebben het gevonden!'

Nora daalde af en markeerde haar positie. Daarna liepen ze samen achter Salazar aan terug naar de opgraving.

Salazar en Adelsky hadden twee van de vier vakken geopend voordat ze beet hadden; houten planken, spijkers, staken en iets wat overduidelijk het kookvuur geweest moest zijn: een hoop houtskool met daaromheen een kring van stenen.

Nora bekeek het gebied. Natuurlijk was nog niet alles blootgelegd, maar wel genoeg om de grote lijnen te ontwaren: volslagen verrotte planken met primitieve, verbogen spijkers en handgesmede staken die in de planken vastzaten of op de grond lagen.

Ze keek van dichterbij naar het kookvuur. Dat bood een grimmige aanblik. Stukken van een schedel lagen in de scherven van een kookpot. Tussen de houtskool daaronder lagen verkoolde stukken schedelbot en afgeknaagde knokkels. Ruim een halve meter van de vuurplaats af, aan de rand van het opgegraven vak, lag iets afzichtelijks: het perfecte geraamte van een afgezette hand die om de een of andere reden niet opgegeten was. Misschien was hij voor later bewaard en hadden ze hem vergeten of, en die kans leek groter, hij was daar blijven liggen omdat iedereen dood was.

Er viel een stilte. Terwijl Clive alles fotografeerde, keerde Nora terug naar haar assistenten. 'Nou, dat is het dan. Keurig werk. Goed gedaan, allebei.'

'En het goud?' vroeg Adelsky.

'Tot nu toe niets.'

Salazar schraapte op theatrale wijze zijn keel. 'Enige kans dat wij vanmiddag kunnen helpen met zoeken?'

Nora keek van Adelsky naar Salazar. Er lag een glans in hun ogen die ze niet eerder gezien had. Vreemd dat goud die reactie teweegbracht, zelfs bij archeologen die beter zouden moeten weten. Maar goed: het waren allebei ervaren bergbeklimmers en zij was wel aan een pauze toe. 'Morgen. Als jullie klaar zijn met die andere twee vakken. Dan kunnen jullie om beurten klimmen en zekeren.'

Na het eten ging ze met Clive terug naar de berg en ze trok haar klimgordel weer aan. 'Ik hoop dat we hem snel vinden,' zei ze, 'want ik begin me wel zorgen te maken over de toenemende goudkoorts.'

'Ik ook,' zei Clive, terwijl hij opkeek naar de dichtstbijzijnde rotswand, de flanken vol gaten. 'Maar het is een speld in een hooiberg… een hooiberg vol ratelslangen.'

30

Toen Nora en het team van archeologen tegen het eind van die middag terugkeerden in het kamp, met één vak van de woonhut grondig doorzocht en de andere drie een heel eind op weg, bleek er vreemd genoeg niemand aanwezig te zijn. Nora ging bij het vuur zitten; het begon kil te worden en ze had spierpijn in haar armen en benen. Ze mikte een paar stokken op het vuur om de smeulende houtskool op te stoken.

'Waar zijn de anderen?' vroeg Salazar.

'Op goudjacht,' zei Adelsky lachend, terwijl hij zich in zijn stoel neerliet en zijn e-sigaret aanstak.

'Het is niet te hopen,' zei Nora.

Alsof dat hun aanwijzing was, hoorden ze plotseling stemmen en kwamen Burleson en Maggie aanrijden. Ze stegen af en Burleson leidde de paarden weg terwijl Maggie haastig de kampkeuken in liep en pannen uit de kisten begon te trekken om het avondeten te bereiden.

'Waar zaten jullie?' vroeg Adelsky aan Maggie, terwijl hij een dikke wolk rook uitblies. 'Misschien toevallig ergens naar op zoek?'

'Hou je gedeisd, snotaapje. Ja, we waren op zoek naar Peel. Want wij mogen niet naar de schat zoeken, weet je nog?'

Adelsky grinnikte schamper. 'Naar Peel. Ja, ja.'

Burleson kwam terug en zette zich in zijn stoel. 'Nog eens een eind verderop gekeken langs het spoor, voor het geval hij uit het zadel gevallen was en ergens buiten bewustzijn tussen de rotsen lag. Maar geen spoor van hem.' Hij zweeg even. 'Heeft iemand Wiggett gezien? Die werd geacht hier te blijven met de paarden.'

'Die zal ook wel op zoek zijn,' merkte Adelsky op.

'Driemaal raden waarnaar,' meende Salazar.

'Ophouden, allebei,' zei Nora.

Langzaamaan kleurde de gouden gloed de bergpieken rondom hen en Maggie diende het eten op. Na afloop, toen de schemering de vallei met purperen schaduwen kleurde, hoorden ze een kreet; veraf, maar dringend.

Abrupt werd het stil; iedereen zat met gespitste oren te luisteren.

Nog een kreet, gevolgd door het geluid van daverende paardenhoeven. Even later kwam Wiggett in galop vanuit het bos tevoorschijn. Hij reed door tot in het kamp en hield de teugels in zonder af te stijgen.

'Ik heb Peel gevonden,' hijgde hij. 'Vlak bij Black Buttes.'

Burleson sprong overeind. 'Wat? Was hij dus op weg naar het westen? Dieper de bergen in?'

Wiggett knikte. 'En er is meer. Hij is dood.'

'Dóód?' riep Maggie. 'Weet je dat zeker? Wat is er gebeurd?'

'Van een rots gevallen. Zoals hij daar ligt, z'n armen en benen onder allerlei vreemde hoeken... ja, ik weet het zeker.'

'Jezus.' Burleson keek omhoog. 'Er is nog wat daglicht over en vanavond is het volle maan. Kom op, breng me naar de plek.'

'We gaan met z'n allen,' zei Nora.

Nora en Clive vergezelden Burleson en Wiggett vanuit de paardenweide langs de opgraving. Ze kozen een pad dat loodrecht op de vallei iets omhoogliep en volgden omhoog, de bergen in. Ze bevonden zich nu in een landschap van granieten bergkammen, ravijnen en kronkelige pijnbomen. Toen het spoor doodliep en het laatste daglicht vervaagde, rees in het oosten een grote, botergele maan op die een bleek schijnsel wierp over het landschap. Het werd bijna even licht als overdag.

Na een rit van een halfuur hield Wiggett halt te midden van een doolhof van richels. De anderen kwamen naast hem staan. Ze bevonden zich parallel aan een kam die zich abrupt versmalde in de richting van een kleine piek.

'Net onder die punt ligt hij,' zei Wiggett. 'In het ravijn links. Ik zou het niet eens gezien hebben, maar ik moest afstijgen om die richel te kunnen oversteken, omdat het pad te ongelijkmatig was. Voorzichtig, niet te dicht bij die rand komen.' Hij zweeg even. 'En er is nog iets wat jullie moeten zien, dat was het eerste wat mijn aandacht trok. Het lijkt wel of Peel een hutje aan het bouwen was, of een grafmonument.'

Hij spoorde zijn paard aan en op een rij reden ze langs de richel. Links lag een steile, gapende afgrond waaruit een kille wind omhoogblies.

'We kunnen het beste hier halthouden, de paarden aanbinden en het laatste stuk te voet gaan,' zei Burleson. 'Ik vertrouw het terrein hier niet en ik verstoor het liefst maar zo weinig mogelijk.'

'Goed idee,' zei Clive instemmend.

Ze stegen af en bonden de paarden met leidsels vast aan een stel dwergpijnbomen onder de bovenrand van de richel, uit de wind. Wiggett knipte zijn hoofdlamp aan en ging de anderen voor over de afgeronde granietblokken. Een half afgebouwde stapel stenen kwam in het zicht, met rondom een stel omlaag getuimelde rotsblokken.

Burleson scheen erop met zijn hoofdlamp. 'Dat ziet er inderdaad vers uit. En daar ligt een stel stokken, alsof hij een kruis wilde maken. Ik neem aan dat ik het mis had. Hij ging niet naar het dorp om een geestelijke te vinden; hij wilde die geraamtes hier in het bos begraven, waar niemand ze ooit nog zou lastigvallen.' Hij zweeg even. 'Zo te zien was hij daarmee bezig toen hij viel. Het is daar wel heel steil.'

Nora scheen met haar licht over de ovale stapel stenen en vervolgens over de rand van de afgrond, zo'n tien meter verderop. Daarachter lag niets dan gapende duisternis.

'Dáár ligt hij,' wees Wiggett.

Behoedzaam liepen Nora en de anderen naar de rand van het ravijn. De vallei baadde in het maanlicht en bijna tweehonderd meter onder zich zag ze het grotesk verwrongen lijk van een man liggen. Her en der in het rond lagen stukken van iets wits. Ze pakte haar verrekijker en zag meteen dat de stukken wit verspreide botfragmenten waren, afkomstig uit de twee gescheurde zadeltassen die samen met hem omlaag gestort waren.

Clive knielde naast haar. Zonder iets te zeggen pakte hij de kijker uit haar handen. 'Jezus, afschuwelijk. En ik neem aan dat dat de botten zijn die hij gestolen had... althans, wat ervan over is.'

Even zwegen ze allemaal, ieder in hun eigen gedachten verdiept.

Daarna opende Burleson abrupt zijn mond. 'Hoe is het mogelijk,' vroeg hij, 'dat iemand als Peel, met zoveel ervaring in de wildernis, zomaar in het ravijn valt?'

'Het was laat en donker,' antwoordde Wiggett. 'De maan was ondergegaan. Hij is stenen aan het vergaren voor zijn graf. Hij is overstuur, geagiteerd, hij denkt niet helder na.'

'Misschien een glaasje op, of twee,' voegde Clive daaraan toe.

'Peel dronk niet.'

Nora keek nogmaals de diepte in. Ondanks haar ervaring met hoogtes werd ze duizelig bij de aanblik. De rand van de afgrond was zo scherp dat hij wel met een mes afgesneden leek. Iedereen had daar de afgrond in kunnen lopen. Alleen... 'Had hij dan geen hoofdlamp?' vroeg ze.

'Zou je toch denken,' zei Burleson.

Nora deinsde achteruit van de rand. Toen kwam ze overeind en zei: 'Volgens mij kunnen we beter terug naar het kamp en de politie inlichten.'

31

14 mei

Special agent Corrie Swanson reed achter in de kolonne paarden die in haarspeldbochten naar de bergrichel liepen. Voor haar reden de wrangler die als gids dienstdeed; de plaatselijke sheriff Blake Devlin, een gezette man; zijn deputy en twee boswachters van Staatsbosbeheer – allemaal op paarden van Red Mountain Ranch. Ook de lijkschouwer was er, een eigenaardig mannetje dat niet veel te zeggen leek te hebben en niet op zijn plek leek op een enorm paard. Het was een bont gezelschap, peinsde Corrie, dat zich hier een weg baande over de rotsrichels hoog in de Sierra. Ze bevonden zich op een hoogte van meer dan tweeduizend meter, in een landschap van kale granietblokken en pieken, waar hier en daar kleine, door de wind geteisterde pijnboompjes stonden. Daarachter rezen hogere bergpieken op, verborgen onder dikke sneeuwplakkaten.

Corrie hield niet van paardrijden. De holster van haar Glock priemde in haar ribben, de handboeien in haar broekband – waarom had ze die in vredesnaam meegenomen? – schuurden tegen haar ruggengraat. In haar uitpuilende zadeltassen zat alles wat ze nodig had voor het vergaren van bewijsmateriaal: overschoenen, handschoenen, masker, haarnet, reageerbuisjes, een digitale camera, ziploczakjes, een zaklampje en een pincet. Normaal zou een forensisch team van de FBI het bewijsmateriaal verzamelen, maar in dit geval had Morwood geweigerd een team op pad te sturen, omdat vooralsnog alles erop wees dat dit een ongeval was geweest. En, zoals hij opmerkte: Corrie werd geacht zelf forensisch expert te zijn. Wat in theorie ook zo was, zij het dan zonder praktische ervaring.

Toen ze die ochtend op Red Mountain Ranch was gearriveerd, waren de vier andere politiemensen, zonder uitzondering mannen van middelbare leeftijd, de paarden al aan het zadelen. Ze leken elkaar allemaal te kennen. Te zien aan de weinig enthousiaste manier waarop ze haar begroetten, was zij een onwelkome toevoeging aan het team. Corrie was zich scherp bewust van hoe jong en onervaren ze moest overkomen. Maar juist daarom was ze vastbesloten het hoofd koel te houden en zich keurig te gedragen. Zelfs als het niets meer is dan een ongeluk, had Morwood gezegd, is dit een kans om waardevolle ervaring op te doen.

Toen de groep rond een bocht in de richel kwam, zag ze de plek waar iemand een stuk touw over het spoor had gehangen als tijdelijk politielint. Dat was goed. Ze vroeg zich af wie dat gedaan had.

Ze hielden hun paarden in en Corrie steeg af. Ze maakte de zadeltassen los en slingerde ze over haar schouder. De wrangler van Red Mountain die hen hierheen had gebracht, nam de teugels van haar over en leidde haar paard samen met de andere dieren weg. Ze keek om zich heen. De mannen stonden een eindje verderop te overleggen. Plotseling barstten ze in bulderend lachen uit.

Corrie stapte over het touw heen en liep naar de rand van de afgrond. Ze zag een diep, steil ravijn. Op de bodem zag ze het slachtoffer liggen, met de zadeltassen vlak naast zich. Op de richel vlak naast haar stond een half afgebouwde stapel stenen en niet ver daarvandaan lagen twee vers afgezaagde en van de schors ontdane takken. Kennelijk was de man op het moment dat hij viel bezig geweest een kruis te maken. De ondergrond bestond voornamelijk uit graniet, met stukken mos en alpenbloemen in de spleten; zo'n beetje de ergst mogelijke ondergrond om bewijsmateriaal te vergaren. Toen ze de rand van de rots en de steenhoop bekeek, viel er geen spoor te bekennen van man of paard.

Ze pakte haar camera en nam een reeks foto's. Intussen kwamen de sheriff, zijn deputy en de twee boswachters achter haar rug aanlopen, nog steeds pratend en lachend. Zonder ook maar enige interesse te tonen bleven ze staan, zwelgend in het plezier van cowboytje spelen met hun grote hoeden en laarzen.

Vlak achter zich voelde ze nog iemand aankomen en ze draaide zich om. Ietwat aarzelend kwam de archeoloog, Nora Kelly, aanlopen. Daar weer achter kwam Benton, die zoals Corrie zich herinnerde de historicus van de expeditie was, met in zijn kielzog nog twee bekende gezichten.

'Enig idee wat er gebeurd kan zijn?' vroeg de vrouw.

'Volgens mij zal hier niet veel te vinden zijn,' antwoordde Corrie. 'Ik zou graag het ravijn in willen om het lijk te bekijken. Weet u hoe je daar komt?'

'Ik laat het u zien. De lijkschouwer is al op weg.'

Achter Nora Kelly aan liep Corrie langs de richel naar een steil pad tussen twee hoge wanden in. Het pad leidde het ravijn in. Voorzichtig daalden ze af. Er liep een stroompje door het ravijn, met aan weerszijden bergweiden en bosjes hoge sparren. Ze liepen langs het water tot ze bij een tweede stuk touw kwamen.

'Wie heeft dat touw hier gespannen?' vroeg Corrie.

'Wiggett, op mijn verzoek. Hij heeft het gedaan voordat iedereen hier was. Ik wilde niet dat er iemand overal overheen zou lopen en dingen oprapen, zeker niet die botten die Peel had gestolen.'

'Wiggett, was dat Peels assistent?'

'Ja.'

'Dank dat u dat gedaan hebt.' Achter hen hoorde ze de vier politiemensen, nog steeds luidkeels converserend, afdalen.

Voorbij een bocht in het ravijn aanschouwde ze plotseling een bruut doodstafereel. Corrie bleef staan terwijl ze het beeld tot zich liet doordringen en probeerde een professionele uitdrukking te handhaven. De lijkschouwer stond over het lijk gebogen om de temperatuur op te nemen. Dat proces had ze diepgaand bestudeerd, maar nooit met eigen ogen aanschouwd. Het was geen prettige aanblik.

'Wie is hier vóór ons geweest?' vroeg Corrie.

'Alleen Wiggett en de lijkschouwer. Alle anderen hebben we gezegd hier weg te blijven.'

Corrie knikte. Ze deed nog een paar stappen naar voren. Het lijk lag zo'n zeven meter voor haar te midden van scherpe rotsen. Het was volledig verbrijzeld. Ze vroeg zich af of het wel zin had om overschoenen, handschoenen, masker en haarnet te gebruiken bij het vergaren van bewijsmateriaal: de lijkschouwer liep ook zonder rond. Uiteindelijk besloot ze volgens het boekje te werk te gaan, gewoon voor de zekerheid. Ze haalde de benodigde zaken uit de zadeltassen die ze had meegenomen en trok ze aan.

'Als u hier even zou willen wachten,' zei ze tegen dr. Kelly, 'dan wil ik graag even van dichterbij gaan kijken.'

'Uiteraard.'

Corrie liep naar het lijk toe. De lijkschouwer knikte ter begroeting. 'Ik ben nog een paar minuten bezig, dan is hij voor u.'

'Bedankt.'

Ze maakte nog een reeks foto's van de omgeving, de rots en de diverse botten en andere zaken die uit Peels opengescheurde zadeltassen waren gevallen. De oude botten van de opgraving – de botten waarmee Peel er kennelijk vandoor was gegaan en die hij had willen begraven, waaronder een zwaar ingedeukte schedel – lagen her en der verspreid. De hoofdlamp van het slachtoffer lag niet ver van het lijk. Ze bukte zich eroverheen en fotografeerde hem.

'Agent Swanson?' zei de lijkschouwer. 'Ik ben hier klaar.'

De lijkschouwer liep een eindje weg en begon in een notitieboek te schrijven, terwijl Corrie naar het lijk liep en het van dichtbij bestudeerde. De schade was ontzagwekkend. De nek was zo erg gebroken dat het lijk deels onthoofd was. Het achterhoofd was verbrijzeld en er lag een grote plas bloed onder. Dat betekende dat hij nog geleefd had op het moment van zijn val. Beide armen en benen waren op tientallen plaatsen gebroken; er staken botsplinters naar buiten en ze zag nog meer bloed. Overal vertoonde het lijk schaafwonden en kneuzingen. Het overhemd en de broek waren gescheurd en gerafeld. Een van de laarzen was weggevallen en lag meters verderop. Ze liep om het lijk heen en ging verder met fotograferen.

Devlin, zijn deputy en de twee boswachters kwamen al leuterend aanzetten. Ze hadden geen enkele moeite gedaan om beschermende kleding aan te trekken, zelfs geen handschoenen. 'Zo, zo,' zei de sheriff. 'Hebt u de zaak al opgelost, special agent Swanson?'

Door haar masker heen zei Corrie: 'Ik ben nog bezig.' Ze boog zich over het hoofd van het slachtoffer en maakte nog een reeks foto's van de wonden en blauwe plekken.

'Zou het... moord zijn?' informeerde Devlin. Zijn deputy lachte onderdrukt.

'Zoals ik al zei: ik ben nog niet tot een conclusie gekomen.'

'Nou, ik wel.'

Corrie reageerde niet, in de hoop dat ook hij dan zijn mond zou houden. Maar nee.

'Wat we hier zien, noemen we in technische termen: een doodsmak.'

Ze negeerde hem, zette haar lens in macromodus en nam een aantal close-ups van de blauwe plekken in het gelaat.

De sheriff ging verder. 'Die gast was hier een graf aan het bouwen, ging op zoek naar meer stenen en is gewoon over de rand gekukeld.'

Corrie ging door met haar foto's.

'Ziet u het anders, special agent Swanson?'

'De vraag is niet of hij gevallen is. De vraag is hoe.'

'Ook dat kan ik u zo zeggen,' zei Devlin, terwijl hij zijn riem vol gereedschappen al rinkelend ophees. 'Twee nachten geleden, de nacht dat hij de dood vond, is de maan om drie uur in de ochtend ondergegaan. Hij is daar een graf aan het maken voor die botten en hij ziet geen hand voor ogen. Het wordt hier echt heel donker. Maar hij gaat maar door, hij sjouwt af en aan en... daar gaat hij.'

Tegen wil en dank wees Corrie naar de kapotte hoofdlamp. 'Hij had wel licht. De schakelaar staat op AAN.'

'Ja, maar hij is geagiteerd, hij heeft haast. Op die messcherpe rand van de afgrond.'

Corrie rechtte haar rug en keek naar Devlin, die toegeeflijk naar haar glimlachte. Hou je gedeisd, zei ze bij zichzelf. 'Dank u voor uw mening, sheriff Devlin.' Ze wendde zich tot de andere drie, die zich beperkten tot rondlopen met ogen op steeltjes. Een van hen was per ongeluk op een botfragment gaan staan en Corrie hoorde dr. Kelly een kreet van verontwaardiging slaken.

Corrie richtte zich tot Devlin. 'Ik zou u willen vragen om die mensen van u die niet bezig zijn met actieve vergaring van bewijsmateriaal achter het touw te laten plaatsnemen.'

De sheriff staarde haar aan. 'We vergaren bewijsmateriaal. Ik sta hier met beide ogen te kijken. En zij ook.'

Corries hart begon te bonzen en het oude, vertrouwde gevoel van opborrelende woede – het gevoel waartegen ze de afgelopen jaren zo hartstochtelijk had gestreden – begon op te komen. Ze haalde diep adem, liet de lucht langzaam uit haar longen ontsnappen en herhaalde het proces tot ze enig evenwicht hervond. 'Als ik klaar ben,' zei ze, 'kunt u uw onderzoek hervatten. Maar voorlopig waardeer ik het als u achter het touw plaatsneemt zodat ik mijn werk kan afmaken.'

De sheriff zweeg een hele tijd. Toen zei hij: 'Mag ik u vragen, juffrouw, waaraan u het gezag ontleent om bevelen uit te delen aan de verkozen sheriff van Nevada County, Californië?'

Dat 'juffrouw' was de laatste druppel. Op kille toon zei Corrie, harder dan ze bedoeld had: 'Dit is federaal grondgebied. Op federaal grondgebied heeft de FBI het voor het zeggen. En onze jurisdictie stijgt boven die van de plaatselijke autoriteiten uit. Dat u hier bent is een beleefdheidsgebaar van mijn zijde, sheriff. En ik wil er meteen op wijzen' – ze draaide zich om en staarde naar de twee boswachters – 'dat u beiden rechtstreeks onder mijn gezag valt.'

De boswachters keken haar sprakeloos aan. Even was ze bang dat ze protest zouden aantekenen en ze besefte dat ze geen idee had hoe ze daar dan mee zou moeten omgaan. Maar toen mompelde een van het tweetal: 'Goed, mevrouw', waarna ze zich omdraaiden en achter het touw plaatsnamen.

Corrie richtte haar blik weer op de sheriff en zijn deputy. Devlin was rood aangelopen. Hij opende zijn mond om iets te zeggen, bedacht zich en trok zich met een boos gezicht terug met zijn deputy.

Met een onhoorbare zucht van opluchting maakte Corrie haar reeks macrofoto's af. Ze voerde een visuele inspectie uit van de plaats van het ongeluk, in vier richtingen lopend zoals ze geleerd had, maar zag verder niets belangwekkends. Ze keerde terug achter het touw waar de anderen stonden te praten en blikken in haar richting wierpen.

'Heren, als u het gebied wilt inspecteren: het is aan u,' zei ze.

'Wij hoeven niets te bekijken,' zei de sheriff. 'Het is glashelder wat hier gebeurd is.'

Terwijl Corrie haar spullen begon in te pakken, kwamen dr. Kelly en Benton, de historicus, aanlopen. Kelly boog zich naar haar over. 'Dat heb ik gehoord, daarnet. Goed zo!'

Corrie probeerde haar gezicht in de plooi te houden, maar vanbinnen was ze oprecht dankbaar voor de opmerking. Ze knikte.

'Wat ik wilde vragen,' zei Kelly. 'Wat gaat er gebeuren met de botten die Peel van de opgraving heeft gestolen?'

Corrie dacht even na. 'Dat is bewijsmateriaal. En als zodanig gaan ze normaal gesproken naar onze opslag.'

'Mag ik een ander voorstel doen?'

'Uiteraard.'

'Dit zijn restanten van menselijke overschotten, van grote archeologische waarde. Daar komt bij dat ze, omdat het om mensen gaat, met uiterste gevoeligheid behandeld dienen te worden. Ze zijn uiteraard beschadigd bij de val en ze moeten gerestaureerd en geconserveerd worden. En indien mogelijk weer aan elkaar gezet. Dat kunnen we niet doen als ze bij u in de opslag liggen.'

'Als afstammeling van de Donner Party ben ik het met Nora eens,' vulde Benton aan. 'Ik zou niet graag zien dat de laatste botjes van mijn voorvader voor onbestemde duur weggeborgen worden als bewijsmateriaal.'

'Als ze in de toekomst nodig zijn,' voegde Kelly daaraan toe, 'heeft de FBI er altijd toegang toe.'

Corrie dacht even na. 'Ik kan de botten natuurlijk aan u overdragen. Als ze dan ooit nodig zijn als bewijsmateriaal, moeten we kunnen documenteren wie er toegang heeft gehad en wanneer.'

'Dat is geen probleem. Aangezien het DNA uit die beenderen getest zal moeten worden, is er geen kans op contaminatie. Een deel van het testprotocol bestaat uit het bijhouden van een strikte registratie van overdracht.'

'Uitstekend,' zei Corrie na enig peinzen. 'Zodra de lijkschouwer het lijk heeft weggehaald, kunt u de botten gaan vergaren.'

'Dank u.'

Corrie voltooide haar aantekeningen terwijl de lijkschouwer en de twee boswachters het lijk in een zak hesen, over een paard hingen en vastbonden. Ze vertrokken, samen met de sheriff en zijn deputy.

Corrie richtte zich tot Kelly. 'U kunt de botten gaan verzamelen.'

Ze keek toe hoe het team archeologen de hele omgeving afspeurde en tot de kleinste fragmentjes aan toe oppakten met pincetten met rubberen punten. Alles verdween in ziploczakjes met etiketten, die op hun beurt in kunststoffen koffers gingen, keurig gedocumenteerd. Een groot deel van de beenderen zat nog in Peels zadeltassen en die leken de val beter overleefd te hebben dan de andere. Ze moest toegeven dat een forensisch team van de FBI het niet beter gedaan zou hebben.

Tegen de tijd dat de archeologen klaar waren was het al laat in de middag. Via hetzelfde slingerpad daalden ze voorzichtig de rotswand weer af. De wrangler bracht hun paarden en ze reden terug naar het kamp in de gouden glans van de zon die onderging achter de bergen.

32

15 mei

De volgende ochtend zat Nora in de grootste tent van de opgraving te staren naar de lange kunststof tafel waarop een lap zwart fluweel was uitgespreid. Daarop lagen alle botten die ze hadden teruggevonden op de plek waar Peel om het leven was gekomen, keurig te boek gesteld en gerangschikt. Samen met haar assistenten had ze de omgeving van Peels stoffelijk overschot nauwgezet afgespeurd en ze wist zeker dat ze alle beenderen hadden gevonden die hij had gestolen. Een groot aantal was beschadigd tijdens de val, maar in de loop van de ochtend hadden ze kans gezien elk botje te identificeren en te assembleren aan de hand van hun fotodatabase. Dankzij de gespecialiseerde software waarmee ze de opgraving in kaart hadden gebracht, was dat werk aanzienlijk sneller gegaan dan verwacht.

'Dit is verontrustend,' zei Clive, die naast haar stond. 'En dat is dan zacht gezegd.'

Nora kon alleen maar hoofdschudden. 'Als die FBI-agent hierover hoort...'

'Zouden we onder aan de rots iets over het hoofd gezien hebben, denk je?' vroeg hij.

'Ik weet zeker dat we alles, maar dan ook alles opgeraapt hebben.'

'Heeft hij het dus ergens anders begraven?'

'Je zou het haast denken,' zei Nora, 'maar waarom?'

Een stem buiten de tent onderbrak hun gesprek. 'Mag ik?'

O god, dacht Nora. Daar was ze, alsof ze haar opgeroepen hadden. Tot Nora's ergernis had agent Swanson haar tent pal naast het hoofdkampement opgezet en had het er alles van dat ze van plan was een hele tijd te blijven.

'Kom binnen,' zei Nora.

De FBI-agent stapte naar binnen. 'Zijn dit de botten die bij Peel zijn gevonden?'

Nora zuchtte. Ze kon maar beter meteen met het verhaal voor de draad komen. 'Inderdaad,' zei ze langzaam. 'En het ziet ernaar uit dat we een probleem hebben.'

De agent haalde haar notitieboek tevoorschijn. 'Ja?'

'We missen een schedel en volgens mij ook enkele wervels.'

'Van welk lijk?'

'Parkin.'

Bij dat antwoord zag ze een blik van verbazing bij de agent, die algauw plaatsmaakte voor een glinstering van... waarvan? Gretigheid.

'En u weet zeker dat het de schedel was van Parkin? Albert Parkin?'

'Ja.'

'En u weet zeker dat die niet gewoon is blijven liggen op de plek van de val?'

'Heel zeker.'

'En verder ontbreekt er niets?'

'Bij mijn weten niet.'

De agent nam even de tijd om iets in haar boekje te noteren.

'We kunnen alleen maar aannemen dat Peel voordat hij viel die schedel ergens anders heeft begraven,' zei Clive.

Swanson keek naar Nora. 'Denkt u dat ook?'

'Geen idee,' zei Nora. 'Het lijkt me vreemd dat Peel een deel van een lijk ergens anders zou begraven. Maar de hele toestand is vreemd. Als hij zo gespitst was op een echte christelijke begrafenis, waarom nam hij ze dan mee de bergen in? Dan had hij ze toch beter naar gewijde grond kunnen brengen?'

Clive schudde zijn hoofd. 'Omdat die gast gestoord was, daarom. Ga nou zelf na: het stoffelijk overschot van Samantha Carville was het netst begraven van alle lijken die we hebben gevonden. En toch heeft hij haar meegenomen.'

Nora zag dat Corrie haar met scherpe blik stond aan te kijken. 'Toen ik voor het eerst langskwam, had u het stoffelijk overschot van Parkin nog niet geïdentificeerd. We hebben afgesproken dat u me zou inlichten zodra u Parkin had gevonden. En nu zegt u dat de Parkin-schedel ontbreekt. U hebt hem dus wél geïdentificeerd en dat simpelweg niet gemeld?'

De lichte kriebeling van zelfverwijt die Nora had gevoeld bij het ontdekken van Parkins stoffelijk overschot, waarbij ze zich stoer had gehouden vanwege Clive, kwam nu met hernieuwde kracht weer opzetten. Ze hoopte dat het niet te zien was. 'Na uw vertrek hebben we verdere analyses uitgevoerd. Uw opmerking over dat gebroken sleutelbeen bood aanvullende informatie. We hebben onze database en onze topografische software gebruikt om de schedel te identificeren, maar zonder DNA-analyse was het niet voor honderd procent zeker. En dat is pas een dag of twee geleden gebeurd.'

'U hebt het gebroken sleutelbeen dus gevonden.'

Nora knikte.

'Maar volgens u ontbreken de schedel en een aantal wervels. Ik neem dus aan dat het sleutelbeen nog ter plekke is?'

'Dat klopt.'

'Mag ik het zien?'

'Natuurlijk, maar dat kost wel enige tijd. Hebt u hem onmiddellijk...?'

'Nee, het kan best even wachten, dank u. Momenteel wil ik u en de anderen graag een paar vragen stellen.'

'Een verhoor, bedoelt u?'

'Nee. Ik ben gewoon bezig met informatiegaring, dat is geheel vrijwillig. Als het mag, zou ik graag de werktent gebruiken. Daar hebben we wat meer privacy, bovendien ligt hij op enige afstand van het kamp.'

'Is dat echt nodig?' vroeg Nora.

'Ja. En ik begin graag met u, dr. Kelly.'

Nora slaakte een diepe zucht. 'Met mij? Wanneer?'

'Nu meteen.'

33

Onder Corries toeziend oog borgen Kelly en Benton de botten zorgvuldig in kratten, die ze in een kast zetten. Ze ontruimden een schrijftafeltje voor haar gebruik.

'Dank u, dit lijkt me uitstekend,' zei Corrie. Ze ging zitten en legde haar mobieltje klaar om het gesprek op te nemen.

Ze draaide zich om en zag de historicus talmen bij de flap van de tent. 'Mogen we misschien wat privacy, dr. Kelly en ik?'

'Vanzelfsprekend,' zei hij. 'Ik ga Bruce en Jason helpen.'

Hij liep weg en dr. Kelly nam tegenover haar plaats.

'Ik zou dit gesprek graag opnemen, als het u niet uitmaakt.'

De archeoloog haalde haar schouders op. 'Doet u maar. En eh, zeg alstublieft Nora. We werken hier met voornamen en u begint te klinken als een student van me.'

'Uitstekend. Maar in het kader van dit gesprek is het nog even dr. Kelly.' Corrie zette de opnamefunctie van haar mobieltje aan, gaf haar naam en de datum en schoof het apparaat naar de archeoloog. 'Uw naam, graag.'

'Nora Kelly.'

Corrie haalde diep adem. 'Dr. Kelly, tijdens een eerder gesprek vertelde u dat Clive Benton de initiator van deze opgraving was. Wanneer heeft hij precies contact opgenomen?'

'Afgelopen november.'

'Kunt u me vertellen onder welke omstandigheden dat was?'

Hoewel het hele gesprek werd opgenomen, maakte ze toch aantekeningen terwijl Nora beschreef hoe hij Tamzene Donners logboek had gevonden en met de gedachte aan een opgraving naar het Instituut was gekomen.

'En wie heeft bij het Instituut toestemming gegeven?'

'De directeur, dr. Jill Fugit. En de raad van bestuur.'

'Het Instituut heeft dus ook toegezegd de expeditie te financieren?

En dat vanwege een oud logboek? Dit lijkt me nogal een dure onderneming.'

'Ja, gefinancierd door het Instituut.'

Corrie merkte meteen de onbehaaglijke toon van haar stem op. 'Hoe vindt die financiering dan precies plaats? Via particuliere donaties? Subsidies?'

De archeoloog aarzelde weer. 'Er is iets wat u waarschijnlijk nog niet weet, inzake de financiën.'

'Ga verder.'

'Het Instituut hoopt de kosten van de expeditie terug te winnen door... door een berg goud op te graven waarvan wordt aangenomen dat die in de buurt van het kamp begraven ligt.'

Corrie kon haar oren amper geloven. 'Dus, iets als een verborgen schat?'

'Daar komt het wel op neer, ja.'

'Wilt u dat nader toelichten?'

Nora vertelde het verhaal van Wolfingers kist met goud, de moord, en de gouden munten die ze bij twee van de skeletten hadden gevonden. 'En naar onze overtuiging is de rest hier ergens vlakbij verborgen,' besloot ze.

'Hebt u ernaar gezocht?'

'Ja. Na Peels vertrek. Het leek ons het best om... om dat deel van de expeditie indien mogelijk veilig achter ons te brengen.'

'Maar u hebt het nog niet gevonden?'

Nora schudde haar hoofd.

'Wat is de totale geschatte waarde?'

'Twintig miljoen dollar.'

Het duurde even voor dit bedrag tot Corrie doordrong. 'Twintig miljóén? En dat is voor de vinder?'

'Nee. Het wordt verdeeld: een derde gaat naar de staat Californië, een derde naar de federale overheid en een derde naar het Instituut. Om voor de hand liggende redenen hebben we dat aspect van de expeditie verzwegen, maar het staat allemaal in de kleine lettertjes van de vergunningen.'

Corrie krabbelde in haar boekje en probeerde niet ongelovig te kijken bij deze onthulling. Ze overwoog om Nora te vragen waarom die niet eerder iets gezegd had, maar besefte dat ze waarschijnlijk een ontwijkend antwoord zou krijgen. De archeoloog had zich niet bepaald behulpzaam betoond; zo had ze niets gezegd toen ze het Parkin-skelet vond en ze had bij Corries eerste, korte bezoek aan het kamp al helemaal niets gezegd over goud. Ze had zo'n idee dat hier iets eigenaardigs gaande was, misschien zelfs iets verdachts. En tegelijkertijd had ze het idee dat dit te maken had met de ontbrekende Parkin-restanten waarnaar zij op zoek was.

'Wie zijn er verder op de hoogte van het goud?' vroeg ze.

'Iedereen in het kamp. Een paar mensen van het Instituut. We hebben de informatie uiteraard zo weinig mogelijk bekendgemaakt. Als er iets is waaraan we geen behoefte hebben, is het dat het hier volstroomt met schatzoekers.'

'Wist Peel van het goud?'

'Nee. Hij is vertrokken voordat we het volledige team in vertrouwen genomen hadden.'

'En dr. Benton?'

'Die was de eerste die ervan op de hoogte was.'

Corrie keek op. Dit was zo'n onverwachte ontwikkeling dat ze het moeilijk vond om vragen te formuleren. 'Nog even over Peels dood,' zei ze. 'Hoe waren zijn betrekkingen tot anderen in het kamp?'

'Hij was een beetje een einzelgänger. Ik heb hem nooit echt leren kennen.'

'Geen conflicten?'

'Bij mijn weten niet. Maar ook geen vrienden.'

'Niemand die een reden gehad kan hebben hem dood te wensen?'

Nora keek haar met grote ogen aan. 'U denkt toch niet dat Peel vermoord is?'

Daar dacht Corrie even over na. Ze was er zelf ook niet zeker van, maar het kon wel eens tot antwoorden leiden als ze de boel een beetje oprakelde. 'Dat kan.'

'Alles kan. Waarom denkt u dat in vredesnaam?'

'Voor zover ik begrepen heb,' zei Corrie, 'was Peel een zeer ervaren ruiter en spoorzoeker. Hij had een hoofdlamp. En het belangrijkste: hij had een blauwe plek aan de zijkant van zijn hoofd die hij zo te zien had opgelopen voordat hij de afgrond in viel.'

‘U bedoelt dat hij een klap op zijn kop heeft gekregen en daarna de berg af gegooid is?’

‘Ja.’

‘Ik heb Peels hoofd gezien. Het was een puinhoop en volgens mij had hij meerdere blauwe plekken; hoe weet u zo zeker dat die niet door de val veroorzaakt zijn?’

Dit was helaas een redelijke vraag. Gezien de omgeving en de staat van het lijk kon Corrie er geen antwoord op geven, niet zonder minutieus onderzoek in een forensisch lab. Dus zei ze niets.

‘Maar wie kan dat gedaan hebben? Want bij mijn weten zijn wij de enigen hier in de buurt.’

Corrie liet de spanning opbouwen. Stilte tijdens een verhoor, had ze op de opleiding geleerd, was een van de meest doeltreffende instrumenten.

‘Wou u soms zeggen,’ informeerde Nora met stemverheffing, ‘dat het iemand van óns was?’

‘We kunnen niet uitsluiten dat er ergens onbekenden in de bergen zitten, maar die kans lijkt me gering.’

Nora staarde haar ongelovig en met stijgende woede aan. ‘En daarom wilt u ons ondervragen?’

‘Ja.’

‘Ik kan u zo zeggen: wij hebben geen moordenaar in ons midden. Bovendien: waarom zou iemand Peel willen vermoorden?’

‘De afgelopen maanden zijn er drie Parkin-graven geplunderd en is er een grafdelver vermoord. Een levende Parkin is verdwenen; naar we aannemen ook vermoord. En nu ontbreekt er weer een Parkin-schedel; en de man die hem gestolen heeft, is onder verdachte omstandigheden om het leven gekomen.’ Ze zweeg. ‘Er lijkt iemand wel héél geïnteresseerd te zijn in de familie Parkin.’

Nora schudde haar hoofd. ‘Het lijkt allemaal zo krankzinnig. Waarom?’

‘Daar probeer ik achter te komen.’

Corrie zag dat Nora hevig geschrokken was. ‘Kunt u dr. Benton vragen om binnen te komen? En na hem wil ik graag uw archeologisch team ondervragen. De anderen komen dan morgen.’

34

Toen Nora weg was, nam Corrie even de tijd om tijdens het wachten op dr. Benton een paar vragen in haar boekje te noteren en de opname te controleren die ze had gemaakt. Het was aangenaam warm in de tent en het rook er lekker. Het was fijn in de bergen, ook al was dit haar eerste echte onderzoek in het veld, zodat ze zich behoorlijk gestrest voelde. Ze haalde nog eens diep adem en probeerde haar zenuwen in bedwang te krijgen. De oefenverhoren op de Academie waren heel simpel geweest en hadden haar niet echt voorbereid op het soort onderzoek waar ze nu mee bezig was; een onderzoek waarbij ze geen motief kon ontdekken, geen hypothese opstellen voor het misdrijf. Het enige wat ze had waren een massa losse feiten en toevalligheden, gekoppeld aan een onderbuikgevoel.

Een van de dingen die ze bij de Academie had geleerd was dat ze de feiten helder moest krijgen, in chronologische volgorde zetten en vooral geen ideeën moest vormen. Maar toen Clive Benton de tent binnenkwam, besefte Corrie dat het te laat was: ze had zich al een mening over hem gevormd en die was niet direct positief. Dit was geen gezeglijke, brildragende historicus met magere schouders. Benton was groot en atletisch, niet echt een bonk maar met een knap, verweerd gezicht waarin twee lichtblauwe ogen haar aankeken. Misschien was ze uit het veld geslagen doordat hij zo knap was, maar het leek haar waarschijnlijker dat dat kwam doordat hij, en geen ander, de gebeurtenissen in gang had gezet die hadden geleid tot de ontdekking van Albert Parkins schedel; die nu helaas vermist was.

'Gaat u zitten,' zei ze.

Hij trok een klapstoel bij en ging zitten. Op zijn knappe gezicht lag een boze blik die hij niet eens probeerde te verhullen. Corrie zette de opnamefunctie van haar telefoon weer aan en begon met haar inleidende vragen.

'Dr. Benton,' zei ze, 'ik zou graag willen weten waar uw belangstelling voor de geschiedenis van de Donner Party vandaan komt.'

Hij slaakte een zucht van ongeduld. 'Ik stam zijdelings af van de Breens, een van de gezinnen in de Donner Party. Het onderwerp boeit me van kinds af aan. Ik heb geschiedenis gestudeerd en heb een PhD in geschiedenis, van Stanford. Mijn proefschrift ging over de Donner Party. Dit weet u allemaal al.'

'Ik weet dat we het er eerder over gehad hebben, maar als u het niet erg vindt, neem ik het nog even door. Dan ligt het maar vast. Hoe kwam u van die interesse op deze specifieke opgraving?'

Hij zuchtte geërgerd. 'Historici weten sinds jaar en dag dat Tamzene Donner, de vrouw van George Donner, een logboek bijhield. Dat was nooit gevonden. En ik heb het opgespeurd.'

'Hoe?'

'Ik heb het gevonden in een leegstaand huis dat ooit eigendom was geweest van de dochter van Jacob Donner.'

'Hoe wist u dat u het daar moest zoeken?'

'Een academisch gokje.'

'Dat klinkt nogal vaag. U had geen specifiekere informatie?'

'Ik wist vrijwel zeker dat die dochter het in bezit gehad moest hebben en het leek me dat het nog ergens tussen haar spullen moest liggen, gezien het feit dat niemand anders het ooit gezien had of er iets over had gezegd.'

'Dus u vond het en... wat toen? Hebt u het van de familie gekocht?'

Een korte aarzeling. 'Nee, niet precies. Het huis stond al jaren leeg.' Met een licht verdedigende blik in zijn ogen leunde hij achteruit. 'Het huis zou gesloopt worden en ik ben naar binnen gegaan om te voorkomen dat het verloren zou gaan.'

'Even voor alle duidelijkheid,' zei Corrie. 'U bent dus het huis binnengedrongen en hebt het logboek gepakt, al had u daar geen enkel recht toe. Met andere woorden, u hebt het gestolen.'

De uitdagende blik werd geprononceerder. 'Het was een historisch document van onschatbare waarde. Het zou voorgoed verloren gegaan zijn. Dus inderdaad, ja, ik heb iets onwettigs gedaan. Ga uw gang, arresteer me maar.' Met een theatraal gebaar stak hij zijn handen uit, alsof hij handboeien verwachtte.

'Dr. Benton, u kunt uw handen laten zakken.' Voorlopig, zei ze er bijna bij.

Hij trok zijn handen terug.

'Dat verklaart de eerste stap. Dus hoe bent u via dat logboek op het idee van deze expeditie gekomen?'

'Toen ik het logboek las, besefte ik dat er belangrijke informatie in stond over de locatie van het Verloren Kamp. Aangezien ik geen archeoloog ben, ben ik met het idee naar Nora, en naar het Instituut, gestapt. Ik heb voorgesteld dat ze de expeditie zouden financieren met het goud dat hier naar verluidt ergens in de buurt verborgen ligt.' Hij spreidde zijn handen. 'En dat is het hele verhaal.'

Interessant dat Benton, in tegenstelling tot Nora, niet had geaarzeld over het goud te beginnen. 'En u bent dus degene die erachter kwam dat hier ergens goud moest liggen?'

'Historici weten sinds jaar en dag dat een van de pioniers, Wolfinger, goud bij zich had. Maar ik was de eerste die ontdekte hoeveel.'

'Hoe is u dat gelukt?'

'Oude grootboeken van de bank.'

'Aha. En waar denkt u dat dit goud kan liggen?'

'Ergens in een van de rotswanden rond de opgraving zelf.' Hij leunde voorover. 'Ik zou willen opmerken dat het intussen bijna een jaar geleden is dat ik daarachter kwam. Ik had in mijn eentje hierheen kunnen trekken, het goud zoeken en ermee vandoor kunnen gaan zonder dat er een haan naar kraaide. Maar dat heb ik niet gedaan.'

'Waarom niet?'

Hij lachte. 'U draait er niet omheen. Dat heb ik niet gedaan omdat ik een eerlijk mens ben. Ik geef meer om de geschiedenis dan om geld. Het was belangrijk dat dat goud op de juiste wijze gevonden werd, via een legitieme opgraving. Ook al zou dat betekenen dat ik er geen cent van zou zien.'

Dit waren stuk voor stuk moeilijk weerlegbare feiten, dacht Corrie terwijl ze verderging met haar aantekeningen. Ze ging verder naar de volgende reeks vragen in haar boekje. 'Waar was u op 2 mei?'

'Wat is er toen gebeurd?'

'Op die datum is Rosalie Parkin verdwenen. Op de vloer van haar slaapkamer lag zo'n enorme plas bloed dat we de verdwijning beschouwen als hoogstwaarschijnlijk moord.'

'En nu bent u dus op zoek naar een alibi?' Hij moest opnieuw lachen.

'Dan hoef ik niet eens in mijn agenda te kijken. Ik was onderweg van Santa Fe naar hier, samen met alle wetenschappers die nu hier op de opgraving zijn.'

'En op 22 april?'

'22 april.' Hij haalde zijn telefoon tevoorschijn en bekeek ditmaal wel zijn agenda. 'Toen heb ik de voorbereidingen voor deze expeditie tijdelijk laten liggen en een vlucht vanuit Santa Fe genomen naar een congres over de geschiedenis van de westelijke staten. Aan de universiteit van Oklahoma in Norman, met honderden getuigen. Is er op die datum ook iets verdachts gebeurd?'

'Dat is de nacht waarop een Parkin-lijk is opgegraven op de begraafplaats bij de Glorieta-pas. Daarbij is iemand doodgeschoten en boven op de kist achtergelaten.'

'Dan is mijn onschuld dus bij deze bewezen,' zei hij, terwijl hij met een spottend-opgelucht gebaar zijn voorhoofd afwiste.

'Dit zijn routinevragen, dr. Benton.'

'Routinevragen?' Hij stond op en leunde met zijn handen op de tafel naar haar over. 'Ik zeg u recht in uw gezicht: het hele idee is bespottelijk.'

Corrie wilde meteen reageren, maar ze herinnerde zich wat een instructeur aan de Academie ooit had gezegd: als ze boos worden, hou je je mond en laat je ze praten.

'Als ik u goed begrijp,' ging hij verder, 'zijn die Parkin-verdwijningen nog geen jaar gaande. Mijn onderzoek naar de Donner Party en het Verloren Kamp is een project van twíntig jaar. Ik wil mezelf niet op de borst slaan, maar ik heb een uitstekende academische reputatie. Ik heb mijn eerlijkheid al betoond door niet zelf het goud weg te grissen. U kunt zich niet ernstiger vergissen met uw aantijgingen en ik betwijfel of u zichzelf daarmee goeddoet.'

Corrie wachtte. Hij leek uitgesproken te zijn.

'Verder nog vragen?' wilde hij weten.

'Voorlopig niet. Misschien nadat ik de anderen gesproken heb.'

'Ja, die zullen wel staan te popelen.' Hij draaide zich om en wilde weglopen.

'Wilt u Jason Salazar naar binnen sturen?' verzocht Corrie hem op neutrale toon.

'Welja, waarom niet?' Hoofdschuddend liep hij de tent uit en riep Salazar.

35

Toen Corrie klaar was met haar gesprekken met Salazar en Adelsky – die weinig substantieels toe te voegen hadden – vroeg ze Nora om haar Parkins gebroken sleutelbeen te laten zien. Daarna pakte ze haar spullen in en liep via het pad terug naar het kamp, zowat een kilometer verderop. Rond drie uur in de middag kwam ze aan; er was geen ziel te bekennen. Ze ging naar haar tent, borg haar uitrusting op, las haar aantekeningen door en maakte er nog wat. Toen begon ze een voorlopig rapport voor agent Morwood te schrijven.

Buiten hoorde ze Maggie kletteren met potten en pannen: ze begon met de voorbereidingen voor het avondeten. Corrie kwam uit haar tent naar buiten en ging bij het vuur zitten naast Burleson, die *The Education of Henry Adams* zat te lezen.

'Meneer Burleson?'

Hij keek op.

'Ik zou de groep graag toespreken bij het avondeten. Ik zou het op prijs stellen als u ervoor kunt zorgen dat iedereen aanwezig is.'

Hij keek haar een tijdje vorsend aan. 'Gaat dit over Peel?'

'Ja... en over andere zaken.'

Hij knikte.

Tegen zonsondergang kwamen ze een voor een terug in het kamp. Burleson trok een fles wijn open, dat was kennelijk een dagelijks ritueel.

'Als jullie allemaal rond het vuur komen zitten,' zei hij, 'wil special agent Swanson ons graag allemaal tegelijk toespreken.'

Terwijl Maggie in een sudderpan stond te roeren, draaiden alle gezichten zich naar Corrie. Die slikte en probeerde haar zenuwen te onderdrukken.

'Dank u,' zei ze. 'Morgen wil ik het drietal van Red Mountain Ranch graag spreken. Het team archeologen heb ik al ondervraagd.'

Wiggett, die Peels assistent was geweest, stak een vinger op. 'Wij hebben de sheriff al gesproken, die zegt dat het een ongeluk was. Waar moeten we het dan nog over hebben?'

Corrie ging verzitten. Ze voelde de weerstand binnen de groep. 'Ik vrees dat ik het niet met de sheriff eens ben.'

Bij dat antwoord ging er een collectief geprevel op. 'Kom op,' zei Wiggett. 'U dacht toch niet echt dat Peel vermoord is?'

'Ik ben nog bezig met informatie vergaren.' Ze aarzelde en besloot toen te vertellen waarom ze haar vermoedens had. 'Maar naar mijn mening ziet ten minste een van Peels hoofdwonden eruit alsof hij die vóór de val heeft opgelopen.'

Dit veroorzaakte een aanzienlijke consternatie.

'Denkt u dat een van ons dat gedaan heeft?' wilde Maggie weten.

'Ik heb nog geen enkele conclusie getrokken.' Corrie begon geïrriteerd te raken over de vragen.

'Maar u dénkt het!' zei Maggie. 'Ik zie het aan uw blik!'

Nora kwam tussenbeide. 'Wacht eens even. Ik vind het ook niet prettig, maar agent Swanson doet gewoon haar werk.'

Dank u, dacht Corrie. Ze was verbaasd; zeker gezien Nora's eigen gevoelens over het trekken van conclusies, gezien de staat van het lijk.

'Waarom zou iemand in godsnaam Peel willen vermoorden?' herhaalde Maggie. 'Wat kan daar nou de reden voor zijn?'

'Daar probeer ik nu achter te komen,' antwoordde Corrie. 'De twintig miljoen dollar aan goudstukken die hier ergens verborgen liggen, konden wel eens voldoende motief vormen voor moord. Toen ik vanmiddag terugkwam in het kamp, was er niemand aanwezig. Ik vraag me af wat iedereen aan het doen was.'

'Wacht even,' zei Burleson. 'Als u soms wilt suggereren dat wij op jacht waren naar de schat? Dat heb ik al verboden.'

'Het enige wat ik vraag,' zei Corrie, en ze probeerde de ergernis niet in haar stem te laten doorklinken, 'is dat iedereen meewerkt.'

Er ontstond enige onbehaaglijke commotie in de groep.

'Als u echt denkt dat het moord is,' zei Maggie, 'dan verdenkt u dus een van ons. Ja, toch? Net als in een ouderwetse misdaadroman, waar iedereen vastzit op een eiland of zo. Met verder niemand in de buurt.'

'We hoeven niet te speculeren,' merkte Corrie op. Maar ze zag dat Maggies woorden al postgevat hadden.

'De waarheid is dat we geen idee hebben wie hier allemaal is,' zei

Burleson. 'Dit is een groot land, er kan wel ik weet niet wie rondlopen. Kamperen. Afluisteren. En wie weet hoe ver die geruchten over goud uitgelekt kunnen zijn?'

'Wou je soms suggereren dat een van ons er een stiekeme partner op na houdt, ergens in de bergen?' vroeg Salazar.

'Ik zeg alleen dat mijn team niets over het goud wist toen we hierheen kwamen. Dat hebben we hier pas gehoord. En ons enig contact met de buitenwereld gaat per satelliettelefoon.'

'Dus, als we gaan elimineren: iemand van het Instituut heeft dit op touw gezet?'

'Ik zeg niet dat wie dan ook wat dan ook op touw zet,' zei Burleson tegen Salazar. Bovendien, zelfs als agent Swanson gelijk heeft, dan zijn wij het niet noodzakelijkerwijs, of jullie. Bij het Instituut zitten ook mensen die van het goud op de hoogte zijn.'

'Alleen de directeur en de voorzitter van de raad van bestuur,' zei Nora. 'En er is geen schijn van kans dat een van hen het doorverteld zou hebben.'

'Sorry, maar ik snap niet waarom we het hier überhaupt over hebben,' vond Wiggett. 'Het idee dat een van ons betrokken zou zijn bij de dood van Peel is waanzin. Het idee dat het moord zou zijn, is op zich al waanzin.'

'Kan zijn,' zei Corrie. 'Maar als we te maken hebben met moord, of die nu gepleegd is door iemand van binnen of van buiten de groep, lijkt het me raadzaam om niet meer in je eentje het kamp uit te gaan. Vooral niet in het donker.'

Op die woorden, merkte ze, werd het stil.

Ook tijdens het avondeten was het stil. Corrie at snel en trok zich daarna terug in haar tent om haar aantekeningen bij te werken. Het werk als FBI-agent had onverwacht zware kanten, vond ze. Ze wist niet goed hoe het zo gekomen was, maar ze had het idee dat ze door gewoon haar werk te doen zo'n beetje iedereen tegen zich in het harnas had gejaagd: de archeologen en de mensen van de ranch, de sheriff en de boswachters. Wat deed ze verkeerd? Of ging het altijd zo?

Terwijl ze lang nadat de anderen naar bed waren gegaan boven op haar slaapzak lag en zich afvroeg of ze de zaken misschien anders had moeten aanpakken, hoorde ze een bloedstollende kreet. Ze sprong overeind, greep haar holster en trok de Glock. Ze rende haar tent uit. Overal zag ze hoofdlampen en zaklantaarns aanflitsen terwijl iedereen naar buiten holde om te kijken wat er aan de hand was.

De kokkin, Maggie Buck, stond huilend en bevend met haar armen om zich heen geslagen in pyjama voor haar tent.

'Ik heb haar gezien! Ze stond in mijn tent!'

'Wie?' vroeg Burleson.

'Wat denk je? Het was afgrijselijk. Ze liep mank, ze rook naar rottend vlees en haar ogen waren helemaal wit en ze zei dat ze op zoek was naar haar been... en toen stak ze haar arm uit...'

Burleson schudde haar even heen en weer. 'Het is al goed, Maggie. Je hebt een nachtmerrie gehad.'

Maggie keek hem met opengesperde ogen aan. 'Het was geen nachtmerrie! Ze stond pal voor me. En haar vingers waren koud als klei!'

36

16 mei

De middagzon wierp een welkome warmte over de opgraving. Nora bekeek de locaties van het kookvuur en de hut. Het gebied was intussen volledig ontgonnen door Salazar en Adelsky, en het tweetal stond op een afstandje te kijken, trots op hun werk.

En het was goed werk. Voorbeeldig, zelfs. Het haardvuur was minutieus blootgelegd, een cirkel van houtskool met daaromheen een kring botfragmenten. De haard lag binnen de hut die de gestrande reizigers hadden opgetrokken en een groot aantal van de verrotte planken was nog aanwezig. Ze zag de basisvorm. De planken waren van de huifkar losgewrikt en tot een soort afdak vertimmerd met spijkers en palen, aangevuld met een paar ranke boomstammen. Nora's hart wrong in haar borst bij de aanblik van deze restanten van een schamel onderkomen waar mensen hadden gestreden en waren doodgegaan. Het was moeilijk te bevatten dat in dit hutje zoveel mensen op elkaar gepropt gezeten hadden, omringd door een sneeuwlaag van acht meter.

Aan de ene kant van het onderkomen hadden Adelsky en Salazar nog een plek vol botten blootgelegd: twee bijna complete skeletten, kennelijk twee van de laatsten die overleden waren, in verwrongen, groteske houdingen, alsof ze in stuipen overleden waren. Dat was geen normale hongerdood geweest, dacht Nora. Het leek eerder te bevestigen wat ze gelezen had, dat sommige leden van het Verloren Kamp tot het laatst toe hadden liggen ijlen.

In haar hoofd telde ze de gevonden slachtoffers op. Samantha Carville, de twee moordenaars van Wolfinger, de drie skeletten op de mestvaalt, de pathetische restanten die ze in de kookpot hadden aangetroffen, Boardman, die kans had gezien het kamp te ontvluchten nadat zijn gek geworden vrouw hem had willen aanvallen, en Chears, de enige die gered was. Samen met de twee geraamtes die haar assistenten hier hadden gevonden waren dat elf mensen, exact het aantal waarvan werd aangenomen dat ze in het Verloren Kamp hadden vastgezeten. Ondanks alles voelde Nora een zekere professionele tevredenheid over deze keurige rekensom. En dat hadden ze voor elkaar gekregen ondanks Peels diefstal. Natuurlijk ontbrak er nog een deel van het Parkin-skelet. Maar ze hadden zowel Peels route als de plek waar hij om het leven was gekomen afgespeurd en Nora was ervan overtuigd dat ze alle, maar dan ook alle botjes en splinters hadden gevonden. Ondanks de ontbrekende schedel was dit een opmerkelijk geslaagde archeologische expeditie. Er was nog maar één ding onontdekt.

'En, wat moeten we nog meer doen?' vroeg Clive, terwijl hij over haar schouder naar de overblijfselen van de hut keek.

'In wezen zijn we klaar met de opgravingsfase. Nu moeten we alleen nog de botten en andere vondsten weghalen en veilig wegbergen voor vervoer naar het Instituut. Daarna kunnen we de site weer afdekken.' Ze draaide zich om naar Salazar en Adelsky. 'Prima gedaan, mannen.'

Ze glimlachten en stonden even te weifelen tot Nora zei: 'Dan willen jullie nu zeker op zoek naar het goud?'

'Nou,' zei Adelsky, 'je had het wel beloofd.'

Nora moest lachen. 'Jullie hebben een pauze verdiend. Oké, die botten moeten labels krijgen en ingepakt worden voor vervoer, maar dat kan best tot morgen wachten.'

Na het middageten vouwde Nora haar schets van de rotswand open. Sedert de eerste serieuze poging hadden Clive en zij tussen de bedrijven nog meer sectoren afgezocht en nu waren er nog maar twee over.

'Zou het echt daar liggen, denk je?' vroeg Adelsky, terwijl hij omhoogtuurde.

'Ik ben ervan overtuigd,' zei Clive. 'Niemand had het bij zich en gezien al die sneeuw hadden ze het nergens anders kunnen verbergen.'

'En dit deel van je tekening, hier?' Salazar wees naar een plek die Nora kortgeleden rood gearceerd had, aan het eind van de laatste sector.

'Daar is het gevaarlijk, vanwege die overhangende sneeuwrand op de richel. Daar kunnen we pas zoeken als die lawine smelt, of omlaag komt.'

'De "rode sector"' zei Adelsky op melodramatische toon, en hij keek naar de tekening. 'Dat klinkt als een spionageroman. Wat wil je erom verwedden dat het uiteindelijk daar blijkt te liggen?'

Ze zamelden hun klimapparatuur en rugzakken bijeen en trokken de vallei in. Nora trok haar gordel aan en begon naar een aantal spleten en spelonken te klimmen. Salazar zekerde haar, en Clive en Adelsky zochten de lagergelegen openingen af, waar ze zonder uitrusting naartoe konden.

Rond vier uur laste Nora een pauze in. Ze hadden nu overal gezocht waar geen gevaar dreigde van de overhangende sneeuwrichel. Onder aan de rotswand, nog in haar klimgordel, liet Nora haar blik dwalen over de resterende openingen en spleten in de rode sector.

'Afgelopen?' riep Salazar naar haar.

'Afgelopen.'

'Verdorie,' reageerde Adelsky. 'Als we hier nu toch zijn, moeten we de zaak afmaken ook.'

'Ga je gang, leef je uit,' zei Salazar. 'Ik heb dit soort sneeuwbergen zien vallen. En daar ga ik voor geen vijftig miljoen in goudstukken in staan zoeken.'

Nora keek omhoog naar de puinhelling en de lawinebaan, tot aan de sneeuwrichel. Er stond geen enkele boom op dat lawinespoor; kennelijk was er in het verleden heel wat omlaag komen zetten. Ze bracht haar kijker naar haar ogen. De sneeuwkuif was nog zo'n dertig meter diep en balanceerde boven de rotsrand alsof hij ieder moment kon bezwijken.

'Jason heeft gelijk,' zei ze, terwijl ze haar gordel uittrok. 'Veel te gevaarlijk.'

Ze keek naar de sippe gezichten, zelfs Clive leek lichtelijk teleurgesteld. Maar als leider van de expeditie wist ze dat ze niet zo'n krankzinnig risico mocht nemen.

Plotseling kreeg ze een idee. Ze draaide zich om naar Adelsky en Salazar. 'Jullie hebben toch de complete site afgezocht met de grondradar?'

Ze keken elkaar aan. 'Jazeker,' antwoordden ze in koor.

'Nou, laten we voordat we opbreken, nog één keer heel zorgvuldig zoeken rond de lijken van Spitzer en Reinhardt.'

Clive fronste zijn wenkbrauwen. 'Hoezo? We hebben al op ruim een meter van die skeletten gegraven.'

'Weet ik. Maar we hebben voor zover mogelijk de complete rotswand afgezocht. En wie weet... misschien hebben ze het goud iets verder van het kamp verborgen dan wij gegraven hebben.'

Salazar haalde zijn schouders op. 'Ik doe mee.'

De drie anderen liepen naar de plek waar de geraamtes lagen en Salazar ging naar de grote tent, haalde de grondradar op en kwam terug. Nora en de anderen bleven op veilige afstand staan terwijl Salazar de sensor en de bekabeling opzette en het apparaat kalibreerde. Daarna begon hij, nog voorzichtiger dan anders, de site over te lopen in een steeds wijdere spiraal.

Nora volgde zijn verplaatsingen op haar iPad. In het begin van zijn spiraaltocht vond hij een massa voorwerpen, maar Nora zag dat die overeenkwamen met wat ze al eerder hadden gevonden. Toen hij op grotere afstand van de lijken kwam, vond hij allengs minder en uiteindelijk niets meer.

De sfeer van verwachting, hoewel ze wisten dat ze weinig kans hadden gehad, zakte in. Clive keek naar Nora alsof hij wilde zeggen: *Tja, het idee op zich was niet slecht.*

'Ik heb iets,' zei Salazar.

Ogenblikkelijk was iedereen alert.

'Wat is het?' vroeg Adelsky.

'Een schaduw, meer niet. Ik kijk even wat er in de buurt ligt.' Salazar liep nog een paar keer heen en weer met de grondradar, verder bij de lijken vandaan, en keerde toen terug naar de plek waar hij iets bespeurd had. Nogmaals ging hij met het apparaat over die plek, nog zorgvuldiger. 'Hier is het. Wat het dan ook zijn moge.'

'Kan het een ijzeren kist zijn?' vroeg Clive.

Zonder van zijn scherm op te kijken schudde Salazar zijn hoofd. 'Daar is het te klein voor en het is niet ferromagnetisch. Maar er ligt hier wel iets, vlak onder de oppervlakte.'

Hij markeerde de plek, deed een stap achteruit en zette het apparaat uit. Adelsky was al weggerend om het gereedschap op te halen en gaf dat aan Nora. Zij trok haar handschoenen aan, knielde op de grond en begon de aarde te verwijderen van het gebied dat Salazar aangegeven had.

Het kostte maar tien minuten van zorgvuldig graven. De grondradar had een klein hoopje botjes gevonden. Nora groef eromheen en eronder, maar het was duidelijk dat er niets anders lag.

'Het lijkt me een klein been,' zei Salazar. 'O, god.'

Nora wist al precies wat het was; ze had het herkend zodra ze het blootlegde. 'Samantha Carvilles ontbrekende been.' En even later voegde ze daaraan toe: 'Om precies te zijn, wat we hier hebben zijn een scheenbeen en een kuitbeen, samen met de voetbeentjes, van een klein kind. Als je goed naar het kuitbeen kijkt, zie je niet alleen sporen van verbranding, maar ook van tanden en messen.'

'Jezus,' prevelde Salazar.

'Zeker weten dat het Carville is?' informeerde Clive.

'Wie anders?'

Op die vraag was geen antwoord nodig en dat werd dan ook niet gegeven.

Een halfuur later liep Clive achter Adelsky en Salazar aan het pad af. Nora keek hen na tot ze verdwenen waren tussen de bomen aan de rand van de open plek en ging daarna weer naar de grote tent om de zeilen te pakken waarmee ze de site wilde afdekken. Ze had de laatste beenderen en hun vindplaats in de database ingevoerd.

Terwijl ze aan het werk was, zag ze iemand tussen de bomen tevoorschijn komen. Het was die FBI-agent, Corrie Swanson. Verdorie, ging dat mens haar dan nooit met rust laten? Ze stond op en wachtte tot de agent naast haar stond.

'Stoor ik u?'

Nora schudde haar hoofd. 'Ik was net klaar. Wat is er?'

Corrie zweeg even. 'Ik had nog een paar vragen.'

Nora zuchtte. 'Oké.' Ze zag dat de agent haar mobiele telefoon niet in de hand had om het gesprek op te nemen. Dat was een goed teken, hoopte ze. 'Ga uw gang.'

'Het gaat over dr. Benton.'

'Wat is er met hem?'

'Ik heb intussen iedereen gesproken, maar het is me nog steeds niet helemaal duidelijk waarom hij u voor dit project heeft benaderd en niet bijvoorbeeld Stanford, of de universiteit van Californië.'

'Ik ben archeoloog. Het Archeologisch Instituut van Santa Fe is van wereldklasse. Zo eenvoudig is het.'

'Het lijkt mij alleen dat Stanford of UC meer voor de hand zouden liggen, gezien het feit dat dat instellingen in Californië zijn en dat hij zelf aan Stanford heeft gestudeerd.'

Nora probeerde haar opkomende irritatie te onderdrukken. 'Waarom vertrouwt u Clive niet?'

'Ik zei niet dat ik hem niet vertrouw...'

'Dat is wel duidelijk. Waarom niet?'

'Omdat alles op de een of andere manier rond hem lijkt te draaien. Het logboek, de opgraving, het goud.'

Nora staarde haar aan. 'U zit daar met een paar vage indrukken. Daar probeert u enige orde in te scheppen, maar dat lukt u niet, want er ís geen orde.'

'Ik ben nog niet klaar met het vergaren van bewijsmateriaal, dus...'

'Bekijkt u het eens vanuit mijn standpunt. U komt hier aanzetten, u slingert een aantal beschuldigingen in het rond zonder echt te weten waar u het over hebt. U beweert dat iemand die in een ravijn gevallen is daarin geduwd kan zijn, zonder enig bewijs. Ik kén Clive. Ik vertrouw hem. Hij had hiernaartoe kunnen komen en het goud zelf opgraven, maar dat heeft hij niet gedaan.'

'Hoe weet u dat hij dat niet gedaan heeft?'

'Nou, als hij het goud al had, wat zouden we hier dan aan het doen zijn?'

Corrie gaf geen antwoord.

'En als hij het goud niet gevonden had, waarom zou hij dan het Instituut erbij betrekken, als dat betekent dat hij geen enkele kans heeft zelf het goud binnen te harken? U slaat er een slag naar en u hindert een opgraving die toch al de nodige problemen heeft ondervonden.' Ze zweeg en haar irritatie nam nog verder toe. 'Luister eens, iedereen die hier verder geweest is van politie en aanverwanten vindt het genoeg. Het lijkt me vrij duidelijk dat u een beginneling bent en overal slechteriken wilt zien, ook als die er niet zijn.'

Corrie kleurde dieprood. Nora besefte dat het een rake opmerking was geweest en had meteen spijt van haar woorden.

Na een paar seconden draaide de agent zich met een kortaf 'Dank u' om en vertrok.

Terwijl Corrie het kamp in liep, werd het stil in de groep rond het vuur. Ze ging naar haar tent toe en Burleson stond op.

'Er heeft ene special agent Morwood gebeld op de satelliettelefoon. U moest hem terugbellen. De telefoon staat in de tent met de apparatuur.'

Corrie liep naar de tent, pakte het krat met de satelliettelefoon en ging ermee naar haar eigen tent, waar ze ongehinderd kon spreken.

'Hoe gaat het daar?' vroeg Morwood toen ze hem aan de lijn had.

Corrie aarzelde. 'Ik boek enige vooruitgang. Ik heb iedereen gesproken en ik heb een massa informatie vergaard.'

'Enig hard bewijs dat de ontbrekende Parkin-schedel aan jouw onderzoek koppelt?'

'Geen hard bewijs, maar ik ben er nog mee bezig.'

Even bleef het stil, toen zei Morwood: 'We hebben heel wat om over te praten en dat kan niet via deze telefoon. Ik wil graag dat je me morgen treft op het bureau van de sheriff in Truckee.'

'Maar ik ben nog niet klaar met mijn onderzoek hier...'

'Agent Swanson, u komt naar Truckee. Ik heb de sheriff al gesproken en hij kan een ruimte vrijmaken waar we elkaar onder vier ogen kunnen spreken. Als u vroeg vertrekt, kunt u rond twee uur in Truckee zijn. Zullen we om drie uur afspreken?'

'Ik... goed, meneer Morwood.'

'Prima. Breng uw tent en spullen mee.'

37

17 mei

Het bureau van de sheriff van Nevada in Truckee was een lelijk gebouw uit de jaren zestig van de vorige eeuw, met een plat dak en rondom parkeergelegenheid. Laaghangende wolken pakten zich samen aan de middaghemel toen Corrie over het asfalt van het parkeerterrein naar het gebouw toe liep. Haar achterwerk deed pijn van de rit te paard en haar knieën waren stijf. Toen ze bijna bij de deur was, hing ze haar penning om haar nek.

'Special agent Morwood wacht in de vergaderzaal op u,' zei de receptioniste toen ze het gebouw binnenkwam. 'Derde deur rechts.'

Snel en met gebogen hoofd liep Corrie de gang door; ze zag kans sheriff Devlin te ontwijken, wiens deur openstond.

Morwood kwam met uitgestoken hand overeind bij haar binnenkomst. 'Dit is een aardiger plek dan de meeste andere voor een onderzoek, vindt u ook niet?' vroeg hij, terwijl hij de deur dichtdeed. 'Schitterend berglandschap en frisse lucht. Jammer dat het zo hoog ligt, voor mij althans.' Dit benadrukte hij door te hoesten.

'Dank u dat u helemaal hiernaartoe gekomen bent, agent Morwood.'

'Ter zake.'

Corrie pakte haar notitieboek en sloeg het open bij de pagina's waarop ze haar bevindingen had samengevat. In korte bewoordingen beschreef ze haar observaties: Peel en de plek waar hij de dood gevonden had; het feit dat de Parkin-schedel ontbrak; haar vermoedens omtrent Benton; de veronderstelde aanwezigheid van een schat; en haar conclusie dat Peel hoogstwaarschijnlijk een klap op zijn hoofd had gehad voordat hij het ravijn in geduwd was, waardoor het dus moord werd. Tot slot nam ze de gesprekken met de diverse groepsleden door.

Ze liet het notitieboek zakken. Morwood had geconcentreerd zitten luisteren en leunde na afloop achterover in zijn stoel. Hij slaakte een diepe zucht. Van afkeuring? Frustratie?

Vanuit zijn aktetas diepte hij een dossier op dat hij op tafel legde en naar Corrie toe schoof. 'Het sectieverslag van Peel.'

Corrie pakte het en sloeg het open, maar Morwood had het woord weer genomen. 'Conclusie: dood door ongeval.'

Vluchtig las ze het rapport door voordat ze antwoordde: 'Met alle respect, agent Morwood, maar volgens mij vergist hij zich.'

'Dit is niet zomaar een amateuristische plattelandslijkschouwer. Deze vent is hoog opgeleid en zeer ervaren, met een titel in de forensische pathologie.'

'Maar mijn titel is...'

Morwood hief zijn hand. 'Corrie?' zei hij vriendelijk. 'Als je me toestaat?'

Corrie viel stil.

'Even terug naar de basis. Is er daar bij die opgraving een misdaad gepleegd?'

'Volgens mij is Peel...'

'Nee, even geen Peel. Officieel is dat een ongeval. Dus afgezien daarvan: wat is de misdaad?'

'Voordat ik hier kwam, hadden we links en rechts Parkin-lijken die verdwenen. En nu is ook bij deze opgraving de Parkin-schedel verdwenen. Er ligt daar ergens voor twintig miljoen aan goud verborgen. Volgens mij hebben die ontbrekende Parkin-beenderen te maken met andere misdrijven die ik aan het onderzoeken ben en het goud is op zijn minst een complicerende factor.'

Morwood slaakte nog een zucht. 'Waar het op neerkomt, is nogmaals: wat is de misdaad? En het antwoord is: er is geen misdaad. Je hebt een heleboel bewijsmateriaal bijeengesprokkeld en een aantal nergens op gebaseerde verdenkingen opgevat, maar dat is niet hetzelfde als een samenhangende theorie. En er is ook geen verband met de andere Parkin-verdwijningen. De FBI onderzoekt geen geruchten of veronderstelde misdrijven. Wij werken met feiten. We hebben een echte misdaad nodig… en die is er niet.'

'En toch denk ik dat er verband is. Het kan niet allemaal toeval zijn.'

'Corrie, ik begeleid nu al bijna tien jaar lang allerlei mensen. Ik heb dit meer dan eens zien gebeuren met jonge agenten, vers van de Academie. Ze blaken van energie, ze willen hun sporen verdienen; elk gezicht is verdacht en ieder toeval is een complot. Ik heb je hiernaartoe laten komen op zoek naar een verband tussen de diverse Parkins. Ik was daar zelf sceptisch over, zoals je weet, maar je argumenten waren overtuigend en je hield vol, en uiteindelijk gaat het daarom als je mentor bent: je moet de nieuwe agent zelf achter dingen laten komen. En na jouw eigen briefing van daarnet ben ik ervan overtuigd dat dit een onvervalste archeologische opgraving is, dat er grondig en correct gewerkt wordt en dat iedereen zijn taak vervult. Misschien ligt er goud, misschien ook niet, maar er is niets raadselachtigs aan. Alles is keurig en verantwoord.'

Hij zweeg. Corrie zei niets.

'En al doende heb je een paar fouten gemaakt.'

'Wat dan?' De woorden waren al over haar lippen voordat ze zich kon inhouden.

'Om te beginnen had je nooit iets mogen zeggen over je vermoedens omtrent Peels dood. Misschien was het je bedoeling om iets los te maken, een verdachte zich vast te laten praten. Maar dat heb je gedaan voordat je wíst dat het moord was. De eerste regel van een onderzoek is: hou je vermoedens voor jezelf en laat pas informatie los als het echt niet anders kan en als je bewijzen hebt. Ik hoef jou toch hoop ik niet te herinneren aan onze procedure: niets zeggen, geen meningen geven. Niet over je bewijsmateriaal praten. Geen enkel aspect van de zaak bespreken met burgers.'

Corrie voelde zich rood worden. Ze wist dat Morwood natuurlijk gelijk had. Het was een van de dingen die er aan de Academie in gedrild werden.

'Ten tweede heb je niet soepel samengewerkt met de plaatselijke autoriteiten.'

'Sheriff Devlin, bedoelt u? En die gasten van Bosbeheer? Die stampten over de hele plaats delict rond als een stel op hol geslagen olifanten. Ze toonden geen enkel respect voor mijn gezag en ik móést me wel laten gelden.'

'Ze zullen ongetwijfeld moeilijk gedaan hebben. Maar de plaatselijke politie doet vaak moeilijk als de FBI komt opdraven. Ze vinden het niet prettig als wij op hun terrein binnendringen, daar moet je mee leren omgaan.'

Dus Devlin was bij de FBI *gaan staan kermen over ons akkefietje in het ravijn. Wat een rat.* 'Maar agent Morwood, ik heb hem alle respect betoond.'

'Je hebt kans gezien sheriff Devlin volslagen over de rooie te jagen. Devlin is zo iemand van de oude stempel. Een beetje seksistisch misschien, niet overdreven intelligent, maar in wezen een goed mens. Je zult in de loop van je carrière honderden Devlins tegenkomen, én Turpenseeds. Je moet een manier vinden om beter met hen overweg te kunnen.'

'Ja, agent Morwood.'

'Hoe dan ook, ik sluit deze onderzoekslijn af. Het leidt tot niets. Je gaat je richten op de zaak waar die thuishoort, in New Mexico en Arizona.'

'Ja, agent Morwood,' zei Corrie nogmaals. Ze voelde haar wangen branden en hoopte vurig dat ze niet in tranen zou uitbarsten.

Morwood reikte over de tafel heen en gaf haar een klopje op de schouder. 'Corrie, jij wordt een prima FBI-agent. Ik weet dat ik een open deur intrap, maar ooit zijn we allemaal beginners geweest.'

'Dank u.'

'Ik heb voor vanavond een kamer voor je geboekt in het motel van Truckee. Morgenochtend rijden we terug naar Albuquerque.'

Corrie keek hem aan. 'Albuquerque?' Een domme vraag, maar Morwoods mededeling was nog niet goed doorgedrongen. Dit had ze kunnen verwachten toen hij haar had gezegd haar spullen mee te nemen.

Morwood knikte. 'Het is hier voorbij. Nu Peels dood volgens de lijkschouwer een ongeluk is, valt er niets meer te onderzoeken.'

38

Nora zat in haar tent en werkte bij het laatste licht van de ondergaande zon haar logboek bij. Het was in zekere zin een belangrijke dag geweest. Ze hadden de opgraving voltooid. En hoewel Parkins schedel nog ontbrak, hadden ze Samantha Carvilles been gevonden en konden dat bij de rest van haar skelet voegen. Weliswaar was het goud nog niet boven water, maar tijdens de afsluitende fase van de expeditie konden ze nog verder zoeken. Misschien, dacht ze, zou die overhangende sneeuwpiek het begeven tijdens de storm die voor de komende dagen was voorspeld. Zo niet, dan konden ze altijd later terugkomen, in de zomer, als de laatste sneeuwvelden van de hoger gelegen gebieden verdwenen waren.

'Champagne!' hoorde ze Clive vanuit de keuken roepen. 'Komt allen!'

Met een glimlach klapte ze haar notitieboek dicht en liep de tent uit. Clive stond bij het vuur met een fles te zwaaien. 'Tijd om onze resultaten te vieren!'

'Verdikkeme, man, sta daar niet zo mee te schudden!' reageerde Burleson zodra hij zijn eigen tent uit was. De sfeer in het kamp was aanzienlijk verbeterd sinds het vertrek van de FBI-agent. Iedereen verkeerde in een prima humeur en zelfs Maggie, die de afgelopen dagen behoorlijk in mineur was geweest, leek opgetogen; misschien omdat Nora had verteld dat ze Samantha Carvilles ontbrekende been hadden gevonden. Ze stond bij het vuur met een stapel biefstukken en maïskolven voor de grill.

Clive ontkurkte de fles met een knal. Toen de kurk weg vloog, griste Wiggett hem met een behendig gebaar uit de lucht.

'Wie de kurk vangt, krijgt het eerste glas.' Wiggett stak zijn tinnen kroes naar voren en Clive schonk er champagne in. Daarna ging hij de hele kring rond en trok een tweede fles open toen de eerste leeg was.

Hij hief zijn glas. 'Op de Donner Party, op hen die de dood vonden en hen die overleefden.'

Iedereen dronk en daarna ging er een derde fles rond.

'Wat zijn we dus uiteindelijk wijzer geworden?' vroeg Burleson. 'Mogen we een samenvatting van alle ontdekkingen?'

'Bij elke archeologische opgraving,' begon Nora, 'wordt negentig procent van de echte ontdekkingen pas in het lab gedaan. Maar we weten al heel wat meer.'

'Wij zijn een en al oor.'

'Het lijdt geen twijfel dat het Verloren Kamp het hardst getroffen is van alle drie. We hebben een groot aantal tekenen gevonden van de ellende die ze hier hebben moeten verduren. Ze hebben een hut gebouwd, hun ossen opgegeten, hun honden opgegeten. Maar het heeft een hele tijd geduurd voordat ze aan mensenvlees begonnen. Afgezien van één moment van zwakte, in het begin al, toen de twee moordenaars kennelijk Samantha Carvilles bevroren lijk hebben opgegraven en aan haar been zijn begonnen. Maar na de dood van Albert Parkin eind februari, zijn de meeste anderen uiteindelijk bezweken. Dat was het begin van het echte kannibalisme. Gevolgd, als we Boardman mogen geloven, door gekte.'

'Waardoor waren ze gek geworden?' vroeg Maggie.

'Extreme honger kan neurologische problemen veroorzaken, dat is bekend; waaronder tijdelijke waanzin. Zelfs de andere twee kampen, waar het niet zo erg was als hier, hadden daarmee te maken, zij het in mindere mate.'

'En hoeveel van de doden hebben jullie intussen kunnen identificeren?' informeerde Burleson.

'Er zijn menselijke lijken aan stukken gehakt, gekookt, afgekloven en opnieuw gekookt om er maar ieder stukje voedingswaarde aan te onttrekken; zo wanhopig waren ze. En dat zal de meeste tijd in beslag nemen bij het onderzoek. Tot nu toe hebben we vier personen met aan zekerheid grenzende waarschijnlijkheid benoemd: Samantha Carville, Spitzer en Reinhardt en Albert Parkin.'

'En het goud?' vroeg Wiggett.

'Ik denk nog steeds dat we dat zullen vinden.' Ze wendde zich naar Benton. 'Clive, wil jij daar nog iets aan toevoegen?'

'Ik wil alleen zeggen hoe dankbaar ik iedereen ben. Iedereen hier heeft, op de een of andere manier, bijgedragen aan de verwezenlijking van dit plan. En vooral jou ben ik dankbaar, Nora. Je weet hoe belangrijk dit voor me was en je hebt niet alleen geholpen de expeditie op touw te zetten, je bent ook geduldig geweest.' Hij zweeg even. 'Het is belangrijk om te weten wat hier gebeurd is. Dit is niet zomaar een verhaal over kannibalisme en dood; ik zie dit als een getuigenis van moed en de pure wil om te overleven.'

Het vuur bestond intussen uit niet meer dan smeulende houtskool en Maggie begon de biefstukken en de maïs op de grill te leggen. Meteen klonk er een gesis van roosterend vlees. Nora besefte dat ze het geluid en die geur ietwat afstotend vond na het gesprek over kannibalisme. Maar de maïs zag er lekker uit.

Het hele gezelschap was prettig aangeschoten van de champagne tegen de tijd dat ze naar bed gingen. Nora viel in slaap met de geur van het kampvuur in haar neus en het getsjirp van de krekels in haar oren, maar halverwege de nacht schrok ze wakker van luide stemmen. Ze ritste haar tent open en zag de lichtbundels van zaklantaarns door de duisternis zwenken; in het midden van alle commotie stond Maggie in haar enorme pyjama luid te praten. Zo te zien had ze opnieuw een nachtmerrie gehad.

Nora trok haar jack aan en liep de kille nacht in. Niemand anders had iets gehoord.

'Zelf gezien... daar tussen de bomen,' zei Maggie op hysterische toon. 'Een groen licht. En het bewoog.'

'Een lantaarn?' vroeg Burleson.

'Nee. En toen hoorde ik een stem, ik zweer het. Het klonk alsof iemand iets wilde roepen... maar het gorgelde in zijn keel.'

Burleson legde een hand op haar schouder. 'Weet je zeker dat het niet weer een nachtmerrie was?' vroeg hij vriendelijk. 'Ze hebben vandaag Samantha's ontbrekende onderbeen gevonden. Speelt dat je soms parten?'

'Ik zweer het bij God...' Luid snikkend moest ze ophouden, haar schouders schokten van het huilen.

'Toe maar, rustig maar,' zei Burleson, en hij sloeg zijn arm om haar heen.

'Waar is Wiggett?' vroeg Clive plotseling.

‘Die is met geen kanon wakker te schieten,’ antwoordde Burleson, maar even later zei hij: ‘Ik ga toch even kijken.’

De lichtbundel van zijn lantaarn verdween hobbelend het duister in. Even later klonk zijn stem: ‘Hij is niet in zijn tent.’

Burleson keerde terug naar de groep. ‘Zijn laarzen zijn weg. Zijn pyjama ligt op zijn bed. Volgens mij heeft hij zich aangekleed en is de tent uit gegaan.’

Het viel stil. ‘Misschien was hij het wel, die stem die ik hoorde,’ zei Maggie. ‘Zo klonk het wel een beetje.’

Burleson schudde geïrriteerd zijn hoofd. ‘Hij is vast even bij de paarden gaan kijken. Ik loop erheen.’

‘Ik ga mee,’ zei Nora.

Maar Wiggett was niet bij de paarden. Ze kwamen terug en troffen een hevig verontruste groep aan.

‘Oké,’ zei Burleson. ‘We kunnen maar beter naar hem op zoek gaan.’

‘Ik wil wedden dat hij op zoek is naar het goud,’ opperde Maggie. ‘Daar ging hij maar over door als jullie allemaal weg waren.’

‘We kleden ons aan en treffen elkaar hier over vijf minuten.’ Burleson keek om zich heen. ‘Niemand gaat in zijn eentje en we houden een snelle zoektocht. Iedereen zoekt een partner.’

Clive draaide zich om naar Nora. ‘Wij samen?’

Ze knikte.

39

18 mei

Terwijl ze in het kille donker bijeenkwamen, aangekleed en klaar voor de zoektocht, mikte iemand wat dor gras op het nasmeulende vuur. Dat vlamde op en de gezichten werden bestreken door een flakkerend geel licht. In het donker tussen de bomen oehoe-de een uil, een reeks lage tonen als een sombere misthoorn.

'Oké,' zei Burleson. 'Heeft iedereen een hoofdlamp?'

Dat beaamden ze in koor.

'Nora en Clive, jullie gaan naar de opgraving. Bruce en Jason, jullie gaan achter hen aan het pad op, maar dan sla je af naar het oosten en zoek je bij het water. En ik ga samen met Maggie de onmiddellijke omgeving van het kamp afspeuren.'

Hij keek om zich heen; het vuurschijnsel glansde in zijn ogen. 'Ga niet te ver. Doe voorzichtig en blijf bij elkaar. Het kan best zijn dat hier iemand rondloopt.'

Hij scheen met zijn hoofdlamp op zijn horloge. 'Het is tien voor halfvier. We zoeken een uur. Om tien voor halfvijf treffen we elkaar hier weer. Stipt.'

Nora en Clive gingen op weg naar het intussen bekende pad naar de opgraving, op de voet gevolgd door Adelsky en Salazar. Nora ging voorop. Ze liep stevig door. Het was donker, met een dicht wolkendek dat een inktzwarte duisternis over de bergen wierp. Het leek wel of ze door een zee van nachtzwart liepen, met niets dan kleine lichtkringetjes om hen te leiden.

'Het lijkt wel of er een vloek op rust,' zei Clive bitter. 'Amper hebben we ons succes gevierd – met champagne nog wel – en dan dit.'

'We hebben geen idee of er echt iets gebeurd is,' zei Nora. 'Misschien is Wiggett er gewoon vandoor gegaan, net als Peel.'

'Zonder zijn paard? Mooi niet.'

'Misschien had Maggie gelijk en is hij op zoek naar het goud.'

'Als dat zo is, kun je er vergif op innemen dat hij het met Burleson aan de stok krijgt.'

Ze kwamen van tussen de bomen tevoorschijn op de grote open plek van het Verloren Kamp. Voor zich zagen ze de vage omtrek van de grijze rechthoek die de werktent was. De rotsen leken wel zwarte wanden en de hemel was al bijna even donker. Adelsky en Salazar sloegen af in de richting van het water. Nora keek om zich heen of ze Wiggetts lamp ergens zag glanzen, voor het geval hij de rotswand aan het afspeuren was, maar ze zag niets dan duisternis.

'Zullen we eerst in de tent kijken?' stelde Clive voor.

Ze liepen naar de tent toe, die in het licht van hun hoofdlampen opdoemde vanuit het donker. Nora maakte de dichtgebonden flap open en ging naar binnen. Alles lag er nog precies zo bij als ze het achtergelaten hadden. Vervolgens inspecteerden ze het gebied van de opgraving, afgedekt met vastgepinde zeilen. Ook dat leek er ongemoeid bij te liggen.

Clive keek om zich heen alsof hij het duister wilde doorboren. 'Dan blijft alleen de rotswand over,' zei hij.

Ze liepen die kant uit en gingen op pad langs de voet van de wand; met hun lantaarns schenen ze van boven naar beneden over de rots. Maar er was geen spoor van Wiggett te bekennen en de zware dauw op het gras leek niet verstoord. Toen ze klaar waren met de eerste rotswand, staken ze over naar de andere, maar ook daar taal noch teken van de wrangler.

'Hier is hij niet geweest,' zei Nora. 'Dus dat idee dat hij op zoek was naar het goud kunnen we wel vergeten.'

'Tenzij hij,' zei Clive, 'zijn eigen ideeën had over waar het verborgen lag.'

'Dat kan.' Nora keek op haar horloge. 'We zijn al bijna een uur op pad. We kunnen maar beter teruggaan.'

Nog voordat ze uitgesproken was, hoorde ze een ijselijke gil vanuit de vallei. Hij duurde eindeloos voort, grotesk echoënd tussen de bergpieken, voordat hij eindelijk wegstierf.

'O jezus,' zei Clive.

Op een drafje liepen ze het pad af. Algauw zaten ze midden tussen de bomen. Hun hoofdlampen priemden door het donker en de stammen werden een voor een verlicht terwijl ze voorbijschoten als zuilen in een eindeloze kathedraal. Vlak bij het kamp aangekomen, ontwaarde Nora bij het stroompje een massa lichten en hoorde ze verontruste stemmen door het donker klinken. Nogmaals klonk er een snerpende gil; de stem was nu herkenbaar, het was Maggie.

Ze verlieten het pad en holden op de lichten af. Ze vonden de rest van de groep op een kluitje onder aan de rotsen bij het kamp. Maggie stond, tegen Burleson aan leunend, tussen haar snikken door luid te snuiven.

'Daar,' zei Burleson, en hij scheen met zijn hoofdlamp op een brede spleet onder aan de rotsen. Nora liep ernaartoe en zag een bergwandelschoen grotesk vastgepind in de spleet. Toen ze dieper naar binnen tuurde zag ze een doorweekt lichaam.

Wiggett.

'Wat is dat nou?' vroeg Clive, die naast haar de spleet in tuurde. 'Wie heeft hem gevonden?'

Maggie hikte. 'Samantha heeft hem aangewezen.'

'Toe nou,' zei Burleson op scherpe toon.

'Ik heb het licht gezien. Dat groenige licht, dat is ons voorgegaan. Jij hebt het ook gezien.'

'Dat was gewoon de weerschijn van onze lampen op het een of ander,' zei Burleson ongeduldig. 'Laten we hem daar in godsnaam weghalen.'

Nora, Clive en de anderen begonnen losliggende stenen weg te halen die in de spleet waren opgestapeld in een halfslachtige poging het lichaam te verbergen. Wiggett was rechtop de opening in geduwd, met bungelende armen. Nora greep een koude, natte arm en trok, terwijl Clive en Burleson een been en de andere arm namen. Na een korte worsteling kregen ze het lichaam de bergspleet uit en konden ze het op het gras laten zakken. Zijn ogen hadden een starende blik en zijn mond stond open; tussen zijn lippen siepelde een straaltje water.

Burleson voelde aan zijn nek. 'Geen hartslag.'

Geschrokken staarden ze in een kring naar het lichaam.

'Maar hoe...' sputterde Maggie, 'hoe is hij daar terechtgekomen en hoe komt hij zo nat?'

Nora was de eerste die zich vermande. 'Sorry, jongens, maar ik denk dat we alles moeten laten zoals we het gevonden hebben. We moeten terug naar het kamp en' – ze slikte even – 'we moeten dit melden.'

40

De tune van *The Man from* U.N.C.L.E. blèrde door de kamer en meteen zat Corrie Swanson rechtop in bed. In haar haast de telefoon te grijpen stootte ze hem van het nachtkastje af.

'Ja?'

'Met Nora Kelly. Ik bel omdat...'

Haar stem klonk heel ver weg door de satelliettelefoon.

'Wat is er gebeurd?'

'Een... een moord.'

Haar stem viel weg en kwam weer terug.

'Wie? Hoe?'

'Wiggett. Ze hebben gevonden... rotsspleet niet ver van...'

Meteen voelde Corrie zich alert worden. 'Ik kan niet alles verstaan, maar wel genoeg. Nergens aankomen en iedereen uit de buurt houden. Hoe zit dat met die rotsspleet?'

'Zijn lijk zat... verborgen achter stenen...'

'Enig idee wie het gedaan heeft?'

'Geen idee... achter ons aan zit... god weet...'

'Luister, roep iedereen bij elkaar in het kamp en hou ze bij elkaar. Niemand mag waar dan ook in zijn eentje naartoe. Niet eens naar de wc.'

'Oké.'

Corrie keek op haar horloge. Bijna vijf uur. Over een uur kwam de zon pas op. Misschien had de sheriff of Bosbeheer de beschikking over een helikopter. 'We komen er zo snel mogelijk aan.'

'Dank u.'

'Maar zegt u intussen dat niemand het ergens over mag hebben of wat dan ook ondernemen. Dat zal niet meevallen, ik weet het, maar ik wil alle verhalen onbevooroordeeld horen. Niemand mag terug naar bed.'

Het enige antwoord was een statisch geruis.

Corrie hing op en koos het nummer van Morwoods kamer.

De helikopter van de sheriff was in Sacramento voor onderhoud en de twee FBI-heli's in het gebied waren bezet vanwege een actie met de DEA, waarbij een drugsbende opgerold zou worden. Dus moest Corrie opnieuw te paard de bergen in, vergezeld van de gebruikelijke helden: sheriff Devlin, zijn deputy en de twee boswachters. Morwood kon niet met hen mee vanwege zijn longen, maar hij had het duidelijk gemaakt dat zíj de leiding had en dat zij verantwoordelijk was voor het vergaren van bewijsmateriaal en verhinderen dat de hel daar losbrak. En dat ze maar beter kon zorgen dat ze overweg kon met Devlin en de anderen.

Ze vroeg zich af hoe ze dit allemaal voor elkaar moest krijgen.

En vlak voor haar vertrek was Morwood nog gekomen met de onwelkome opmerking: 'Agent Swanson, deze veronderstelde moord bewijst geen enkel verband met de zaak-Parkin. Dus laat je fantasie niet op hol slaan. Zorg dat je de bewijzen bij elkaar krijgt, hou je gedachten voor je en probeer de inboorlingen niet tegen je in het harnas te jagen.'

Geweldig.

Daar kwam nog eens bij dat er storm op til was. Iets wat in de plaatselijke pers een 'ananasexpres' werd genoemd: een rivier van vochtige lucht die vanuit de Stille Oceaan kwam aanstromen en over de Sierra's liep om zich op de hoogvlaktes te ontladen. Het was hetzelfde soort storm waardoor de Donner Party vast was komen te zitten, alleen kwam het ditmaal in de vorm van regen en natte sneeuw in plaats van echte sneeuw.

Corrie zorgde dat ze vooraan reed, vlak achter de wrangler, en de brave borsten van de hermandad vormden de achterhoede. Hun luidkeelse gesprekken en gelach dreven naar haar toe. Ook nu weer leken ze zich kostelijk te amuseren. In eerste instantie irriteerde het haar, net als de vorige keer. Maar toen bedacht ze: waarom zouden ze zich niet amuseren? Er stond nergens in de boeken dat wetshandhavers een grimmig stilzwijgen moesten bewaren en ze veronderstelde dat een baan als sheriff in Truckee misschien niet de meest opwindende carrière was.

De lijkschouwer, dr. Anand, maakte geen deel uit van het jolige groepje. Hij gaf de voorkeur aan zijn eigen gezelschap. Anand was een kleine, alerte, studentikoos ogende man met een rond brilletje en een glanzend kaal hoofd. Ze had geen idee of hij echt goed was; ze was ervan overtuigd dat hij een fout had begaan door Peels dood af te doen als een ongeluk. Maar ze hoopte er het beste van.

Rond één uur in de middag kwamen ze in het kamp aan. Iedereen stond met geagiteerde gezichten op hen te wachten. Corrie steeg af en meteen kwam Nora aanlopen.

'Breng me naar het lijk,' zei Corrie, terwijl ze de zadeltassen losgespte met haar uitrusting voor forensisch werk. 'Ik wil de plaats delict meteen veiligstellen.' Voordat de anderen hier komen, dacht ze bij zichzelf. 'De rest, hier blijven graag.'

Ze voelde dat Nora de situatie begreep. 'Een eindje de kreek in en dan het bos door.'

Corrie hing de tassen over haar schouder en volgde Nora stroomopwaarts door een pijnbomenbosje, waarna ze het pad verlieten in de richting van een rij rotsen. Wiggetts lijk lag op zijn rug in het gras naast een grote spleet in de rots die voor hen oprees.

'Zat hij daarin?' vroeg Corrie met een gebaar naar de kloof.

'Ja. Hij was er rechtop in geklemd en hij was doorweekt. Die stenen op de grond, hier, waren in de spleet opgestapeld om het lijk te verbergen.'

'Wie heeft hem gevonden?'

'Maggie en Burleson. Maggie, eh, beweerde een licht of iets dergelijks gezien te hebben dat haar naar de juiste plek leidde.'

'Licht? Een lantaarn, zoiets?'

'Nee. Volgens haar was het de geest van Samantha Carville.'

Corrie snoof laatdunkend en had meteen spijt van dit teken van minachting. 'Heeft Burleson dat ook gezien?'

'Hij zegt dat hij wel een licht gezien heeft, maar dat het volgens hem de weerschijn van hun eigen hoofdlampen was.'

Corrie keek om zich heen. Waarop kon dat licht dan weerkaatst zijn? Er was hier niets. Misschien zat er toch iemand achter de groep aan. 'Hoe was de temperatuur van het lijk toen jullie het vonden?'

'Koud.'

Corrie haalde een rol politielint uit haar tas, bond het aan een boom daar vlakbij en liep ermee rond, terwijl ze het lint afwikkelde tot de hele plaats delict afgezet was. Toen ze weer bij de oorspronkelijke boom stond, bond ze het af. Net toen ze overschoenen, een masker en een haarnet uit haar bagage haalde, arriveerde sheriff Devlin met de anderen op sleeptouw.

'Sheriff,' zei Corrie, met naar ze hoopte een verwelkomende klank in haar stem. 'Dank dat u uw mannen zo snel bijeen kon krijgen. Ik hoopte... misschien kunt u me samen met de anderen helpen terwijl ik de plaats delict inspecteer.'

'Ja, tuurlijk.' Devlin hees grommend de riem met zijn dienstrevolver op en keek strak naar het lijk. 'Zie je de plekken in zijn nek?'

Die had Corrie meteen al gezien, maar ze zei: 'O. Die waren me nog niet opgevallen. Dank voor de tip. Dat moet iets belangrijks zijn, denkt u ook niet?'

De sheriff knikte tevreden.

'Als u samen met de anderen de omtrek kunt bewaken,' zei Corrie, 'mensen op afstand houden terwijl ik aan het werk ben, dan zou ik dat enorm waarderen.'

'Geen probleem.'

Corrie bukte zich onder het lint door en liep langzaam, goed om zich heen kijkend, naar het lijk toe. Het gras was zwaar bedauwd, maar helaas was die dauw al hevig vertrapt tijdens de ontdekking van het lijk. Ze maakte foto's van de grond en de omgeving en richtte zich uiteindelijk op het lijk zelf.

Te zien aan een stuk platgedrukt gras voorbij het druk belopen gebied was één ding duidelijk: Wiggett was ergens anders vermoord en vervolgens naar de bergspleet gezeuld. Het probleem was dat het gras verdween in het bos en onder de bomen waren sleepsporen niet goed zichtbaar.

Terwijl ze zich over het lijk bukte, zag ze de onmiskenbare schaafwonden en blauwe plekken die aangaven dat het slachtoffer gewurgd was. Het was geen sinecure om het lijk een eind weg te slepen en dan in een verticale spleet te proppen. De moordenaar was dus vrijwel zeker een man, waardoor Maggie en Nora alvast uitgesloten waren. Hoewel? Die kokkin leek haar een potige tante, zij het iets te dik. Maar dat gewicht was dan wel weer een pre als je iemand wilde wurgen.

Corrie nam nog een reeks foto's en begon toen het lijk te bekijken. Ze knielde, legde haar hand op de borstkas van de man en duwde er hard op; er kwam vloeistof uit zijn mond sijpelen. Wiggetts longen zaten vol water, wat betekende dat hij om het leven was gekomen door verdrinking, misschien nadat hij het bewustzijn was verloren door verwurging.

Maar waar was hij dan verdronken? Het stroompje was hooguit een meter diep. Dat naargeestige meertje een eind verderop leek haar een meer voor de hand liggende plek. Ze maakte een reeks foto's van de sleepsporen en bepaalde aan de hand van haar kompas de richting. Dat zou ze later nagaan. Voorlopig leek duidelijk dat ze te maken hadden met een ongeplande, impulsieve moord.

Ze bestudeerde de handen van het slachtoffer, maar vond geen sporen van biologisch materiaal onder de nagels. Toch had de moordenaar misschien schrammen of andere verwondingen opgelopen tijdens de worsteling. Ze nam zich voor alle aanwezigen op subtiele wijze te bekijken.

Toen ze over haar schouder keek, zag ze de vier politiemensen en de lijkschouwer achter het politielint staan wachten tot zij klaar was. Ze keken niet blij, maar ze werkten tenminste mee.

Na nog een paar foto's verzamelde ze het schaarse bewijsmateriaal dat ze ter plekke vinden kon – een paar haren, een stukje afval, wat vochtige dennennaalden – en liep terug naar de groep.

'Dank u allen voor uw geduld,' zei ze.

Er werd geknikt, met voeten geschuifeld.

'Dr. Anand? Het lichaam staat tot uw beschikking.'

'Dank u, agent Swanson,' zei Anand, terwijl hij met zijn apparatuur onder het lint door dook.

Ze richtte zich tot sheriff Devlin. 'Als de arts klaar is zou ik het op prijs stellen als uw collega's en u ook de site willen afspeuren op bewijsmateriaal, want u hebt daar meer ervaring in dan ik. Misschien heb ik iets over het hoofd gezien.' Dit vergezeld van een minzame glimlach.

Devlin gaf een kort machoknikje ten antwoord en plotseling drong tot Corrie door dat ze zich te midden van alle haast en opwinding, alle activiteit en de analyse van de plaats delict, geen moment een beginner had gevoeld. En dat ze zojuist het eerste onderzoek had afgerond van haar eerste onmiskenbare moord.

41

Agent Swanson liep terug naar het hoofdkamp en haalde de satelliettelefoon op. Daarmee liep ze naar haar haastig weer opgezette tent en belde Morwood, die nog in Truckee zat.

'Agent Morwood? Met Corinne Swanson.'

'Wat is daar aan de hand?'

'Moord. Geen twijfel mogelijk: het slachtoffer is gewurgd en verdronken.'

'Enig idee van de dader?'

'Bijna zeker een man. Het is mogelijk dat het iemand van de expeditie is. Maar er is licht gezien in de buurt van de plek waar het lijk was verborgen, dus de kans bestaat dat het iemand van buiten is.'

'Forensisch bewijs?'

'Ik heb meegenomen wat ik kon. Niets wat ook maar ergens op wijst.'

'Enig idee waar de verdrinking heeft plaatsgevonden?'

'Nog niet. Misschien in het beekje, als hij al buiten kennis was. Een eind voorbij het kamp ligt een meertje dat een waarschijnlijker plek lijkt te zijn, maar daar heb ik nog niet gezocht naar sporen van een worsteling.'

'Wat is de volgende stap in je plan van aanpak?' In de wekelijkse vergaderingen had Morwood het altijd over het 'plan van aanpak'.

'Ik denk dat we het kamp moeten sluiten. Iedereen naar Truckee sturen terwijl we hier een grondige zoekactie organiseren.'

Een lange stilte en toen antwoordde Morwood. 'Hm. Drastisch.'

'Weet ik. Maar als het iemand in het kamp is, kan er bewijsmateriaal te vinden zijn in zijn of haar tent. Natte kleren misschien, of bloed.'

Weer een lange stilte. 'Oké,' zei Morwood. 'Ik laat het aan jou over.'

'Dank u, agent Morwood.'

'Zoals je me zelf altijd voorhoudt: je bent opgeleid voor het vergaren van forensisch bewijsmateriaal, dus dit is je kans om die vaardigheden te benutten. Het is ons onderzoek, hoe dan ook, tot we het kantoor in

Sacramento erbij kunnen betrekken.'

'Wou u Sacramento erbij halen?'

'Niet alleen dat, ik wil de zaak aan hen overdragen.'

Corrie was verbaasd en gepikeerd. 'Waarom?'

'Omdat er geen verband is met de zaak-Parkin. Ik wed tien tegen één dat dit om het goud gaat. De zaak-Parkin is óns onderzoek. Laat Sacramento zich hiermee bezighouden. Dus hou dat in gedachten, doe alles volgens het boekje en zorg dat al je bewijs overeind te houden valt. Met andere woorden: geen gespeculeer, slechts harde feiten graag.'

'Ja, agent Morwood.'

'En ga dan nu je gang maar.'

Ze legde de hoorn op de haak, deed de kist dicht en schoof de grendel ervoor. Ze liet hem in haar tent staan voor het geval ze Morwood weer zou moeten bellen. Ze was tot op het merg geschokt dat hij de zaak overdroeg aan Sacramento. Ondanks alles had ze het gevoel dat er wel degelijk een verband was tussen de ontbrekende Parkin-beenderen en de moord.

Maar die teleurstelling week even toen ze overwoog wat de volgende, zware, taak was: het kamp evacueren. Dat zou zeker niet meevallen en ze vermoedde dat Nora Kelly zich niet zonder slag of stoot zou neerleggen bij dit besluit.

Ze kwam net op tijd uit haar tent tevoorschijn om de sheriff en zijn maten terug te zien komen van de plaats delict. Ze ving zijn blik en wenkte hem en de anderen naar haar toe. 'Iets gevonden?'

De sheriff hield een plastic zakje omhoog. 'We hebben wel iets gevonden, maar niets wat op een misdrijf wijst. Misschien dat het lab er iets mee kan?'

'Bedankt.' Corrie pakte het zakje aan en legde het bij de andere bewijzen. Ze haalde diep adem. 'Ik heb zojuist mijn chef gesproken. Ik laat het kamp sluiten zodat we meer bewijs kunnen verzamelen.'

Devlin staarde haar aan. 'Ze krijgen een rolberoerte,' zei hij.

'Niets aan te doen.'

De sheriff keek naar zijn deputy en beiden wisselden een blik met de boswachters. 'De beslissing is aan u,' zei hij uiteindelijk.

De beslissing was aan haar. Met andere woorden: hij wilde er zijn handen niet aan branden. Maar Corrie beperkte zich tot een glimlach en een hoofdknik, en liep daarna het kamp in, op de voet gevolgd door de sheriff en zijn mannen. Nora Kelly stond op haar te wachten en ook de andere expeditieleden kwamen haastig aanlopen.

'Wat hebt u gevonden?' vroeg Nora.

'Het spijt me, maar vooralsnog mag ik de details niet bekendmaken.'

'Wie denkt u dat...?'

'Nora, kunnen we even onder vier ogen spreken?' onderbrak Corrie. Toen draaide ze zich om. 'U ook graag, meneer Burleson.'

Ze ging hun voor, een eind bij de groep vandaan.

'Wat is er aan de hand?' vroeg Nora.

'Ik vrees dat we jullie moeten vragen het kamp te verlaten.'

'Te verlaten? Hoe bedoel je?'

'Ik bedoel dat alles afgesloten moet worden: de opgraving zelf, het kamp... alles moet zo blijven liggen als het nu is. Je moet met je mensen naar Truckee tot we klaar zijn met het verzamelen van ons materiaal.'

'Ben je nou helemaal?' stoof Nora op. 'We kunnen niet zomaar weggaan! Ik heb hier een open opgraving, met menselijke resten die open en bloot liggen!'

'Ik vrees dat er niets anders op zit.'

'Bullshit.' Ze draaide zich om en riep: 'Sheriff?'

Wel potverdikkeme, dacht Corrie. Dat mens was echt om gek van te worden.

'Ja?' Devlin en zijn deputy, die zich op de achtergrond hadden gehouden, kwamen aanlopen.

'Agent Swanson zegt dat we de hele boel hier moeten afsluiten. Ik probeer haar aan het verstand te brengen dat dat niet kan. Niet alleen dat het niet kan, maar het brengt de hele opgraving in gevaar. De stoffelijke overschotten die hier liggen zijn dan ten prooi aan beschadiging, vandalisme, diefstal zelfs. Dat kan ik niet toestaan. U bent hier de plaatselijke autoriteit en ik teken protest aan.'

Devlin schuifelde wat met zijn voeten en gaf niet meteen antwoord. Hij haalde een pakje sigaretten uit zijn vestzak, schudde er een omhoog en stak die in zijn mond, waarna hij hem op zijn gemak opstak. Hij blies een stroom rook uit. 'Nou, mevrouw, het afsluiten van een plaats delict is standaard in dit soort situaties.'

Corrie merkte dat ze haar adem had staan inhouden. Ze liet de lucht uit haar longen ontsnappen.

'Maar dit is de plaats delict niet!' zei Nora. 'Wiggetts lichaam is een paar honderd meter stroomopwaarts gevonden. Luister, laat dan tenminste de opgraving zelf open, zodat we hem kunnen veiligstellen. Dáár is niets gebeurd.'

'Dat weten we niet,' zei Corrie hoofdschuddend. 'En de laatste keer dat ik hier was, leek de hele opgraving al met zeilen afgedekt en geborgd. De politie zal haar uiterste best doen niets te verstoren.'

Nora stond even inwendig te briesen. 'Wanneer wil je ons weg hebben?'

'Nu.'

'Nu meteen, bedoel je?'

'Correct. En niemand mag terug naar zijn tent om spullen op te halen of wat dan ook te verstoren.'

'Waanzin. Ik heb daar mijn aantekeningen, mijn portefeuille, creditcards, telefoon, alles ligt in die tent!'

'Je neemt alleen mee wat strikt noodzakelijk is. Voor de rest zorgen wij dat de boel veilig is.'

'Heb je daar geen gerechtelijk bevel voor nodig of zo?'

'Nora, zoals ik al eerder zei, we bevinden ons op federaal grondgebied en er is dus geen gerechtelijk bevel nodig. Ik heb ook nog eens beter naar jullie vergunning gekeken en daarin staat dat special agents van de FBI zonder voorafgaande kennisgeving binnen mogen komen. Dat is standaard voor alles wat er in nationale bossen gebeurt.'

Nora zette haar handen in haar zij en keek haar met een frons aan. 'Van wie is deze beslissing afkomstig? Heb jij dat bedacht? Wat vindt je baas daarvan?'

'Special agent Morwood is het met me eens.' Ze keek naar de sheriff. 'Maar meer ter zake: ik heb hier de touwtjes in handen. Punt uit.' Corrie besefte tot haar opluchting dat ze ditmaal kans had gezien haar stem niet te verheffen. Ze wendde zich tot Burleson. 'Wilt u de paarden zadelen zodat de hele groep naar Truckee kan? Iedereen moet in het zadel en wegwezen, zonder ook nog maar ergens aan te komen. En uw mensen moeten net als die van Nora in Truckee blijven, beschikbaar voor verhoor.'

'Dat meen je toch zeker niet?' vroeg Nora. 'Hoelang gaat dat duren?'

'Zo lang als nodig is.'

Nora wendde zich tot Devlin. 'En u. Sheriff. U hebt hier geen problemen mee?'

Devlin schraapte zijn keel, nam even de tijd voor nog een trek van zijn sigaret, spitste zijn lippen en spuwde een flintertje tabak uit. 'Nou, misschien kunnen we er iets van een tijdslimiet op zetten. Wat vindt u daarvan, agent Swanson?' Hij keek haar van opzij aan.

Corrie onderdrukte een opwelling van irritatie. Ze vond het niet prettig dat Devlin zich ermee bemoeide, maar de suggestie was niet verkeerd.

'Tweeënzeventig uur,' zei Corrie.

'Vierentwintig,' reageerde Nora.

Corrie had het nu wel zo'n beetje gehad met dat mens. 'Achtenveertig. En heb het hart niet hier terug te keren voordat je dat met mij besproken hebt. Persoonlijk.'

Een lange stilte.

'Oké,' zei Nora uiteindelijk.

Burleson sprak. 'Ik neem aan dat u denkt dat een van ons Wiggett vermoord heeft?'

'Daar kan ik niets over zeggen. Is alles duidelijk?'

'Meer dan,' zei Burleson met een wrange glimlach. 'We zullen ons moeten haasten als we voor donker bij de ranch terug willen zijn. Ben je zover, Nora?'

Nora vloekte kort maar krachtig, met een gezicht dat wit van woede was. Daarna draaide zich abrupt om en beende weg.

'En die ananasexpres die onze kant uit komt?' vroeg Burleson aan Corrie.

Ze aarzelde. Wel verdikkeme: met alles wat er gaande was, had ze geen moment meer gedacht aan de op til zijnde storm. 'We doen ons best. Maar storm of geen storm, ik heb hier twee etmalen nodig.'

42

19 mei

Om negen uur de volgende avond zat Nora in haar eentje aan de toog in de namaak-gezellige bar van de Truckee Inn; oude filmposters en borden met toeristische attracties erop aan de muur, samen met een handvol gereedschap voor gouddelvers: pikhouwelen, spades, pannen, zeven en handboren. Ze zat daar met een fles bier en een pokkenhumeur. Ze had de hele lange, saaie dag in dit suffe oord doorgebracht. Ze was zich beroerd geschrokken van Wiggetts dood en kreeg het beeld niet uit haar hoofd van het witte, starende gezicht van de wrangler. Haar broer, die geruchten had opgevangen over de opgraving, had haar vol bezorgdheid gebeld en het had haar een halfuur gekost hem te overreden niet alles uit zijn handen te laten vallen en onmiddellijk naar haar toe te komen.

Ze voelde iemand achter zich en even later hees Clive zich op de barkruk naast de hare.

'Martini, met Hendrick's en citroenschil,' zei hij tegen de barkeeper. Daarna draaide hij zich naar Nora om. 'Hoe ben jij eraan toe?'

'Volkomen shit.'

'Weet ik. Net toen we dachten dat we klaar waren. Maar ik heb mijn best gedaan de zaken positief te bezien en dat zou jij ook moeten doen. De opgraving was zonder meer een succes. We hebben de plek gevonden waarnaar we op zoek waren en daar hebben we meer gevonden dan we ooit gedacht hadden. En als dit allemaal voorbij is, vinden we misschien het goud ook nog.'

'Het had de droom van elke archeoloog kunnen zijn,' zei Nora. 'Als die moorden er niet geweest waren.'

'Meervoud. Dus jij denkt dat Peel ook vermoord is?'

'Volgens mij loopt iemand met zoveel ervaring als Peel niet zomaar met zijn hoofdlamp op het ravijn in.'

'Ik heb horen zeggen dat de lijkschouwer nog eens naar hem gaat kijken.'

'Mooi zo. Als hij die sectie niet had verknald, was Wiggett nu misschien nog in leven.' Nora dronk haar bier op en bestelde toen Clives martini arriveerde, een tweede. 'Volgens mij denkt die FBI-agent dat het een van ons was,' vervolgde ze.

'Kun je haar niet kwalijk nemen, lijkt me.' Clive haalde zijn schouders op. 'Maar wie dan?'

'Dat is het. Ik? Maggie? Jij? Burleson? Adelsky of Salazar? Het idee dat een van ons zessen een moord zou plegen is ronduit bespottelijk.' Ze aarzelde even voordat ze verderging. 'Ik wilde eerder niets zeggen, maar intussen vraag ik me af of er misschien inderdaad iemand in het bos zat. Of meerdere personen. Om ons in de gaten te houden.'

'Je lijkt Maggie wel.'

Nora grimaste naar hem.

'Maar waarom?'

'Het draait allemaal om het goud. Misschien had Wiggett het gevonden, of Peel, en zijn ze daarom vermoord. Misschien hebben ze het samen gevonden en hadden ze een soort geheim pact gesloten. Of misschien zijn er geruchten over het goud uitgelekt en probeert iemand ons bang te maken zodat ze er zelf ongehinderd naar op zoek kunnen.'

'Misschien, misschien, misschien.' Clive nipte van zijn glas. 'Burleson zegt dat we morgen een derdegraads kunnen verwachten. Als agent Swanson terugkomt.'

'O, god.'

Clive nam de laatste slok van zijn martini en tikte op het glas als teken dat hij er nog een wilde.

'Zo te zien sterk spul,' zei Nora.

'Net waar een mens behoefte aan heeft.' Hij wachtte en keek toe terwijl de barkeeper een cocktailshaker vulde. 'Ik wil je al een tijdje iets zeggen. Over Burleson.'

'Wat dan?'

'Nou, ik heb hem eens opgezocht. Hij was niet makkelijk te vinden, maar als historicus ben ik goed in het vinden van obscure informatie op het web. Je wist neem ik aan dat hij ooit een duurbetaalde echtscheidingsadvocaat in Californië is geweest?'

'Ja.'

'Hij zegt dat hij een andere loopbaan heeft gekozen omdat hij genoeg had van de ratrace, maar in werkelijkheid is hij in de problemen gekomen. Hij vertegenwoordigde een jonge vrouw die met een rijke stinkerd was getrouwd, naar verluidt op huwelijkse voorwaarden. Toen heeft hij een ongure detective in de arm genomen en die heeft ingebroken in het huis van die rijke gast. Hij is betrapt en heeft Burleson erbij gelapt. Burleson heeft tegen de politie gelogen en toen ze hem wilden arresteren, werd hij woest en heeft een agent een oplawaai verkocht. Waarop hij werd aangeklaagd wegens meineed, agressie, inbraak, wangedrag en belemmering van de rechtsgang. Het had maar weinig gescheeld of hij was de gevangenis in verdwenen. Het zag ernaar uit dat hij z'n vergunning zou kwijtraken, dus heeft hij die zelf aan de wilgen gehangen en is hiernaartoe gekomen.'

'Wow. Hij heeft me ooit iets verteld over dat hij met een onvriendelijke duw uit het vak was gezet, maar dat het zo erg was...?'

'En kijk, Nora, als je alle problemen beschouwt die we gehad hebben, dan zie je dat alles, maar dan ook alles begonnen is met Burlesons mensen... niet met ons.'

'Zou hij iets van plan zijn, denk je?'

'Geen idee. Hij is driftig, hij drinkt, en nu weten we ook nog eens dat hij oneerlijk is, dat hij boeven in dienst neemt en dat hij liegt. En er ligt daar ergens twintig miljoen aan goud begraven. Meer dan genoeg motief voor allerhande soorten wandaden.'

Nora dacht na. Hoewel Burleson haar nogal recht door zee leek, had Clive wel een beetje gelijk, meer dan een beetje, zelfs. 'We kunnen hem maar beter in de gaten houden,' zei ze.

'Dr. Kelly? Dr. Benton?' klonk een heldere stem achter hen. Ze draaiden zich om en zagen dr. Jill Fugit, directeur van het Instituut, door de saloon komen aanlopen.

'Ik ben al een tijdje op zoek naar jullie,' zei ze met een ontevreden blik in haar ogen. Ze keek om zich heen. 'We moeten even praten. Onder elkaar. Mijn kamer.'

43

Fugit had de beste kamer in de Inn genomen, een groot vertrek onder de dakspanten met een keukenblokje en een zithoek met een open haard op gas. Een rij dakkapellen bood uitzicht over het bos, dat steil oprees naar de bergpieken. Toen ze binnenkwamen, gebaarde Fugit naar een stel fauteuils aan weerszijden van de haard, voordat ze zelf op de bank ging zitten.

'Jullie kunnen wel raden waarom ik hier ben,' zei ze. 'Ik maak me grote zorgen om wat hier gaande is. Met name om de veiligheid van onze mensen.' Ze zweeg even. 'En ik zou ook heel graag weten hoe een simpele, ongecompliceerde archeologische expeditie heeft kunnen uitlopen in zo'n spiraal van moord en schandaal.' Met over elkaar geslagen armen en haar blik strak op Nora gevestigd leunde ze achterover op de bank.

Nora voelde haar woede opborrelen bij deze houding. Na het gedoe met die arrogante FBI-agent was Fugits bemoeienis wel het laatste waaraan ze behoefte had. Maar het leek haar niet wijs om ruzie te maken met haar baas, dus slikte ze en probeerde haar stem in bedwang te houden. 'Om te beginnen zou ik graag zeggen dat de opgraving zonder meer een succes was. We hebben het complete kamp in kaart gebracht en een schat aan informatie en vondsten bovengehaald die studiemateriaal voor jaren opleveren.'

'Afgezien uiteraard van de gestolen botten.'

'Dr. Fugit, de botten moesten op de vindplaats blijven liggen en we konden ze onmogelijk beschermen of wegbergen voordat ze bij het afsluiten van de opgraving konden worden verwijderd voor conservatie. Niemand had ook maar enig idee dat Peel ermee vandoor zou gaan. En hoe dan ook, alle oorspronkelijke vondsten zijn teruggevonden, behalve één schedel en een paar wervels.'

'En de dood van die Wiggett?'

'Daar is de FBI onderzoek naar aan het doen. Tegenover ons laten ze niets los.'

'Ik ben van plan die FBI-agent zodra ze van de opgraving terugkomt te spreken te vragen. Ik heb haar al eens eerder gesproken en het klonk alsof ze geen idee had waarover ze het had. Ze slingerde links en rechts beschuldigingen in het rond.'

Dat zal haar leren, dacht Nora niet zonder leedvermaak.

Fugit richtte zich tot Clive. 'En jouw mening over de situatie?'

'Ik ben het met Nora eens, het was een geslaagde expeditie. Ik zie niet in hoe we deze problemen hadden kunnen voorzien of voorkomen en het is zeker niet Nora's schuld. Botweg gesteld lijken alle moeilijkheden te liggen bij de wranglers die waren ingehuurd door het Instituut, en niet door ons.'

'Over het Instituut gesproken, heb je enig idee wat dit project ons tot nu toe gekost heeft? Net onder een half miljoen. Jullie moeten subiet terug, die opgraving afmaken en indien mogelijk het goud vinden.'

'Volgens agent Swanson konden we na twee etmalen terug.'

'Dat zal best, maar daarbij is geen rekening gehouden met de zware storm die eraan komt. Als die even erg is als voorspeld, kan het dagen duren voordat jullie terug kunnen.'

'Daar buigen we ons over als Nora eenmaal het groene licht heeft gekregen van agent Swanson,' zei Clive. 'Ik weet zeker dat het goud daar ligt. We hebben het zoekgebied tot eigenlijk maar één punt beperkt.'

'Ik hoop oprecht dat dat het geval zal zijn. Goed, ik meen te begrijpen dat de FBI gedetailleerde verhoren wil houden. Houd vooral in gedachten dat het Instituut in een positief licht afgeschilderd moet worden.' Ze leunde voorover. 'Zoals jullie al zeiden: deze problemen zijn begonnen met Red Mountain Ranch en de mensen van daar. Wij hebben daar niets mee te maken. Duidelijk?'

'Duidelijk,' zei Clive.

'Dank je. En dan zou ik Nora nu graag even onder vier ogen spreken, als je het niet erg vindt.'

Clive stond op en liep de kamer uit. Fugit keek naar Nora en haar gezicht werd vriendelijker. 'Sorry als ik erg kritisch overkom. Dit moet zwaar voor je geweest zijn. En ik neem aan dat mijn komst ook niet direct een plezierige verrassing was.'

Deze nieuwe toon had Nora niet verwacht.

Fugit vervolgde: 'Ik maakte me echt enorme zorgen toen ik hoorde dat er een dodelijk ongeval had plaatsgevonden en daarna een moord. Ik wilde het niet zeggen in bijzijn van dr. Benton, maar ik hoop dat je begrijpt dat ik niet weg kon blijven.'

'Ik ben blij dat u er bent,' loog Nora.

'Nu moeten we het hebben over de pers. Tot nu toe is er niets uitgelekt, maar dat gaat beslist gebeuren. Daar moet je op voorbereid zijn.'

'Hoe doe ik dat?'

'Er komen vragen, zeer gerichte vragen. Mijn advies is om zo weinig mogelijk te zeggen zonder ontwijkend over te komen. Bedenk van tevoren wat voor vragen je kunt verwachten en maak een lijstje met dingen die je wilt aanstippen. De opgraving was een groot succes, je hebt alles bereikt waarvoor je hier gekomen was, het historische belang van de ontdekking is ongeëvenaard. Ja, er waren wat tegenslagen, maar die hadden alleen te maken met de wranglers die in dienst waren als ondersteuning van de expeditie, niets wat het Instituut zelf betrof.'

Nora knikte. Het was tenslotte waar, niet alleen de draai die de directeur van een prestigieuze organisatie aan een verhaal zou geven.

'Ben jij het met dr. Benton eens? Dat jullie het goud zullen vinden, bedoel ik?'

'Ja, dat ben ik met hem eens.'

Fugit leek zich iets te ontspannen bij die mededeling en even later glimlachte ze zowaar. 'Ik wilde je niet te kijk zetten waar hij bij was, maar ik wil je wel zeggen: ik vind dat je het fantastisch doet en dat onder moeilijke omstandigheden.' Ze leunde naar Nora over. 'Je bent een eersteklas archeoloog, Nora. De beste van het hele Instituut. En ik zal ervoor zorgen dat die FBI-agent geen stokje steekt voor het afronden van jouw werk. Ik ken mensen in Washington. Ik kan wat ritselen en, als het even meezit, dat overijverige groentje intomen.'

'Dank u,' zei Nora oprecht. 'Dat zou ik heel erg op prijs stellen.'

'Als de FBI de opgraving weer vrijgeeft, zorg dan dat in allereerste instantie de beenderen worden voorbereid voor vervoer en dat de opgraving veiliggesteld wordt. Gewoon voor het geval ze je weer komen lastigvallen. En zorg dat je dat goud vindt. We kunnen ons op het Instituut niet goed veroorloven een half miljoen in de rode cijfers te staan.'

'We doen ons best.'

Fugit legde een hand op haar schouder. 'We komen hier doorheen. Als je iets nodig hebt: gewoon laten weten.'

44

20 mei

Corrie reed in haar eentje vanuit het kamp de vallei in. Ze had kans gezien de haar toegewezen twee etmalen, en iets meer zelfs, te voltooien voordat de storm zou arriveren en daar was ze dankbaar voor. Daar stond tegenover dat een minutieuze zoektocht in het kamp geen keihard bewijsmateriaal had opgeleverd. Ze moest zelfs toegeven dat ze absoluut niets gevonden hadden wat ook maar in de verste verte verdacht leek. Als de moordenaar deel uitmaakte van het team, was hij aanzienlijk voorzichtiger dan Corrie in eerste instantie aangenomen had.

Ze hadden één belangrijke ontdekking gedaan: het ijskoude meertje in het dal achter het kamp was de feitelijke plaats delict. De moordenaar had geprobeerd zijn sporen te wissen: hij had de bodem langs de oever glad geveegd en de overhoop getrapte stenen teruggelegd, maar bij zorgvuldige inspectie bleek dat hier een worsteling had plaatsgevonden. Een eind verderop hadden ze losweg verhulde sleepsporen aangetroffen, die in de richting leidden van waar het lijk gevonden was.

Maar die vondsten leverden alleen maar meer vragen op. Wat had Wiggett in het holst van de nacht te zoeken gehad bij dat meertje? Had hij met iemand afgesproken? Was hij ernaartoe gelokt? Het was duidelijk dat hij zijn tent doelbewust verlaten had: hij had warme kleren aangetrokken en zijn bergschoenen aangedaan in plaats van zijn cowboylaarzen. Hij verwachtte dus ruig terrein tegen te komen. Hopelijk zou het rapport van de lijkschouwer bevestigen in welke volgorde hij de verwondingen had opgelopen die tot zijn dood hadden geleid. Al was ze er niet zeker van dat ze daarmee het misdrijf zelf zou kunnen reconstrueren.

Als Wiggett was vermoord door iemand in het kamp, had hij of zij geen duidelijke sporen nagelaten. Corrie begon te denken dat iemand van buiten het kamp in de gaten had gehouden en de moorden had gepleegd. Ze had Devlin en zijn groep op pad gestuurd om het bos rond de plaats delict af te speuren naar tekenen dat daar recentelijk iemand geweest was, maar dat had niets opgeleverd.

Ze waren allemaal rond het middaguur vertrokken, maar Corrie was koppig achtergebleven. Ze wilde er niet weg, want ze had het gevoel dat ze iets, iets miniems misschien, over het hoofd gezien had. En dat detail zou haar duidelijk maken wie de moordenaar was. Hoe vaak was ze intussen al 'voor het laatst' door het kamp gelopen? Maar nu waren de kansen verkeken en moest ze haastig terug. Al deed ze nog zo haar best, de kans was klein dat ze voor het donker zou arriveren en de wind was al aan het opsteken. Tegen zonsopgang zou de storm op zijn zwaarst zijn. Aan het eind van haar route zou ze Morwood treffen en wellicht ook de nieuwe special agent van het bureau in Sacramento, die het onderzoek zou overnemen.

En dat was het dan.

Ze voelde zich zwaar gefrustreerd: over het gebrek aan bewijs, over haar onvermogen een theorie te ontwikkelen over de misdaad, over het feit dat ze geen onomstotelijk verband had kunnen vinden met de zaak-Parkin. Onwillekeurig nam ze de fouten door die ze gemaakt had: ze had te veel gepraat, had mensen verteld dat Peel volgens haar vermoord was, ze had Devlin tegen zich in het harnas gejaagd en ze had zich door Nora Kelly laten koeioneren om het kamp slechts voor twee etmalen te sluiten.

Maar misschien was het allemaal inderdaad zo eenvoudig als Morwood meende: dit was een smerige moord die te maken had met de twintig miljoen aan goud en daarmee uit. Hij had tientallen jaren ervaring, zij slechts een paar maanden. Als er op de Academie één ding in gehamerd was, dan was het wel dat de juiste oplossing van een misdaad meestal de meest voor de hand liggende was. *Mijd de verleiding op zoek te gaan naar slinkse motieven en onwaarschijnlijke complotten*, had een van de instructeurs gezegd. *Het leven is niet geschreven door Agatha Christie. Misdadigers zijn stom en de meeste misdaden zijn banaal en makkelijk op te lossen.*

Plotseling keek ze op en besefte dat ze zich op onbekend terrein bevond. Voor haar stond een enorme spar, door de bliksem doormidden gespleten. Die had ze nog nooit gezien. Ze uitte een knetterende vloek. Ze had zich zo in haar zelfmedelijden gewenteld dat ze van het pad geraakt was.

Ze pakte haar mobiele telefoon en keek in de navigatie-app waar ze was. Hoewel er geen bereik was, deed de onafhankelijke gps van de telefoon het wel en ze had vooraf de benodigde kaarten van het terrein gedownload. Daarop zag ze dat ze bij de splitsing aan het eind van Poker Creek niet naar Hackberry Creek was afgeslagen, maar dat ze een kilometer te ver was doorgereden door een naamloze vallei aan de andere kant van die kreek.

Het was vier uur. De hemel was aan het dichttrekken en er hing een geur van naderende elektriciteit in de lucht. 'Vooruit, Sierra,' zei ze, terwijl ze op onhandige wijze haar paard wendde. 'Kom op, jongen, opschieten!'

Het slome paard, niet onder de indruk van haar smeekbedes, maakte langzaam rechtsomkeert en slenterde de vallei weer in.

'Loop nou toch eens door, rotbeest!' Ze schudde met de teugels, maar het paard negeerde haar.

Nooit zou ze eraan wennen. Haar hele lijf deed pijn van het paardrijden. Terwijl ze verder door de kreek trok, kwam ze langs een open plek en zag daar de restanten van een vuurkring. Plotseling hield ze haar adem in. Misschien was dit het kamp van degene, of degenen, die het kamp geschaduwd hadden.

'Ho, Sierra! Ho, verdomme!'

Onwillig kwam het paard tot stilstand. Corrie steeg af en bond zijn halstertouw aan een boom. Voorzichtig liep ze op de vuurplek af en probeerde niets te verstoren. Maar dichterbij gekomen zag ze tot haar teleurstelling dat de plek al oud was. Er lagen dor blad en dennennaalden in de put, wat betekende dat het primitieve kampement moest dateren van vóór de afgelopen herfst. Sinds die tijd was hier niemand geweest.

Toch leek het een vreemde plek om te kamperen, ver van alle paden af, aan de oever van een stroompje dat te smal was om er te kunnen vissen, in een donkere en deprimerende vallei. Ze raapte een stok op en roerde ermee in de oude as; ze vond wat vuilnis, hier en daar verschroeid maar nog relatief intact. Met een gevoel alsof ze iets doms deed, borg ze die in een ziploczakje. Dat was ook iets wat de instructeur aan Quantico gezegd had: *In geval van twijfel, meenemen.*

Ze maakte haar paard weer los, hees zich in het zadel en gaf hem flink de sporen. De boomkruinen schudden in de aanwakkerende wind en maakten een sissend geluid. Ze had nog drie uur de tijd om bijna vijfentwintig kilometer af te leggen voor zonsondergang en dat op een zeer oneffen pad. Verdomme, ze had nog maar heel weinig marge.

Ze gaf Sierra een vinnige trap en eindelijk ging het beest over in een traag drafje. Ze haatte draf – ze werd door elkaar gerammeld als een ledenpop – maar ze kreeg liever een houten kont dan dat ze in het donker, in de bergen, vlak voor een storm verdwaald raakte.

Net toen het laatste daglicht in het westen verdween, kwam ze aan op Red Mountain Ranch. En inderdaad, daar stond Morwood op haar te wachten.

'Jezus, Swanson, ik begon me zorgen te maken!' zei hij, terwijl ze zich uit het zadel liet glijden en de teugels aan een wrangler gaf. Ze wankelde naar hem toe, ze kon amper overeind blijven.

'Gaat het?' vroeg Morwood.

'Niks aan de hand, gewoon mank voor het leven dankzij die lijmpot daar,' antwoordde Corrie.

'Je had niet in je eentje op pad moeten gaan.'

'Ik wilde nog één keer naar de site toe.'

'En?'

Ze schudde haar hoofd.

Ze liepen naar het parkeerterrein. 'Ik wilde je zeggen dat het onderzoek is toegewezen aan special agent Nick Chen uit Sacramento,' meldde Morwood. 'Morgenochtend komt hij hier aan. Hij heeft een voorbeeldige staat van dienst en, al even belangrijk, schijnt een geschikte vent te zijn. Ik denk dat je de zaak met plezier aan hem zult overdragen.'

'Oké.'

Morwood glimlachte als een koppelaar. 'Ik neem vanavond een late vlucht naar Albuquerque. Corrie, jij blijft hier tot agent Chen volledig op de hoogte is. Ik heb voor de komende paar dagen je kamer in de Truckee Inn aangehouden. Je geeft hem al je aantekeningen, materiaal enzovoort. Ik vrees dat je de storm die eraan komt zult moeten uitzitten, maar als die voorbij is kun je hem meenemen naar het kamp, hem alles laten zien, en hem voorstellen aan de groep. En dan kom je naar me toe in Albuquerque.'

'Oké.'

'Vragen?'

'Nee, agent Morwood.'

Ze stapten in Morwoods auto en hij nam de snelweg naar Truckee Inn. Toen ze uitstapte, stak hij zijn hand uit. 'Als ik niet op weg was naar het vliegveld, zou ik je nu op een forse biefstuk trakteren. Goed gedaan, agent Swanson. En aarzel niet te bellen als je iets nodig hebt.'

Toen Corrie de lobby door liep op weg naar de balie, kwam er een lange, goed geklede blonde vrouw naar haar toe lopen; haar bril hing aan een dun gouden kettinkje om haar nek.

'Special agent Swanson?' vroeg ze.

'Ja.'

'Ik ben dr. Fugit, directeur van het Archeologisch Instituut van Santa Fe. Zoals u zich ongetwijfeld herinnert, hebben we elkaar over de telefoon gesproken.' Ze schudde Corries hand en zette haar bril op, waarna ze Corrie bestudeerde alsof die een archeologisch specimen was. 'Hebt u even?'

'Eh...' Ze dacht terug aan Morwoods waarschuwing dat ze geen mensen tegen de haren in mocht strijken. 'Jazeker. Wat kan ik voor u doen?'

Fugit ging haar voor naar een afgelegen hoekje van de lobby. Ze namen plaats op een oranje bank en Fugit leunde naar Corrie over. Met een plotseling ijskoude stem zei ze: 'Naar verluidt verdenkt u een van mijn teamleden van moord. Klopt dat?'

Corrie nam even de tijd om na te denken over het best mogelijke antwoord. *Houd je op de vlakte, wees niet beledigd.* 'Vooralsnog verdenken we niemand,' zei ze, 'en worden er ook geen beschuldigingen rondgeslingerd. Dit is een normaal, routinematig moordonderzoek.'

'Routinematig? U hebt een complete archeologische opgraving lamgelegd!'

'We zijn klaar met het verzamelen van bewijsmateriaal. Zodra ik Nora zie, draag ik de site over aan haar en haar team.'

'Daar hebben we anders weinig aan, nietwaar, met die storm die eraan komt.'

Ze sprak op sarcastische toon en Corrie gaf geen antwoord. Alsof Nora nog niet erg genoeg was: die baas was helemaal een kreng van het zuiverste water.

'Hebt u verdachten? Een motief? Wat dan ook?'

'Sorry, we kunnen geen details bekendmaken.' Ze ging verzitten op de bank. 'Wat ik u wel kan zeggen, is dat het onderzoek wordt overgedragen aan ons bureau in Sacramento.'

'En wat moet ik daaruit concluderen?'

'Dat special agent Chen het hier overneemt en ik terugga naar New Mexico. U kunt met uw vragen en opmerkingen bij hem terecht.' *En dan kan hij u precies vertellen waar u die archeologische opgraving van u kunt steken*. Corrie glimlachte.

Fugit zette haar bril af en liet hem vallen. 'Ik krijg sterk de indruk dat dit onderzoek tot nu toe bijzonder incompetent is uitgevoerd en zonder enige egards voor wat er gaande was. Ik dien een klacht in.'

'Dat is uiteraard uw goed recht,' zei Corrie. 'Maar ik denk dat u zult ontdekken dat alles volgens het boekje gegaan is.'

'Dat zullen we nog wel eens zien.'

'Ik kan u verzekeren dat de FBI er zonder meer van uitgaat dat de zaak opgelost wordt en de dader opgepakt zal worden.' Corrie moest haar best doen haar gezicht in de plooi te houden bij deze uitermate banale opmerking.

Fugit stond op. 'Ik hoop het van harte.' Ze zweeg even. 'En inzake dat goud daar. Ik neem aan dat u daarvan op de hoogte bent?'

'Ik ben ingelicht.'

'Dus hoe past dat in het plaatje? Heeft die moord daar op de een of andere manier mee te maken?'

'Nogmaals, dr. Fugit, daar kan ik niet op ingaan.'

'Waar kunt u dan wél op ingaan?'

'Zoals ik al herhaalde malen gezegd heb: nergens op.'

Fugit fronste haar voorhoofd. Daarna draaide ze zich zonder nog een woord te zeggen om en beende zonder afscheid te nemen weg. De hakken van haar zwarte sandaaltjes klakten over de houten vloer.

Corrie haalde sidderend adem. Het viel niet mee om kalm te blijven in gesprek met bullebakken als Fugit. Als tiener was ze gepest en ze was er nog steeds hypergevoelig voor. Dat was een zwak punt van haar en als ze ooit een goede FBI-agent wilde worden, kon ze er maar beter mee leren omgaan.

45

21 mei

Burleson hield voet bij stuk: geen paarden, geen wranglers, niets.

'We kunnen niet de berg op,' zei hij, nog slaperig nadat Nora om zeven uur die ochtend bij hem op de stoep was verschenen. 'Niet met dit weer. En we kunnen al helemaal geen verantwoordelijkheid nemen voor jullie welzijn.'

Datzelfde zei hij al tien minuten lang en er was geen smeken en soebatten aan. 'Maar ik vraag ook niet of je...' begon Nora nogmaals.

'Einde discussie. Sorry, Nora, je moet gewoon wachten tot het voorbij is.'

Terug in Truckee en op weg naar de Inn voor een kop koffie waaraan ze hevige behoefte had, sloeg Nora een hoek om en botste bijna tegen agent Swanson aan, die in tegengestelde richting op weg was.

Met gefronste wenkbrauwen wendde Nora haar blik af, in de hoop ongemoeid te kunnen passeren. Maar dat zat er niet in.

'Nora,' begon Corrie. 'Heb je even?'

Nora was niet in de stemming voor het mens. 'Wat nu weer?'

'Ik moet je nog één ding zeggen. De moord op Wiggett wordt overgedragen aan ons bureau in Sacramento. Vandaag arriveert special agent Chen om de zaak over te nemen.'

Nora knikte bruusk en ging op weg naar de ingang van de Inn. Misschien was die Chen makkelijker om mee te werken.

Corrie draaide zich om en liep achter haar aan. 'Zodra de overdracht klaar is, ga ik terug naar Albuquerque.'

'Dan wens ik je het beste.' *Heb ik mooi geen last meer van je.*

'Helaas kan het met die storm wel een paar dagen duren voordat ik agent Chen het kamp en de opgraving kan laten zien.'

'Heláás had je me de site na twee etmalen moeten teruggeven. Dat wil dus zeggen gistermiddag om twee uur. Maar je hebt je niet aan de afspraak gehouden. Je was pas terug toen het donker werd en nu kunnen wij ook niet naar de opgraving.'

Nog steeds met Corrie Swanson op haar hielen liep ze naar binnen. 'Ik was te laat terug. Sorry. Maar het feit is wel dat je er gistermiddag toch niet naartoe gekund had, niet met die storm op til.'

Daar ging Nora niet op in. Ze wist dat het waar was, gezien Burlesons reactie van daarnet. Maar ze was niet in de stemming om dat lastpak van een FBI-agent gelijk te geven.

'Ik heb nog één vraag,' vervolgde Corrie. 'Een detail, maar ik weet niet goed hoe ik het in mijn verslag moet opnemen. Weet jij misschien of er iemand afgelopen zomer of najaar heeft gekampeerd in de buurt van de opgraving?'

'Nope. Sorry.' Nora keek de lobby rond, op zoek naar de koffiepotten. Jemig, wat had ze daar een behoefte aan.

'Ik vraag het omdat ik gisteren een vuurplek vond van afgelopen jaar, of eerder nog. In een nevenvallei.'

'Zoals je weet ben ik zelf pas sinds december op de hoogte van de site. Het moet een toerist geweest zijn.'

Corrie plooide haar gezicht in rimpels. 'Oké.'

Nora had de koffie ontdekt en liep eropaf, maar plotseling aarzelde ze. Ze dacht terug aan haar toenemende gevoel dat iemand het kamp in de gaten had zitten houden. 'Weet je zeker dat het vuur niet van recenter datum was?'

'Er lag een laagje dennennaalden en dor blad over de houtskool heen en wat sneeuw, dus ik ben ervan uitgegaan dat de kampeerder verdwenen was voordat het blad van de bomen viel.'

Nora wachtte.

'Vreemde plek om te kamperen,' ging Corrie verder. 'Je kunt er niet vissen, het is er niet mooi, gewoon een doodlopende vallei en een enorme, doormidden gespleten boom.'

Nora aarzelde. *Een doormidden gespleten boom*. Waarom klonk haar dat zo bekend in de oren? 'Misschien was het een jagershut?'

'Het jachtseizoen begint eind november, als het blad allang van de bomen is.'

Dit klonk eigenaardig. 'Heb je daar verder nog iets aangetroffen?'

'Ik heb goed gezocht, maar het was er behoorlijk schoon. Enig afval. Een kauwgumpapiertje, een sigarenstomp, een stukje cellofaan, meer niet.'

Nora zweeg. 'Een sigarenstomp? Zat het bandje er nog om?'

'Daar heb ik niet op gelet. Dan zou ik even moeten kijken.'

'Heb je het bewaard?'

'Natuurlijk.'

Even later zei Nora bij zichzelf dat dit een betekenisloos toeval moest zijn; dus als ze haar vermoeden uitsprak tegenover de FBI-agent, zou ze alleen nog maar meer overbodige achterdocht kweken. Toch aarzelde ze; er knaagde een onbehaaglijk gevoel aan haar. 'Waar was die vallei precies?'

Corrie moest even nadenken. 'Als je Poker Canyon uit loopt en eh, Hackberry Creek oversteekt, dan is de vallei aan de overkant. Die was het. Op de kaart heeft hij geen naam.'

Nora haalde diep adem. Nu wist ze weer waar de herinnering aan die gespleten boomstam vandaan kwam. Toen ze voor het eerst Hackberry Creek in gereden waren, voordat ze het Verloren Kamp hadden gevonden, had Clive iets gezegd over een enorme boomstam die door blikseminslag in tweeën gespleten was. Maar in wat voor context had hij dat ook weer gezegd? 'Waar is dat sigarenstompje?' vroeg ze.

'In mijn kamer.'

'Kunnen we even gaan kijken?'

Corrie wierp haar een speculatieve blik toe. 'Hoezo?'

'Laten we eerst even kijken,' zei Nora. 'Ik vertel je straks waarom.'

'Oké.'

Nora liep achter Corrie aan de trap op naar haar kamer. Op een bagagerek stond een krat voor bewijsmateriaal; de agent liep ernaartoe, opende het en haalde er een afgesloten plastic zakje uit met een paar kleine voorwerpen erin, waaronder het uiteinde van een dikke sigaar. Ze gaf de envelop aan Nora.

Met een eigenaardig, beklemd gevoel in haar borst draaide Nora het zakje om in haar handen. 'Dunhill,' zei ze zachtjes. Ze gaf de zak terug aan Corrie.

'Wil dat iets zeggen?' vroeg Corrie.

Nora aarzelde. Moest ze het zeggen? Het zou alleen maar tot meer problemen leiden. Maar ze hoorde zichzelf al zeggen: 'Clive rookt af en toe Dunhill-sigaren.'

'O?'

'Ja. Daar wordt hij rustig van, zegt hij, als hij zich gefrustreerd voelt. En...' Nu vreesde ze dat ze echt een stap aan het zetten was waar ze spijt van zou krijgen. 'Je zei iets over een gespleten boomstam.'

'Ja. Pal naast die vuurkring; een helft hing over alsof hij ieder moment kon vallen. Ik zou er niet over piekeren om daar te gaan kamperen. Ik zou als de dood zijn dat ding tijdens de slaap op m'n hoofd te krijgen.'

'Toen we op zoek waren naar het kamp, toen we voor het eerst Hackberry Creek in reden... toen zei Clive iets over een gespleten boomstam.'

'In wat voor context?'

'Dat weet ik niet meer precies. Volgens mij maakte hij een grap over de kans dat je in die bergen door de bliksem getroffen kon worden. Hij had het over een spar die hij gezien had, die van boven tot onder doormidden was. Een theatrale aanblik, zei hij. Is die boom... zichtbaar vanaf het pad?'

'Nee.'

Nora bleef zwijgend staan peinzen.

'Is dat een veel voorkomend merk voor sigaren, Dunhill?'

'Ik zou het niet weten.' Dit was precies waar ze bang voor geweest was: dat ze nog meer gespeculeer zou veroorzaken. 'Luister, die sigaar kan van iedereen geweest zijn. Clive was het niet. Waarom zou hij daar afgelopen jaar zijn gaan kamperen? Hij zei zelf dat hij hier nog nooit in de buurt geweest was.'

Corrie dacht even na over haar antwoord. 'Op zoek naar het goud.'

'Toe nou. Meen je dat nou? Waarom is hij dan met zijn project naar het Instituut gekomen? Waarom is hij er niet zelf met het goud vandoor gegaan?'

'Misschien heeft hij gezocht, maar kon hij het niet vinden. Dus heeft hij jullie expertise ingeroepen om het kamp te vinden.'

'Dat slaat nergens op. Als we het goud eenmaal in handen hadden, hoe moest hij er dan aan komen? Van het Instituut jatten?'

Langzaam antwoordde Corrie: 'Misschien heeft hij het goud al gevonden. En is dat de reden waarom júllie het nog niet gevonden hebben.'

Nora lachte vreugdeloos. 'En dat hele verhaal hang je op aan één ouwe peuk.'

'En een gespleten boomstam.'

'Daarvan moeten er hier tientallen staan.'

Na een tijdje nam Corrie het zakje weer van Nora over. 'Er moet hier DNA op zitten. Misschien zelfs een vingerafdruk. We kunnen het hem eens laten zien en vragen of hij hier afgelopen jaar gekampeerd heeft.'

'Dan zegt hij toch nee.'

'Natuurlijk zegt hij nee, maar zo kunnen we wel kijken hoe hij op de vraag reageert.'

'Op jóúw vraag. Ik ga hem daar niet mee confronteren. Clive is partner bij deze expeditie. En een vriend.'

'Klinkt redelijk.' En Corrie ging haar voor naar de deur.

46

Maar toen ze klopten, deed Clive niet open.

Vlak voor zijn deur stonden ze even op gedempte toon te praten. 'Zou hij nog slapen, denk je?' vroeg Corrie.

'Hij leek me altijd nogal vroeg uit de veren.'

'Nou, hij was niet beneden bij het ontbijt. En er zijn hier zo vroeg op de ochtend niet veel plekken waar je naartoe kunt, zeker niet met die storm die eraan komt.' Corrie klopte nogmaals, harder. En daarbij week plotseling de deur.

'Dat is gek,' zei Corrie, terwijl ze de knop inspecteerde. 'Het lijkt wel of het slot vastzit. Als de douche in mijn kamer kenmerkend is, lijkt het hang- en sluitwerk in deze achenebbisj-tent me even beroerd als de waterleiding.'

Nora stak haar hoofd om de hoek van de open deur. 'Clive?' Ze zag dat het een volslagen chaos was in de kamer: open koffers, laden niet dichtgedaan, persoonlijke bezittingen in het rond geslingerd. Zowat het enige wat geen puinhoop was, was het bed; dat was onbeslapen. 'Zo te zien is Clive gisteravond niet naar bed gegaan,' zei ze. 'Maar wanneer hij ook is weggegaan, het was in grote haast.'

'Vandaar waarschijnlijk dat slot,' reageerde Corrie. 'Hij heeft de sleutel wel omgedraaid, maar niet gekeken of hij hem goed in het slot getrokken had. Hé, wacht eens even!'

Nog voordat Corrie uitgesproken was, was Nora de kamer al binnengelopen.

'Je kunt niet zomaar naar binnen,' zei Corrie. 'Niet zonder huiszoekingsbevel.'

'Wat nou bevel? Ik ben de leider van de expeditie. En Clive is een vriend. Hij heeft een keer iets van me geleend. Ik kwam het ophalen en zag dat zijn deur openstond.'

'Wat mag dat dan wel zijn, dat hij van jou geleend heeft?' vroeg Corrie.

'Dat weet ik nog niet. Maar zodra ik het zie, herken ik het.'

'Ik wacht hier, als je het niet erg vindt.'

Nora keek om zich heen naar de wanorde en probeerde te snappen wat er aan de hand was. Haar vriendschap en respect voor Clive vormden een schril contrast met een onverklaarbare puinhoop om haar heen. Het zag er niet naar uit dat hij iets van kleding meegenomen had. Zelfs zijn camera lag nog op het nachtkastje. Ze liep naar het bureau toe, dat vol lag met historische documenten. Toen ze wat rondneusde, vond ze fotokopieën van oude brieven, recente krantenberichten, vergeelde reproducties van microfilmpagina's en zelfs sensatieromannetjes waarin naar verluidt het ongecensureerde, afgrijselijke verhaal van de Donner-tragedie verteld werd. Tientallen items: Clive was bijzonder grondig in zijn onderzoek.

'Zie jij een jas?' vroeg Corrie, en ze keek vanaf de drempel naar binnen.

'Nee. Ik denk dat hij naar buiten gegaan is.'

Nora keek verder door de documenten op het bureau. Ze pakte een stapeltje aan elkaar geniete fotokopieën die ze algauw herkende als het logboek van Tamzene Donner. Het origineel had Clive natuurlijk voor de veiligheid in Santa Fe laten liggen. Toen ze de beduimelde pagina's omsloeg, viel er een blad op de grond.

Nieuwsgierig raapte ze het op. Dit was iets nieuws; nieuw en eigenaardig. Het was nog een fotokopie, van een document in een ongelijkmatig, bevend handschrift met namen en data en bijbelcitaten en zelfs een paar naargeestige schetsjes voor extra nadruk: grafstenen en wenende engelen en vuurregens die, kennelijk, het einde der dagen moesten voorstellen. Hier en daar zag ze aantekeningen van recenter datum: een paar aangestreepte zinnen en beknopte aantekeningen in de marge... in Clives handschrift.

Dit leek haar een belangrijk historisch document, maar zij had het nooit gezien. Als Clive dit had aangetroffen in Tamzenes oorspronkelijke dagboek, had hij daar tegen haar nooit iets over gezegd.

'Hij zal wel de hort op zijn,' zei Corrie. 'Kom, we gaan.'

'Heel even nog.' Nora nam de fotokopie mee naar de deur en liet hem aan Corrie zien.

'Wat is dat?' vroeg Corrie. 'Het lijkt wel het werk van iemand die zwaar gestoord is.'

'Misschien is het dat ook.' Nora vouwde het blad op en stopte het in haar zak. 'Oké. Ik volg je.'

Bij de balie zei de receptioniste dat Clive die ochtend voor zonsopgang met een kleine rugzak was vertrokken. Hij had niet gezegd waar hij naartoe ging.

Ze keken elkaar aan.

Corrie pakte haar mobiele telefoon en koos Clives nummer. Ze kreeg meteen de voicemail. Ze koos een tweede nummer, ditmaal Red Mountain Ranch. Na een kort gesprek verbrak ze de verbinding. 'Bij Red Mountain Ranch zagen ze vanochtend dat er een paard ontbrak,' zei Corrie tegen Nora. 'Burleson dacht dat jij het misschien meegenomen had.'

'Dat was ik niet.'

'Natuurlijk niet,' zei Corrie met opgetrokken wenkbrauwen.

'Toe nou. Clive, paardendief? Waarom zou hij nou een paard stelen… en dat bij zulk weer?'

Corrie gaf geen antwoord.

'Jij staat wel heel snel klaar met je conclusies,' zei Nora weifelend. 'Clive is geen misdadiger.'

'Iedereen heeft het in zich,' antwoordde Corrie. 'Het enige wat nodig is, is de juiste aansporing.'

47

Met een koffiemok in de hand en een rood aangelopen gezicht kwam Burleson hun op de veranda tegemoet. 'We hebben hier nog nooit een probleem gehad met de beveiliging,' brieste hij. 'Maar nu heeft iemand zichzelf bediend van een paard, een zadel en een hoofdstel.'

'Wanneer?' vroeg Corrie.

'Nadat we ze vanochtend gevoerd hadden. Een van mijn mensen ging de paarden als gebruikelijk naar buiten brengen, zodat ze wat beweging krijgen. Dat was om zes uur, zo rond de tijd dat de regen begon, een uur of zo voordat Nora hier aankwam en me wakker maakte. Om acht uur zag ik dat iemand de achterpoort verkeerd dichtgedaan had. Ik ging naar buiten en... zag dat Blaze er niet was. En niet alleen dat: ze hebben ook mijn .30-06 Springfield meegenomen. Die hing boven de haard in de lodge. Brutale vlerken.'

Corrie wierp een korte blik op Nora en keek toen weer naar Burleson. 'Blaze is het paard dat dr. Benton gebruikt heeft, nietwaar?'

'Inderdaad. Zou het Clive zijn, denk je?'

'Dat denk ik,' antwoordde Corrie.

'Maar waarom? Ik had hem Blaze gewoon kunnen lénen als het weer eenmaal opgeknapt was. Waarom steelt iemand een paard dat hij gratis en voor niks had kunnen krijgen?'

'Omdat hij niet wilde dat iemand wist wat hij ging doen,' zei Corrie. 'En dat geweer? Zat daar munitie bij?'

'Ik heb hier geen munitie liggen en het geweer was niet geladen.' Burleson stond ongelovig zijn hoofd te schudden. 'Denk je echt dat Clive mijn paard gestolen heeft? Waarvoor dan… om naar de opgraving te rijden?'

Corrie knikte. 'Ik moet daar ook naartoe. Ik hoop dat u nog een paard over hebt voor me.'

'Ik zei al tegen Nora hier dat ik mijn paarden niet in dit weer...'

'Er is er al een op pad. Ik haal hem terug. Dwing me niet om Sierra te confisqueren.'

Burleson vloekte binnensmonds. 'Nou, als je het zo stelt... ik heb een uitstekende wrangler die...'

'Geen wranglers,' zei Corrie. Ze mocht geen gewone burgers bij haar expeditie betrekken.

'Je kunt daar niet in je eentje naartoe. Je hebt geen ervaring in het zadel en je hebt alleen je dienstwapen. Ik ga mee.'

'Nee.'

'Dan ga ík mee,' zei Nora.

Corrie wendde zich tot Nora. 'Een momentje, graag,' zei ze tegen Burleson.

Ze liep met Nora naar de andere kant van de veranda en dempte haar stem. 'Je kúnt niet mee. Dit is een FBI-aangelegenheid.'

'En het is mijn opgraving. Het zou gekkenwerk zijn als je daar in je eentje naartoe ging. Het regent toch al en kijk eens naar die hemel. Als je mij niet mee wilt, roep er dan tenminste de sheriff en een paar anderen bij.'

'Geen tijd. Ik moet er nú naartoe.'

'Waarom? Vanwaar die haast?'

'Dat kun je vast wel raden. Volgens mij is Clive de bergen in om het goud op te halen dat hij al gevonden heeft.'

Nora's weifelende uitdrukking keerde terug. 'Denk je dat echt?'

'Ja, het is de enige theorie die alle feiten verklaart. In zijn eentje kon hij het niet vinden, dus heeft hij jou in de arm genomen om het Verloren Kamp te vinden. Zodra die locatie duidelijk was, is hij gaan zoeken naar het goud... en hij heeft het gevonden. En het feit dat het kamp nu dicht is, biedt hem een ideale gelegenheid om het op te halen.' Ze haalde diep adem. 'Als ik hem betrap met het goud, is het een duidelijke zaak. Zo niet, dan heb ik helemaal niets; alleen vermoedens.'

'En die nieuwe FBI-agent waar je het over had? Als je even wacht, kun je hem meenemen.'

'Clive is misschien al wel twee uur geleden op pad gegaan. Tegen de tijd dat agent Chen hier is, kon het wel eens te laat zijn.'

'Reden te meer om mij mee te nemen. Je kunt niet in je eentje.'

'Geen sprake van. Jij bent geen politie of FBI.'

'En een ervaren ruiter, terwijl jij je amper overeind houdt in het zadel.'

'Dit geharrewar vreet kostbare tijd,' zei Corrie boos. Ze richtte zich weer tot Burleson. 'Zadel Sierra voor me, ik ga meteen op pad.'

'En Stormy voor mij, graag,' zei Nora.

Burleson stond een tijdje zwijgend naar hen te kijken. Toen zei hij op ferme toon tegen Corrie: 'Ik zadel twee paarden, een voor jou en een voor Nora. En regenkleding. Dat is mijn beslissing en anders gaan jullie geen van tweeën, FBI of niet.'

Toen ze het pad op reden betrok de lucht nog verder. Het was zo donker dat het ondanks het vroege uur al avond leek. Tot nu toe viel de regen nog mee, maar het was bitter koud. Goddank had Burleson regenjacks en -broeken meegegeven. Corries paard draafde achter dat van Nora aan en ze hield zich met een hand vast aan de zadelknop. Ze had het gevoel dat ze met een sloophamer bewerkt werd.

Corrie had haar Glock bij zich en een reservemagazijn. Maar Clive was bewapend met een .30-06. Ze vroeg zich af of hij aan munitie had kunnen komen. Ze besefte dat ze daar wel van uit moest gaan. Bij een eventuele confrontatie was haar handwapen – dat scherp schoot tot een afstand van zo'n achttien meter – van geen kanten opgewassen tegen dat geweer.

Uiteraard hing alles ervan af of haar theorie over Clive en het goud klopte. Niet voor het eerst vroeg ze zich af of ze te snel tot haar conclusie was gekomen. Maar het plotselinge vertrek van de historicus, de staat waarin zijn kamer verkeerde, en met name het feit dat hij een paard had gestolen, leken haar evenzovele redenen voor argwaan.

Wat zou Morwood over de hele toestand zeggen? Ze had hem via de telefoon niet te pakken gekregen. En Chen... misschien had ze inderdaad op hem moeten wachten. Ze had Nora niet mee moeten nemen. Ze had de sheriff en de deputy moeten optrommelen.

Maar wie wist wanneer Chen zou arriveren, met dit weer, en het zou minstens een uur gekost hebben om de sheriff los te weken van achter zijn comfortabele bureau. Bovendien was ze niet eens zeker of hij wel zo'n ideale back-up was. Maar Nora? Ze moest toegeven: Nora was vindingrijk, slim en stoer.

Na een tijdje veranderde het pad in een glibberige modderbaan en ze herkende duidelijk de hoefafdrukken van Clives paard. Ze waren goed opgeschoten en ondanks Clives voorsprong zaten ze niet ver achter hem; althans, te zien aan de versheid van de sporen. Toen ze van het echte pad afsloegen naar Hackberry Creek, zag ze waar Blaze sporen had achtergelaten in het natte gras en de dennennaalden.

'Nora? Wacht even.'

Nora toomde haar paard in en wendde het om.

'Die .30-06 is een jachtgeweer met een bereik van zowat een kilometer. Als Benton echt die twee moorden gepleegd heeft, zou het zelfmoord zijn om gewoon op hem af te rijden.'

'Dat had ik ook net zitten denken. Maar het wil er bij mij niet in dat hij een dief én een moordenaar zou zijn. Hoe zeker ben jij daar precies van? Als we ons vergissen, kan het op een tragedie uitlopen en dat willen we niet.'

Dat was zo en Corrie antwoordde naar waarheid: 'Ik weet het niet zeker. Maar Benton voert iets in zijn schild en we moeten erachter komen wat dat is. En hij heeft wel degelijk een geweer gestolen, dus dat wekt de indruk dat hij ook bereid is het te gebruiken.'

'Wat we dus moeten doen,' zei Nora, 'is een manier vinden om hem uit de verte te observeren... voordat we bepalen hoe we gaan reageren.'

'Zit iets in. Heb jij een idee hoe we dat aanpakken?'

'Ja.' Nora diepte de draagbare gps op uit haar zak, gaf hem even de tijd om de satellieten te zoeken, en keek toen op het schermpje. 'We kunnen naar het hoogste punt van Sugarpine Creek en dan over de richel tussen Sugarpine en Poker Canyon. Daarvandaan moeten we omlaag kunnen kijken, de vallei in.'

'Is het daar begaanbaar voor paarden?'

'Waarschijnlijk komen we tot minstens halverwege de richel, maar het laatste deel moet te voet.'

Corrie knikte. 'Daar gaan we.'

Ze zetten koers naar Sugarpine en sloegen af, de vallei in. Nora reed voorop; af en toe stak ze het kabbelende stroompje over. Het miezerde maar door en de hemel had intussen de kleur van lood. De wind wakkerde nog verder aan; de boomtoppen deinden op en neer en er hing een sterke geur van dennenhars.

Uiteindelijk kwamen ze via de kreek bij een hoogvlakte, begroeid met gras en met wanden die oprezen naar een reeks kale richels van graniet. Ze zaten vlak onder de boomgrens en er stonden nog maar een paar miezerige boompjes in de buurt, laag en misvormd door de felle wind en het barre weer.

Ze bonden de paarden vast en begaven zich te voet de grazige helling op. Die werd steeds steiler, tot ze uiteindelijk op handen en voeten tussen de met korstmos begroeide rotsblokken door moesten krabbelen. Boven aangekomen slopen ze gebukt naar de richel toe om daar overheen te kijken.

Bingo, dacht Corrie. Het was een perfect uitkijkpunt.

Een paar honderd meter lager zag ze de grote weide met de opgraving. De hoofdtent was een strakke witte rechthoek naast het opgegraven stuk grond, dat overdekt was met felblauwe zeilen. Het spoor dat ontstaan was in de loop van de weken dat ze er gewerkt hadden, slingerde zich over de open plek de bomen in, van waar het honderden meters verderop bij het kamp weer tevoorschijn kwam. Alles leek ongemoeid en lag er nog precies zo bij als de vorige dag, maar dan een heel stuk natter.

Ze pakte haar kijker en speurde de omgeving af. Er viel geen spoor te bekennen van Clive, noch bij het kamp, noch bij de opgraving. Had hij het goud al opgehaald en was hij ermee vandoor?

Maar plotseling zag ze iets: een paard. Het was Blaze, vastgebonden aan een boom op een paar honderd meter boven de opgraving. Nogmaals tuurde ze in het rond, tot ze iets zag bewegen: Clive, onder aan de rotsen. Hij was hard aan het werk, maar wat hij deed kon ze niet precies zien. Ze zag hem een steen pakken en nog een, waarmee hij naar de voet van de rotswand liep. Daar stopte hij de twee stenen in een kleine opening vlak boven de grond, zodat de ingang geblokkeerd was.

'Ik zie hem.' Ze gaf de kijker aan Nora, die hem aannam en op haar beurt keek.

'Hij is iets aan het verstoppen.'

'Dat leek mij ook,' zei Corrie opgewonden. 'Het goud. Of liever, hij brengt het goud dat al verborgen was naar een veiliger plek. Hij moet geschrokken zijn van mijn zoektocht van twee etmalen.'

'Waar hij nu zit, dat is de rode zone,' zei Nora. 'Daar hebben we niet durven zoeken vanwege die enorme sneeuwkuif die daar boven de bergrichel uit steekt.'

Corrie keek omhoog naar de rij pieken hoog boven haar. De dreigende lawine hing daar nog, tussen de sneeuwvlakten in. 'Daar zit wat in. Hij weet dat dat exact de plek is waar jullie niet zullen gaan zoeken. Mag ik de kijker nog eens?'

Nora gaf hem aan en Corrie zag de historicus in de weer met stenen, die hij slim opstapelde in de opening. Met haar officiële camera nam ze een paar foto's van het tafereel. 'Ik wed dat hij van plan is het later te komen ophalen, als die lawine eenmaal omlaag is komen zetten. Straks komt hij met een smoes waarom hij het paard en het geweer moest lenen en dan komt hij terug als alles gekalmeerd is... in de zomer, neem ik aan.'

Corrie bleef zitten kijken. Clive was intussen klaar; hij had de stenen zo gerangschikt dat het geheel er natuurlijk uitzag. Daarna nam hij een handvol dennennaalden en bladeren en strooide die in het rond.

'Oké, agent Swanson,' zei Nora. 'Wat is het plan?'

'We kunnen het niet opnemen tegen iemand met een geweer. Maar dat hoeft ook niet: we weten nu waar het goud ligt. Zodra Clive vertrekt, kunnen we het ophalen. Wat we zojuist gezien hebben, is genoeg voor de rechtbank. We hoeven de confrontatie niet aan te gaan.'

'Maar dat wil zeggen dat we naar lawinegevoelig gebied moeten.'

'Die overhangende sneeuw ligt daar al weken,' reageerde Corrie. 'Clive heeft zich er niet door laten weerhouden. En er komt ook heus geen lawine in die paar minuten die het ons zal kosten om die stenen daar weg te halen en het goud op te vissen.'

'Maar dan ontkomt Clive.'

'Een van de eerste dingen die je aan de Academie leert: bewijs is het allerbelangrijkst. Zorg dat je je bewijsmateriaal hebt, dan heb je meteen je dader. Het bewijs van een misdrijf ligt dáár, achter die stenen.'

Opnieuw bekeek ze Clive door de verrekijker. Hij was nu bezig met een tak de sporen uit te wissen die hij in het gras had nagelaten. Achteruitlopend haalde hij Blaze op, maakte hem los en leidde hem weg. Op veilige afstand aangekomen sprong hij in het zadel en reed de vallei in. Met de verrekijker keek ze hem na: hij reed zorgvuldig om de opgraving heen, het pad af. Even later was hij aan de andere kant van het kamp het bos in verdwenen.

Ze wachtten een kwartier om zeker te weten dat hij weg was, waarna ze overeind kwamen en afdaalden naar de vallei. Het was een steile afdaling, bemoeilijkt door de glibberige dennennaalden en de modder. Een rommelende donderslag echode tussen de bergpieken en de steeds fellere wind drukte het gras plat. De regen nam toe.

Op de open plek aangekomen kostte het maar vijf minuten om over te steken naar de plek waar hij het goud had verstopt.

'Eerst even een paar foto's' zei Corrie met haar camera in de hand.

Snel nam ze vanuit diverse hoeken een reeks foto's en daarna borg ze de camera weg. 'Oké, dan halen we nu die stenen weg.'

Het was zover, het moment waarop ze zou bewijzen dat ze de hele tijd al gelijk had gehad. Met bonzend hart probeerde ze haar gezicht in de plooi te houden en niet te lachen van opluchting en trots. Ze knielde naast Nora en begon de stenen weg te halen.

Plotseling hoorden ze in de verte een geweerschot.

'Liggen!' zei ze, en intuïtief greep ze Nora en trok haar naast zich op de grond.

Ze drukten zich plat in het gras terwijl het geluid van een reeks schoten met gelijkmatige tussenpozen tussen de valleiwanden weerkaatste. Corrie kon onmogelijk bepalen uit welke richting de schoten klonken, maar het leek ver weg en vreemd genoeg niet op hen gericht.

Het viel stil en toen klonk er nog een vijftal knallen: regelmatig, ongehaast, bijna als schietoefening.

'Hij schiet niet op ons,' zei Corrie. 'Die schoten zijn te ver weg. Bovendien kan hij ons onmogelijk zien vanaf de bodem van de vallei.

'Maar waar staat hij dan in godsnaam op te schieten?' wilde Nora weten.

Nog voordat ze uitgesproken was, hoorde Corrie een vreemd geluid hoog boven haar hoofd, iets als een donderslag, gevolgd door een lage trilling met een windstoot. En op dat moment besefte ze precies waar Clive op had staan schieten.

48

De enorme overhangende sneeuwrand gleed van de rotsen af en kwam met een afgrijselijke snelheid op hen af. Nora sprong op hetzelfde moment overeind als Corrie, maar vluchten kon al niet meer: ze werd in de rug getroffen door de lawine, nat en koud en onbeschrijflijk zwaar. Ze werd van haar voeten gemept en tuimelde eindeloos in het rond. Plotseling bevond ze zich in het middelpunt van een angstaanjagende razernij zoals ze nog nooit had meegemaakt: er werd op haar ingebeukt, ze tolde in het rond, kon zich niet verroeren, kreeg geen adem. Vagelijk herinnerde ze zich ooit gehoord te hebben dat je, als je in een lawine belandt, moet proberen te zwemmen: gewoon, borstslag naar boven. Maar waar was boven? Het plotselinge geweld had haar verbijsterd, haar alle gevoel voor richting ontnomen en haar half verpletterd. In paniek maaide ze met haar armen, maar ze besefte dat ze zich voor hetzelfde geld dieper haar eigen, ijzige graf in werkte.

Plotseling was de hevige beweging voorbij. Haar hele lichaam lag verstard op zijn plek en ze kon geen vin verroeren. Haar oren zaten vol sneeuw en geluiden waren niet meer dan een fluistering. Even bleef ze versuft liggen. Toen opende ze haar ogen… en zag niets dan een vage, grijze veeg. Ze probeerde in te ademen, hapte een mondvol natte sneeuw en hoestte die onmiddellijk uit. Ze probeerde te gillen, maar ze had geen adem genoeg en het enige wat ze uitbracht was een gedempt gekreun, dat als van heel ver weg klonk. Paniek! De paniek van levend begraven zijn. Ze voelde haar hart steeds sneller bonzen.

Koortsachtig probeerde ze haar armen en benen te bewegen en besefte tot haar verbijstering dat een van haar armen boven de sneeuw uitstak. Die kon ze vrij bewegen en zo had ze dan tenminste een idee van wat boven was. Ze doopte haar vrije hand in de ijskoude blubber en schepte de blubber weg terwijl ze de eerste tekenen voelde van zuurstofgebrek. Net toen ze dacht dat ze het bewustzijn zou verliezen, dat haar longen in brand stonden, kon ze met wanhopige vingers de sneeuw en het ijs voor haar mond wegvegen en haalde ze diep, huiverend adem.

Even bleef ze gulzig de verrukkelijke lucht liggen ophappen. Met iedere ademtocht voelde ze de kracht terugstromen en even later zag ze geen sterretjes meer en nam de pijn in haar borst af. Na een paar minuten kon ze haar armen en benen bewegen, langzaam en voorzichtig, om te kijken of er iets gebroken was. Ze had een massa blauwe plekken, maar verder leek ze ongedeerd. Nu begon ze opnieuw te graven. Ze maakte haar gezicht rondom vrij en wrong haar hoofd van links naar rechts om de zware witte tombe los te wrikken die haar in zijn greep had. De sneeuw was nat en dicht en het was bijzonder zwaar werk, maar na vijf minuten had ze haar bovenlichaam bevrijd en even later kon ze zich naar de oppervlakte hijsen en het ijzige graf uit kruipen naar het oppervlak vol brokstukken.

'Corrie!' riep ze, terwijl ze om zich heen keek. 'Corrie!'

De lawine lag verspreid over minstens een derde van de vallei, sneeuwblokken vermengd met takken en twijgen en kiezels. De FBI-agent was nergens te bespeuren.

'Corrie!' riep ze weer, terwijl ze zich hoestend overeind hees. Wanhopig begon ze door de blubber te waden; bij iedere stap zakte ze tot aan haar dijen de sneeuw in. Keer op keer riep ze Corries naam en ze speurde de omgeving af op zoek naar een teken – wat dan ook, een hand, een voet, een flard textiel – dat kon aangeven waar ze begraven lag. Maar er was niets, alleen een enorme, brokkelige sneeuwvlakte: diep aan de voet van de rotswand, steeds wijder verspreid en ondieper naar het midden van de vallei toe.

Ze had een peilstok nodig. Verwilderd keek ze om zich heen, trok een stok uit een berg puin en begon heen en weer te lopen terwijl ze de stok de sneeuw in priemde.

'Corrie! Corrie!'

De stok raakte steeds weer vast in de zware sneeuw vol ijsblokken en algauw brak hij af. Vloekend smeet ze hem weg en ging op zoek naar een andere.

'Een dappere vertoning,' klonk een stem.

Nora draaide zich als gestoken om. Het was Clive… met een geweer op haar gericht.

'Jij hebt dit op je geweten!' zei ze. 'Je hebt die lawine opzettelijk veroorzaakt!'

Clive knikte. 'Ik wist dat jullie achter me aan zaten, dus ik heb een val gezet. Jammer dat jullie niet allebei vast zijn komen zitten. En nu van die sneeuwberg af.'

'Maar Corrie! Corrie zit...'

'Corrie is allang dood. Het is, wat zal het zijn, tien minuten? Die is vijf, misschien wel zes minuten geleden gestikt.'

'Klootzak.'

Clive hief het geweer en loste een schot boven haar hoofd. 'Hou je mond of ik schiet je hier en nu dood.' Hij liet de loop zakken en richtte het wapen weer op haar.

Nora zweeg.

'En nu als de duvel hier komen en doen wat ik zeg.'

Nora waadde door de sneeuw en stond even later op vaste bodem. Het was een afgrijselijke gedachte dat Corrie zo geleden moest hebben. Zij was niet ontkomen aan die gruwelijke, verpletterende, verstikkende witte massa. Nora's gedachten tolden door haar hoofd, ze was amper in staat de schrik en ellende van de afgelopen paar minuten te verwerken.

Maar Corrie had gelijk gehad, vanaf het begin al. Het was Clive. En hij had een blauwe kunststof kist bij zich, aan zijn rugzak vastgebonden.

'Dus het ging uiteindelijk toch gewoon om het goud,' zei ze bitter.

Bij die woorden barstte Clive in lachen uit. 'Ah, het goud!' Hij knikte in de richting van de kist. 'Zal ik jou eens wat zeggen? Dat goud kan me geen ruk schelen. Toen ze daarover gehoord hadden, werd mijn taak er tienmaal zo moeilijk op: Maggie met die bionische oren van haar, mensen die midden in de nacht gingen lopen spoken. Zoals die Wiggett. Niet te geloven hoe snel je zijn lijk had gevonden, misschien was er toch een of andere behulpzame geest in de buurt. Maar goed, uiteindelijk kwam dat goud goed van pas. Want daarvoor ben je hierheen gekomen. Zo is het toch? Jij bent in dezelfde val gelopen als je dode vriendin.'

Hij maakte een beweging met de loop van het geweer. 'Genoeg gekletst. Vooruit, lopen.'

'Waarnaartoe?'

‘Naar de opgraving.’

Hij zou haar vermoorden, dat wist ze. Waarom had hij dat nog niet gedaan? Ze had net als Corrie moeten omkomen in die lawine. Als hij haar doodschoot, liet hij bewijs na en kwamen er vragen. Waarschijnlijk zou hij iets anders doen, iets waardoor het een ongeluk zou lijken. Ze probeerde haar angst en afgrijzen opzij te zetten en te verzinnen hoe ze kon vluchten. Maar er schoot haar niets te binnen.

Op dat moment zag ze iets bewegen. Even later verscheen aan de rand van de open plek een paard met een ruiter; tussen de bomen kwamen ze hun kant uit, vooralsnog in de schaduw. Nora’s hart sprong op. Was dat Burleson? Natuurlijk. Die kwam kijken of het allemaal wel goed ging, dat was net iets voor hem.

‘Kijk uit!’ gilde ze. ‘Hij heeft een geweer!’

Clive schudde zijn hoofd. ‘Jij arm sukkeltje,’ zei hij, schijnbaar onbekommerd over de gestalte die vanuit het donker kwam aanrijden. Met zijn geweer op Nora gericht bleef hij staan wachten.

De wind was aangewakkerd en de bomen schudden nu heen en weer; het plensde van de regen. Nora huiverde onbeheersbaar en ze begon zich licht in het hoofd te voelen, en onverklaarbaar warm. Onderkoeling. Misschien was zijn plan wel zo simpel: hij kon haar laten doodgaan van de kou.

De gestalte te paard kwam tussen de bomen vandaan en tot haar volslagen verbijstering zag Nora dat het dr. Fugit was.

‘Wat doet zij hier?’ vroeg Fugit aan Clive, toen ze binnen gehoorsafstand was. Ze knikte naar Nora.

‘Dr. Fugit!’ riep Nora, die er intussen niets meer van begreep. ‘Wat is er aan de hand?’

Clive gebaarde met het geweer. ‘Hou je bek.’

Fugit hield haar paard in en schonk Nora een kille glimlach. ‘Als archeoloog doe je het prima, Nora. Maar als het gaat om begrip van hoe de wereld in elkaar steekt, ben je precies wat Clive al zei: een arm sukkeltje. Het spijt me voor je.’ Ze haalde een revolver uit een holster onder haar arm en richtte het wapen op Nora. Met een onwerkelijk gevoel, als in een droom, zag Nora dat ze latex handschoenen aan had.

‘Ik dacht dat jij hiervoor zou zorgen,’ zei Fugit tegen Clive.

‘Ze heeft geluk gehad, zichzelf uitgegraven. Maar die FBI-agent is dood.’

'Nou, sta daar niet zo te glunderen, geef me die kist. Doe je geweer weg: ik hou Nora onder schot. Doe voorzichtig!'

Clive legde het geweer neer, nam zijn rugzak van zijn schouders en maakte de banden van de kist los. Met eerbiedige vingers gaf hij hem aan Fugit. Zonder afgestegen te zijn, stak ze de revolver onder haar arm en maakte de kist open. Ze wierp een blik op de inhoud en klapte hem toen weer dicht. Ze liet hem in een van haar zadeltassen glijden, gespte die dicht en richtte haar wapen weer op Nora.

'Wil jij haar, eh, voor je rekening nemen?' vroeg Clive. 'Ik wilde haar in het meertje dumpen, zodat het een ongeluk zou lijken. Net als Wiggett.'

'Dat leek anders helemaal geen ongeluk. Bij hem heb je er behoorlijk naast gekleund. Ik doe haar wel, maak je geen zorgen.'

'Ze zeiden dat jij voor de overboeking zou zorgen. Heb je dat al gedaan?'

'Geen zorgen, dr. Benton. Je krijgt echt wel betaald. Weet je wat, daar kan ik meteen wel voor zorgen.'

De revolver in haar handen zwenkte van Nora naar Clive. Er klonk een schot en plotseling vloog Clives hoofd achterover. De rest van zijn lichaam stond even roerloos en stortte toen met een zachte dreun ter aarde. Roerloos bleef hij in de regen liggen, afgezien van een vinger die nog een paar maal trok voordat hij verstarde.

'Stompzinnige idioot,' mompelde Fugit. Het wapen werd weer op Nora gericht. Met een sneller gebaar ditmaal hief ze het, richtte, en vuurde.

49

De twee schoten klonken net niet helemaal gelijktijdig. Het eerste kwam onverwachts van achteren en stootte Fugit uit haar evenwicht, net genoeg dat ze haar eigen doel miste en het wapen uit haar hand vloog. Bij een tweede schot werd ze over de zadelknop geworpen. Haar paard, hevig geschrokken, steigerde en bokte en smeet de berijder uit het zadel. Fugit maakte een salto door de lucht voordat ze tegen de grond sloeg. Ondanks de vreselijke smak leefde ze nog: ze krijste schril en plukte als een dolzinnige aan haar kleren alsof ze op zoek was naar een wond.

Nora wervelde om haar as en zag Corrie, bebloed en doorweekt, met de besneeuwde Glock in haar hand, naar de rand van de sneeuw- en puinlawine wankelen. Zonder haar wapen los te laten viel ze op haar knieën, maar meteen probeerde ze weer overeind te komen.

Nora rende op haar af en ving haar op voordat haar knieën het begaven. Zachtjes liet ze haar op de grond zakken.

'Help,' klonk een zwakke stem. Fugit.

Nora negeerde haar en boog zich over Corrie. 'Je bent gewond,' zei ze.

'Maar in leven,' zei Corrie.

'Hoe...?'

'Een luchtbel. En net genoeg ruimte om me los te wurmen. Dankzij jou.'

'Ik dacht dat je dood was.'

'Als jij mijn hand niet gepakt had om me omhoog te hijsen, dan was ik ook echt dood geweest.'

Nora keek haar verbluft aan. 'Ik heb je hand niet gepakt.'

'Tuurlijk wel. Ik begon net het bewustzijn te verliezen toen ik jouw hand voelde in de...' Corries oogleden vielen dicht en ze was nog maar half bij kennis.

Nora zei niets. Kennelijk had Corrie een hallucinatie gehad door zuurstofgebrek.

‘Help, alsjeblieft, help,’ klonk de zielige stem van Fugit.

Nora liep naar haar toe. De directeur lag op haar rug. Er zat een grote bloedvlek op haar schouder. Snel knoopte Nora haar kleding open en trok hem opzij. Aan de voorkant van haar schouder zat een akelige wond waar de kogel uitgetreden was. Huiverend scheurde ze een stuk van haar eigen bloes af en frommelde die tot een bal, die ze aan Fugit gaf. ‘Flink duwen.’

Fugit nam de lap aan. ‘Ik heb het koud,’ zei ze.

Nora’s tanden klapperden. ‘We hebben het allemaal koud. Gewoon drukken.’

Ze ging terug naar Corrie, knielde, en pakte haar hand. De ogen van de agent gingen weer even, knipperend, open. ‘Nora?’

‘Ja?’

‘Wil jij... gaan kijken wat er in die blauwe kist zit?’

Nora draaide zich om. Op een paar tientallen meters stond Fugits paard, met zwoegende flanken, nog steeds hevig geschrokken. De kist was een dikke bult in de linker zadeltas; een van de hoeken stak naar buiten.

‘Dat kan wachten. We moeten jou naar een droge plek zien te krijgen.’

Corrie kneep in Nora’s hand. ‘Ga alsjeblieft even kijken wat er in die kist zit.’

Nora snapte dat ze het onderwerp niet zou laten rusten. Ze stond op en liep met uitgestoken handen en sussende woorden naar het paard toe. Het paard deed een paar nerveuze stappen achteruit voordat Nora de teugel kon pakken en hem geruststellend over zijn nek kon aaien.

Ze gespte de zadeltassen los, haalde ze van de rug van het paard en hing ze over haar schouder. Toen bond ze het paard aan een boom en liep terug naar Corrie, die nu rechtop zat.

Corrie gebaarde dat ze de tas moest openmaken.

Nora haalde de blauwe kist uit de tas, opende hem en gaf hem aan Corrie. Ze haalde het deksel eraf. De agent staarde naar de inhoud en er verscheen een flauwe glimlach op haar gezicht. ‘Als ik het niet dacht.’

‘Wat?’

‘De schedel van Parkin.’

Ze gaf de kist aan Nora, die er op haar beurt ook een blik in wierp. 'Wat is dat nou? Hoe kan het dat dit meer waard is dan goud?'

'Dat,' antwoordde Corrie, 'is de vraag voor twintig miljoen dollar.'

50

Nora hield Corrie stevig tegen zich aan geklemd in de neerplenzende regen en probeerde na te denken over hun situatie.

'Ik heb het zo koud,' zei Corrie, en ze bibberde over haar hele lijf.

'We moeten uit die regen weg. Kun je staan, denk je?'

Nora greep Corrie onder haar armen en probeerde haar overeind te helpen. Corrie slaakte een kreet en wankelde even voor ze op haar knieën zakte, haar rechterhand rond haar linkerarm gevouwen. 'Gebroken, denk ik,' bracht ze uit.

'Hou hem stil met je goede arm,' zei Nora. 'Het is maar honderd meter, dan zijn we bij de tent.'

Ze hielp Corrie opstaan door haar bij de schouders te grijpen in een poging de gebroken arm te mijden. Corrie zag kans overeind te blijven en stapje voor pijnlijk stapje bereikten ze de tent en gingen naar binnen. Helaas waren daar geen dekens of slaapzakken; niets dan zeilen. Nora legde Corrie neer en dekte haar toe met een paar zeilen. Daarna ging ze op zoek in de kist met keukenuitrusting en haalde er een gasstelletje uit, samen met pakjes thee, suiker en cacao.

'Misschien moet je Fugit ook naar binnen halen,' zei Corrie.

'Fugit kan m'n rug op,' zei Nora terwijl ze het gaskomfoortje installeerde en aanstak, en water in een pan goot. De wind rammelde nu aan de tent en de regen beukte op het doek; het lawaai was bijna oorverdovend.

Corrie schudde haar hoofd. 'Nee. Hoofdgetuige. Mag niet doodgaan.'

'Eerst maak ik een kop chocola, want we zijn allebei onderkoeld.' Nora schepte cacaopoeder in het water en roerde om het op te lossen. Toen het brouwsel begon te borrelen, schonk ze twee kroezen vol en duwde er een in Corries bleke hand.

'Dank je.'

Nora hielp Corrie de mok naar haar lippen te brengen en een slok te drinken, gevolgd door een tweede. Tussen de bedrijven door dronk Nora haar eigen chocola; ze voelde de warme drank door haar keel glijden. Het effect was spectaculair: kracht en denkvermogen stroomden meteen terug haar lichaam in.

Nora pakte de verbandkist en ging op zoek naar ibuprofen. Ze gaf Corrie twee pillen en nam er zelf ook twee. Corrie had haar chocola op en Nora schonk nog twee mokken vol.

'Laat je arm eens zien,' zei ze tegen Corrie.

Corrie haalde voorzichtig en met een van pijn vertrokken gezicht haar arm onder het zeil vandaan. Heel voorzichtig knipte Nora met een schaar uit de verbandkist de mouw open zodat de huid zichtbaar werd. Corries onderarm was eigenaardig gebogen en vertoonde al een enorme, paarse striem; een lelijke, maar tenminste geen open breuk.

'O, wat zal dat een pijn doen,' zei Nora.

'Met geen pen te beschrijven,' zei Corrie. Haar stem klonk nu krachtiger. 'Luister, als je Fugit niet gaat helpen, is ze straks dood.'

Nora knikte. 'Ik ga haar ophalen.'

Ze was natuurlijk al doorweekt, maar ze pakte zich goed in tegen de regen voordat ze de tentflap opende. Wind en regen gutsten naar binnen en geselden haar huid. Met haar hoofd tussen haar schouders getrokken, dook ze de storm in naar waar Fugit op haar rug in de regen lag. De ogen van de directeur waren gezwollen tot spleetjes en onder haar lag een met regen verdunde plas bloed. Ze leek wel dood.

Nora knielde en hield haar vinger in de hals van de vrouw. Ze had nog een hartslag. 'Ik breng je naar de tent.'

Fugit kreunde.

God, hoe moest ze dit aanpakken? De schouder van het mens was aan flarden en zag er vreselijk uit.

Terwijl ze nadacht over dat probleem, kreunde Fugit nogmaals en draaide haar hoofd naar Nora toe. Die had geen idee of Fugit überhaupt nog bij kennis was. 'Ik zal je moeten slepen,' zei Nora. 'Bij je voeten.'

Nora greep Fugits laarzen, zette zich schrap en begon te zeulen. Het gras was nat en dat maakte de tocht eenvoudiger. Ze trok, rustte even, trok nogmaals en legde op die manier zowat een meter per keer af. Fugit maakte geen enkel geluid. Kennelijk had ze nu dan toch eindelijk het bewustzijn verloren.

Met een laatste krachtsinspanning werkte Nora haar de tent in en liet haar op een zeil vallen. Nu kon ze de wond beter bekijken; ze knipte Fugits regenjack, jas, bloes en behaband los om het getroffen gebied bloot te leggen. Een van de kogels was een schampschot, maar de tweede was in haar schouderblad gedrongen en aan de voorkant naar buiten getreden, waarbij hij uitgezet was. Het was een lelijke wond, maar de hevige bloeding had plaatsgemaakt voor een traag opwellen van bloed en de wond zelf leek goed te zijn schoongespoeld door de regen.

Nora bracht de verbandkist naar haar toe. Ze smeerde wat antibioticazalf op een kompres, drukte dat voorzichtig op de wond, en verbond het geheel. Toen ze klaar was, dekte ze Fugit toe met plastic zeilen. Toen keerde ze terug naar Corrie.

'Hoe is het met je?' vroeg ze.

Corrie probeerde te glimlachen. 'Beter.' Ze keek naar Fugit. 'We moeten hier een traumaheli zien te krijgen. Waar is de satelliettelefoon?'

'In het kamp, dus best een eind weg.'

Corrie aarzelde. 'Ik vraag het niet graag, maar...'

'Ik ga bellen. Als jij Fugit dan in de gaten houdt, voor het geval ze bijkomt.'

Corrie haalde haar goede arm onder het zeil vandaan en Nora zag dat ze haar Glock in de hand had. 'Sorry dat ik niet met je mee kan, maar ik wil niet dat ze doodgaat.'

'Ik ook niet, dat mens heeft heel wat verantwoording af te leggen.' Nora stond op. 'Ik ben zo terug.'

Toen Corrie haar het nummer had gegeven, ging Nora weer naar buiten, de stromende regen in, en wankelde naar Fugits paard. Dat zag er dieptriest uit, doorweekt en dampend. Nora hees zich in het zadel en draafde weg. Een nieuwe regenvlaag sloeg haar in het gezicht.

In de hoosbui lag het kamp er armetierig bij. Ze bond het paard vast en liep naar de hoofdtent, vond de telefoon en koos het nummer dat ze van Corrie gekregen had.

Meteen werd er opgenomen; het was ene agent Morwood. 'Swanson?'

'Nora Kelly. Spoedgeval. Ik ben in het kamp met agent Swanson...'

'In het kamp? Met dat noodweer?'

'Lang verhaal. Corrie is gewond. Een gebroken arm. Er heeft een schietpartij plaatsgevonden. Clive Benton is dood, dr. Fugit neergeschoten en zwaargewond. We hebben een traumaheli nodig.'

'Wat is er in godsnaam gebeurd? Mag ik haar even aan de lijn?'

'Ze ligt een eind verderop. Geen tijd voor uitleg. Zorg alleen dat er een traumaheli naar de opgraving komt.'

'Oké, ik regel het. Blijf bij de telefoon.' Hij hing op.

Nora klapte de telefoon dicht, pakte een rugzak, stopte daar de telefoon in, bond er twee slaapzakken aan vast en begaf zich de storm weer in.

Tien minuten later arriveerde ze huiverend van de kou bij de opgraving. Ze bond het paard vlak bij de tent vast en bracht de slaapzakken naar binnen. Een ritste ze er open en legde hem over Fugit heen als een geïmproviseerde deken. De andere bracht ze naar Corrie.

'Kun je die natte kleren uit krijgen en hierin kruipen?' vroeg Nora. 'Dan heb je het veel minder koud.'

'Ik denk het wel.'

Nora hielp haar de druipnatte kleren uit te trekken en bloot in de slaapzak te kruipen. Ze schrok van de vele blauwe plekken die Corrie had. Dat moest de lawine geweest zijn; waarschijnlijk zag ze er zelf net zo uit.

'Wat zei Morwood?' vroeg Corrie, terwijl ze de slaapzak tot haar kin optrok.

'Hij zorgt voor een heli.'

Corrie knikte, haar kaken klapperden.

Op dat moment rinkelde de telefoon. Nora nam op en zette hem op de luidspreker.

'Agent Swanson?' klonk de stem. 'Ben jij dat?'

'Ja, hier ben ik.'

'Wat voor verwonding heb je?'

'Een gebroken arm en een paar blauwe plekken. Ik overleef het wel, maar Fugit gaat eraan als ze niet heel snel afgevoerd wordt.'

'Ik ben ermee bezig geweest. Het is een helse klus om met deze wind een heli de lucht in te sturen. Maar er komen twee zware reddingsheli's aan vanuit Sacramento: een primaire en een back-up. Ze kunnen er met anderhalf uur zijn. Houden jullie dat vol?'

'Nora en ik wel, van Fugit ben ik niet zeker. En, agent Morwood... Fugit moet gearresteerd worden.'

'Wat heeft ze gedaan?'

'Moord en poging tot moord.'

'Jezus. Ik stuur een marshal met de heli mee.'

'Dank u.'

Een korte stilte. 'Corrie,' zei Morwood. 'Wat is daar in godsnaam aan de hand?'

Corrie leek even te aarzelen. 'Het gaat om Parkin, agent Morwood. Parkins schedel. Maar afgezien daarvan heb ik geen idee.'

51

Na het telefoongesprek zette Nora thee en schepte extra melkpoeder en suiker in de mokken.

'Meer ibuprofen,' zei Corrie.

'Ik heb je net al...'

'Hier met dat spul.'

Nora diepte nog een tablet op uit het flesje. Corrie slikte hem met een grote slok thee door. De storm rammelde aan de tent en de regen gutste in vlagen voorbij.

Fugit kreunde. Ze leek bij kennis te komen. Nora inspecteerde het verband en zag dat er bloed doorheen kwam. Ze liet de boel zitten, legde er een nieuw kompres laag overheen en bond dat stevig vast.

Na een lange stilte vroeg Corrie: 'Waarom zou Parkins schedel nou kostbaarder zijn dan een karrenvracht goud?'

'Daar kunnen we ons later zorgen over maken.'

Corrie grimaste even. 'Maar ik wil me er nú zorgen over maken.'

'Waarom?'

'Dat is belangrijk voor me. Ik heb het gevoel...' Corrie aarzelde. 'Het gevoel dat ik over alle informatie beschik die ik nodig heb. Ik zou de zaak moeten kunnen oplossen. Ik wil Morwood niet onder ogen komen met de mededeling: *sorry, er zijn vijf mensen dood en ik heb geen idee waarom*.'

Het duurde even voordat Nora reageerde. De hele situatie was bizarder dan ze zich ooit had kunnen indenken. Een schedel die kennelijk miljoenen waard was... hoe kon dat? 'Misschien loopt er ergens een of andere idiote verzamelaar rond die bereid is een fortuin neer te tellen voor een historische schedel. Moet je kijken wat mensen niet geven voor een baseballkaartje.'

Corrie schudde haar hoofd. 'Die schedel is niet oud genoeg, die kan nog niet zeldzaam zijn. We hebben het niet over Taung-1 of Cheddar Man.'

'Dat is zo,' zei Nora. 'Misschien wil iemand hem dan hebben vanwege het DNA, om een erfenis te kunnen claimen.'

Weer schudde Corrie haar hoofd. 'Volgens mij gaat dit om meer dan geld.'

Dat leek wel aannemelijk, vond Nora.

'Blijkbaar is er iemand, of de een of andere organisatie, over de hele wereld op zoek naar overblijfselen van de Parkins. Ze hebben lijken opgegraven en een levende Parkin ontvoerd of zelfs vermoord. Clive heeft twee mensen doodgeschoten voor die schedel. Fugit een, maar ze stond op het punt een tweede moord te plegen.' Corries ogen vielen even dicht, maar bijna meteen opende ze ze weer. 'Als ik verder alles van de lijst wegstreep, kan ik alleen maar bedenken dat het iets genetisch moet zijn wat Parkin en zijn afstammelingen bezitten. Iets wat iemand anders graag in handen wil krijgen.'

'Wat dan?'

'Geen idee. Maar als je verder alle krankjorume theorieën vergeet, zoals een halvegare met een voorliefde voor Parkin-schedels, wat hou je dan nog over?'

'Niets,' moest Nora toegeven. 'Maar met genetica werp je een wel heel breed net uit. Een genetische mutatie waardoor je bijvoorbeeld geen kanker kunt krijgen? Of waardoor je langer leeft? Want zoiets kan natuurlijk miljoenen waard zijn... miljarden zelfs.' Ze keek naar de blauwe plastic kist een eindje verderop, met daarin de schedel. 'Heb jij bij jouw onderzoek zo'n soort verband gezien tussen de Parkin-afstammelingen? Opmerkelijk IQ, een lang leven, weerstand tegen bepaalde ziekten?'

'Nee, maar zo specifiek heb ik ook nooit gezocht.' Corrie keek op naar Nora. 'En Albert Parkin zelf? Was er iets eigenaardigs in zijn leven?'

'Daar weten we niet veel van. Hij heeft zijn vrouw en kinderen in Missouri in de steek gelaten om naar Californië te trekken. Zoals je weet heeft een indiaan hem met een pijl getroffen in Utah, waarbij zijn sleutelbeen is gebroken. Daaraan konden we hem herkennen. Eind februari 1847 is hij de hongerdood gestorven en hij was de eerste wiens lijk is opgegeten. Behalve dan uiteraard Samantha Carville, van wie een stuk van het been is verorberd.'

Corrie grimaste weer. 'En meer weten we niet over Parkin?'

'Ik vrees van niet.'

'En hoe is hij precies gekannibaliseerd?'

'Zijn schedel is ondersteboven in het vuur geroosterd. De gebakken hersenen zijn eruit geschept en ik neem aan dat de rest van hem in moten is gehakt, gefileerd en gekookt.'

De wind beukte tegen het tentzeil.

'En de rest van het Verloren Kamp? Wat is daarmee gebeurd?'

'Die zijn langzaam verhongerd. Ze werden gek, gingen dood en werden opgegeten. Net als Parkin, die was gewoon toevallig de eerste. Op twee mensen na: eentje heeft kans gezien naar Donners kamp in Alder Creek te vluchten en de andere is gevonden door een reddingswerker. Maar die is korte tijd later overleden, volslagen krankzinnig.'

'Dus ze waren allemaal gek geworden?'

'Zo vreemd is dat niet: extreme honger leidt meestal vlak voor het eind tot mentale instorting.'

'En hoe uitte die krankzinnigheid zich?'

'De man die ontkomen is naar het Verloren Kamp, Boardman, zei dat zijn vrouw had geprobeerd hem te vermoorden om hem op te eten. Hij zei dat ze vochten, hij hallucineerde, dat soort dingen.'

'Wat is er met Boardman gebeurd?' informeerde Corrie.

'Die is in het Donner-kamp omgekomen van de honger.'

'Had Boardman ook van Parkin gegeten?'

Nora dacht even na. 'Tegenover Tamzene Donner zei hij dat hij zich niet had "bezondigd" aan kannibalisme. Hij was prediker en hij vond dat een doodzonde. Althans, dat schreef zij in haar logboek.'

'In wezen hebben we dus een verslag uit de tweede hand van wat Boardman aan Tamzene vertelde. En Tamzene schreef dat op.'

'Precies. Hoewel uit het dagboek van mevrouw Horne blijkt dat Boardmans komst in het kamp volslagen onverwacht was, kennen we de details alleen van Tamzene en uit de tweede hand.' Nora aarzelde. 'Tenzij...'

Snel zocht ze tussen haar regenkleren en vond het blad papier dat uit het logboek was gevallen dat ze in Clives hotelkamer had gevonden. Ze vouwde het open en keek naar het ouderwetse, ongelijkmatige handschrift vol bijbelcitaten met hier en daar vreemde tekeningetjes tussen de woorden. Het leek haar voornamelijk een lijst namen en data, met aanvullende informatie voornamelijk in het Latijn:

MORS COMMENTARIUS

Op deze verdrietelijke plek waar na de sneeuwstorm van 23 oktober 1846, van God en mens verlaten en vergeten:

Weduwe Morehouse in de leeftijd van 50 jaar, overleden aan Franse ziekte op 20 december 1846.

Sam. Carvil in de leeftijd van 6 jaar, overleden op 25 december 1846. 'Want zij kunnen niet meer sterven, want zij zijn den engelen gelijk; en zij zijn kinderen gods, dewijl zij kinderen der opstanding zijn.'

Spitzer et Reinhartt non potuerunt incipere
Aug. Spitzer, op 21 januari 1847 overleden zonder berouw; Joseph Reinhartt leeftijd 35 jaar bekende zijn zonde van moord voor zijn overlijden op 28 januari 1847. Beiden de hongerdood gestorven. 'Ook van de hand des mensen, van de hand eens iegelijken zijns broeders zal Ik de ziel des mensen eisen.'

ǂ Nobis maledictum: ǂ

Albert Parkin, in de leeftijd van 38 jaar, overleden op 20 februari 1847

Coeperunt malis festum
'En Ik zal uw hoogten verderven en uw zonnebeelden uitroeien en zal uw dode lichamen op de lichamen uwer drekgoden werpen; en Mijn ziel zal van u walgen.'

† Jul. Carvil †, antropfg, in de leeftijd van 27 jaar, op 23 februari overleden ex insania

† Leander Widnall †, antropfg, in de leeftijd van 17 jaar, op 24 februari overleden ex insania

† Mrs. Jul. Carvil † antropfg, in de leeftijd van 30 jaar, op 24 februari overleden ex insania

'Wijk af van het kwade, en doe het goede, en woon in eeuwigheid.'
25 februari 1847
Onder getuigenis van Asher Boardman
Echtgenoot van † Edith Boardman †
Betreurd en beklagenswaardig
En antropfg.

'Is dat het document dat je in Clives kamer had opgeraapt?' vroeg Corrie.

'Ja. Het blad dat uit Tamzenes logboek was gevallen.'

'Wat is het?'

'Een lijst met namen,' zei Nora, 'een soort almanak des doods van het Verloren Kamp. Gezien alle bijbelcitaten en het vele Latijn kon Boardman dit document wel eens zelf opgesteld hebben.'

'Ken jij Latijn?'

'Ik heb voor mijn masters zoveel zoölogiecursussen gevolgd dat er geen ontkomen aan was.' Nora las het document nog eens door en een derde keer. Het was een soort puzzel in steno.

'Ga door,' zei Corrie.

'Er staat hier dat weduwe Morehouse als eerste is overleden, aan "Franse ziekte" – dat is een eufemisme voor syfilis – korte tijd later gevolgd door Samantha Carville. Vervolgens is er sprake van de twee moordenaars, Spitzer en Reinhardt. Met een opmerking over dit tweetal: *non potuerunt incipere*. Ruw vertaald wil dat zoveel zeggen als: "waren amper begonnen".' Ze legde het briefje neer. 'Waaráán waren ze amper begonnen?'

'Aan het opeten van Samantha Carville,' antwoordde Corrie. 'Weet je nog waar je dat ontbrekende stuk been gevonden hebt?'

'Mijn god, je hebt gelijk.' Nora richtte haar blik weer op het document. 'En toen, in januari 1847, zijn de moordenaars bezweken. Boardman schrijft dat Spitzer tot het einde aan toe geen berouw toonde, maar dat Reinhardt een moord heeft opgebiecht. Dat moet Wolfinger geweest zijn.'

'Oké,' zei Corrie.

Maar Nora wachtte even. 'Daarna lijkt de toon in het document te veranderen. Boardman begint de rest met "nobis maledictum", onze vloek. Hij heeft het nodige te zeggen over Parkins dood eind februari, laat daar een lugubere Bijbeltekst op volgen en iets in het Latijn als 'het begin van een gruwelijk feestmaal'.

'Dus het kannibalisme begon pas goed met Parkins dood.'

'En daarna liep het dodental snel op,' meldde Nora. 'Julius Carville. Leander Widnall. Van Carvilles vrouw, Julius Carville zelf en Widnall, zegt hij dat ze krankzinnig waren bij hun dood. En rond de namen van het drietal staan een soort dolkjes getekend, met de Latijnse afkorting "antropfg". Geen idee wat dat betekent.' Ze keek op. 'De laatste datum in het verslag is 25 februari. Boardman besluit met de naam van zijn vrouw. Ook bij haar staan er dolkjes rond haar naam en diezelfde afkorting "antropfg".'

'Zei jij niet dat Boardman uit het kamp was weggelopen omdat zijn vrouw gek was geworden? Dat ze hem wilde vermoorden en opeten?'

'Dat schreef Tamzene in haar logboek.'

Het bleef even stil. Het enige geluid was het gieren van de wind en de regen die op de tent neer roffelde.

'Dus Boardman heeft die doodsalmanak pas geschreven nadat hij in het andere kamp was aangekomen,' zei Corrie.

'Dat is de enige mogelijkheid.' Nora's blik viel op de beknopte, cryptische aantekeningen die Clive in de marge van het document had gemaakt. 'Dolken!' stond ergens, met een kringetje eromheen.

'Vreemd,' prevelde ze.

'Wat is er vreemd?'

'Die namen met die dolkjes erbij... zo te zien vond Clive dat belangrijk?'

Corrie bewoog even in haar slaapzak. 'Waarom?'

Alle drie – Carville en zijn vrouw en Widnall – hebben de term "antropfg" bij hun naam. En volgens Boardman waren ze ook overleden "ex insania" – krankzinnig. Maar bij de naam van zijn eigen vrouw staan alleen die dolkjes.'

'Nou, in tegenstelling tot de anderen heeft hij haar niet zelf zien doodgaan. Op dat moment had hij het zelf veel te druk met weglopen. Je kunt rustig aannemen dat zijn vrouw ook gek was. Volgens mij is dat de betekenis van die dolkjes bij de namen... dat zijn de mensen van wie hij weet dat ze gek geworden waren.' Corrie ging rechtop zitten, vertrok haar gezicht van de pijn en ging weer liggen.

'Hij was drager,' mompelde ze. 'Een soort Tyfus-Mary. Misschien is dat waar die onbekende groep die al die Parkin-lijken opgraaft naar op zoek is. Niet iets waarmee Parkin van nature begenadigd was. Ze wilden zijn schedel vanwege de microben van een ziekte.'

Nora schudde haar hoofd. 'Een microbe wordt niet van de ene op de andere generatie overgeërfd. Een besmettelijke ziekte is niet overerfbaar; niet genetisch. En aangeboren ziektes zijn niet besmettelijk, die kun je niet krijgen van kannibalisme.'

Corrie sloot haar ogen. 'Verdomme, hopelijk hebben ze straks morfine bij zich.'

Nora keek op haar horloge. 'Het kan niet lang meer duren.'

Corrie bleef een hele tijd liggen met haar ogen dicht. 'Boardman is niet gek geworden. Samantha Carville is niet gek geworden. De twee moordenaars die aan haar been waren begonnen, zijn niet gek geworden. Parkin zelf ook niet, maar wel de mensen die hem opgegeten hebben. Als het geen ziekte was, wat kan het dan wél geweest zijn?'

De vraag klonk slaperig, eerder retorisch dan iets anders. Maar plotseling ging er een lichtje op bij Nora. *Gek worden door vlees eten.* Zo'n geval had ze aan de universiteit bestudeerd, een beroemd geval.

Het verhaal van de Fore-stam in Nieuw-Guinea.

'O, mijn god,' zei ze.

Door de plotselinge verandering van toon deed Corrie haar ogen open. 'Wat?'

'Er is een casus waar iedere antropologiestudent over leert. Er was een stam in Nieuw-Guinea, de Fore. Zo'n honderd jaar geleden werd plotseling een groot aantal van hen dodelijk ziek. Pas in de jaren zestig van de afgelopen eeuw kwamen de artsen erachter wat de oorzaak van die epidemie was. Ritueel kannibalisme. Als iemand doodging, werd het lichaam door de familie opgegeten als teken van liefde. Ze kwamen erachter dat het dodelijke mechanisme geen gewone ziekte was, het was een prionziekte.'

'Een prion?'

'Net zoals de gekkekoeienziekte, of Creutzfeldt-Jakob, bij mensen. Een prion is geen microbe, zoals een virus of een parasiet. Een prion leeft niet eens; het is een eiwitdeeltje met een heel eigenaardige eigenschap. Als je prionen eet, verspreiden ze zich door je lichaam en als ze in contact komen met andere eiwitten, veranderen die eiwitten. In iets levensgevaarlijks. Prionen zijn vooral een gevaar voor eiwitten in de hersenen... en mensen worden er gek van.'

'Maar hoe is zoiets dan ooit begonnen?'

'Rond het jaar 1900 heeft één lid van de Fore een willekeurige mutatie ondergaan, waardoor zijn lichaam prionen begon te maken. Zo werd hij de eerste drager. Toen hij na zijn dood werd opgegeten, kon de ziekte zich verspreiden. En zo vervolgens.'

Corrie kreunde. 'Dus volgens jou had Albert Parkin zoiets als dat stamlid? Een gemuteerde drager?'

'Misschien. Creutzfeldt-Jacob is een vreselijke ziekte; er is geen vaccin voor, geen genezing, en de eiwitdeeltjes zijn niet te doden door sterilisatie of desinfectie. Het heeft altijd een dodelijke afloop.' Nora fronste haar wenkbrauwen. 'Maar prionziekte is meestal pas na vijftig jaar dodelijk en de mensen in het Verloren Kamp gingen dood binnen een week nadat ze Parkin verorberd hadden.'

'Dus Parkin had een ongelooflijk snelle vorm van de ziekte.'

'Dat is goed mogelijk,' zei Nora.

Corrie ging weer overeind zitten. Ze negeerde de pijn. 'Nora, moet je eens indenken. Een ziekte waaraan je binnen enkele dagen doodgaat en waarvoor geen vaccin en geen genezing mogelijk is, met een sterftecijfer van honderd procent. De ziektekiem krijg je niet kapot door sterilisatie. Waar doet jou dat aan denken?'

'Aan iets afgrijselijks. Iets demonisch.'

'Meer nog. Dat doet denken aan het ultieme wapen.'

'Holy shit.'

'Zeg dat wel. Holy shit. Een biologisch wapen waarbij antrax, Ebola of de pokken verbleken. Geen wonder dat dat meer waard is dan goud, dat mensen bereid zijn ervoor te moorden. Dat ze overal toe bereid zijn. Ga maar eens na wat er zou gebeuren als je dat prioneiwit tot een wapen maakt en met een landbouwvliegtuigje over een stad uitsproeit.

Of als je er een bom van maakt. Of als je het in de waterleiding dumpt...'

Plotseling hoorde Nora een grotesk geluid, een soort gorgelende hik van Fugit die aan de andere kant van de tent lag. Het geluid mondde uit in een zacht, akelig lachen. Fugits ogen waren open en ze keek Corrie strak aan. Uit haar mond druppelde een straaltje bloed.

'Zo,' zei Corrie. 'Jij hebt dus liggen luisteren.'

Fugit staarde hen aan.

'Hebben we het bij het rechte eind?'

Fugits bloederige mond ging weer open. Maar ze zouden er nooit achter komen of ze van plan was de zaak uit te leggen of alleen maar weer zo'n naargeestig lachje zou uitstoten. Want op dat moment werd het gehuil van de storm plotseling overstemd door het gedreun van een naderende helikopter.

52

27 mei

Corrie Swanson bracht haar zeer bereisde Camry uit 2002 tot stilstand bij de stoeprand voor 7227 North 98th Way en schakelde de motor uit. Het was een wolkeloze dag, bloed- en bloedheet; binnen een minuut was de auto al verhit als een oven op de hoogste temperatuur. Maar zolang ze in Albuquerque gestationeerd was, kon ze er maar beter aan wennen.

Ze keek op naar de gevel van het flatgebouw voor haar. Afgezien van de BMW aan het eind van de oprit zag het er nog net zo uit als de vorige keer dat ze het gezien had, nog geen maand geleden. Wat voelde er dan zo anders?

Ik, dacht ze. Corrie zelf was veranderd.

Het losse navigatieapparaat op haar voorruit – haar auto dateerde van lang voordat dit soort snufjes standaard werd ingebouwd – stond nog aan en slurpte haar accu leeg. Toen ze de stekker uit de sigarenaansteker trok, zag ze op de kaart dat ze nog geen twee kilometer van Troon North af zat, de beroemde golfbaan. Ze had minstens vijftig maal op Troon gestaan en herinnerde zich de baan heel goed, met name de derde par-five, met zijn scherpe hoek en de rough vol cacteeën. Dat was natuurlijk een computerspel geweest tijdens haar schooldagen. Ze had de echte sport altijd een keer willen leren, met zijn prachtige vergezichten en het gevoel van vrijheid. Misschien dat ze er hier de tijd voor zou vinden.

Ze besefte dat ze met dit soort mijmeringen alleen maar het onvermijdelijke voor zich uit schoof.

Nadat ze uit het ziekenhuis was ontslagen, had Morwood haar een verplichte vakantie opgedrongen waar ze beslist geen behoefte aan had. Nora en haar team bevonden zich ook in een soort schemerwereld, tussen alle bureaucratie die het gevolg was van de drie moorden en het schandaal aan het Instituut door het plotselinge wegvallen van Fugit. Ze zaten te wachten tot ze terug mochten naar de opgraving zodat ze de laatste vondsten konden weghalen en de plek weer in de oude staat herstellen. Maar niets in die hele gedwongen rustpauze verklaarde waarom Corrie vandaag besloten had tot deze expeditie. Waarom had ze de tijd genomen om helemaal hiernaartoe te rijden? Kwam dat doordat ze op de een of andere manier het gevoel had dat ze als FBI-agent alle losse eindjes moest oplossen? Of door iets anders?

Nou is het afgelopen met die psychoanalyse. Uitstappen, de trap op en aanbellen.

Haar getalm deed niet meer ter zake toen de deur openging en er iemand naar buiten kwam met een enorme berg losse kleren in zijn handen. Ze herkende hem meteen. Hij zette koers naar de BMW en voordat hij haar daar zag zitten opende ze het portier, stapte ietwat onhandig vanwege de mitella uit, en liep op hem af. Hij zag er exact hetzelfde uit: vaalblauwe spijkerbroek, verschoten T-shirt, maar hij had geen nieuwe tattoos en na een snelle blik zag ze tot haar geruststelling dat hij geen nieuwe littekens op zijn armen had.

Hij fronste zijn wenkbrauwen toen ze dichterbij kwam. Ze had geen werkkleren aan en het was duidelijk dat hij haar niet meteen herkende. Dat ogenblik gebruikte ze om hem beter op te nemen: geen blauwe plekken of schrammen, zijn haar gekamd, hij had zich zelfs onlangs nog geschoren. Althans, niet al te lang geleden.

Tijdens de rit naar Scottsdale had haar maag zich samengeknoopt van bezorgdheid, maar nu begon ze zich iets te ontspannen.

'Jij bent die FBI-agent,' zei hij. 'Agent...'

Ze zag dat hij nooit op haar naam zou komen. 'Swanson. Maar je kunt gewoon Corrie zeggen.'

Hij knikte, opende het portier van de BMW en mikte de kleren naar binnen. Corrie zag dat zijn stereo-installatie en de platenverzameling al op de achterbank stonden, aanzienlijk netter geordend dan deze nieuwe lading spullen.

'Ik kwam eigenlijk zomaar even langs,' ging ze verder voordat hij iets kon zeggen. 'Ik wilde even kijken of jij nog vragen hebt, je weet wel. Dat hoort bij mijn werk.'

Dat was niet zo, maar dat hoefde hij niet te weten.

'Geen vragen. Ik heb toch al meer gehoord dan me lief is.'

Vijf dagen tevoren was Rosalie Parkins lichaam gevonden, zonder hoofd, in een goot ergens buiten Gary, Indiana. Haar kleine broertje was vrijgesproken van alle verdenking, net als die getrouwde lul van een advocaat, Damon, die Rosalie als scharrel had gebruikt. Maar Corrie wilde toch even gaan kijken. Als dit alles haar overkomen was, zou ze het op prijs gesteld hebben als iemand even was komen kijken. Maar in haar geval was dat natuurlijk nooit gebeurd. Pas toen...

Er viel een overhemd op de stoep. De jongen raapte het op, smeet het weer in de auto en sloot het portier. Daarna draaide hij zich naar haar om.

'Heb je even?' vroeg ze.

Hij dacht even na en haalde toen zijn schouders op. 'Welja.'

Ze gingen op de treden van de stoep zitten. Dat leek het makkelijkst: minder formeel, minder bedreigend.

'Is dat de auto van je zus?'

Hij knikte.

'Zo te zien ben je ergens naar op weg.'

'Tucson.'

'O ja? Wat is daar?'

'Daar hebben een stel vrienden van me een huis.'

Dat leek haar een redelijk antwoord. Maar Corrie zweeg om hem de tijd te geven voor een uitgebreider toelichting.

'Zij zitten ook in het vinyl, net als ik,' zei hij na een tijdje. 'Een van hen werkt in het Southwestern Museum of Rock. Daar heb ik een baan gekregen.'

Corrie keek hem aan. 'Dat meen je niet! Geweldig.'

Hij schokschouderde. 'Om te beginnen parttime. En daarna zien we wel.' Hij knikte naar de mitella. 'Wat is er met jou gebeurd?'

'Gesneden bij het scheren.' Corrie wendde haar blik af en samen keken ze voorbij de BMW naar de gazons aan de overkant van de straat; sommige met gemanicuurd gras, andere met gekleurde lavarots.

'Ernest, ik wilde je ook nog zeggen dat ik het heel rot vind van je zus,' zei ze, zachter nu. 'Echt heel rot. En uit de mond van de FBI zegt het natuurlijk niet veel, maar ze hebben me verzekerd dat ze niet geleden heeft.'

'Dat zei die agent ook al. Porter,' zei hij, zonder zijn blik van het gras af te wenden. Even bleef het stil. 'Maar toch bedankt.'

Corrie haalde diep adem. 'Ga je het trekken, denk je?' Shit, ze zei ook maar wat. Misschien was het geen goed idee geweest om hierheen te komen. Maar op dat moment had het haar juist wel goed geleken.

'Denk van wel,' antwoordde Ernest na een tijdje. 'Ja, volgens mij wel.' Weer een stilte. 'Weet je, het klinkt misschien gestoord, maar... op de een of andere manier was haar dood, de plotselinge schrik, een soort signaal. Ik zakte steeds dieper weg in zelfmedelijden. En nu...' Die gedachte maakte hij verder niet af. 'Ik voel me ellendig. De hele tijd. Maar die pijn houdt me tenminste overeind. Voor die tijd had ik zelfs dat niet.'

Corrie knikte. Zo te horen was hij met een sprong in het diepe van de rouwverwerking beland. Hopelijk zou hij het op gezonde manier achter zich krijgen.

Er was geen enkele aanwijzing wie de moord op zijn zus gepleegd kon hebben en ze ging geen tijd verdoen aan speculeren. Ze besefte dat ze haar onderbuikgevoel gevolgd had – ze had zich laten zien, ze had gekeken of hij het zou redden – en dat ze nu weg moest.

'Ik heb iets voor je bij me,' zei ze.

'Hopelijk geen gerechtelijk bevel.'

Met een grijns stak Corrie haar hand in haar zak en haalde een usb-stick tevoorschijn. 'Toen ik op school zat, maakten we altijd cassettebandjes met onze favoriete songs erop. Om weg te geven of gewoon muziek voor bepaalde stemmingen.' Ze gaf hem de stick. 'Deze heb ik voor jou gemaakt. In die tijd moesten we nog cd's branden. Dit is veel handiger.'

Ernest draaide hem om tussen zijn vingers. 'Heb je die voor mij gemaakt?'

'Ja. Weet je nog dat ik begon aan een preek over "The Ocean", die avond in jouw kamer? Nou, dit is de rest van die preek. Mijn hardrock golden oldies: Zep, Guns N'Roses, Aerosmith, AC/DC. Veel plezier ermee. En als je toe bent aan de volgende stap, dan laat je het me maar weten en misschien stuur ik je dan een stick met mijn andere voorliefde: dark ambient.'

Even zweeg de jonge man. Toen liet hij de usb-stick in de zak van zijn overhemd vallen. 'Weet u zeker dat het goed zit met de auteursrechten van al deze nummers, agent Swanson?'

'Jouw woord tegen het mijne.' Daarna stond ze moeizaam op, hing de mitella in een gerieflijker positie en liep terug naar haar Camry. Ze startte de motor, draaide met één hand aan het stuur en maakte rechtsomkeert.

'Hé, Corrie!' hoorde ze Ernest roepen. Ze keek uit het raam.

Hij klopte op zijn borstzak. 'Bedankt!'

Corrie glimlachte en stak haar duim naar hem op. Toen gaf ze gas tot het zielige motortje van de Camry loeide, zette koers in de richting van Albuquerque en racete weg.

EPILOOG

Een week later

In de hoofdtent van het kamp deed Nora Kelly een stap achteruit en bekeek het skelet dat ze zorgvuldig gereconstrueerd had. De beenderen en fragmenten lagen op zwart fluweel op een tafel, ieder botje op zijn plek. Na de gekmakende tijdelijke opschorting van de opgraving na alle ophef liep alles nu weer op rolletjes. Alle andere botten van de opgraving van het Verloren Kamp waren ingepakt en op weg naar het lab in Santa Fe, behalve deze hier: het skelet van Samantha Carville.

Voor het eerst in honderdvijfenzeventig jaar was Samantha Carville weer één geheel; het gefileerde, verbrande en afgekloven bot van haar been was samengevoegd met de rest van haar lichaam.

Nog één taak restte voordat Nora de werktent met de laatste stukken apparatuur kon opdoeken en de vallei van het Verloren Kamp weer kon overlaten aan herten en kraaien, sneeuw en regen. Met een lang pincet met rubberen punten begon ze de beenderen van Samantha Carville over te brengen naar een kleine doodskist die ze had getimmerd. Het was een kist van ruw, ongeschaafd vuren, zonder versieringen of voering, volgens de gezindte van Samantha's familie, waarvan voor zover zij had kunnen achterhalen niemand meer in leven was.

'Klop, klop?'

Nora draaide zich om en zag agent Swanson haar hoofd om de hoek van de tentflap steken.

'Ha Corrie, kom binnen. Je bent net op tijd voor de begrafenis.'

Met haar arm nog in een mitella kwam Corrie binnen. 'Ik wil iemand aan je voorstellen die een grote rol heeft gespeeld in mijn leven.'

Nora keek op toen Corrie de flap opzij hield zodat er iemand naar binnen kon stappen. Een man: lang, bleek, met een zwart pak en twee ogen die glinsterden als diamanten in zijn gebeeldhouwde gelaat. Even dacht Nora dat het een hallucinatie moest zijn: dit was het sprekend evenbeeld van special agent Pendergast.

Het wás special agent Pendergast.

'Gegroet, beste Nora,' zei Pendergast, terwijl hij met uitgestoken hand op haar af liep.

Nora schudde hem de hand. 'Agent Pendergast. Wat... hoe komt u hier nou?'

'Wacht even,' zei Corrie, en ze keek verbijsterd van de een naar de ander. 'Kénnen jullie elkaar?'

Met een schalkse glimlach draaide Pendergast zich naar haar om. 'Nora en ik hebben samen aan een aantal intrigerende zaken gewerkt in New York.'

'Wát?' riep Corrie uit. 'Daar heb je nooit wat van gezegd! Ik stuur nota bene al wekenlang updates over dit onderzoek!'

'Ik vraag je om vergeving,' zei Pendergast. 'Toen ik hoorde dat jullie stomtoevallig samen aan het werk waren, heb ik het feit dat ik jullie allebei ken voor me gehouden. Ik geef het toe: ik kon geen weerstand bieden aan die verleiding.' Hij spreidde zijn handen.

Nora zette haar gedachten op een rijtje. 'Sorry dat ik daar zo van opkeek. Fijn om je weer te zien. Maar hoe ken jij Corrie?'

'Ik kan wel zeggen dat ik een soort mentor voor Corrie geweest ben, zowel in haar prille jaren als nu bij de FBI. Corrie heeft me een aantal jaren geleden geholpen bij een hoogst ongebruikelijk onderzoek in Kansas en we hebben samengewerkt aan een tweede probleempje in Colorado. Ik heb haar aangemoedigd om bij de wetshandhaving te gaan. Wat een charmante samenloop van omstandigheden dat haar eerste onderzoek met jou te maken heeft.'

Nora lachte hoofdschuddend. 'Jij zit toch ook werkelijk vol krankzinnige verrassingen. Ik zal nooit de eerste keer vergeten dat je in het museum naar mijn bureau kwam. Ik kreeg zowat een hartaanval, zo onhoorbaar was je komen aansluipen.'

'Ik teken bezwaar aan tegen die formulering,' zei Pendergast. 'Ik "sluip" nooit. Ik glijd.' Hij liep naar de kist toe en tuurde erin. 'Wie is de dierbare overledene?'

'Dit is het gerestaureerde stoffelijk overschot van Samantha Carville, een zesjarig meisje dat hier in het kamp is omgekomen.' Nora haalde diep adem. 'Ik heb besloten haar hier te begraven. Een fatsoenlijke begrafenis.'

'Echt waar?' vroeg Corrie. 'Ga je haar restanten niet naar het lab sturen?'

'Nee. Haar identiteit staat al vast dus er is geen DNA-test nodig. Het leek me de juiste beslissing: haar hier te ruste leggen, bedoel ik.'

'Hier?'

'Ja. Hier en nu.'

'Heb je daar dan geen dominee bij nodig?' wilde Corrie weten.

'Samantha en haar ouders waren quakers. Quakers begraven hun doden niet met ceremonieel, muziek, geestelijken of zelfs maar een grafsteen. Gewoon, een simpele kist, ter aarde besteld in bijzijn van vrienden.' Ze ging verder met het overbrengen van beenderen en botsplinters, een voor een. 'Heb je nog nieuws over het onderzoek?'

Corrie aarzelde. 'Sorry, dat is vertrouwelijk.'

'Uiteraard.' Nora trok vragend haar wenkbrauwen op.

Corrie grijnsde. 'Oké, als je het niet verder vertelt. Fugit is als een blad aan een boom omgedraaid in de hoop haar eigen hachje te redden en heeft alles haarfijn uit de doeken gedaan. Het was eigenlijk zo'n beetje als jij en ik al bedacht hadden: een poging om het prioneiwit tot een biologisch wapen te maken. Plan van de een of andere duistere internationale organisatie.'

'Welke dan?'

'De alom aanwezige, immer ongrijpbare "duistere internationale organisatie"', zei Pendergast met opgetrokken wenkbrauw. Of hij het meende of niet, kon Nora niet zeggen.

'De FBI weet het niet en komt er misschien ook nooit achter. De organisatie heeft met onvoorstelbare grondigheid en vele lagen van tussenpersonen haar sporen verdoezeld. Afgaande op de reikwijdte en de subtiliteit waarmee gewerkt wordt, zal er waarschijnlijk een landelijke overheid achter zitten, op zoek naar een potentieel massavernietigingswapen. Schijnbaar hebben ze hun onderzoek gericht op het kannibalisme binnen de Donner Party en het feit dat iedereen die in het Verloren Kamp van Parkin had gegeten, gek werd; met alle klassieke symptomen van prionziekte. De conclusie luidde dat Parkin een uitzonderlijk zeldzame drager was van een snelwerkende vorm van Creutzfeldt-Jacob. En daarmee is de hele toestand begonnen.'

'Dus ze hadden die schedel nodig?'

Corrie knikte. 'Ze moesten Parkins genoom in kaart brengen om er exact achter te komen waaruit dat prioneiwit bestond voordat ze het als wapen konden gaan produceren. Verder hadden ze een monster nodig van het prion zelf om dat in het lab te kunnen maken. En dat is alleen in hersenweefsel te vinden. Dus hebben ze een tweevoudige aanpak gekozen: ze zijn eropuit gegaan om het Verloren Kamp te zoeken en Parkins schedel op te halen. En tegelijkertijd zijn ze Parkin-nazaten gaan opgraven en zelfs gaan vermoorden om te zien of die de genetische code bij zich droegen. Dat laatste werkte niet, maar het eerste wel.'

'En wat was Clives rol bij dit alles?'

'Clive hadden ze in de arm genomen vanwege zijn grote kennis van de Donner-geschiedenis. Het feit dat hijzelf afstamde van een van de leden van de Donner Party was natuurlijk enorm meegenomen. We kunnen het niet met zekerheid zeggen, maar het schijnt dat ze hem op het spoor hebben gezet van Tamzenes dagboek en dat ze hem lekker gemaakt hebben met de kans op een grootse ontdekking die hem wereldberoemd zou maken en de hardnekkige smet op het Breen-blazoen zou zuiveren. Tot slot boden ze hem een grote som gelds, die ze waarschijnlijk geenszins van plan waren te betalen; het was makkelijker om hem gewoon dood te schieten. Tegen de tijd dat Clive doorhad voor wie hij werkte, was het te laat. Terugtrekken zou in dat stadium een wisse dood betekend hebben. Nadat hij afgelopen najaar Tamzenes logboek had gevonden, probeerde hij het kamp in zijn eentje te vinden, maar dat lukte hem niet. Vandaar dat kampementje wat ik had gevonden. Hij besefte dat hij archeologische hulp nodig zou hebben en met dat verzoek kwam hij naar jou toe.'

'En Fugit? Hoe is die bij het smerige spelletje betrokken geraakt?'

'Fugit was zijn verzekering. Haar hebben ze erbij gehaald toen ze zich zorgen maakten dat Clive zich zou bedenken. Hij had zich onwillig betoond en moeilijk over te halen. Maar Fugit bleek zeer belust te zijn op het geld en had een flexibel moreel besef. Afgelopen winter is ze omgepraat, terwijl de expeditie samengesteld werd. De groep had nog maar één kans om de benodigde prionmonsters en DNA te bemachtigen en dat was door Parkins lijk te vinden. Ze namen dus geen enkel risico.'

'En het goud?' vroeg Nora.

'Dat had niets met de zaak te maken, een afleidingsmanoeuvre. Behalve dan dat Wiggett daar stiekem naar op zoek was. Hij trof Clive bij het meer, waar hij Parkins schedel had verborgen door hem in die waterdichte kist te laten afzinken. Toen moest Clive hem natuurlijk wel doden, nadat hij de schedel aan Peel ontfutseld had. Clive betrapte Peel op diefstal van de geraamtes en maakte van de gelegenheid gebruik om achter hem aan te gaan, hem te vermoorden en het merendeel van de botten in het ravijn te kiepen terwijl hij de schedel zelf hield. Zo hoopte hij verwarring te scheppen en misschien zelfs het feit te verhullen dat de schedel ontbrak. Slim plan. Maar jij hebt al die botten weer aan elkaar gepast.'

'Al die doden en dan voor zo'n afgrijselijk doel,' zei Nora. 'En we hebben het goud niet eens gevonden.'

'Ik wil wedden dat dat allang weg is,' zei Corrie.

'Het onderzoek,' hervatte Pendergast, 'bevindt zich intussen op de hoogste regionen van het Ministerie van Binnenlandse Veiligheid. Ik betwijfel of zelfs ik ooit de uitkomst zal horen. Parkins stoffelijk overschot wordt intussen bewaard onder de grootste geheimhouding. En, meer ter zake, Corries carrière bij de FBI is zeer veelbelovend begonnen.'

'Dat is dan tenminste iets.' Nora legde het laatste botje in de kist. 'Helpen jullie me even met het deksel?'

Samen legden ze het deksel op de kist en Nora schroefde het vast door voorgeboorde gaten. 'Daar gaan we.'

Corrie en Nora hieven de kist op hun schouders – hij was heel licht – en samen droegen ze hem de tent uit, het heldere zonlicht in. Pendergast volgde. Nora ging voor, een paar honderd meter de vallei in naar een graf dat ze al gegraven had. Het was een indrukwekkende, zij het niet bepaald vrolijke, plek omringd door donkere rotsen en de skeletten van dode bomen.

Met een stel touwen lieten ze de kist in de grond neer.

'Nu spreken we allemaal een paar woorden,' zei Nora. 'Zo gaat dat bij de quakers.'

Na een korte stilte zei Corrie: 'Ik weet niet wie Maggie en de rest van ons naar Wiggetts lijk heeft gebracht, of wie mij uit de sneeuw getrokken heeft. Maar als jij dat was, Samantha, dan wil ik je bedanken. Rust in vrede, kleine meid.'

'Je leven was kort,' zei Nora, 'je dood tragisch. Maar ik put inspiratie uit jouw moed en geestkracht, zowel tijdens je leven als daarna. Het minste wat ik kon doen was jou weer heel maken. Moge je jouw familie terugvinden in een beter oord.'

Beide vrouwen keken naar Pendergast. Die hief zijn hoofd en schraapte zijn keel. '*Samantha Carvilleae ossua heic. Fortuna spondet multa multis, praestat nemini, vive in dies et horas, nam proprium est nihil.*'

Corrie keek naar Pendergast. 'Wat betekent dat precies?'

'Hier ligt het gebeente van Samantha Carville. Vrouwe Fortuna doet vele beloften, maar komt die nooit na. Leef bij de dag, leef bij het uur, want niets is voorgoed van jou.'

'Dat klinkt nogal somber,' vond Corrie.

'Het is een geliefd citaat van mijn protegee, Constance. Bovendien, het graf is geen plek voor grappen en grollen.'

Om beurten schepten ze het graf dicht; het zand plofte met holle dreunen op de kist. Toen ze klaar waren, stampte Nora het gebied goed aan en legde de graszoden terug die ze eerder verwijderd had.

'Je zou niet zeggen dat hier ooit een kuil geweest is,' meende Corrie.

'Ik heb de gps-coördinaten opgeslagen voor het geval we het ooit terug moeten vinden,' zei Nora.

Toen ze bij het graf wegliepen, prevelde Pendergast: 'Vertel nog eens iets meer over dat vermiste goud, als je wilt.'

Nora gaf hem een beknopte versie van het verhaal over Wolfinger, zijn goudopname bij de bank, de moord, de dood van zijn twee moordenaars in het Verloren Kamp en de goudstukken die Clive en zij hadden gevonden in de laarzen van het tweetal.

Pendergast luisterde aandachtig. 'Een eigenaardig verhaal. En waar heb je precies gezocht?'

'In de lagere delen van de rotsen, vanaf de grond tot zo'n vier meter hoog.'

'En waarom juist daar?'

'Het leek ons dat de twee mannen het goud verborgen moesten hebben voordat hun huifkar werd gesloopt om er een hut van te maken. We weten dat er bijna twee meter sneeuw lag op het moment van de sloop, halverwege november. Dus dachten we dat het in een rotsspleet moest zitten, op twee à vier meter hoogte. Twee meter zou grondpeil geweest zijn, gemeten vanaf de sneeuw. En vier meter voor het geval ze het zo hoog mogelijk verborgen hadden. Die rotsen zijn de enige plek waar je iets kunt verstoppen, want de grond was bevroren.'

Pendergast knikte. 'Daar valt niets tegen in te brengen.'

'We hebben tot en met de kleinste gaatjes afgespeurd, aan beide zijden van de vallei. En onder de twee meter ook, voor het geval ze het in een spleet onder sneeuwniveau gestopt hadden. Gisteren heb ik zelfs gezocht op de plek van de lawine, waar Corrie haar arm gebroken heeft. Niets.'

Weer knikte Pendergast bedachtzaam. 'En je hebt een verslag van sneeuwdiepte en data?'

'Ja. Tamzene Donner had een grafiek bijgehouden in haar logboek.'

'Wanneer zijn de twee rovers overleden?'

'Spitzer op 21 januari,' zei Nora, 'en Reinhardt een week later.'

'En hoe diep lag de sneeuw op 1 januari?' vroeg Pendergast.

'Dat zou ik even moeten nakijken. Het logboek ligt in de tent.'

Ze kwamen bij de werktent aan en Nora pakte de fotokopie van het logboek. Ze bladerde naar de bladzij waarop Tamzene de sneeuwval had bijgehouden. 'Op 1 januari lag er zes meter.'

'En op 15 januari?' vroeg Pendergast.

'Eh, even kijken. Zeven meter.'

'En op 28 januari?'

'Nog steeds zeven meter.'

'En de maximale diepte?'

'Begin maart lag er negen meter,' zei Nora, 'en daarna werd het minder.'

'Hoogst intrigerend.'

'Ik weet niet zeker hoe relevant die latere sneeuwval is. Ze moeten het goud al in november begraven hebben, toen er veel minder sneeuw lag.'

Maar Pendergast slenterde zonder iets te zeggen naar buiten en keek omhoog naar de rotsen. Zijn zilvergrijze ogen glinsterden in het zonlicht. 'Iedere spleet en spelonk daarboven gaan onderzoeken is een zinloze onderneming.'

'Je meent het,' zei Nora.

‘Eerder zei je dat het kamp was gemarkeerd door het profiel van een oude vrouw in de rotswand, sindsdien afgevallen. Waar was dat?’

Nora wees. ‘Zie je dat stuk lichter gekleurde rots daar, bovenaan? Daar moet volgens ons die oude vrouw gezeten hebben.’

Pendergast tuurde met samengeknepen ogen naar de rotspunt. ‘Heb jij wellicht heel toevallig een verrekijker bij je?’

‘Hier.’ Nora haalde een kijker uit haar rugzak.

Pendergast pakte hem aan en bleef een tijdje naar de rotswand staan turen. Na afloop gaf hij de kijker weer aan Nora. ‘Zie je die gaten onder dat stuk lichter gekleurde rots?’

Nora hief de kijker. ‘Ja.’

‘Tel vijf gaten omlaag.’

‘Yep,’ zei Nora, haar blik op de hoge wand gevestigd.

‘In dat gat zit de schat.’

Nora liet de kijker zakken. ‘Maar dat is meer dan zeven meter hoog!’

‘Inderdaad.’

‘Waarom zit het zo hoog?’

Corrie snoof. ‘Hij zegt maar wat. Dadelijk klimmen we ernaartoe en als we dan niks vinden, lacht hij zich suf.’

Pendergast draaide zich naar haar om. ‘Agent Swanson, ik houd me niet onledig met lage grollen en grove humor. Ik verzeker je dat het goud daar ligt. Of misschien in een van de gaten daar vlak boven of onder.’

‘En waarom ben je daar zo zeker van?’

‘Dat vertel ik als we de schat eenmaal veilig en wel binnen hebben.’

Nora keek naar Corrie. ‘De klimuitrusting ligt nog in de tent. Wil jij zekeren terwijl ik klim?’

‘Waarom niet?’

Nora pakte de spullen uit en ze liepen ermee naar de voet van de rotswand. Nora trok de gordel aan, bevestigde de karabijnhaak en maakte een bergklimmersknoop. Corrie trok haar eigen gordel aan en zette zich schrap in zekeringspositie.

Nora begon te klimmen. Moeilijk was het niet: de pokdalige basaltwand bood meer dan voldoende steun voor handen en voeten. In minder dan geen tijd had ze het bewuste gat bereikt. Ze sloeg een haak in de wand en haalde het touw erdoorheen terwijl Corrie het loshangende touw inhaalde. Ze tuurde naar binnen.

'O god!' Op een meter afstand zag ze vaag het silhouet van een ijzeren kluis. 'Daar is het!'

'Uitstekend,' dreef de honingzoete stem omhoog. 'Werkelijk uitstekend.'

Nora reikte achter haar rug en diepte een klein bagagenet op vanuit haar rugzak. Dat wierp ze rond de kist, waarna ze hem naar de rand van de opening sleepte. Ze maakte een katrol, bond die aan de haak vast, haalde daar een tweede touw doorheen en liet het uiteinde op de grond vallen. 'Daarmee kunnen we de kist laten zakken. Iemand moet het uiteinde beetpakken en goed vasthouden, want dat ding weegt minstens twintig kilo.'

Pendergast pakte het uiteinde van het touw beet.

Nora trok het loshangende deel strak en schoof de kist langzaam naar buiten tot hij vrij aan het touw bungelde. Met haar hand hield ze hem stil. 'Ik ga hem laten zakken.'

Pendergast liet het touw vieren en langzaam zeeg de kist omlaag. Toen hij op de grond stond, daalde Nora langs de rotswand af en trok onderweg de haken los.

De kist stond op het gras, roestig maar intact, met een koperen hangslot. 'Zullen we het slot forceren?' vroeg Corrie.

Pendergast knielde. Er verdween een bleke hand in zijn binnenzak en even later zagen ze een klein, vreemd ogend instrumentje. Hij rommelde even met het slot en plotseling sprong het open.

Nora voelde haar hart bonzen.

Pendergast opende het deksel. In de kist lagen ettelijke in leer gebonden pakketjes. Op de plekken waar het leer verrot en verschrompeld was, zagen ze hoopjes glanzend goud.

De schat van Wolfinger.

Nora staarde ernaar. 'Niet te geloven. Er zijn daar wel duizend gaten. We hebben wekenlang gezocht. Jij wijst binnen tien minuten naar één gat… en bingo. Hoe doe je dat?'

Pendergast klapte het deksel dicht, maakte het slot weer vast en stond op. 'Het draait allemaal om de hoogte van de sneeuw. Ongetwijfeld had jij gelijk dat Spitzer en Reinhardt de kist oorspronkelijk op die hoogte van twee à vier meter verstopt moeten hebben. Maar het bleef maar sneeuwen, hoger en hoger. Ze hoopten nog steeds dat ze gered zouden worden en ze wilden beslist niet vergeten waar het goud precies lag. Dus naarmate er meer sneeuw kwam te liggen, zodat het goud bedolven dreigde te raken zodat ze er niet meer bij zouden kunnen, hesen ze het steeds verder omhoog. En hoger. En nog weer hoger. Dat deden ze tot ze te zwak waren om de kist nog te tillen. Gezien het feit dat ze eind januari gestorven zijn, schatte ik dat dat moment aan het begin van de maand gekomen moet zijn, toen de sneeuw zes tot zeven meter hoog lag. Dus heb ik de rotswand afgezocht naar een gat op ongeveer die hoogte.'

'Slim. Maar ook op die hoogte zitten er overal gaten in de wand. Hoe wist je precies waar je zoeken moest?'

'Ik vroeg me af wat voor herkenningspunt het tweetal gekozen zou hebben, toen schoot het gezicht van die oude vrouw waarover je het had me te binnen. Dat moet de enige herkenbare plek geweest zijn, afgaande op wat ik nu zie. En die rotswand is net een gatenkaas: als de schat in een ander gat had gezeten, was hij moeilijk terug te vinden geweest. Met die gedachte in het achterhoofd zocht ik naar de gaten pal onder de plek waar de oude vrouw gezeten moet hebben voordat ze viel. Ik zag mogelijke plekken op zes, zeven en bijna acht meter, en ik gokte dat het de middelste opening moest zijn. En dat klopte, zoals de *game theory* voorspeld zou hebben.'

'Jezus,' zei Corrie. Ze wendde zich tot Nora. 'Waarom ben jij daar niet op gekomen?'

'Omdat ze de logica niet tot het bittere einde heeft doorgevoerd,' zei Pendergast. 'Een veel voorkomende menselijke fout, zelfs bij hoogst intelligente mensen.' Hij hees de kist omhoog. 'Grote goedheid, wat een berg goud! En dan denk ik dat we hier nu werkelijk klaar zijn. Ik stel voor dat jullie ervoor zorgen dat goud hier zo snel mogelijk weg te krijgen, misschien per helikopter, en dan via een pantserwagen naar een geschikte bankkluis bij de Golden Pacific Bank in Sacramento.'

'Goed idee,' zei Nora.

'Ik wil jullie beiden gelukwensen met het oplossen van deze zaak. Ik heb me laten vertellen dat agent Morwood een aanbeveling zal krijgen voor zijn uitstekende werk.' Hij zweeg even, met een cynische glimlach.

'En Corrie dan?'

Corrie glimlachte spijtig. 'Aloysius zegt dat ik nu de interne werkingsmechanismen van de FBI leer kennen.'

'Inderdaad. Jouw beurt komt nog.'

'Het kan mij niet snel genoeg zijn.'

Pendergast keek van de een naar de ander. 'De forensisch antropoloog en de archeoloog… je vraagt je af of jullie misschien in de toekomst nog eens kunnen samenwerken?'

'Professioneel?' Corrie gnuifde en wierp Nora een geamuseerde zijdelingse blik toe. 'Dat lijkt me niet. Nora kan ontzettend moeilijk doen.'

'En jij bent een humeurige punker.' Nora wendde zich tot Pendergast. 'En dan zou ík moeilijk doen? Datzelfde geldt voor haar, maar dan dubbel. We zouden elkaar naar de strot vliegen.'

'En dat,' zei Pendergast gemoedelijk, 'is precies waarom zo'n samenwerking vruchtbaar zou kunnen zijn.'

BERICHT VOOR DE LEZER

Oude botten is pure fictie. In dit boek wordt de geschiedenis van de Donner Party gecombineerd met verzonnen gebeurtenissen, plaatsen, vondsten en personen. Zo hebben Samantha Carville, Albert Parkin en bepaalde andere personages in dit boek nooit echt bestaan. Voor zover bekend is er geen Verloren Kamp. Maar een groot aantal historische details in het boek klopt wel. Wie graag meer leest over het lot van de Donner Party wordt geadviseerd een van de vele uitstekende non-fictieboeken over dit onderwerp te lezen.